西海固笔记

季栋梁　著

北京出版集团
北京十月文艺出版社

图书在版编目（CIP）数据

西海固笔记 / 季栋梁著. — 北京：北京十月文艺出版社，2022.2
ISBN 978-7-5302-2204-1

Ⅰ. ①西… Ⅱ. ①季… Ⅲ. ①报告文学—中国—当代 Ⅳ. ① I25

中国版本图书馆 CIP 数据核字 (2021) 第 238397 号

西海固笔记
XIHAIGU BIJI
季栋梁 著

出　　版　北 京 出 版 集 团
　　　　　北京十月文艺出版社
地　　址　北京北三环中路 6 号
邮　　编　100120
网　　址　www.bph.com.cn
发　　行　新经典发行有限公司
　　　　　电话 010-68423599
经　　销　新华书店
印　　刷　北京盛通印刷股份有限公司
版　　次　2022 年 2 月第 1 版
印　　次　2022 年 9 月第 3 次印刷
开　　本　880 毫米 ×1230 毫米　1/32
印　　张　14.5
字　　数　320 千字
书　　号　ISBN 978-7-5302-2204-1
定　　价　69.80 元
如有印装质量问题，由本社负责调换
质量监督电话　010-58572393

目　录 Contents

楔　子

6月是西海固最美的季节，千山万壑叠翠，花田花海争艳，五彩缤纷，芬芳四溢。我再一次在西海固这片土地上游走。现时的西海固可以用日新月异来形容，我不希望错过最新的最具激情的变化。2020年是西海固与全国同步进入小康之年，目前西海固七县两区只剩下西吉县尚未宣布脱贫，今年脱贫用西海固人话说："没麻达！"因为西吉县共238个贫困村已全部脱贫出列，3.2万建档立卡户15.5万人只剩1559户4265人尚未脱贫，西吉县已有脱贫时间表——10月底前全部摘帽。

穿行在西海固，没有目的，顺路而行，由兴而走。一座座看得见山、望得见水、记得住乡愁的美丽村庄扑入眼帘，和每次回乡一样，我的脑海里始终是《垄上行》的旋律，这是我最喜欢的一首歌，每一句歌词都是一种希望，都是一种收获：

我从垄上走过，垄上一片秋色，枝头树叶金黄，风来声瑟瑟，仿佛为季节讴歌。/我从乡间走过，总有不少收获，田里稻穗飘香，农夫忙收割，微笑在脸上闪烁。/蓝天多辽阔，点缀着白云几朵，青山不寂寞，有小河潺潺流过。/我从垄上走过，心中装满秋色，若是有你同行，你会陪伴我，重温往日的欢乐。

“我从垄上走过，心中装满秋色”，这是西海固每个回乡人的期望。

从六盘山山麓盘旋出来，种满了紫褐色花草的泾源县大湾乡杨岭村赫然入目。已经到了杨岭村，被翠绿色包裹着的连绵起伏的山脉间，油菜花和芍药花两大花卉竞相开放，艳丽逼人。走进杨岭村，白墙青砖的农家庭院、别致温馨的康养中心、现代科学的养牛车间、干净整齐的硬化道路、分类有序的垃圾收集箱、标准规范的污水排放沟、规划整齐的绿化带、牧草试验场、生态养牛场、设施齐全的休闲广场、周围农家茶馆、农家乐……杨岭村透着浓浓的“现代范儿”。巷陌深处，处处透着宁静。我觉得有些奇怪，杨岭村太安静了，村巷里除了一个小孩，几乎看不到一个人。

王永玮也觉得奇怪，说：“平时，这时间正是街巷人最多的时候，老人们都在健身器材上锻炼身体，或推着孩子晒太阳。”王永玮是固原市委宣传部的，他来泾源是要看看文化大院。走出几步，他忽然一拍脑袋说：“都在家看电视哩，习近平总书记来宁夏考察的新闻报道这阵正在播出，宁夏人对总书记有着不一般的感情，这阵只要在电视机跟前的人，肯定都在看电视。尤其杨岭村，总书记来就从这街道走，进村入户的，人人都见过总书记，提到总书记激动得就像是故交重逢。”

2020年6月8日至10日，中共中央总书记习近平到宁夏考察，这是全国两会后总书记的首次国内考察活动，也是党的十八大以来总书记第二次来到宁夏，更是总书记第四次来宁夏考察。宁夏从面积（6.64万平方公里）到人口（近690万）都是一个小省区，总书记来了4次，宁夏人感动、自豪。

习近平总书记的宁夏情结结于“贫困”。在2014年参加全国人代会贵州代表团审议时，他说：“插队的经历，让我对贫困群众有天然的感情，现在生活越来越好了，心里更惦念贫困地区的人民群众。”西海固与总书记插队的陕北同属黄土高原干旱地带。

这需回溯到24年前。

1996年，中央做出推进东西对口协作的战略部署，时任福建省委副书记兼福建省对口帮扶宁夏领导小组组长习近平说：“闽宁对口扶贫协作是一项政治任务，要坚决完成。”1997年4月，习近平第一次来到宁夏，对西海固进行了为期6天的对口扶贫考察，他被西海固的贫困深深震撼了。

在银川召开的闽宁协作第二次联席会上，“移民吊庄”“坡改梯”“井窖建设”“劳务输出”“菌草推广”“招商引资”“闽宁村”等一系列举措写入纪要，几个月后他亲自提议并命名的“闽宁村”奠基，从西海固动迁移民，闽宁协作拉开大幕。

时任福建省委副书记兼福建省对口帮扶宁夏领导小组组长习近平亲自制定“优势互补、互惠互利、长期协作、共同发展”的对口扶贫协作原则（值得一提的是，“长期协作”是习近平在国务院推进东西对口协作的战略部署文件原则的基础上加入的，这4个字彰显出他对消除东西部发展差距的清醒认识，从而创造了闽宁协作的纵深度）和“联席推进、结对帮扶、产业带动、互学互助、社会参与”的协作机制，两省区建立起每年轮流举办一次的联席会议制度，确保扶贫协作始终与两省区发展大局紧紧相扣，从而确保“宁夏所需、福建所能”。在福建工作期间，习近平先后5次出席闽宁对口扶贫协作联席会议，3次作重要讲话。经过20多年的推进实践，闽宁协作上升为“闽宁模式”。实践证明，闽宁对口扶贫协作是一条战胜贫困、消除贫困、摆脱贫困的正确道路，是一条共促发展、共同富裕、共奔小康的正确道路，为我国东西部扶贫协作积累了成功的经验，也为世界减贫事业提供了生动的中国案例，彰显了社会主义大家庭“大手拉小手”“先富帮后富”的制度优越性。

2008年4月，时任中共中央政治局常委、国家副主席习近平第二次来到宁夏，整整3天在西海固重点考察扶贫和发展。走进固原市市民王兆东的家里，他问房子有没有买到手；孩子在大学有没有申请到助学金；希望政府解决什么困难；老人住在哪里，拥挤不拥挤。详细询问后，习近平说：“中央对民生工作高度重视，今后还会采取更多措施，想方设法解决群众的更多困难，你们的生活一定会好起来，等日子过好了，我再来看你们。”

2016年7月，习近平总书记第三次来到固原，与前两次不同的是，这次是从北京直飞固原六盘山机场，驱车到将台堡，冒雨向中国工农红军长征将台堡会师纪念碑敬献花篮，他发出号召：“缅怀先烈、不忘初心，走好新的长征路！”下午，又冒雨来到杨岭村。杨岭村山大沟深，产业发展滞后，是泾源县最贫困的村之一。十八大以来，杨岭村的住房、交通、饮水等与人们生活息息相关的困难得到解决，以安格斯肉牛、骊羊、中华蜜蜂为主的产业效益显现，习近平总书记边听边看，欣喜地说：“西海固的发展脱胎换骨，增强了我们打赢脱贫攻坚战的信心。”他发出总攻令：“扶贫开发到了攻克最后堡垒的阶段。”在宁东能源化工基地，他说：“社会主义是干出来的，幸福是奋斗出来的。”

随后，习近平总书记主持召开东西部扶贫协作银川会议并发表重要讲话，他强调，西部地区特别是民族地区、边疆地区、革命老区、连片特困地区贫困程度深、扶贫成本高、脱贫难度大，是脱贫攻坚的短板，进一步做好东西部扶贫协作和对口支援工作，必须采取系统的政策和措施。习近平总书记指出："就像六盘山是当年红军长征要翻越的最后一座高山一样，让全国现有5000多万贫困人口全部脱贫，是我们打赢脱贫攻坚战必须翻越的最后一座高山。只有翻越了这座山，扶贫开发的万里长征才能取得最后胜利。"他发出号召："中华民族是多元一体的伟大民族。全面建成小康社会，一个少数民族也不能少。"在"苦瘠甲于天下"的西海固与全国同步进入小康的伟大史诗中，有着总书记风尘仆仆的身影。

走进一户人家，都在看新闻。人不少，有20多人，看得都很认真，十分安静。新闻正播放习近平总书记到宁夏考察的第一站——全国最大的异地单体生态移民扶贫集中安置区——红寺堡。习近平总书记从扶贫车间出来，来到了弘德村村民刘克瑞家中，走进牛棚，还摸了摸牛的脑袋。又看院落、厨房，揭开水窖盖子，问能盛多少水，坐在客厅沙发上，问刘克瑞家的收入……我旁边一位汉子说总书记看得真细，上次在马科家就一个屋子一个屋子看，问房屋漏不漏雨，房顶铺没铺油毡，电视能看多少台，看到淋浴设备，听说装了太阳能热水器，还说"挺好"，拿着"建档立卡贫困户精准脱贫信息卡"一项一项给马科家算收入，还说信息登记挺细致，关键要抓好落实，我就是来看落实情况的。另一汉子说你别说话嘘，打扰得，看完再说。

新闻播放完了，大家叽叽喳喳说开了，"瘦了点，比上次来咱们杨岭。”“我觉得好像胖了点。”“还是那么没架子，进牛棚，还摸牛头哩，那么大人物。”他们这么谈论着走了，一小伙子问：“你们到我家找谁？”我说：“我们随便走走。”我问这些人是干什么的。他说自己是劳务经纪人，这些都是务工的，早上在工地上干活，新闻开始了来看新闻。我说活就在村上？他说在村上，是乡村振兴项目，现在村上的活都干不完。

十八大以来，宁夏贫困人口从101.5万人减少到2019年底的1.88万人，总体贫困发生率从22.9%下降到2019年的0.47%。中南部9个贫困县人均可支配收入由2012年的4856元增长到2019年的10415元，是1982年的126元的82倍多。西海固与祖国同行、与时代同步，脱贫指日可待。

“我们去老马茶馆。”王永玮说。

经过村史馆时，碰到一批游客，王永玮说老马有可能在村史馆。我们就进了村史馆，许多游客在习近平总书记在杨岭村考察的大幅照片前留影。马克俊果然在，正指着一张张历史照片给游客讲述杨岭村的变迁，讲述总书记去他家的情形。

2016年，总书记在杨岭村走进的第二家是马克俊家，他坐在马克俊家炕上拉起家常，拉着马克俊的手说：“你年纪比我小，是我老弟，看着你和乡亲们的生活越来越好我很高兴。”一直紧张的马克俊没想到总书记这么平易近人，时至今日，讲起总书记把贫困农民当兄弟，马克俊依然激动得声音颤抖。总书记与他促膝交谈的摄影定格在他家的客厅里。

马克俊在农业银行的扶持下养殖安格斯肉牛，日子好起来，脑子也活泛了，看到了依托六盘山做农家乐的前景，把几头牛托管到村里的合作社，又贷款将家里的大瓦房改造成老马茶馆，办起了农家乐，年收入过10万元，赢得“脱贫光荣户”的荣誉。现在马克俊家的收入来源已经非常多元化。

我们都算是熟人，前不久我采访过他。马克俊问：“你们看新闻了吗？”王永玮说：“看了，你没看吧？”他说：“这是远路上的客人，非要听我讲，不过我回去还能看上，电视有回看功能哩，想看多少遍看多少遍。”王永玮说：“您现在是名人，想见您的人多。”马克俊笑笑说：“村史我操心着哩，穷了几千年，在共产党时代脱贫了，得好好让人知道哩。”他嘿嘿一笑说：“就是我这口才……文化少嘛，正练哩。”我说：“你讲得很好哩。”

第一章　声名显赫的西海固

声名显赫的西海固

时至今日，宁夏人动不动就被自己在全国人民心目中的隶属问题搞得憋气郁闷。在信函或交谈中，经常出现“甘肃省宁夏回族自治区”“青海省宁夏回族自治区”“内蒙古宁夏回族自治区”，甚至把宁夏整到新疆去了。至于银川，整为“甘肃省银川市”“青海省银川市”“内蒙古银川市”就更是常事了，还有整到新疆去的，说成是乌鲁木齐的一个市，更有甚者，搞成“甘肃省临夏银川市”，等等。

参加全国性会议，总有人用“你们甘肃”“你们青海”，甚至“你们新疆”跟我交谈。“宁夏不在甘肃”“宁夏不在青海”“宁夏不在新疆”，我只能这么纠正。人家还就不高兴了，觉得我不友好，跟人家抬杠。

就在去年，南方某省某对口单位要来考察，跟我对接的处长问我说，你们甘肃啥天气，有多冷，需要带什么衣裳。我知道他不是故意的，只是潜意识使然，因为他传真的函件上明明写着宁夏回族自治区，而且他是照着传真上的日程安排跟我沟通的。

宁夏是小，但它也是全国5个民族自治区之一。倘要说历史，1038年，党项族李元昊就是以宁夏为中心，建立起割据王朝——西夏，其统治疆域“东尽黄河，西至玉门，南界萧关，北控大漠，幅员辽阔”，与宋、辽、金、蒙古成并立之势，到1227年灭亡，存在了189年。

1929年，宁夏建省。1949年9月23日，宁夏解放，12月23日成立宁夏省，沿用了宁夏原称。1954年9月，宁夏省建制撤销，并入甘肃省。1958年，成立宁夏回族自治区。

至于银川，作为全国二十几个省会（首府）城市之一，曾经是割据王朝西夏的都城，称兴庆府，如今有“西夏古都”之称。在全国，做过王朝都城的省会（首府）城市并不多。

20世纪90年代，宁夏实在憋气郁闷，专门在媒体开展了“宁夏在哪里”的轰轰烈烈大讨论，以正视听，然而，关于宁夏的地域认知错误依旧如影随形，即使近几年，这样的事情依然频发。2013年5月13日，中央电视台新闻频道报道贺兰山岩画事件时，字幕依然错为“甘肃银川”。此新闻播出后，银川网友在新浪微博上发出邀请信，希望央视工作人员来宁做客，深度了解宁夏及银川。2014年9月27日，著名作家张贤亮先生病逝，媒体纷纷报道，有媒体依然写成青海省银川市，引起网友激烈吐槽。2015年，一位游客游览沙坡头后写了一篇游记发在一家中央级媒体，遗憾的是把中卫市写到了甘肃。2016年7月29日，央视报道第十五届环青海湖国际公路自行车赛宁夏中卫赛段时，再次说成甘肃中卫，引起网友一片吐槽，有网友感慨，环湖赛进入宁夏已是第五年，央视是全程报道媒体，居然还出现这样的错误，请尊重尊重我们宁夏……举不胜举啊，即使到了今日，在互联网搜索引擎问答上，还赫然有“宁夏回族自治区属于哪个省”的提问。

然而，“西海固”的显赫声名比宁夏、银川可是大多了。只要提到西海固，大家一点都不糊涂，“西海固不就在你们宁夏吗？现在咋样？”因此，有人问我宁夏有什么特产时，我就说西海固，反倒落了个幽默的名声。

尤其是宁夏高调宣布与全国同步奔小康社会，一时间“西海固”掀起爆炸式的冲击波，成了“网红”，只要你上互联网搜索，无论百度、搜狗，还是360等等，“西海固”都有成百上千页的显示，每日都有数页新内容。

西海固何以声名显赫

贫穷！

这大家百分之百地都知道。

在网络上输入“西海固”，还未点击搜索引擎，“西海固到底有多穷”“西海固，那里有你想象不到的贫穷”“中国最贫穷的地区，生存环境难以想象”“西海固：向‘苦甲天下’告别”等提示你的搜索热词条目已赫然呈现。而在日常生活中，外省市的朋友同事也经常探奇般跟你谈及西海固的贫穷，传播得五花八门。

西海固贫穷之所以闻名天下，其一，有两个泰山压顶般的“定论”：一是150多年前，清朝大臣左宗棠穿越西海固这片土地时，满目“赤地千里，十室九空”，在给同治皇帝的奏折中叹曰“苦瘠甲于天下”；一是1972年，联合国粮食开发署进入西海固考察后，确定西海固为世界上22个“最不适宜人类生存的地区”之一。这两个“定论”代言了西海固，只要提到西海固，人们必用这两句话。谈到西海固的贫穷，总是被冠以中国之最。

其二，新中国成立以来，西海固的贫穷始终牵动着中南海。

1983年，中央成立国务院“三西”地区农业建设领导小组，解决宁夏西海固、甘肃定西、河西地区（并称为“三西”地区）贫困问题，“三西”扶贫开了中国区域性整体有计划、有组织、大规模“开发式”扶贫先河。

1994年，国务院颁布了《国家八七扶贫攻坚计划》，八七扶贫攻坚拉开大幕。西海固8个县（区）被列为“国家级贫困县”，“三西”扶贫攻坚计划延长10年。

1996年，中央决策东西扶贫协作，福建帮扶宁夏，8个沿海发达的市、县（区）与西海固8个县（区）结成帮扶对子。

1997年，“三西”地区扶贫开发工作会议提出“三西”地区率先解决农民温饱问题的号召，即到20世纪末总体解决宁夏南部山区脱贫问题，西海固8个县（区）解决温饱问题有了时间表，同年10月开始实施跨地区、跨行业、大规模、综合一体化扶贫到户的“秦巴项目”。

2001年，《中国农村扶贫开发纲要（2001—2010年）》颁布，全面部署新时期扶贫开发工作，西海固1026个行政村被列入“千村扶贫开发工程”。

2008年，宁夏回族自治区成立50周年，国务院为一揽子解决宁夏经济社会发展问题，出台了《国务院关于进一步促进宁夏经济社会发展的若干意见》，指出：“改善这一地区（西海固）的基本生存条件，既是一项长期的战略任务，也是一项极为紧迫的民生工程。要加大扶贫攻坚力度，把解决这一地区的生存和发展问题，作为促进宁夏发展的重中之重。”

2011年，《中国农村扶贫开发纲要（2011—2020年）》颁布，列出全国14个集中连片特殊困难地区，西海固在六盘山区连片特殊困难地区中位列首位。

2013年，推进精准扶贫，西海固不止一次被提及。

2014年，《扶贫开发建档立卡工作方案》印发，全国组织80多万人逐村逐户开展贫困识别，西海固贫困村、贫困户、贫困人口全部建档立卡。

…………

自新中国成立以来，上百位党和国家领导人多次视察调研西海固，对关于西海固的问题多次做出决策和批示。

宁夏回族自治区成立后，毛泽东主席十分关注和关心宁夏的发展，1961年，提笔手书1935年10月带领中央红军翻越六盘山时写就的《清平乐·六盘山》赠予宁夏人民，鼓舞宁夏人民。

1964年3月，时任中共中央总书记、国务院副总理邓小平到宁夏视察，指出：宁夏作为民族地区，特别是西海固地区，一定要建设好。

1972年西海固大旱，国务院调研组深入西海固，周恩来总理听说西海固人民“家无隔夜粮、冬无御寒衣”，不禁潸然泪下，在中直机关7000人大会上说：“解放几十年了，西海固人民还在受苦，我这个当总理的有责任啊！”国务院火速向西海固派遣医疗队、抗旱队，其后周总理召集专题会议，研究解决西海固人民“食不果腹、衣不蔽体”的问题，指示有关部门，加快实施引黄河水灌溉西海固的计划。1974年旱魔依旧肆虐着西海固、定西等地区，又一份灾情报告递到周总理手中，病中的周总理在上面写道："口粮不够，救济款不够，种子留得不够，饲料饲草不够，衣服缺得最多，副业没有，农具不够，燃料不够，饮水不够，打井配套都不够，生产基金、农贷似乎没有按重点发放，医疗队不够，医药卫生更差等，必须立即解决。否则外流更多，死人死畜，大大影响劳动力！"

"三西"扶贫拉开序幕以来，胡耀邦、江泽民、胡锦涛等中央领导人带着党和国家的关怀先后来宁夏考察、指导工作。

习近平总书记更是4次赴西海固考察调研，亲自决策部署西海固扶贫。

其三，"西海固文学"功不可没。20世纪80年代以来，西海固这片十年九旱的土地上却成长起一种格外旺盛的"庄稼"——"西海固文学"，一大批优秀作家和作品在全国文坛引起普遍关注。西海固作家先后获得"五个一工程"奖、鲁迅文学奖、少数民族骏马奖等全国性文学大奖，西吉县成为全国首个"中国文学之乡"，同心县、原州区成为"中国诗歌之乡"（值得一提的是隆德县成为"中国书法之乡"）。"西海固作家群"拥有各级作家协会会员700余人，农民作家超过半数。

评论家赵炳鑫在《西海固文学何以可能》一文中这样论述："严酷的自然条件和封闭保守的人文生态环境使西海固文学从一开始就带有'苦难叙事'的性质……'苦难'似乎已经成为西海固文学的一个传统。西海固作家的书写大多以苦难为母题，'底层的生存事象、无助环境的百般折磨、众多人物的不得圆满'等，几乎成为西海固作家绕不过去的话题，也成为他们的文学思维定式。”

作家笔下的贫困苦难引起了广泛关注，作家、诗人、摄影家、画家、网络达人以及支教队伍、慈善爱好者……朝圣一般来了，体验、采访、写作、写生、摄影……西海固通过报纸、杂志、微博、微信、自媒体“被讲述”……

出生于西海固的作家海杰在《西海固：在影像里沉沦》一文中写道：

> “西海固”已经成了一个时尚符号，它不再是宁夏南部固原市属的5个县：固原、西吉、泾源、彭阳、隆德，它是苦难美学的集大成者，成了传播学上的热词，这三个字的组成结构构成了摄影师们的美好想象，简单而朗朗上口的语音节奏具备了走俏的元素，而经由源源不断的支教大军、慈善爱好者、心存浪漫而决意苦旅的背包客的影像传播，开始广为人知，他们镜头下的西海固民众都带着一副备受同情的模样，孩子们穿着破烂的衣衫抬着水桶行走在取水的路上，生存条件和荒凉感被放大成了猎奇的佳品。而更多的摄影爱好者正在用光影表现西海固居民的深刻与雕塑感。

贫困深入西海固的骨髓，成为西海固一个古老而沉重的标签！

一个创业成功的西海固老总很无奈，说当别人听到他的口音，看到他的眼光就想救济他。

西海固到底有多穷

关于西海固贫困的描写很多，我采用收于《告别饥饿 1978》一书中的一篇新华社内参。

1980年春天，新华社社长穆青看了陕西分社社长冯森龄写的内参《延安调查》，派出了胡国华、傅上伦、冯东书、戴国强4位记者赶到当地农村展开调研，要他们深入下去，到村到户，把自己的所见所闻写成“内参报道”，供中央最高决策层参考。3月至9月，4位记者从晋北、陕北到宁夏西海固、甘肃平凉、甘肃定西等地对4省区农村展开调研。8月9日，他们进入西海固走村串户，写出了这样一篇内参：

在整个黄土高原上，最贫困的要算宁夏的固原地区和甘肃的定西地区了。人们戏称它们是一对“难兄难弟”，是一点不错的。何以见得呢？请先看三笔账：

我们所到的几个地区，1979年的人均收入，最高的是山西吕梁地区，为七十元；陇东庆阳地区居第二，为六十四元八角六分；延安地区居第三，为五十七元二角；榆林地区居第四，为五十二元；甘肃平凉地区居第五，为四十七元六角；固原和定西最低，同为三十六元八角。人均收入五十元以下的队占核算单位总数的百分比，庆阳地区为百分之三十七；吕梁地区为百分之四十九多；延安地区为百分之五十二；榆林地区和平凉地区在百分之六十左右；而固原和定西都高达百分之八十以上。

人均口粮在三百斤以下的队占核算单位总数的百分比，吕梁地区为百分之十；庆阳地区为百分之十六；延安地区和榆林地区均为百分之二十三；平凉地区为百分之四十五点六；固原和定西都在百分之八十七以上。

这几个简单的对比，足以说明固原和定西至今仍然处在贫困之中。

1976年，固原地区天灾人祸交加，全地区每人从集体分得的口粮仅一百七十六斤；1977年是中等年景，人均口粮二百二十三斤；1978年是解放以来第二个丰收年，人均口粮也仅三百二十九斤；1979年年成同1977年相似，人均口粮二百三十七斤。这还是原粮，去掉皮皮壳壳，就更可怜。这表明，无论是丰年、平年、灾年，这里的农民绝大多数不能养活自己。每天能吃到的粮食多时八两，少至四两，不靠救济，怎么能活下去？就是加上救济，也只是能勉强维持生命而已。

如以基本核算单位计，丰收年的1978年，人均口粮在三百斤以下的队占百分之四十八点七，三百零一斤至三百六十斤的队占百分之十九点九，两者合计，即有百分之六十八点六的队平均每人每天口粮不到一斤。如以平年偏下的1979年计，则人均口粮在三百斤以下和三百零一斤至三百六十斤的队，分别是百分之七十七和百分之十点三，即有百分之八十七点三的队人均每天口粮不到一斤。也就是说，有三分之二至五分之四以上的农民，长年挣扎在饥饿线上。

再看看人均收入。1976年至1979年，分别是二十六元、三十八元、四十八元八角、三十六元八角。即丰收年不过五十元，平年不过四十元，灾年不过三十元，平均每人每天收入只有七分至一角三分，顶好也只能买回一斤粮。

农民生活如此贫困，是因为这里的集体经济绝大部分事实上已经破产。说得明白一些，连小农经济也已破产了。这也有事实为据：

第一，当年出售农副产品的收入，远远不够生产费用的支出。丰收的1978年，出售产品收入为一千四百三十七万元，而生产费用达三千九百零七点三万元，前者只占后者的百分之三十六点八。平年偏下的1979年，出售产品收入仅五百四十一万六千元，而生产费用仍开支了三千七百七十六万一千元，前者只占后者的百分之十四点三。即无论是灾年还是丰收年，都远远不能维持简单再生产，百分之六十三点二至百分之八十五点七的生产费用要靠国家无偿补助和贷款来解决。

第二，人民公社三级固定资产不够抵偿债务。据1979年末统计，三级共有固定资产九千一百一十一万八千元，而三十年来国家给这个地区的各种无偿投资达二亿零六百二十五万九千元，欠贷二千四百五十五万二千元，欠信用社八百九十九万五千元，各种救济款七千二百零九万七千多元，总计三亿多元，比固定资产高出两倍多。有这么多的支持，尚且贫困不堪，如果没有这些支持，集体经济还能存在吗？

定西地区的状况也同固原一样，穷得令人难以置信。

…………

在这里，要找富队跑断腿，要找穷队遍地是。在这里，贫困早已不是缺吃少穿的概念，而是吃穿二字常常匮乏到难以活命的地步。

这类地区是一种特别贫困地区。

这篇内参对于西海固扶贫起到了极其重要的作用。

接着，胡耀邦同志来宁夏视察。

3年后，“三西”扶贫拉开帷幕。

如此贫困的地方，大家也就不难理解宁夏宣布与全国同步奔小康为什么会在全国产生那么大的震撼了。

西海固释名

“西海固在哪里？地图上为什么找不见？”

当人们朝圣一样往西海固拥来，这个问题是首先被问及的。

倘若在地图上按寻找一个行政区划的习惯找寻西海固，那是找不到的。因为“西海固”早已不是一个行政区划名。

许多人会给你这样的解释：西海固就是现在的固原市。

这并不准确。

1949年8月，甘肃省平凉地委为了肃清西吉、海原、固原县域内国民党残余和土匪，成立了一个由3县县委书记组成的“西海固剿匪肃特工作委员会”。“西海固”之名由此产生。

作为行政区划的“西海固”出现于1953年10月，甘肃省成立了隶属甘肃省平凉专区的西海固回族自治区，辖西吉、海原、固原3县。1955年11月，更名为固原回族自治州，“西海固”作为行政区划名满打满算仅存在了两年，便沉入历史深处。1958年，宁夏回族自治区成立，固原回族自治州划归宁夏，增加了原属平凉专区的隆德、泾源两县共5县，组成固原专区行政公署。1983年7月，固原县分割东部彭阳、王洼两乡成立彭阳县。然而，“西海固”作为一个行政区划名虽说只存在了两年时间，它所代表的贫穷却让“西海固”这个词像胎记一样，植入人们的记忆，成了这片土地响当当的名号，成为人们对一个区域的永久性称谓。

1982年，国务院召开专门会议研究这块土地的扶贫问题，“西海固”这个称谓从岁月深处浮现出来，出现在中共中央决策者的口头笔下，出现在国家部委的红头文件中。不过，这时的“西海固”虽以“地区”出现，依然不是行政区划，而是囊括了整个宁夏固原地区的固原、西吉、隆德、泾源、彭阳、海原6县和银南地区（后撤地区设为吴忠市）同心县。这里需要说明的是，从行政区划意义上讲，同心县属于当时的银南地区，宁夏最初根据自然条件分为山区和川区，川区条件比山区自然要好多了，银南地区归属川区。

1994年3月，国务院颁布《国家八七扶贫攻坚计划》，“西海固”地盘再次扩大，涵盖了宁夏被列为“国家级贫困县”的西吉县、海原县、固原县、彭阳县、泾源县、隆德县、同心县、盐池县、红寺堡区等9个县区，面积4.3万平方公里，占宁夏总面积的65%，人口256.3万人，其中回族人口约占西海固地区总人口的49.8%，“西海固”也成为我国回族聚居最集中的地区。

2001年7月，国务院批准撤销固原地区，成立地级固原市，固原县更名原州区。2012年，宁夏行政区划又一次调整，西海固之“海”（海原县）从西海固剥离出来，划归新成立的地级市中卫市，标志着在人们意识概念中有着特殊含义的“西海固”的彻底解体。

值得一说的是，“西海固”解体决策之时，有人质疑：真的要解体？这话有深意，因为扶贫攻坚已经成为21世纪中国最伟大的民生工程，贫穷之名也是一种“财富”，可以享受国家政策与资金上的诸多扶持。事实上这种质疑完全没有必要，海原县并没有因为区域划分脱离了“西海固”就摘了国家级贫困县的帽子。

第二章　西海固因何如此贫困

千山万壑

倘若用一个词来概括西海固的地貌特征，那就是“千山万壑”。

西海固地处黄土高原丘陵区，所谓的山并不雄奇，横空出世，与人争锋，多慈眉善目，然而体量庞大，密度极大。西海固人有形象的说法：“老天爷给咱蒸了一笼屉玉米面馒头。”随便坐一座山顶上望去，山梁沟谷，连绵起伏，莽莽苍苍，一层远似一层，一层淡似一层，从真实走向虚幻，极远处的山梁仿佛一缕青烟水墨，然而，当你走近，山、梁、峁、岭就仿佛凝固的潮头浪峰，用“旱海”形容可谓恰切。

山和沟是孪生的，每道山岭下都蛰伏着几道沟，山相扶而沟相通，如果说西海固是一片叶子，沟和谷就是这片叶子纵横交错的脉络；如果说西海固是一棵大树，山和梁就是这棵大树繁密茂盛的枝丫。

西海固的沟壑可是纵横交错，大气磅礴，极长极深，刀削斧砍般，有些沟极窄，人跑得快一点，一个蹦子就能过去。民间传说杨六郎被西夏兵追赶，就骑着马越过了大沟。经常看到两边沟沿上坐着人扯磨闲谝，吃出的烟都纠缠在一起，然而，除非丧葬、婚嫁、贺寿之类非到不可的事，谁也不愿意翻这样一条沟。

我们村子不远有一条沟叫作冯家沟，一上一下十几里，有顺口溜为证：

冯家沟，有多深，撂块儿石头听个音，
清早撂下石一块，夜半才听到扑通声。

山梁沟壑间，路斗折蛇行，就像蚰蜒生出一条条小路，在日头下泛着白色，时隐时现，险象环生。问路，说你翻过这条沟再翻过那道梁就到了。走得筋酥骨软，听了这句话会长长松上一口气，心里说总算要到了。然而真正的体力消耗才刚刚开始。翻沟越梁那可有你受的，一上一下十几二十里的沟梁实在是常见的。一边是坑坑岗岗的下坡，两条腿像轮番杵地的杵子，给震得酸麻，每走一步全身肌肉都颤动，有时候你得坐下来往下溜着走。一边是东拐西拧的上坡，那真是抽筋拔骨，每走一步都气喘如牛，有时得像驴马一样四蹄着地爬行。

"山高沟壑多，出门就爬坡；隔沟扯扯磨，亲嘴腿跑折。"

爱情是那样的炽烈灼人，面对深沟大山可上刀山下火海的爱情也沮丧无奈，一日不见如隔三秋，翻山越沟实在不是件轻松的事。

"看门靠狗，通信靠吼。""看门靠狗"没错，但"通信靠吼"却是有误，风会把你的吼声刮走，沟会把你的吼声吞没。西海固人有更精妙的办法——扬土传信，想想应该是受了烽火台的启发，在西海固秦时的烽火台很常见，许多村庄依附的山头上就有。有事，便扬土，沟那边的人看见了，就会走到沟沿边来，捎信带话，说事谈心，约在赶集时见面。当然也吼，但吼不如扬土，吼一个人是很挣人的，这网状的沟可是很能吸音的，再说吼还有个顺风不顺风。

有一次陪北京一位朋友去西海固，到山野我去沟壑里大解，朋友拍摄大山深沟，等我从沟壑里上来，朋友正被一个老汉隔沟教训。朋友说："你扬土，我还当你跟我耍呢，我就也扬土。"

老汉说："扬土耍？你是不是觉得我二着呢？土都壅到脖子上了，跟土打了一辈子交道，还没耍够？以后见人扬土那是有事搭话哩，你得撵着他到沟沿上，别乱扬土。"

朋友笑了说："那你为啥不喊？"

老汉说："又不是顺风，隔着这么远，喊能听得见？再说隔着这么深的沟，声音全让沟吸去了，不把人喊得挣死？给李丏捎个话哩，唉！现在这眼睛不顶用了，你不是本地人，没看出来。"

朋友说："对不起了，要不是这沟挡住，好好抽几根烟，给你顺顺气。"

老汉笑了，要走了，朋友说："你等等我开车绕过去，咱们抽烟闲谝，我车上还有酒。"

老汉说："别看你车快，要绕到我这边来，远着哩，几十里路哩。"

老汉走了几步，掉头问："你们是做啥的？"

朋友说："随便走走。"

老汉说："好人让你们活咧！"

"吃饭靠糜子，穿衣靠皮子，出门靠驴子。"山与沟重叠组合，行路当然难了。因此，一个家除了操心一对牛，一定得操心一对驴。牛只犁地，干不了驮人、推磨、拉车、驮水一类的活儿；驴不仅能犁地，别的活儿都能干。人们出门多数是骑驴出行，上个陡坡还可以拽着驴尾巴。在西海固生活，没有驴，日子是不能想象的，没人会轻看一头驴的。

火星地貌

“天地玄黄，宇宙洪荒”，有人写西海固生搬硬套了《千字文》开篇首二句，更有人用“火星地貌”来形容。

历史上西海固的生态是不错的，可用水草丰茂来形容。清水河流域在西海固一段埋藏着大量的动物化石，其中有嵌齿象、古乳齿象、铲齿象、犀牛、利齿猪、皇冠鹿、三趾马等20余种哺乳动物化石，中国自然博物馆唯一的一具铲齿象化石骨架，就出土于同心县纪家乡的丁家二沟，博物馆内的其他馆藏化石，有40%也出自这一带，世界各地发现的中新世的古代哺乳动物化石，清水河流域都有，1952年国家就确定了化石遗址。专家据此将清水河的辉煌又推向170万年至120万年前的第四纪中期，西海固人展开丰富的想象，说我们的家园比今天非洲任何一个热带草原要美，史前大象在这里戏水，犀牛在这里徜徉……

彭阳县朝那湫，水天苍茫，秦始皇曾到这里隆重祭祀。北魏大将军刁雍曾上奏朝廷，在六盘山伐木造船二百艘，沿清水河运军粮。

“其上多银，其下多青碧、雄黄，其木多棕，其草多竹。泾水出焉，而东流注于渭，其中，多磐石、青碧。”这是《山海经》中的六盘山。棕是亚热带植物。在西吉新营曾出土20棵古松化石。清水河、泾河、葫芦河河谷有“小河套”之称，湖泊众多，牧草萋萋，从夏、商始，西海固就是游牧民族的天然牧场,《史记·货殖列传》记载“西有羌中之利，北有戎翟之畜，畜牧为天下饶”，鬼方、昆夷、獯鬻、羌方等民族聚居于此。秦朝，六盘山下乌氏县出了一个富可敌国的人物——乌氏倮。《史记·货殖列传》记载:“乌氏倮畜牧，及众，斥卖，求奇缯物，间献遗戎王。戎王什倍其偿，与之畜，畜至用谷量马牛。秦始皇帝令倮比封君，以时与列臣朝请。而巴（蜀）寡妇清，其先得丹穴，而擅其利数世，家亦不訾。”

随着马成为重要的战争装备，隋时西海固为全国最大的养马场，唐朝在原州设置了监牧使，西海固成为王朝养马中心,“贞观二十年（646)，帝（唐太宗李世民）逾陇山，至西瓦亭，观马政”(《资治通鉴》)。安史之乱，太子李亨在灵州称帝平乱，六盘山下大量军马功不可没。在唐朝这里更是演绎出柳毅传书、魏徵梦斩泾河老龙等民间故事，成为龙王家园。

到了元朝，水草丰茂、气候凉爽的西海固，吸引元朝统治者在六盘山北段原州区开城镇建起了王朝的权力中心安西王府，王族们流连忘返。

明朝在西海固设养马监苑，马房、草厂、草场、马圈遍地，仅开城苑“领八营马房六百三十九间，草厂八所，草场、马圈一十三处”，“南北长一百二十六里，东西阔八十里”，其规模可见一斑。嘉靖时平凉通判陈应祥这样记录:“举籍平固以北，皆为牧地，民村落室庐，皆度为牧。”在西海固延续近3000年的马政直到清朝才逐渐衰落。

然而，也就是从明朝开始，西海固的生态进入了万劫不复的境地。明朝自建立起一直处于战争状态。当时固原为九边重镇之一，而且是九边总制所在地，是阻防蒙元残余势力的军事重区。明朝在全国实行卫所制，采取“废府空城”人口“实边”大移民、防秋、征剿的措施，实施大规模的军事性质的移民，大力推行边境“屯垦”，不是靠精耕细作来增加粮食产量，而是采取薄收轮荒制，不择手段地放火烧山，毁林开荒，掠夺性扩大耕地，种地不施肥，靠自然肥力来产粮食，种几年以后表土肥力流光了便丢荒，另择稍好的荒草地或林地开垦。军垦建造军营和堡寨对森林植被的破坏更是极端的。而西海固地处黄土高原向风沙区、季风区向非季风区、半干旱区向干旱区的过渡地带，生态基础先天脆弱，河谷川道、山间盆地与浅山缓坡的草场、林地不断被开垦成农田。为了增加收成，黄土丘陵区开荒直到山顶，生活艰难的贫民更进入深山大举伐木烧炭以维持生计，致使森林荡涤，鲜有幸免，北部沙地开始南侵。“四望黄沙，不产五谷，不通货贿，一切草粮仰给腹里矣。”（明朝许纶《九边总论》）

到了清朝，西海固由历史上的边防重镇变成了内地，康熙即位，为增加国家实力，自康熙元年至康熙四十四年（1662—1705）蠲免钱粮9000余万两。特别是康熙五十一年（1712）宣布，“有名人丁，永为定数。嗣后所生人丁免其加增钱粮”，即“盛世滋丁，永不加赋”，大力鼓励垦荒。雍正年间，“更为西陲牧地，听民开垦”，西海固再次大量迁入人口，同治、光绪年间又迁回民于西海固。至清末固原人口已达14912户，达明朝万历年间的13倍，其土地开垦数达明朝万历年间的两倍。掠夺式开垦、砍伐，天然林区大面积缩小、消失，导致环境迅速恶化。道光二十二年（1842）林则徐被发配伊犁，穿过西海固，看到“其沙土皆紫色，一木不生”。民国时期军阀混战，加之几次大的自然灾害，西海固偏僻闭塞，远离战乱核心，灾民逃难迁入，人口激增，乱垦滥伐，人地矛盾加剧，生态环境遭到严重破坏。

除了开荒种地，燃料也极为匮乏，庄稼秸秆是猪羊牲口的饲草，羊粪不做肥料，而是燃料，那怎么能够呢？草木等皆为燃料，森林被砍伐殆尽，植被覆盖率下降，连树根、草胡子（草根）都刨出来烧了。我们小时候打柴是日常功课。冬日，男女老少在山坡挖沙棘、铲草皮，长的烧锅，短的煨炕。宁夏是煤炭较多的地区，西海固有一个王洼煤矿，但谁有钱烧呢？烧煤炭那等于烧钱。

至20世纪80年代初，这里的森林覆盖率仅为3%。

1983年1月，国务院“三西”地区农业建设领导小组组长林乎加到西吉县调研，走进一个村庄，他看到这样的场景：冬日阳光下，几个老汉和小孩蹴在土墙根下。老汉们穿着破旧的棉袄，小孩穿着单裤，有的连单裤也没穿。林乎加诧异地问这么冷的天，看你们穿得那么单薄，怎么不坐在屋里热炕上？一老汉答道：没柴烧炕，屋里比屋外更冷！林乎加到一户农家摸摸炕，果然是冰的，再到一家，还是冰的！

这里还广为流传着这样一个故事，说队长家来了客人，队长要烧碗水给客人喝，水快开时，家里再找不出一根柴可烧，一急抓下头上的草帽塞进灶膛，才勉强烧开这碗水。

西海固树极少，旷野忽然出现一棵树，显得顶天立地，充满禅意，你会情不自禁地将那两句禅诗改为：一花一世界，一树一菩提。那年陪朋友去西海固，在一道山梁上见到一棵树，像一个顶着草帽站在寥天地里的人。因为独独一棵树，觉得它威风八面，很有些霸道，仿佛这一片山里都属于它的领地。树下半截枝叶倒茂盛，上半截却已经死了，就像少白头。朋友大为惊讶："这偏僻的地方日本也侵略过？"我说："没有，日本侵略者倒没到过这个地方。"他说："这不是消息树吗？"我笑了。他说："这么阔大的山梁上就一棵树，谁看了都会想到电影中的消息树。那你说为啥只有一棵树？它是什么人栽的，是怎么活下来的？"我说："或许是一个过路人怕狗，从树上掰了根树枝，过了村庄走到寥天地里顺手一插，恰好老天爷给了一场雨，它就发芽扎根活了下来。或是一个牧羊人遇了好雨，把拦羊的鞭杆顺手插下，希望它长成一棵树，以后好有个歇阴凉的去处。还有一种可能，就是坟前的一棵丧棒，遇到了一场雨，长成了一棵树……"这是我在老家时从小就探讨过原野为什么会有"一棵树"的答案。

生态灭绝式的恶化，风成了西海固的主宰。我们村子依附的山脉叫过风岭，总是有风，风翻越山岭就如同老牛，呼哧呼哧，不宁不息。睡觉醒来，嘴里沙土蹭牙，炕头被褥一层沙尘。当塑料布兴起，家家炕上、被褥上都盖着塑料布，睡觉时提起来一抖，沙尘簌簌落地。播进土地的庄稼好不容易挣脱干旱的魔掌长出幼苗，却让一场风沙打死了，只得补苗复种。夏季更有热干风，风漫过庄稼地就像火焰漫过，庄稼哪有活路？七灾八难的，绝收的年景是经常的。更可恶的是风四季不绝吹拂，人一上年纪都患上了风湿性关节炎。

天干地枯

"剁开一粒黄土，半粒在喊渴，半粒在喊饿。"这是一位西海固诗人的呐喊。

民以食为天，西海固是民以天为食。西海固位于黄土高原西南丘陵干旱区，为黄土高原及其向干旱风沙区的过渡地带，《固原水利述要》记载：从1582年到1950年的369年间，出现大旱63次，平均5.9年一次；历史上“人相食”“易子而食”“父子夫妇相割而啖”等记载不绝史书。

1928年，大旱侵袭西北，甘肃省（西海固当时属于甘肃省）为重灾区，灾民达245万。《甘肃农业发展史事纪要》记载：“全省春夏空前大旱，自陇东以迄于河西，南起洮岷，北达宁夏，65余县旱雹、洪水、虫害、霜冻相继，瘟疫流行，致使寸草不生，赤地千里，颗粒无收，饥民号寒，积尸梗道……全省灾民多达245万余人。”1929年《申报》报道，灾民“食油渣、豆渣、苜蓿、棉籽、秕糠、杏叶、地衣、槐豆、草根、树皮、牛筋等物，尤有以雁粪作食者。至瘠弱而死者，不可胜计”，全省140余万人死于饥饿。与西海固并称“三西”的定西县当时6万人口，灾后只剩3000人。斯诺采访过大饥荒，其夫人在《斯诺眼中的中国》中记载，“饥民的尸体经常在埋葬之前就消失了，在一些村庄，人肉公开售卖”。

20世纪50年代至80年代的30多年中，严重旱灾达8次，周期缩短为平均每4.8年一次。进入20世纪六七十年代，干旱年份出现的频率越来越高，且多以持续干旱为主，西海固耕地90.8%属于干旱地，雨养农业比重占耕地总面积的90%，天焦地枯，田野里生长着的庄稼一根火柴就能点着。三年一小旱，五年一大旱，逢大旱年，连续两三百天滴水不降乃常事。西海固半数以上的县年平均降水量只有二三百毫米，蒸发量高达降水量10倍。以1973年大旱为例，同心、海原两县粮食平均亩产4.1公斤、5.2公斤。“丰年吃半饱，灾年四处逃”，成为人们的生活常态，十村九庄的人都有出门乞讨的经历。20世纪90年代以来呈现出重大旱灾频繁发生、间隔时间缩短、危害加重的趋势。

一旱两吃难，第一难不是吃粮，而是吃水。西海固人靠天吃饭，更得靠天吃水。遭遇旱灾，人畜饮用就是第一大难。

窖水是西海固人的主要饮用水。普雨一落地就让干渴的土地吸收了，形不成地表径流，窖是收不上水的，只能等待过雨。过雨就是暴雨，来得激情澎湃，像个出门已久的汉子，迈着驾幸的大步，打着酒鼾般的闷雷，甩着闪电，大大咧咧地来了，银圆般的雨点砸下来，落地生尘，大地硝烟弥漫，一派战争气象。大地颤动起来，仿佛怀春的女子扭动着身子。过雨短促，五六分钟，十来分钟，刹那沟谷壕堑惊涛拍岸，气吞万里如虎，载满货物的大卡车都能被打翻卷走，沟谷间放牧的羊牲口和放牧人被洪水卷走是常事。过雨隔犁沟，隔一座山，隔一个村庄，有时只隔一道沟，这边暴雨如注，那边骄阳似火。山相扶而沟相通，这里晴天大日头的，老远的地方下了过雨，洪水从沟谷壕堑汹涌而出，在西海固行路，穿越沟谷壕堑你得注意了。西海固偏场雨，人们会抓紧时间耕种，种庄稼是收不上籽实，但可以给猪羊牛驴收一把草。偏场雨就等于偏了一回收成，吃了一回救济，发了一回横财。有位领导讲过一句很经典的话：西海固下雨就是下GDP。

过雨来得狂野激情，去得粗暴绝情，沟深了，路断了，窑倒窖塌，更会造成泥石流，大地一片狼藉。糟糕的是过雨往往携着冷子（冰雹）、龙卷风，常常将正在灌浆丰稔的庄稼折断砸进土里。然而，过雨依然是人们渴求企盼的——只有过雨能为我们的生命之窖装满水。

因此，西海固诗人长叹：“想家，其实是想一场雨。”

窖，坛状，口极小，先掘出仅容一人举起双手下去的窖口，然后往大里揎，这是因为窖要锁起来。那年来了几位朋友，他们最想看的是“锁着的水”。我带他们去看了窖，朋友们大为感慨，也就理解了“死水怕的勺勺舀”这句西海固谚语。那年月夜不闭户，窖却永远是铁将军把门。

山梁岭峁间形成许多嵝崄，山水从坡上倾泻而下，嵝崄口就成了水口，最理想的打窖之地。一个个隆起的土堆像饱胀的乳房，那就是窖鼓堆了。一位北京朋友看到那些窖鼓堆，以为发生了严重盗墓事件，悠久的历史让西海固这块土地多古墓，动不动就发现古墓群。

除了窖，还有涝坝。村村都有几个涝坝，在水口挖出一个大坑，夯筑后用胶泥墁过，收满水了，饮全队的羊牲口。当然也成了人们洗澡耍水的浴池。窖塌了或窖里没收上水，也吃涝坝里的水，还会把涝坝里的水拉到窖里储存。

西海固两个老汉头一次见了黄河，一个老汉感慨地说：“看黄河水多得，要是在老家能装下几十窖呢嘛！”另一个老汉撇着嘴说：“你吓得没敢说，装不下几百窖你把我头割了！”用窖装黄河水，当然是笑话，但看到水西海固人首先想到的是用窖装起来却是实实在在的。

审视西海固地图，许多人感到惊讶，西海固不是缺水吗？可你看看代表着河流的蓝色曲线那么密集纵横，含水的地名像晶莹剔透的露珠一样散落在这片土地上，西海固一派水乡泽国气概，浩浩荡荡的水扑面而来。然而，深入西海固的内里，走上一天不一定能见到水，“水套子”，多么浩瀚的名字，你定会想到横无际涯的水，却只有3眼井；

海原、海子、海池山……这些名字与海无关；长流水、好水川、望水……这些名字与水无涉，迎面而来的黄风土雾，伴你而行的干山枯岭，如果说“旱天盖”这样的名字让人感到绝望，那么“喊叫水”这样的名字就是冲上天发出的呐喊、控诉！那么一棵树、三棵树、四棵树……这样的地名你就能理解不是诗意表达，而是写实。

我国是世界上13个贫水国之一，人均水资源占有量只有世界人均水平的1/4；每公顷平均水资源占有量只有世界每公顷平均水平的2/3。水利部门资料显示，正常年份，西海固人均水资源量是全国人均值的16.72%。农田亩均水资源量是全国亩均值的7%。至于干旱年景，水资源就可忽略不计了。

时光带走了河流，只留下名字和河道，就像大地被撕裂的粗陋伤口，刀削斧砍般让人震撼，绝大多数河流都是沟的代名词，就那么干涸着，只有雷电裹挟过雨席卷而来，这些河沟才过一回惊涛拍岸的瘾，但仅仅数分钟一小时，洪水泄尽，河谷尺厚的稀泥在阳光的淫威里裂开网络般口纹。有水的日子太少了，更多的时候，河沟成了道路，大小车辆、牛羊驴骡，路上轧起的趟土倒是像河水淹了脚背。

以西海固五大河流为例，至20世纪80年代，除泾河四季有水，水质上好，可只在宁夏境内流淌了几十公里；清水河、渝河、葫芦河、祖厉河4条河流都只有“指头胖的一股股水”了，一条河用“指头”来形容，足见其卑微。就那“指头胖的一股股水”，流域内地层矿化度高达5～7度，有的超过了10度，“苦得撕嘴”，像祖厉河又名苦水河。阳光下河水蓝汪汪碧乌乌的，无鱼，无草，就连癞瓜瓜也罕见，干净得无任何生命。卵石上生一层墨绿的苔藓，像菜团子。水缓缓流着，听不到任何一种水声，仿佛流淌的不是水，而是透明的沙子或者岩浆。

河床铺着一层白花花肥皂泡一样蓬松的碱泡，走过去，鞋全白了，仿佛鞔了一层孝布。河床上再无别的植物，只长着碱蒿，碧绿茂盛，叶如松针，掐一枝下来，汁液粘在手上少时便点点白坨，极涩苦。羊牲口对这丛丛碧绿不屑一顾，这也是它能茂盛的原因。不过，碱蒿也有用处，可烧碱，做馍极好。

羊牲口到水边，嘴扎进水里，很快就扬起头像拨浪鼓摇着，耳朵像风中的叶片，上唇与下唇一开一合啪啪有声，仿佛吃了苦药或辣椒，沮丧地走向沟壁，又不甘心地回过头，再次来到水边，嘴唇轻放水上，又不停地甩头、翕唇，如是往复。羊会边甩头边叫，叫声听上去完全是在说“苦啊，苦啊”。羊牲口不肯喝水，只能采取哄骗的方法，水上撒一层麸子、秕谷、豌豆，为吃水上浮的麸子、秕谷和沉入水底的豌豆，羊牲口只能喝掉水，抬头看着你。

尽管“苦得撕嘴”，但干旱年景，窖没收上水，河沟水便是唯一水源。

西海固的雨季非常短暂，就6、7、8、9月，雨季过后，就早早吃上河沟水了，窖水是不可吃干的，一是要养窖，窖干了，糊的胶泥就会开裂脱落，窖再装水就会塌陷。二是赶上羊牲口去十几里外的河沟饮水，驮回河沟水掺和窖里水吃。三是要化冰雪，背进窖里的冰雪要水才能化开，否则永远是冰雪，曾发生过窖中的冰雪不化，架火去烤的事。河水结冰后，盐碱度就大大降低了，一冬无雪，就到河沟拉冰。旱年，一家至少有两个壮劳力给搅销在水上。

2007年，国家出台重点地方病防治工作规划，开展碘缺乏病和氟、砷中毒防治，我们前往固原市采访。原州区共有氟病区69个，11个乡镇约7万人患氟骨症和氟斑牙，病患看得人触目惊心。

来采风者多有这样一个疑问：西海固为什么不打井？20世纪60年代以来，地矿部门一直在勘察，西海固地下水资源严重匮乏，而且极深，平均深度二三百米，打井只能成为一种政府行为，部队某给水团不止一次为西海固找水打井。1973年大旱，部队抗旱队给我们村找水，打出一口深度在300多米的井，柴油机带卷扬机，卷一桶水需要10多分钟。

人口超限

虽然西海固历史上一直为移民核心区域，因为自然灾害频繁，社会动荡持续，尤其是清政府覆灭后带来的西北局势的动荡，兵乱土匪滋盛。“民国肇造二十余年间，土匪骚乱，民生不堪，聚落萧条。”而1920年的海原大地震更是造成毁灭性打击，“固原民九地震，造成浩劫，损伤生灵无数，沧海桑田，今昔悬殊”。海原大地震后，因四分五裂的政治局势，羸弱的中央政府无力赈济，社会援助也只是杯水车薪。地震创伤未得到有效医治，紧接着“民国十五年大军过境，差徭繁兴，继以民国十八年奇荒，地方不靖，萑苻遍野”。繁重的军需供应更使得西海固地区“十室九空，焦土一片，四境无人，赤地千里”，纷至沓来的天灾人祸，加剧了西海固贫困的恶性循环。到了1943年，西海固士绅夏际文上书请求国民政府发放赈济款，说固原“天灾人祸，甲于各县”，石作梁上书甘肃省政府也说：“固原三边要镇，形成军防据点，因而人民之苦亦未有甚于固原者。”后上书国民政府主席又说，“军兴以来，连岁灾歉，负担奇重，全省鲜俦，人民困苦，未有甚于固原者”。远的不说，清末民初可以说西海固人口呈现出“高出生、高死亡、低增长”的状况，至解放时人口仅有53.4万。而有专家指出就这其中还有外来移民，本地人只有18万。

新中国成立后，社会稳定，人民生活虽然贫困，但却得到及时救济，医疗条件改善，加之“多子多福”“养儿防老”“传宗接代”“不孝有三，无后为大”“怀里没有拉屎的，坟头没有烧纸的”等传统观念根深蒂固，早婚早育成风，人口迅速增长。

打毛蛋，费袖子，
你妈养了个精溜子；
会爬了，会走了，
你妈肚子里又有了。

这是我们小时候的歌谣。

西海固人口急骤增长。人口普查资料显示，1950年至1985年宁夏年平均出生率为32.68‰，除西藏外，排全国第一。1962年以后连续8年排全国第一。自然增长率高达23‰～30‰。1980年，西海固人口增至158.8万人，人口密度每平方公里达到78.28人，有的地区达到每平方公里220人，远远超过1978年联合国干旱地区每平方公里7人、半干旱地区每平方公里20人的人口密度标准。人均耕地面积由解放初的

14.9亩下降到4.2亩。土地瘠薄，为了生存，人们广种薄收，大肆垦荒养殖，耕地面积由1949年的748.2万亩翻了一番，致使生态环境严重恶化，干旱、冰雹、沙尘暴等自然灾害频繁发生，越生越穷，越穷越生。

封闭的地理环境与落后的经济使西海固长期束缚于单一的自然经济，加之人们观念落后，市场经济意识淡薄，城镇规模小，城镇化率低，二、三产业发展水平低，大量剩余劳动力滞留在农村，无法实现结构性转移，第一产业在三大产业中从业人数占75%以上，造成农业生产效率低下。宁夏统计局农调队有个预算，20世纪90年代初，西海固地区种植业仅需48.7万人，实际滞留在种植业的劳动力达71.9万人，绝对剩余23.2万人，占32.3%，人口与经济发展不协调严重制约地区经济发展。

十田九沟头

千山万壑，注定西海固人赖以生活的土地多为山坡地。“两头牛，一张犁，先耕坡底后垦脊。”最陡的坡地坡度达到三四十度，“十田九沟头，犁地滚了牛”。除了牛，其他牲畜无法耕种。因此一个家庭要像操心一对驴一样操心一对牛。于是有这样的感恩故事：传说牛原是天界的瑞兽。天地初开时，玉帝派老牛下来给人传规矩，一天一吃饭三穿衣。可是老牛在给人传话时传成了一天三吃饭一穿衣。玉帝大怒，说那你去养活人吧。说完一脚就将牛踢下了凡间。牛挨了这一脚，结果让玉帝踢掉了门牙，因此牛是没有门牙的。传说都是有寓意的，这个传说是在告诉人们，牛是我们的兄弟，是替我们下苦的，人离开牛是生存不下去的。“高山陡洼沟连沟，种地种到峁额头。下子三升打一斗，年复一年饥肠吼。”这是农民的打油诗。

“宁种一个窝窝子，不种十个坡坡子。”窝窝子就是指谷、川、台、窝、滩等低洼处的相对平坦的土地，收成与坡地每亩有几倍的差距。然而，天然植被破坏殆尽，失去了林草保护的大地成了荒山秃岭，无雨飞沙走石，有雨随水流失，西海固雨季在6、7、8、9月，海拔在1248～2955米，强对流天气盛行，雨多为暴雨，低洼的平地一遇暴雨也便成了水道，山高坡陡，暴雨刀削斧砍，沟壑疯狂扩张，谷、川、台、窝、滩的土地便一块一块地被暴雨冲走了，黄土高原绵柔的大地被雨水切割成千沟万壑，低洼处千伤万痕，支离破碎。一场暴雨，一个村庄少几十亩上百亩沟滩地是常事，“好路让沟咬断了，好地让沟霸占了”。坡上开荒越开越高了。

至20世纪80年代，西海固水土流失面积占土地总面积的84.6%。专家研究称：每亩地年流失有机质80多公斤，有机质含量少，土地就瘠薄，亩产就低，这样的土地就是“三跑田”——跑水、跑土、跑肥。大量流失的黄土通过清水河、泾河、葫芦河等西海固境内的黄河支流，造成黄河泥沙严重淤积，水域环境严重恶化。

本来就瘠薄的土地，又频发干旱，常常是“种了一摞子，收了一抱子。装了一筐子，打了一帽子”，遇到旱年，颗粒无收。即使老天爷照顾，雨水广一点的年份，亩产也就二三百斤，而种子就要四五十斤。

为解决温饱问题，人们只能广种薄收，往更高的山坡上开垦荒地，庄稼一直种到了山顶梁峁上，西海固陷入“越垦越穷，越穷越垦，越垦越荒”的恶性循环。1949年，西海固地区的垦殖率大约为55%，而到了1980年，高达80%左右，植被覆盖率只剩下18.3%。约9成的土地、草原不同程度地出现退化、沙化，部分土地变成了毫无生产能力的沙漠。

“猫儿吃糨子，总在嘴上抓挖。”意思是人们总在为吃而忙活，日复一日，年复一年，其贫穷程度可想而知。

去西海固乡下，常会被问及这样的一个问题：你们是干啥的？在外面的人听来有些奇怪。一次朋友说这里人有意思，连续见了七八个人，不问咱们从啊达来，也不问到啊达去，只问你们是干啥的。我说这话里含着一种渴望、一种期待。

西海固人纳闷，西海固的山、沟、梁、峁与陕北一模一样，可是陕北煤、油那么多，西海固咋就没有？西海固人不相信同样的地貌下没有同样的东西，一个老乡说国家太大了，还没顾上来探哩。

山走动的地方

西海固处在地震带上，在现存的几十种西海固地方史书方志中，关于地震的记载不少，小震不断，大震不少。金兴定三年（1219），金军占据固原城的第二年，西海固大地震，固原城城墙以及建筑被严重毁坏。近百年后，元大德十一年（1307）八月，开城路地震，安西王府几乎被夷为平地，“仅王府内死亡5000多人”，足见地震之剧烈。“嘉靖四十年（1561）六月，固原等处地震，城垣、墩台、房屋皆倒塌，地涌黑黄沙水，压死诸苑监牧军千余户，牧马500余匹。”（《固原地区志》）1913年、1914年两年，海原发生地震7次之多，崖窑塌陷，死亡不少人。

1920年12月16日，海原发生了8.5级特大地震，山崩地裂，河流堰塞，大地震释放的能量相当于11.2个唐山大地震，相当于1200枚广岛原子弹，全球96个地震台记录到此次地震，死亡23.4万人，占灾区总人口的56%。而震中海原县，死亡73000多人，占全县实有人口的2/3以上。伴随着大地震而来的是纷纷扬扬的大雪。震后没有任何救灾举措，当时的《地学杂志》在《陕甘地震记略》中报道，灾后人民“无衣、无食、无住，流离惨状，目不忍睹，耳不忍闻……复值严寒大风，忍冻忍饥，瑟瑟露宿，匍匐扶伤，哭声遍野，不待饿殍，亦将僵毙。牲畜死亡散失，狼狗亦群出吃人”。可悲的是在地震后的1月20日，甘肃省才向北洋政府发出第一份电报：“大批遇难者的尸首遍布四野，伏尸累累而无力掩埋，数十里内人烟断绝，鸡犬灭迹。”甘肃督军张广建带着人到黄河边祭祀河神。

余震持续3年之久，达数千次之多，最高达到7级，而与之相伴的是大旱、饥荒。1923年3月19日，甘肃籍国会议员周之轮等人还在给中央赈务处的公函中，描述震后两年余的惨状：“敝省自震灾以后，民生凋敝，日益颠连，加以雹灾旱荒频岁歉收……”还提到“兰州有卖人肉包子之事”，“饥冻以死者仍时有所闻”。

20世纪世界上死亡人数最多的10次地震，中国就占了3次，海原地震位居第一。

写《海原书》（以1920年海原大地震为背景的长篇小说）我采访过几个幸存者，海原西安乡一位90多岁的老人小名叫炕桌子，说地震时他爷将他推到炕桌子下，他才活了下来。“山走了，每个山底下都埋着人。”一老汉说，“人的难大，土地爷喝多了，根子不稳，整日晃嘛，5天后，地又大动了一次，后来听广播上说7级以上，比头一次死的人还多。那时间没人管嘛，你看汶川地震那救援，咱这达都是黄绵土，人就是给捂到窑里了，许多人不是给塌下来的土压死打死的，是被活活捂死的，像现在那么组织人救，好多人都能救下，也死不了那么多人。有一个人给埋了，一直靠吃缸里腌的咸菜，弹着三弦，半月后被人挖了出来。地震半月后，听到羊在地里叫，掏出来羊把身上的毛都啃光了，像剥了皮，唉，风一吹，日头一照，倒地就死了。”老汉落泪了，“修梯田，挖出地震时倒塌的窑洞，一堆堆白骨，墙上抠抓出一道道指印子，血糊糊的。”

我去海原采访，途中遇暴雨，山体滑坡，露出层层白骨，我第一次见到人骨是那样的白。

海原县城以东有一处埋葬地震遇难者的“万人坟”，坟堆连着坟堆，占地数百亩。震后由于缺乏组织，并且活着的人已经很稀少了，震中海原县，死者十之七八，仓促埋葬，七八个人同葬一个墓穴。地震发生在农历十一月初七，这天便成了特有的“纪难节”，每年这天，在地震中死亡者的后人们自四面八方来“万人坟”祭奠先人。

大地震后，这里出现了李唐赵这样的名字，看到这个名，疑惑是少写了一个字，该是李唐赵宋。其实不然，这是一个人的名字，3个字都是姓，组合到一起，看不出有什么寓意，有什么寄托，其实有大寄托，这叫一人开三门，担负着为三姓传宗接代的责任。在震区，这样的名字不少，张秦有，尤陈根，张秦有是张家和秦家共有，尤陈根是尤家和陈家的根。

更可悲的是第一批进入震区考察的竟然是外国人，他们在地震两个多月后进入震区，在1922年美国《国家地理》发表《在山走动的地方》:“在丝绸之路的一段上，山峰在夜幕下移动，巨大的地裂，山崩如瀑布般一泻而下……天刚蒙蒙亮，他们爬出来时，发现了巨大的山体滑坡，吞噬了无数的村庄，覆盖了肥沃的平原及谷地，淤塞了河道，山谷变成了湖泊，大山在一夜之间移动到了别的地方。当时的人们被这突兀的地震惊呆了。他们惊奇地叫道：山走了。”时隔一个多月后，北洋政府才派出翁文灏、谢家荣等6人赴灾区调查。

海原地震博物馆建成，我参观完尴尬而沮丧，图片资料几乎全是外国人的，即使墙上“20世纪，中国，西方世界遗忘了的灾难”这话，也是老外说的。

2008年汶川大地震，西海固震感强烈，有房屋裂缝，宁夏正在进行的危窑危房改造工程加速，防震系数再提高。

历史上的兵患匪祸

“回中道路险，萧关烽堠多”,“儿童能探火，妇女解缝旗”,“寺寺院中无竹树，家家壁上有弓刀”，生活在萧关，战争是何等平凡，硝烟散尽，这里成了边关，戍守是萧关人日常生活的一部分。

远的不做赘述，就说民国时期任宁夏主席长达17年的西北“四马”之一的马鸿逵，虽然民国时西海固部分县属于甘肃，不在他管辖范围，他照样抓兵。当时的宁夏七十来万人，马鸿逵军队就有10万人。抽丁花儿这样唱:“哥五个，去四个；哥三个，去两个；哥两个，去一个；哥一个，去一个……”后来搞双丁制，父子即为双丁，所谓“大配小，小抬大”，残疾不影响行动劳作的，抓来当马夫、伙夫。征兵令下，全省部队、保甲一起动员，四处抓兵，一时路断人稀，如临大敌。后组建童子军，抓兵年龄就更小了，男孩十二三岁就昼伏夜出躲兵灾。为避兵祸自残，有人因此而丧命，跑兵（逃兵）自是常事。鉴于大批潜逃，马家军出了更残酷的招数，兄逃弟替，父死子承，一户跑则一甲负责，一甲无兵则全保公摊，殃及九族，祸延乡里。严令各县配合部队抓捕逃人。搜捕不到，以其兄弟亲戚顶替，无人顶替的，就对逃兵家属或雇主严刑追逼，令其寻找本人，或出钱另雇。原兵主无钱雇兵时，则由所在的甲或保共同负担。再跑了再雇，故民间有“兵根是挖不尽的祸根”之说。有的巨商富户，有雇兵达一排之多的。最后到了“不怕邻居出人命，就怕邻居出逃兵”的地步。有民谣这样唱:“听兵逃，心飞掉，款子逼得要上吊。保阎王，甲小鬼，没有兵款了不得。”有的地主富商，更以所雇之兵死亡为喜事。

由于兵源枯竭，雇兵现象普遍发生。最初雇兵一名，需小麦三四十石，或银币百十元。后来竟涨到小麦八十至一百石，银币二百至三四百元。马鸿逵下令严惩逃兵，然屡禁不止，逃兵一天比一天多。他想出一条“妙计”：一到晚上，把士兵衣裤鞋统统收起来，第二日早再还下去。这一下，各级军官变成跑堂的了，收来的衣裤都放在当官的屋里，堆成小山头。

百姓苦于兵役，有的将房屋、家具、土地全部遗弃，携全家逃跑，有的村庄一村人都逃跑了。在马氏家族的统治下，宁夏民不聊生，田园荒芜，到1949年宁夏解放初期统计，全宁夏17个县、市、旗，总户数才12万户，总人口74万人，人口外逃30万人。

与自然灾害和战乱接踵而来的是匪患。民国时期，国民军、地方军冲突不断，竞相扩充势力，抓兵，筹军饷、军需，民众被逼得走投无路，一些人便钻山为匪，加上逃跑的兵士，固原匪患猖獗，深山大壑正好成了他们的窝巢，从七八个一股到三五十名至百名一股，有数十股之多，几股势力最强的土匪人马过千，枪马俱齐，他们自封为司令、师长，昼伏夜出，到处打家劫舍，烧杀抢掠。匪徒张狂地唱："拉着富汉要银子，拉着穷汉补名字，哎哟哟！为个女子攻堡子。"

为躲避土匪，西海固人选择在高险的梁峁上筑堡子，隐秘的崖沟里挖窨子。堡子像城堡，窨子似地道。一个村庄里窨子就像一条暗河，或宽或窄，斗折蛇行，好像迷宫，陷坑、死路，机关重重，步步惊险，攻防兼备，有垂直竖井，设有石板盖子，既可防烟熏，又是一夫当关万夫莫开的关隘，安装有磨面的石磨，有储藏食品的，挖有水井，有住人的，有做饭的，也有卫生间，有的还设有妇女坐月子的拐窑，窨子里可凭暗号互通。大宗族为主的村庄，修有直通七八里外镇街的地下通道，遭遇兵患匪祸，一村人躲在窨子里生活一两年也不成问题。窨子出口都在极隐蔽的地方，或草深的沟壑，或悬崖峭壁，需靠绳索梯子出入，抽掉绳子梯子，别人无法进入。土匪围村，人们就躲进堡子，或由窨子逃出村外，这叫"跑贼"。在西海固以堡为名的村庄很多，这些堡子除了少数为兵堡，绝大多数都是人们为了防匪而建造的。

土匪出没无常，洪水猛兽一般，百姓防不胜防，一日数谣，一传百误，令人坐卧不宁，每见行路者脚步急促，就心惊胆战，以为来土匪了，奔逃而去，有时土匪没来，家却被小贼浑水摸鱼洗劫了，百姓苦不堪言。

第三章　西海固是个大地方

萧关烽堠多

“曹们西海固历史久远哩，别看一直很穷，穷了多少年了，老早以前可是个大地方哩。”这是老郭的话。

老郭何人？

萧关残垣断壁上蹴着的一个老农。

“曹们”就是“我们”，西海固许多方言中“曹”取代了第一人称“我”。

新世纪之初，两位文友从兰州来固原，由南进入宁夏。

由南进入宁夏，必先过一关——萧关。我在萧关迎接他们，直接游览萧关。

如今的萧关很气派，不像一个关，倒像座迎宾的城门，气派、喜庆、阔绰，当然是新修的。

距萧关不远的山上有一座坍塌的旧堡，堡墙上蹴一个老汉，仿佛一只老鹰，我们停下车，还不等我们搭话，老汉说：“走岔了，走岔了，往里再走没路了，快掉头，在前面的沟垴头子就该向左，一拐就上油路了。”

朋友说：“我们就是想走走老路。”

老郭打量着我们说：“噢，要说老路，这路可老得有些年岁了，这是一条官道，来来往往走过不少皇上哩。”

朋友说：“都走过哪些皇上？”

老郭笑笑说：“秦始皇走过，汉武帝走过，多咧，后来毛主席、周总理、邓小平同志都从这里过过，这可是实实儿的。”

我说：“老人家您有大学问哩。”

老郭嘿嘿一笑说：“还大学问，两眼摸黑，斗大的字识不得半升，那年队上来了个改造的右派，聂家（西海固方言：人家）满肚子都是墨水哩，啥都能给你说出个样样行行。聂家不是曹们这达人，可把这达弄得比曹们清楚明白，几千年前的事讲起来一套一套的。唉，那人，啥毛病没有，就是书念多了，脑子有些攮。”又说，“你们要想了解这些，掉头往前走不远，有个胳膊弯子，向东一拐，大路边，六盘山根子立着好大的一个牌楼子，上面写得明白着哩。山顶有红军长征纪念馆，里面讲得清楚得很。”

我对朋友说：“老路可要好好走走，说不定哪只脚印就和帝王的重合上了，沾点王气。”

朋友说：“那我可得迈着八字一撇一捺地走，要不然怕重合不上。”

老郭嘿嘿一笑说：“重合上又能咋样，我在这路上走了一辈子，从毛头小伙子走成了秃头老汉了，就不信还没重合上一回，可日子过得有皮没毛的。”

我说："正扶贫呢嘛……"

老郭说："唉，穷根扎得太深了嘛，一两年拔不掉……"

我递给老郭一根烟点了，老郭深咂一口烟说："秦时明月汉时关，你们知道在哪里？"

我们看着他，这话问得有些莫名其妙，老郭一笑说："就在曹们这里，以前是秦地，明月在天上，关就是萧关嘛。"

我们异口同声高喝："好！"

老郭说："要说老早以前，曹们西海固可是大地方哩。你看，别的不说，就说地名不是城、关、镇，就是堡、寨、营，小地方哪有这样的地名，叫个沟沟洼洼、庄庄岔岔就完了。"

我给老郭竖了两个大拇指，塞了一包烟。

是啊，地名是一个地方特定的文化象征和历史符号。打开西海固地图，你会误以为是行军作战图，堡、寨、关、营、城触目尽是。李旺堡、温堡、将台堡、黄铎堡、湖大堡、张堡、官堡、龟头堡、李俊堡、杨明堡、张家堡、胡大堡……定川寨、天都寨、临羌寨、火石寨、寨科、三川寨、程儿山寨……萧关、甘城关、石峡关、关桥、制胜关、三关口……天城、偏城、古城、平夏城、西安州古城、朝那城、甘城、白城子、硝河城、红城子、石门城、耳朵城……广武营、玉泉营、清水营、哨马营、兴武营、新营、二府营、灵堂营、哨马营……从银川到固原，由南向北一字排开八大营，有些名字更是杀气腾腾，比如大战场，每个地名都背负着沧桑惨烈的往事。

西海固地处农耕文化与游牧文化的冲撞融合地带，在漫长的历史上攻占、掠夺、厮杀、联合、兼并，以堡、寨、关、城、营为名的地名一点都不稀奇。

老郭说："你们想挖透这个大地方，得好好地跑一跑哩，到处都是古董。"

是啊，在泾河、清水河、葫芦河、茹河、页河子等流域，旧、新石器时代文化遗址相当密集，绵延百里以上，海原县西安镇菜园遗址、固原城东南的烂罐洼……汇集了"仰韶""马家窑""石岭下""半山""马厂""齐家"等文化类型，学者认为以六盘山为中心的泾、渭、清水河上游诸河谷，是中国远古文化的起源地之一，是华夏文化的摇篮之一。

地理决定历史。

萧关，是西海固历史的一个标签。

战国时期秦惠文王采用张仪"连横"之计，"筑亭障以逐戎人"(《史记·秦始皇本纪》)，设北地郡，郡治在高平，也就是今天的固原，围绕着关中地区设立"东函关，南武关，西散关，北萧关"四关。萧关依六盘山，穿瓦亭长峡，南接三关口，泾水流贯，群峰环拱，峡谷险峻，形成一个天然关隘，西接陇西、新疆，东下陇东、长安，是帝国的命脉，兵家必争之地。《读史方舆纪要》这样描述萧关："自魏晋以来，关中多故，萧关皆成往来孔道……左控五原，右带兰会，黄流绕北，崆峒阻南，据八郡之肩背，绾三镇之要膂……萧关诚控扼要地矣。"

秦始皇帝二十六年（前221），秦统一六国，蒙恬北逐匈奴后，西北依古雁岭和战国秦长城，东南傍清水河筑高平城，城坚池深，易守难攻，成为大秦帝国西北要塞。西汉文帝十四年（前166）冬，匈奴老上单于率领14万铁骑，杀气腾腾，一路南下，攻取大汉的北地、安定二郡，侵朝那，占萧关，掳民夺地，抢劫了大量财物和牲畜。汉朝名将北地郡都尉孙卬战死疆场。匈奴人肆无忌惮，掠城破寨，打到彭阳，又烧毁回中宫，祸民月余，威胁长安。西汉王朝遣大将军张相如、栾布等发兵30万车骑，匈奴看到汉军兵多将广，军威强盛，望风而逃，汉军收复萧关等失地。西周、秦、汉政权的疆域最严重的威胁正是来自这里。

元鼎三年（前114），汉武帝为防御反击匈奴，加强西北边备，"析北地，置安定"，将北地郡一分为二，设置安定郡，治高平（今原州区），《后汉书》记载"襟带西凉，咽喉灵武，高平第一城"，始为州、郡级建制地的发端。"隮高平而周览，望山谷之嵯峨。野萧条以莽荡，迴千里而无家。风猋发以漂遥兮，谷水灌以扬波。飞云雾之杳杳，涉积雪之皑皑……"班彪北游安定郡，登上安定郡高平城，写下了《北征赋》。东汉建武八年（32）四月，光武帝刘秀率大军亲征隗嚣，讨伐叛乱，"隗嚣十余万众皆降"，"置酒高会"，大宴群臣。

北周政权奠基者宇文泰发迹于固原，其子北周皇帝宇文邕的童年就是在原州度过的，后多次"幸巡原州"，原州成为帝王州，以始建于西汉的固原古城为基础大规模建筑，形成"回"字形城池。北魏正光五年（524）改高平称原州。

夏龙升元年（407），赫连勃勃率部众偷袭高平川即今清水河流域，杀岳父高平公没奕干，吞并其部众，占据高平，自比华夏第一朝夏朝夏后氏裔胄，以"夏"为国号，建立大夏政权，称大夏王、大单于。这是宁夏历史上第一个封建割据政权。6年后，赫连勃勃建都城于今陕西靖边县白城子营，命名"统万"城，意为统一天下，君临万邦。无独有偶，北魏孝明帝武泰元年（528）万俟丑奴也据高平城称帝。隋朝设原州总管府。

唐朝在原州设置七关——石门、木峡、六盘、制胜、驿藏、石峡、木靖关，节制着东西南北交通，须弥山大佛脚下的石门关，是中原通往西域的要冲，是防止突厥入关中第一道防线，也是丝绸之路必经的重要关隘。在石门关置他楼县、萧关县。贞观五年（631）于原州设都督府，掌管本地军政事务。广德元年（763），西海固一带陷于吐蕃，原州先后治于平凉、镇原，只好称为“故原州”，后演绎为固原。还有二说，一说讳故改固，因名固原；一说“北魏以此置原州，以其地险固因名”。武则天时期，突厥日渐强盛，武则天任魏元忠统重兵镇守萧关，以备突厥。原州陷于吐蕃期间，仅剩弹筝峡成为唐与吐蕃的边关和驿道。唐朝控制这一地区后，不仅迁回原州州治所，大中五年（851）还升萧关县为武州，以保证商路通畅。唐末，契丹、党项、女真和蒙古族崛起，相互攻伐，战争不断，严重破坏了商路的通畅。与此同时，海上丝绸之路逐渐兴起，陆上丝绸之路逐渐衰落，固原商贸重镇渐渐凋敝，军事重镇越来越显重要。

至宋，西夏建立，王朝边界推至西海固海原、西吉一带，设镇戎军、德顺军、怀德军（等级与州同）和西安州等军政机构，以固边防，且是北宋西北边防设置堡寨最多的地区。西夏割据王朝建立初期，宋、西夏进行了3次大规模战争，就是军事史上著名的宋军“镇戎三败”。朝野大震，宋仁宗“为之旰食”，延州知州范仲淹因此被革职。此三战，确立了西夏战略上的优势。西夏存在了189年，西海固一直是宋、西夏对峙的边关要塞。

时危多战垒，将猛守萧关，比战争更漫长的是守关，一守就是多年。今来部曲尽，白首过萧关，思念把一个女人变成了诗人，“夫戍边关妾在吴，西风吹妾妾忧夫。一行书信千行泪，寒到君边衣到无?”(陈玉兰《寄夫》)

写萧关的诗词成千上万，事实上许多文人墨客未曾到过萧关，漫长的历史把萧关凝练成为边关的象征，成为报国怀乡的寄托，成为精神信仰的高度。

有两首诗我觉得极真实地写出了萧关人的生活境况，一首是唐李昌符的:“渐觉风沙暗，萧关欲到时。儿童能探火，妇女解缝旗。川少衔鱼鹭，林多带箭麋。暂来戎马地，不敢苦吟诗。”一首是唐朱庆馀的:“玉关西路出临洮，风卷边沙入马毛。寺寺院中无竹树，家家壁上有弓刀。惟怜战士垂金甲，不尚游人著白袍。日暮独吟秋色里，平原一望戍楼高。”

戍守成为萧关人日常生活的一部分。

从长城博物馆到丝路古道

行走西海固，来来回回跨越长城是必然的。宁夏有长城博物馆之称，战国、秦、汉、隋、唐、宋、明历朝历代的长城都有遗址，全长达1507公里，可见墙体517.9公里，上千座台堡及铺舍、壕堑，绝大多数长城就在西海固。

“秦穆公得由余，西戎八国服于秦，故自陇以西有绵诸、绲戎、翟、獂之戎，岐、梁山、泾、漆之北有义渠、大荔、乌氏、朐衍之戎。”(《史记·匈奴列传》)周襄王二十年(前632)，戎“侵夺岐、丰之地”，秦“遂霸西戎”，其后势力范围扩大到西海固。周赧王元年（前314），秦惠文王灭乌氏戎后在固原东南部设乌氏县，筑乌氏城。《括地志》云：“宁、原、庆三州，秦北地郡，战国及春秋时，为义渠戎国之地。”义渠戎国是西戎诸国中的佼佼者。秦昭襄王三十五年（前272），“秦昭王时，义渠戎王与宣太后乱，有二子。宣太后诈而杀义渠戎王于甘泉，遂起兵伐残义渠。于是秦有陇西、北地、上郡，筑长城以拒胡”（《史记·匈奴列传》）。长城修筑开始了。一条宛如巨龙的战国秦长城由甘肃静宁县进入宁夏西吉县，沿葫芦河东岸北行，先后穿越固原、彭阳等县区，向北出宁夏境，全长400余里。将台堡就修筑于那个时期，以前名为西瓦亭关，和固原瓦亭关遥相对应。1936年，红军长征在将台堡三军大会师。

孟姜女哭长城的故事只是个传说，这些年许多地方都在争抢其起源地名号。彭阳长城塬人认为这个故事就是发生在他们这里，因为长城两端东有孟家塬，西有姜家洼，而长城沿线万姓人家很多，他们至今保留着农历十月一祭奠亡人“送寒衣”，还流传着有关孟姜女的民歌。

盐池与内蒙古鄂托克前旗接壤，历代王朝修筑了多条长城，最早的一条为隋长城，筑于隋开皇五年（585），长30公里，伸入鄂托克前旗境内。盐池境内明长城有3条，《明史》记载，盐池县花马池镇段长城以南一马平川，每年秋季，成千上万鞑靼族人长驱直入“夺秋”。1376年，明朝在银川始建宁夏镇，在盐池等地筑长城。如今盐池留有长城遗迹总长度186公里，还有兴武营、长城关、头道边、六步战台等17座古城堡和180余座烽燧遗迹。

固原是连接关中、西域广大地区交通的重要枢纽。秦统一六国，由于各国车轨广狭不一，道路行车极不方便，为出巡方便，秦始皇帝二十六年（前221），下令“治驰道”，“为驰道于天下，东穷燕、齐，南尽吴、楚，江湖之上，濒海之观毕至”，实行“车同轨”，“……道广五十步，三丈而树，厚筑其外，隐以金椎，树以青松，为驰道之丽至于此”。足见其规格之高，完全是高速公路了。整治出五大驰道：东通齐、鲁；北出燕、赵；东南达吴、楚；西及陇西；南下江陵。“西及陇西”即自长安西出咸阳，沿着泾、渭二水谷地，过鸡头山到陇西。秦始皇帝二十七年（前220），“始皇巡陇西、北地，出鸡头山，过回中”（《史记·秦始皇本纪》）。鸡头山，崆峒山脉的一座山峰。回中，今固原县境。

汉武帝置安定郡，拓展了通向西北东北的边陲道路，“天子道”修筑成了东西交通干道“回中道”，并修筑回中宫。汉武帝数次巡视安定、回中，部署抵抗匈奴方略。元鼎五年（前112），汉武帝“始巡郡国”，北出萧关，随从“数万骑”。元封四年（前107），“行幸雍，祠五畤。通回中道，遂北出萧关”。东汉时刘秀亲征高平（固原），河西太守窦融与五郡太守车驾会高平，浩浩荡荡的大军走的就是这条道。

自张骞凿空西域，长安—凉州形成的“萧关古道”成为丝绸之路干道，外国贡使、胡客商贾、佛徒僧侣往来穿梭、络绎不绝，至魏晋南北朝，政治、经济、文化的交流、碰撞、渗透、融合、传播进入了一个全新发展时期。丝绸之路已纵贯西海固。这段丝路又是著名的盐茶马古道。海原县干盐池曾名碱隈川，历史上曾为唐朝全国十八大盐湖之一，不但产青盐，还产白盐、红盐。干盐池城，始建于汉朝，宋朝称定戎寨，驻守重兵，以此抵御西夏。西夏占据后，曾以食盐同宋、辽、金进行官方贸易。后被金攻占，之后又被西夏占领。清朝在海原设一级地方行政组织——盐茶厅，专门管辖干盐池盐务。

西海固“秦驰道”“天子道”“回中道”“萧关古道”“盐茶马古道”，都是国道级的。

秦、汉时期，沿交通要道分设亭、邮、驿、传。“大率十里一亭，亭有长……其民稠则减，稀则旷”，“亭”是供旅客止宿的地方。西瓦亭，唐原州七关之一，在今宁夏隆德县西北。离瓦亭不远便是官亭。

丝绸之路战乱时是兵道，设关筑寨，和平时期就成了经济和文化的通道。“善商贾，争分铢之利。男子年二十即远之旁国，来适中夏。利之所在，无所不到。”这是《旧唐书·西域传》中描述的粟特人。3世纪至8世纪，他们从故乡阿姆河与锡尔河流域起程，从撒马尔罕到长安，活跃着丝绸之路的商贸活动，自北朝开始，固原就是粟特人的大本营。“因宦徙居”，粟特人也跻身于官宦之列，生活在原州的粟特史姓人就担任过原州的中上层官员。1982年至1987年，考古者在固原县南郊乡相继发掘隋唐墓葬9座，其中6座为中亚史姓家族墓，出土7盒史氏与安氏墓志，记载了隋唐间活动于中亚索格底亚那的粟特人即“昭武九姓”人中史氏流寓原州的事实。

在固原博物馆，有一件国宝——鎏金银壶，1983年出土于固原北周王朝的柱国大将军李贤墓中，全世界独此一件。固原博物馆也因此成为国家一级博物馆。

丝绸之路也是宗教传播的坦途。北魏到隋唐时期，正是佛教扩张大兴之时，僧侣诵着经声，沿着丝路走来。正是这个时期佛教传入固原，固原境内出现了从北魏到隋唐时期的大量石窟及石、铜佛造像，如鎏金铜佛、玉菩萨等造像。须弥山为六盘山的余脉，其石窟为全国十大石窟之一，劈山而凿的20.6米大佛据说位列全国第三。

2007年，乌鲁木齐市举行丝绸之路跨国联合申遗工作会议，中国段48处文化遗产，西海固占了4处：开城遗址、固原城、固原北朝及隋唐墓地、须弥山石窟。

从安西王府到九边重镇

站在开城梁上，你不敢相信这里就是曾经的安西王府。与别的废墟相比，安西王府消失得似乎更彻底，碎砖烂瓦都比别处要少得多，昔日与大都一样华丽豪奢的建筑群就这样烟消云散了。

《元史》记载，蒙古成吉思汗二十一年（1226），成吉思汗第六次对西夏用兵，“尝置老营，即山避暑”。成吉思汗进入固原，并不看好固原城，在20公里外的六盘山麓一个军事堡寨建筑开城苑，扎营避暑。

蒙哥汗三年（1253），忽必烈征云南时屯兵六盘山，筑安西王府，总面积达9.23平方公里，宫城遗址面积2.86平方公里，由王相府（王府行政区）、王相官邸、王相住宅区、安西王官邸等七大部分组成。

元至元九年（1272）十月，忽必烈封皇子忙哥剌为安西王，“赐亲兆为封地，驻兵六盘山，以镇守秦、蜀”，“仍视上都，号为上路”（《元史·地理志》），管辖地域包括整个西部。次年，“诏安西王益封秦王，别赐金印，其府在长安者曰安西，在六盘者曰开城，皆听为宫邸”，“两府并立，冬夏分驻，冬居京兆，夏徙六盘，岁以为常”，“在长安者曰安西路，在六盘者曰开城路”，为其行都，而且都称为“上路”。元朝《开城志》记载其地势“左控五原，右带兰会，黄河绕北，崆峒阻南”。开城路囊括了元朝地方政权的所有建制：路、府、州、县。安西王府成为元朝实施军事谋略灭大理、南宋，统一全国的军事指挥中心、军队中转站、物资的后勤供给站。

攻打南宋的六年（1273—1279），安西王府直接控制着战局，安西王可发布带有“皇权”性质的谕令，与“圣旨”同效。

西夏故地差不多都成了忙哥剌的治下，驻垦固原的军队主要是蒙古军、探马赤军和汉军，忙哥剌开始了大规模的募民屯垦，“募民居止，未几户口繁夥”(《元史·地理志》)。

至元十五年（1278），忙哥剌卒，朝廷即罢王相府，其子阿难答虽袭取王位，然此时战争结束，大局已定，安西王府完成了历史使命。

大德十年（1306），开城路地震，安西王府被夷为平地。至治三年（1323），开城府降为州，直到至正二十八年（1368）元朝统治画上了句号。2001年，此地被国务院公布为全国重点文物保护单位。

明王朝立，蒙元残余势力伺机反扑，明朝在东起鸭绿江、西至嘉峪关万里边防线设立“九边重镇”，固原为九镇之一。明王朝特别重视对固原的经营，因为鞑靼、瓦剌不断扰掠边防，只要攻破固原一线，便可逾越陇山，挺进中原，因此成化十年（1474），三边总制（总督）正式驻固原，并开府固原，且为总兵和总制驻地，固原州、卫、府同治一城，固原成为西北地区政治军事指挥中心，总制大臣都是进士出身或文武兼备的朝廷重臣，以兵部尚书、侍郎或都御史衔总制三边，凡出任陕西三边总制者均身兼要职，世受皇恩。“明三边总督，驻扎固原，军门天下第一，堂皇如王者，其照壁画麒麟一，凤凰三，虎九，

以象一总制三巡抚，九总兵也。”（清代刘献廷《广阳杂志》）

正统十年（1445）七月，增设巡检司。弘治十五年（1502），秦纮总制三边，开城升为固原州，古城做内城，增筑了外城，共十道城门。万历三年（1575），三边总督石茂华“以土筑不能垂远，乃甃以砖”，疏穿池阱，增设角楼、水沟、车道、铺房、炮台……

据《固原县军事志》记载，崇祯十六年（1643），李自成起义军攻占西安后，派遣大将刘宗敏、袁宗第进军固原，固原守将白广恩献城投降，固原城成了义军据点。

20世纪70年代初固原城墙遭拆除，如今只剩断壁残垣。

回族聚居区

西海固是我国回族人口聚居地区，这与这块土地的历史分不开。隋唐时期，西亚、中亚信奉伊斯兰教的商人在丝绸之路上最为活跃，他们从事商贸往来，胡商、大食人、色目人、回民等，这是不同时期对他们的称谓，大批留居中国的阿拉伯商人和波斯商人，被称为“住唐”，又被称作“番客”，与本土土著民族的融合与发展逐渐形成。

唐太宗贞观元年（627），萨珊波斯（今伊朗一带）人安拙汗所率5000人入唐，太宗诏维州（今四川茂县）安置，授以刺史、拜左武卫将军，累授左卫大将军、右监门大将军，封定襄郡公。这是波斯人成规模入华的首次记载。永徽二年（651），即开始信奉伊斯兰教的大食帝国占领萨珊波斯王朝的同年，大食使臣到达唐都长安，两国建立外交关系，西域使臣、商人、学者源源不断地来到中国，伊斯兰教也随之姗姗而来。天宝十四载（755），边将安禄山起兵叛唐，唐政府请大食国出兵讨伐，据民间传说，这批大食军士战后大都留居灵州（今宁夏灵武市一带）。

到宋朝，通商贸易继唐规模而更趋发展，侨居中国的大食人、波斯人比唐朝更为集中，政府规划临江海地区作为居留地，允许他们与汉族通婚和携家眷定居。据大量史实记载，“住唐”不归，在中国娶妻有“官至左班殿直”者，甚至留居五世者，也不乏其人。

13世纪初，成吉思汗大举西征，中亚、西亚被征服的大部分阿拉伯、波斯和中亚各地的穆斯林，被组成“西域亲军”。元朝建立后，屯聚牧养，一批批信仰伊斯兰教的中亚各族人民以及阿拉伯人、波斯人自动迁徙到中国来，他们绝大部分没携带家眷，定居各地后，娶当地女子为妻，成家立业，繁衍后代。此外，随着元朝版图扩展，交通大开，陆上丝绸之路、海上香料之路畅通无阻，中亚、西亚各地的穆斯林商人、工匠、学者、教职人士、达官贵人、旅行者纷至沓来，留住下来。元朝中央政府专门设置回回哈的司，各地设置回回哈的所，委任哈的大师，逐渐形成许多小的聚居点或聚居地，星罗棋布，遍及全国城乡，以陕甘为最多，其中有相当一部分人就留住在宁夏（当时宁夏南部属于甘肃）。成吉思汗二十二年（1227），蒙古军灭西夏，为镇守其地，在大肆剿洗西夏国居民的同时，至元八年（1271）九月，元世祖忽必烈“签西夏回回军”；至元十年（1273），元世祖又下令“探马赤军，随地入社，与编民等”。按照规定，他们“上马则备战斗，下马则屯聚牧养”。当时定居宁夏的“回回军”据推算有5万～7万人，加上他们的亲属有10万人左右。陕西诸道行御史台设回回掾史（《甘宁青史略》)，专管回族事务。

至元二十四年（1287），阿难答因皇权斗争失利被罢免王位、收取秦王印，安西王府辉煌的历史由此结束。阿难答率15万蒙古军队全部皈依了伊斯兰教，成为固原回民重要的一部分。

元朝宁夏是重要的屯垦区，行政区划归属陕西行中书省管辖。元朝著名回族政治家赛典赤·赡思丁的儿子纳速拉丁曾担任陕西平章政事，他“子孙众多，分为纳、速、拉、丁四姓，居留各省，故宁夏有纳家户，长安有拉家村，今宁夏纳氏最盛”(《陕西通志》)。在13世纪初，回族人已在全国许多地区取得了经济上的生存条件，并逐渐形成“大分散、小集中”的地域特点，在宁夏，回族人居住的村落和街坊的人口逐渐繁盛起来，成为宁夏主要民族之一。

到了明朝，大批回族人以归附土达的身份被安插到灵州及固原各州县，明朝近300年间，回族人口大量增加。进入清朝，宁夏回族人口更加繁盛，乾隆四十六年（1781）陕西巡抚毕沅在奏折中称，“宁夏至平凉千余里，尽系回庄”。清王朝初期，民族矛盾激化，至同治年间，导致回族起事，清王朝“善后经政”中的一项重要内容就是“徙戎”，回民迁徙到贫瘠地区，西海固干旱山区成为主要的安置之地，约有20万回民移民到这里。因此，西海固地区回民大多操陕西口音，连许多村庄名都选用在陕西时的地名。

自1982年开始，回族享受少数民族多生育一胎的计划生育政策，人口增长很快。

固原市是“全国民族团结进步创建示范市”。

第四章　红旗漫卷西风

民族政策之光

“缅怀先烈、不忘初心，走好新的长征路!”

2016年，红军长征胜利80周年，7月18日，习近平总书记从北京直飞固原，驱车70多公里冒雨向中国工农红军长征将台堡会师纪念碑敬献花篮，在红军长征会师纪念园，发出这一伟大号召。

西海固是著名的革命老区，1935年8月至1936年10月，中国工农红军长征4次经过西海固，在西海固掀起两次革命高潮，开辟了3000多平方公里的红色游击区，在将台堡实现了三大主力红军胜利会师，毛泽东、周恩来、朱德、彭德怀、邓小平、刘伯承、贺龙、聂荣臻、杨尚昆、李富春、徐海东、刘华清、左权、关向应、萧华、萧克等200多位中华人民共和国的缔造者和高级将领都在这块热土上留下了闪光的足迹。

中国工农红军在西海固取得的辉煌胜利，完全归功于中国共产党的民族政策。

1935年7月，中国工农红军第二十五军由军长程子华、政委吴焕先、副军长徐海东等率领，从鄂豫陕苏区出发开始长征，8月15日进入今西吉县兴隆镇单家集一带，召开座谈会，宣传党的抗日救国主张及红军的政策纪律。这一带基本上是回族聚居区。红军总政治部向全军发出《关于回民工作的指示》，同时颁布对回民工作的“三大禁条”“四项注意”。三大禁条：（一）禁止驻扎清真寺。（二）禁止吃大荤。（三）禁止毁坏回文经典。四项注意：（一）讲究清洁。（二）尊重回民风俗习惯。（三）不准乱用回民器具。（四）注意回汉两族团结。红军指战员露宿村外，尊重当地回族风俗，公平买卖，宣传党的民族政策，为群众送医送药，回族群众由衷地称红军为“仁义之师”，并与红军举行了隆重的拜访仪式，红二十五军赠给西吉县兴隆镇南大寺由军长程子华手书的“回汉兄弟亲如一家”条幅。红二十五军离开兴隆镇单家集，攻占了隆德县城，歼灭守敌营及县保安大队大部分，活捉了敌保安团团长。18日凌晨红军翻越六盘山，转战甘肃，后到达陕北与刘志丹率领的红二十六军、红二十七军胜利会师。

1936年5月，红一方面军东征胜利回师陕北后，中共中央在陕北延川县太相寺召开的红一方面军团以上干部会议上，贯彻毛泽东提出的根据地要“以发展求巩固”的战略方针，根据当时的形势和任务，为策应红二、四方面军北上，决定由先期到达陕北的红一方面军第一、第十五军团和第八十一师及骑兵团共1.3万余人组成西方野战军，由彭德怀任司令员兼政委，由陕北出发向甘肃、宁夏进军，分左、中、右三路向陕甘宁三省边界进军，开始了西征，主战场正是今日的西海固。

西海固是回族聚居区，西征红军高度重视民族统战工作，高举抗日民族统一战线大旗，认真宣传党的民族政策，大力做好民族宗教上层人士的统战工作。进入宁夏境内之前，又印发了《红色中华》报刊登的《回民工作问答讲话》，采用一问一答的形式，提出和解答了回民工作中的许多实际问题，解决了部队在执行政策中存在的疑虑，又以中华苏维埃中央政府主席毛泽东名义发出了《对回族人民的宣言》。

西征红军为了尽快在回民地区开展工作，还抓紧培养回族干部，组建回族的革命武装。各部队以团为单位成立了回民工作团。红一军团成立了回民教导团，配备受过党校教育的回民干部任教。并在宣传党的民族政策、发动群众剿灭土匪、维护治安和建立革命政权等方面做了大量的工作。

红军每到一地，都召开阿訇会、积极分子会和群众会，向他们宣传红军的性质、宗旨和任务，宣传红军北上抗日的主张，宣传党的民族政策，并通过各种形式为群众做好事，帮助回民群众成立回民联合会、回民解放会、抗日救国会等群众组织。帮助当地回、汉族人民组织革命武装，先后建立了盐池、预旺、豫海、静宁、固北、固原6个中共县委和盐池、预旺、静宁、固北4个县苏维埃政权以及豫海县回民自治政府，开拓了宁夏革命局面。

六盘山上高峰

1935年10月5日，毛泽东率中央红军来到单家集。由于红二十五军模范遵守党的民族政策，给回族群众留下了很深印象，中央红军受到了回族群众欢迎，毛泽东、张闻天、王稼祥等中央领导人被迎进清真寺参观。毛泽东在清真寺北厢房与阿訇马德海促膝交谈，宣讲革命道理、北上抗日和各民族一律平等的主张，讲解红军的民族政策。中央红军夜宿单家集，毛泽东住在了清真寺北侧回族农民拜文海家中。

“有国民党的围追堵截，红军不愿意把战火带到单家集，10月6日拂晓就离开了单家集，临行前，红军把借来的木板、水桶都还给群众，把住过的房院打扫得干干净净，凡有损坏照价赔偿。红军离开不久，单家集就遭到飞机轰炸，清真寺及周边包括毛泽东住的房子都遭到了轰炸。”拜富贵是拜文海的儿子，如今是单家集红军革命史的义务讲解员，70多岁了，可他口齿伶俐，底气足，讲述流畅。

1993年毛泽东主席100周年诞辰，单家集回汉群众自发捐款修建了“人民救星，一代伟人”的毛泽东纪念碑。纪念碑对着“陕义堂”清真寺大门和“毛主席会见阿訇旧址”“毛主席住宿旧址”。住宿旧址的房门门板上弹孔斑驳。在红军长征胜利70周年之际，单家集人再一次自愿让出家园土地，建造了民族团结广场和民族团结碑。

“每年要义务讲解数百场，这两年更忙了，每天多则六七场，少则两三场，不少自治区的党建活动还要请老人参加，我会一直讲下去，生命不息，讲述不止。”拜富贵说。

中央红军在六盘山区历时五天四夜，胜利通过六盘山封锁线，10月8日下午，中央红军登临六盘山主峰。正是金秋十月，天高云淡，碧空如洗，逶迤巍峨的六盘山群峰叠嶂，层林尽染，一行行大雁正排队南飞。想及红军北上即将到达目的地，毛泽东心旷神怡，诗兴勃发，临风寄怀，吟出了《长征谣》，后来，毛泽东修改为壮丽辞章《清平乐·六盘山》。

天高云淡，望断南飞雁。不到长城非好汉，屈指行程二万。

六盘山上高峰，红旗漫卷西风。今日长缨在手，何时缚住苍龙？

六盘山是红军长征途中翻越的最后一座大山，因此被誉为“胜利之山”，彪炳史册。

豫海回民自治县

1936年6月9日，西征红军右路军红十五军团在军团长徐海东、政委程子华率领下从甜水堡一带进入预旺县境，11日晚攻占县城下马关。

下马关因其地理位置，自古为边防重镇，西夏在此筑城建寨，与北宋对抗。元朝时下马关平原成为蒙古人牧场。明朝建立，元朝残余势力鞑靼部、瓦剌部隐藏在草原深处，伺机进犯。明朝在弘治十五年（1502）至嘉靖十六年（1537）自西至东修筑了600余里边墙，史称“固原内边”，三边总制秋季巡防，骑马沿边墙清晨从固原出发，至日落西山下马休整，就有了“下马关”之名，也叫长城关。“长城关外是呼韩，万马嘶风六月寒。传语胡儿休近塞，新来大将始登坛。”（明魏谦吉《登长城关瞻眺有怀》）下马关至老爷山一段的10公里长城，是宁夏明长城中保存最完好的地段，呈现出当年的雄浑气势。嘉靖五年（1526），三边总制王宪将下马关扩充修筑为下马关城，设平远所，开启了下马关县治所在地的历史。

清朝在下马关设立平远县。1914年改为镇戎县，后又改为预旺县，县治仍为下马关。预旺城是座古城，原名“豫王城”，集市盛隆，是旱码头。成吉思汗二十二年（1227），成吉思汗屯兵六盘山，攻取灵州之后，进兵盐州川（今韦州、下马关一带），为保持交通畅通，封阿剌忒失里为豫王，在六盘山与盐州川之间筑豫王城。清顺治年间，出于“集市繁华买卖兴旺”之意，人们将“豫王城”改为“预旺城”。古城开有东、南、北三门，其中北门尚存，东、南二门已毁。每逢集日，四面八方赶集的人们络绎不绝，古镇内人头攒动，摩肩接踵，叫卖声声，热闹非凡。

1936年6月，红一军团第二师在师长杨得志、政委萧华的率领下，向预旺城发起攻击。16日，红一军团拿下预旺城，作为西征红军的大本营。西征红军将指挥部设在预旺城城隍庙内，彭德怀、李富春、聂荣臻、左权、邓小平、陈赓、杨勇、杨得志、萧华、朱瑞等红军高级将领驻扎预旺城，指挥了波澜壮阔的西征。预旺城下马关解放后，建立了中共预旺县委和预旺县苏维埃政府，这里开辟为陕甘宁革命根据地的一部分。徐海东把军团指挥部设在下马关南门箭楼上。1938年，预旺县改成同心县，县治迁至“半个城”（今同心县城）。

红三十八师沿长城进入盐池，6月20日包围了盐池县城花马池城。21日凌晨3时，红旗插上城头，成为西征红军解放的第一县。

红军点燃的星星之火，在西海固大地呈燎原之势，同心城、王家团庄及邻近的海原县高崖、关桥、李旺等地相继解放，建立了区、乡级基层革命政权。

遵照毛泽东关于“建立回民自治的政府”指示，红十五军团首长成立了以李富春、程子华、王首道、唐天际、王柏栋、黄镇、杨奇清、马青年等为成员的筹备委员会，决定成立“陕甘宁省豫海县回民自治政府”。

10月20日上午，陕甘宁省豫海县回民自治政府成立大会在同心清真大寺隆重召开，这一少数民族自治政权的成立，被誉为“回族人民解放的先声”，雇农出身的回族青年马和福当选为政府主席。红军代表、来自豫海地区的人民代表、社会各界人士共300多人参加了大会。会后，自治政府将办公地设在王家团庄北堡子。1955年授军衔的将帅，十大元帅中有5位、十大大将中有4位、57位上将中有24位都到过同心。2008年，八一电影制片厂拍摄完成的影片《同心》，全面展现了红军西征的壮阔历史。

陕甘宁省豫海县回民自治政府虽然仅存在了半年时间，但它是中国共产党建立的第一个县级回民自治政权，是中国共产党运用民族区域政策解决中国民族问题的一次有益尝试，为后来建立有中国特色的民族区域自治制度树立了典范，提供了历史借鉴。

值得一说的是，美国记者埃德加·斯诺在苏区临时首都保安（现陕西志丹县）采访了毛泽东后，毛泽东派出一个骑兵小分队护送他赴宁夏采访西征的红军，同行的还有美国医学博士乔治·海德姆。他们到了预旺古城，城楼上红旗飘扬，军号声声，彭德怀、李富春、聂荣臻、左权、邓小平、陈赓、杨勇、杨得志、萧华等前来迎接。

斯诺在预旺采访了40多天,《西行漫记》中有“红色窑工徐海东”等1/3的章节都在记述预旺地区的采访活动和感受。在预旺，斯诺留下了两张载入史册的照片，一张是预旺鼓楼旁拍摄的彭大将军“横刀立马”；另一张是《西行漫记》里“抗战之声”红军小号手。这两张照片如今以雕像的形式矗立在同心县西征纪念馆门前。在预旺的日日夜夜，乔治·海德姆激情澎湃，为自己专门取了个典型的同心人名——马海德。在同心大集，叫一声马海德，至少会有五六个人应声。

9月1日，斯诺随彭德怀离开预旺堡向西行进，红一军团第四师还挑选两匹上等战马，送给斯诺和马海德。7日，斯诺与彭德怀告别，取道甘肃环县河连湾返回保安。10月21日，斯诺由保安到西安，后返回北平。经过几个月的埋头整理，埃德加·斯诺在英美报刊发表了多篇轰动一时的通讯报道，后汇编成《红星照耀中国》(中译本《西行漫记》)。

将台堡大会师

将台堡坐落于西吉县南部葫芦河与马莲川河交汇处，距西吉县城30多公里，战国秦长城经葫芦河至将台堡向东延伸。将台堡周围有汉城遗址、汉墓群，6公里处为宋朝羊牧隆城——古丝绸之路上的一处载入史册的军事重地。将台堡西侧有一高台，俗称“点将台”，是古代招兵点将的地方。将台堡几次遭毁几次重建，1920年海原大地震将台堡遭严重损毁，后复筑城堡。

1936年夏，红一方面军东征胜利回师陕北。5月中旬红一方面军主力改编为西方野战军，由彭德怀任司令员兼政委挥师西进，迎接红二、四方面军。7月，红二、四方面军在甘孜会师后并肩北上挺进甘肃。8月下旬，红一军团经固原、海原向西兰公路挺进。9月初，中央制订静（宁）会（宁）战役计划，准备集中红军三大主力，打击胡宗南，巩固和扩大陕北革命根据地。14日，红一军团各师团集结将台堡、单家集等地达43天之久，留下珍贵的电报资料：

10月3日，左权致电聂荣臻并报毛泽东、叶剑英："（一）二师明日赶到（西吉）硝河城、将台堡之线集结，骑兵团主力可到单家集。（二）我及小平明日到（西吉）兴隆镇与聂会合。"

21日，杨得志、萧华在甘肃静宁县界堡致电彭德怀："（一）贺、任、关、刘今日已到平峰镇与左、聂会面。（二）二方面军部队二十三日可到常〔单〕家集、将台堡。"同日，贺龙、任弼时、关向应、刘伯承等与红一军团左权、聂荣臻、邓小平等在西吉县平峰镇亲切会面。

22日，左权、聂荣臻在将台堡电告彭、陈、杨并报毛泽东："二方面军一部及贺、任、关、刘于今日到达将台堡、硝河城，余部明日可到。"

同日，到达将台堡的红二方面军战士同红一方面军胜利会师并举行了盛大的联欢会，欢庆胜利，参加会师的红军部队和当地群众超过1万人。

也在这天，率军由会宁地区向打拉池、海原方向转进的红军总司令朱德、红四方面军领导人张国焘，与在打拉池等候的西方野战军领导人彭德怀、徐海东会面，商讨宁夏战役计划。

红军三大主力经两年艰苦跋涉、浴血奋战，胜利实现了战略大转移，在将台堡实现了大会师。24日，时任红一军团政治部副主任邓小平，在将台堡红二方面军营以上干部会议上传达了党的瓦窑堡会议精神和毛泽东《论反对日本帝国主义的策略》的报告内容。

聂荣臻元帅在1988年5月为《红旗漫卷》一书作序时指出："10月

22日至23日，二方面军到达西吉的将台堡、兴隆镇，先后与一军团的一师、二师胜利会师。10月30日，中共中央、中央工农民主政府、中革军委向一、二、四方面军发了庆祝大会师的贺电，指出红军三大主力会师后，将要进入抗日民族革命战争的新阶段。”

1996年，纪念红军长征胜利60周年，鉴于将台堡是红军长征胜利会师地，中央将10月22日确定为“红一、二、四方面军”胜利会师日，即将台堡会师纪念日，并修建纪念碑，江泽民总书记题写“中国工农红军长征将台堡会师纪念碑”。

2006年，红军长征胜利70周年，中央再次选择10月22日这一天集会纪念，胡锦涛总书记在纪念大会上讲话。

如今的将台堡会师纪念碑被列为国家级文物保护单位，是全国爱国主义教育示范基地、全国30条红色旅游精品线和100个红色旅游经典景区之一。

第五章　我的生活记忆

生活就是生火

人生在世，吃穿二事，西海固人说得实在：“人活七十秋，就为食一口。”然而，在西海固“食一口”多么艰难。

我出生于1963年，虽然幸运地躲过了三年经济困难时期，却没有躲过生于西海固与生俱来的“低标准”。三年一小旱，五年一大旱，出生在西海固，生活永远是低标准。因为干旱，粮食是没有多余的，活下去的主要手段就是节俭。西海固人一天两顿饭，早上不吃饭，女人娃娃喝水吃馍馍，稍上点年纪的男人捣罐罐茶就顶一顿饭。

饭食主要是面食。面多为高粱面、荞面、莜面、豆面、玉米面、红薯面，这些被称为粗粮，就这也多为救济粮。白面是稀罕的。白面就是麦面。麦子是夏作物，是西海固重要的粮食，可因为干旱常常没有收成。即使老天爷开眼，麦子成收了，白面也没有敞怀尽饱而吃的，三大节，八小节，二十四个渣渣节，节日众多，加上红白喜事、来客，都要用到白面，何况麦子还是经济作物，留着救急，家里遇了事，粜一口袋麦子就能解决。麦子上磨后留点头遍面，再就一磨五六遍，没有了麸子，全磨成面。跌了年成，过年献供要用白面馒头，就在揉好的黑面馒头上裹层白面，用洋红点上花。孩子吃馒头时撕着吃皮，大人就揍，而且警告说吃馍撕皮，狗撕脸皮，人活一世，有狗一口，到时候狗会撕了你的脸皮。

面食以汤面为主，最常见的是洋芋面，油水少，多数是白水撂盐，把洋芋切成条，下到水里煮，煮个半熟，再下面片。洋芋沙，煮烂后汤水稠糊，一碗面汤汤水水的，都用粗瓷黑白边大老碗，看上去像城里人用的小盆。粗瓷大老碗不像讲究的碗那么深，而像绽放的喇叭花，舔起来就容易多了。生活在西海固，即使是日子好过了也是要舔碗的（也会用水涮碗喝掉），“不舔碗，饿一半”，舔碗是一种生活态度。孩子舔碗时鼻尖子、脸蛋子沾上汤汁，大人会一舌头舔了。

米饭就是黄米饭，“羊毛擀毡子，洋芋野菜过日子；要吃苞谷饭，除非老婆坐月子；要吃白米饭，只能等到下辈子”。天天有白米饭吃，可不是得等下辈子重新积修个出生地。年景好点，或换或买点白米回来，做饭时像药引子在黄米里掺一点，吃个稀罕，结果竟然吃出一种养生饮食——二米饭，如今在银川很火。

“娃娃费鞋，米饭费菜”，吃米饭菜是洋芋菜。没粮的时候洋芋为粮，有粮的时候洋芋为菜。有时候滴几滴油或敲几把杏仁炒炒，更多的时候是白水撂盐，加点调料去煮炖，盛好米饭将洋芋菜舀在上面，像现在城里街面上煲仔系列中的盖浇饭。一日三餐离不开洋芋。种洋芋、吃洋芋、卖洋芋，西海固人的生活围着洋芋转。

宁夏有一种特色饭食，叫“调和饭”，就是折剩饭折出来的美食，把剩饭折起来热了吃，有面有米有洋芋等。当然现在的调和饭不是折剩饭，而是专门做的，以面条为主，有大米、洋芋、黄豆、蚕豆、枸杞子、大枣等，当然加上牛肉、羊肉、鸡肉及各种菜蔬，营养极其丰富，是典型的宁夏特色饭食。

那年我到石炭井采访，听到这样一个故事。“三线”建设时期一批支援大军从全国各地到达宁夏石炭井矿区，到食堂吃第一顿饭就吃出了事，每人一大黑瓷老碗，吃了几口都不吃了，说是面条，却还有米、豆等，这分明是把剩饭折到一起的“剩饭”，都把碗扣到了桌上闹起事来，大家吼叫，我们来支援你们建设，你们给我们吃折箩！接待的人员连忙解释，这是宁夏最好的饭，叫“调和饭”，不是“折箩”。

因此，评价一个女人就看你过光阴会不会在吃上节俭。“一天省一把，三年买匹马”，第一次从母亲口中听到这话，我问母亲为什么要买马，先吃饱了再说。会过光阴的人米面从米柜面袋里揢出来，抓一把再放回去。别看这一把，是能救命的。老家人是一饭省一把，“顿顿不得够，年年吃不了”，即使是收成好的年景，也是这样做的。“有了一顿，没了抱棍”，抱棍就是当讨吃（乞丐），不会长远打算日子的人是为人不齿的。“男人是个筢，女人是个匣，不怕筢子没齿齿，就怕匣子没底底。”在西海固日子过得好的人家，都是男人会筢，女人会省。人们把夫妻称为“米面夫妻”。

生活在西海固，管得住嘴才是生存之道，“由嘴吃倒江山”，江山，别看这词大得了得，在西海固却是常用词，就是指光阴。小时候村里的老人给我们讲李闯王进北京，说他本来有49年的皇帝命运，就是他没管得住嘴，他问部下干什么最好，部下说过年最好，他说那就天天过年，结果过了七七四十九天年，就把49年的皇帝命过完了，被人赶下了帝位。

倘若一个孩子饭过不久喊饿，大人就会骂：“才吃了多大一会儿，沟子上跟狗着哩。”再喊，会给你两巴掌。

“肥正月，瘦二月，半死不活的三、四月。”三、四月青黄不接，正是最难熬的月份。头一年打下的粮食吃完了，种到地里的庄稼才长出。那真是吃糠咽菜的日子，许多人家只好走讨饭的路，成群结队的。熬到五、六月，榆钱、槐花、野菜都能吃了。到了秋上，要阴一些野菜，冬天炖着吃。瓜菜半年粮，在西海固是一年粮。

生吃是常事。豌豆、胡麻、麦子、燕麦、芹菜、韭菜、白菜等，五谷半熟时有甜味，熟后掐穗或拔了揉着吃，收割后偷捆成个子去沟里烧着吃，更多的时候是生吃。银钱好使，肚饿难挨。几乎所有东西都能生吃。于是“呜里呜啦，驴吃胡麻，紧打慢打，吃了半把”，就有这样的骂人俗话。胡麻是油料作物，代表着珍贵。

“我在高高山，你在低低山，我吃羊肉面，你吃驴粪蛋。”这是我们小时候挂在嘴边的童谣，是玩耍赌输赢时赢家常说的童谣，还要做占便宜的动作，说到“我吃羊肉面”时，嘴巴夸张地发出“吸溜吧唧”的声音，说实话，口里便真是口水泛涌。

我们那一带李上庄还有一种吃的，就是观音土。别看是一种土，并不像黄土处处有。饥荒年间，可是救了不少人命的。1990年，陈婶的孙女到了嫁人的年龄，儿子要把他女儿嫁到郑堡子，郑堡子通了柏油路，比炕还平。陈婶坚持要把孙女嫁到李上庄，母子闹得要死要活的，陈婶以死威胁，因为在她的概念中，李上庄有观音土，那就是天堂。陈婶的儿子比我大，找我说，兄弟，你给说说，你是读下书的人，见过世面，我娘会听你的话。我去给陈婶说，陈婶捏着我的手说，娃，你书念得多，可你才经过几个闰腊月，郑堡子好，郑堡子有观音土吗？李上庄有呢嘛。她给我讲低标准时李上庄派民兵看守观音土哩。儿子说你光知道李上庄有观音土，你咋看不到郑堡子把公路修通了？陈婶说公路能吃吗？

当然，不能光想着吃，还得练就挨饿的功夫。有这样的励志格言："挨得饿，打不过。"是说一个厉害人，定然是能挨得了饿的。挨饿是一门必修的功课。饿了绝对不能喊叫，大人训斥饿死都不能喊叫，越喊越饿，越饿越不喊饿越不饿。最能让人挨得住饿的是说古今（讲故事），于是就互相讲故事解饿。

有许多逼迫你节俭的禁忌传说，比如今世你吃饭掉了饭粒、吃馍掉了渣子，不捡起来吃掉的话，你死后到另一世，它就会变成蛆要让你一条一条吃掉。比如说从前人间是米山面岭，油缸醋井，人们不劳而食，却不知道珍惜，用面给孩子擦屁股。一日有个小孩拉完屎，娘正和面，就揪了一块面给儿子擦屁股。玉帝看到了大怒，派天兵天将下凡收回人间所有食物，饿死所有人。狗扑着从天兵天将手里叼下点粮食，人们才得以生存。

饥饿让人们在吃上产生了神奇想象和丰富传说，寄托着人们对吃的荒诞梦想。六盘山的主峰就叫米缸山，同心县有座山叫米钵山，还有传说：米钵山里有一个小石洞，谁家揭不开锅时会淌出米来，淌的米只够吃一顿。一天一个石匠去接米，嫌洞细，米淌得太慢，拿锤子把小石洞往大凿，结果洞再未淌一粒米。无独有偶，类似的故事还有寺口子的米钵寺。传说辽兵犯境，杨延昭与辽国萧太后大战，不想中计被困于寺口子，军中无粮缺水。寺口峡谷有苏武庙和卧佛寺，杨元帅去卧佛寺上香，见大佛肚脐袒露在外，触碰了大佛肚脐，金灿灿的米粒若泉水汩汩流出，解救了大军，杨延昭便把卧佛寺改名“米钵寺”。

生活在西海固，过的就是“猫儿吃糨子，总在嘴上抓挖”的日子。我从小到大（18岁）的记忆中，一直吃救济粮，月月拉着驴去公社打救济粮。“三日不举火，十年不制衣”是常态化生活的总结，一点都不夸张。农闲时节，能凑合一顿就凑合一顿，能不生火就不生火，我曾经写过一篇文章，标题就是“生活就是生火”。

2000年，人们沉浸在新千年的喜庆气氛中，西海固却又遭遇大旱，我去采访，在去村庄的路上遇到一个老汉，老汉打量打量我们说：“你们是干啥的？”

我说：“走走看看。”

老汉说：“老天造下个吃舍饭的地方，有啥看的，今年旱得连魂都没了。”

我说：“吃舍饭？”

“救济不是舍饭？解放以来，一直吃国家救济粮，不是吃国家的舍饭？我都吃了大半辈子了，不是吃国家施放的舍饭，皮怕早扒了挂到墙上了。”老汉感慨地说，“唉，救济救济，越救越急，锅里无米，身上无衣，炕上无席，脸上没皮。”

穿衣靠皮子

说起穿用，就更恓惶了。

20世纪六七十年代，贫寒人家一家人也就一两条能穿着出门的裤子。这你不能说我故弄玄虚，胡吹冒撂。一位干部在回忆录中写他到一户村民家里走访，大白天见内屋有人裹着一床破被躺在炕上，便问接待他的村民道：“家人此时还在睡觉吗？”村民面有难色，但还是无奈地回答：“全家几口人仅有一套衣裤，所以只能轮流外出。”

家有千万，缝补一半。缝补才是日常功课。新衣服做出来，未雨绸缪，先在屁股和大腿面子用旧布打上补丁，密密麻麻的针线一圈一圈，屁股就像是打靶的靶标。新三年，旧三年，缝缝补补又三年，1980年我上固原师专，同学中穿补丁衣裤的不少。

“四个兜，中山装，不干公事穿不上。”一件中山装普通百姓多么奢望，那是我们的梦想。

好在有羊。

俗话说：种地吃肚子，养羊过日子。过日子是指望不上种地。家家都有几十只羊，大户人家上百只、几百只。日子遭灾遇难，卖上几只羊就能过去。

“吃饭靠糜子，穿衣靠皮子。”羊皮就是主要的衣料。男人大多都会熟羊皮，用硝水在缸中把羊皮腌熟，请皮匠铲掉皮上油脂，刨光皮面，缝制成皮袄、坎肩、皮褂子、手套、袜子。老羊皮袄毛长皮厚，大人穿，小孩穿羊羔皮袄。“白天披，晚上盖，天阴下雨毛朝外”，下雨天，反穿了当雨衣，雨水顺着毛流走。皮袄结实，穿上暖和，可生了虱子怎么办呢？虱子钻到羊毛里，实在是不好捉的，但有窍门。找个避风向阳的地方，把皮袍脱下来，毛翻出来迎着阳光晒，虱子会顺着毛爬到毛梢子上来，指甲对指甲，一个一个消灭。也可以撒六六六粉、抹敌敌畏除虱，不过这些是要花钱的。一件羊皮袄，十年不制衣。

羊一年铰两次毛，当然碰上好价了就卖了，没有好价，就擀成毛毡、毡帘、毡靴、毡帽、毡袜，捻成毛线织毛衣、毛裤、毛袜，与棉花一起填装被褥、棉袄、棉裤。20世纪六七十年代，物资匮乏，布匹棉花和城市的市民粮油肉都是凭票供应，穿衣问题不单只是钱的困扰，羊皮羊毛就更重要了。当然，用皮毛做衣物实则是万不得已的法子，不然谁舍得这样用掉皮毛，皮毛还留着救急哩。

鞋是最费的，天热的时候，光脚是常事。我小时候人还都穿草鞋。大人都会打草鞋。麻鞋当然好了，可是西海固麻少。西海固有种草叫席芨草，秆长而柔韧。有人说过这样一个细节，寒冬腊月没鞋穿，看见一泡冒着热气的牛粪，赶紧把脚丫子往牛粪里一揣。这是夸张了些，因为冬日牛吃的是干草，拉的粪是干蛋蛋，没有多少温度。我们有经验，那就是跺脚挤暖暖。

被褥更是没有多余的。能两人盖一条就算享福了，多是老羊皮袄。兄弟姐妹多的，几个挤一条被子，睡成扇形。倘若你看到有人抱着被子在村巷里走，便知道是来客了。有时要翻山越沟到十几里外的村子上抱被子。贫寒人家结婚装新（入洞房）的被子都是借的。

入夜是不点灯的，不借月光女人也能搓绳子、纳鞋底、绱鞋，男人则吃烟谝传打草鞋。有句俗话："败家子，点上油灯嗑瓜子。"既浪费

“灯油”，又不该吃东西（在西海固所有能吃的都没有多余的），如此浪费糟蹋，岂不是败家子？何况那时候的灯油还是香油。

只要花钱买的，西海固人都嫌贵，一盒两分钱的火柴都不用，靠火草续火，火草与艾草类似，点着后不起火焰，不冒烟，也不忌火，一直燃烧着，搓成指头粗的一根绳，盘成一盘，挂在窑壁上，可成为日常家用火种，西海固人吃烟很凶，这就很方便了。小时候还记得有人家用火镰，也有买点煤埋火的。到了20世纪80年代，在西海固依然能见到一些人家靠火草续火，那时候一盒火柴二分钱，打火机也有了。家从细处有，要活下去必得省吃俭用，浪费，是最大的“造孽”。

西海固住崖窑人家多，炕与锅台共用一个烟洞，烟洞直穿崖顶。炕与锅台相连，中间砌一截长二三尺高一尺的墙隔着，墙叫背墙，墙上挖一排坑用胶泥糊过，便是碗了。饭熟了就舀到坑坑里，人们趴一排吃喝。有的人家有碗，放着，来客用。筷子多为自削的，有的用芨芨秆。即使到了80年代初期，置不起碗筷的人家也是有的。我曾在小说中写过这个细节，有些人说是假的、虚构的。还好，1980年新华社记者走进西海固，走村串户调查采访，这样写道：“走了七八个村，看了几十户人家，没想到这里的情况比延安、榆林还要惨得多。我们粗粗一算，有一半农家的全部财产还不到100元！许多农家，不仅炕上没被子，孩子没衣穿，就连吃饭的碗都没有，只在睡觉的炕边挖几个小坑，就算是饭碗了，更不用提所谓的‘饭’了。”在新闻记者笔下和许多干部的下乡回忆录中，这样的记录并不少。2018年9月1日，《人民日报》发表过一篇文章，写道：“1984年9月，我首次到西海固采访。在西吉，走进一户山里人家。一孔破窑。所谓的门，只上沿有根木条，钉两三个钉子，挂张用裁开的尿素袋拼接的帘。家徒四壁。土炕边抠三个小坑，窗台也抠一个。县宣传部的同志让我猜，这几个小坑是什么。答案令人头皮发紧：全家就两只碗，一只夫妇俩用，一只备着来客人使。窗台上的小坑是老大的碗，炕边那三个，就是三个小家伙的碗。刹那，泪水就在眼眶里打旋了。”

行走在西海固，碰见的人手里都会提蛇皮袋子。那次陪小管到西海固，小管问为啥他们手里都提着蛇皮袋子。我说这就跟城里人出门手里提着皮包一样。小管说形象。一个老汉，一手提着蛇皮袋子，一手拿把锄头，站在道边，憨憨地看着我们。小管早早就将车停下来，因为车掀起的灰尘会将人埋了。

老汉脸孔黑褐，布满皱纹，皱纹里一道道白，脸上始终蒙着一层笑意，头顶的白帽渗出一圈汗渍。

小管说老叔，你提蛇皮袋子做啥?

老汉说碰上个啥拾个啥。

小管说这荒野里能碰上啥，我看啥都没有。

老汉说碰上粪拾个粪，碰上柴拾个柴，还有发菜、地软啥的，碰上秦艽、甘草啥的，挖上两锄。

病是害不起的。有时会去赤脚医生那里，那时候最常用的药是去疼片、安乃近、四环素、阿司匹林。再就是扛着，能扛过去算命大，扛不过去就说阳寿尽了。要是一下死了也就罢了，可不死就把人害苦了。小病扛，大病熬，双腿一蹬眼闭了。意外伤亡，如果死了，灾害程度要轻些，但如果落下残疾，严重的瘫痪于床，那就是大灾难了。许多人根据年龄确定有没有必要去治疗，过了60岁，多数就不去看病了，就扛着，自我安慰说人活七十古来稀，六十花甲，活了一轮了，也够了，觉得命该尽了。进了医院，辛辛苦苦几十年，一病回到解放前，全家就背上了沉重的债务，活着有啥意思。

因为怕生病，所以有许多禁忌和避病习俗，比如借用他人药锅后忌主动送还，送还药罐等于送病于人家，就放置墙头，谁家要熬药了，随时取走。孩子病多，在西海固，许多汉族孩子脖子里都戴着项圈，那多是从神像的袍子上剪下来的，里面有柏木等物，是请神佛保佑不生病的，一般戴到12岁，会抹掉，遇水放入水中，让顺水放走，再不就是到庙上烧掉。

捣个洞洞子

因为穷，加之木材奇缺，窑洞成为西海固人最主要的居住形式。

在海原菜园村，发掘出距今约有4500年历史保存完整的窑洞，是中国新石器时代的著名文化遗存，被专家誉为现存黄土地带窑洞民居的直系祖先，海原有了“世界窑洞之祖”之称。

找个坎坎子，捣个洞洞子，编个袋袋子，挂个帘帘子。

西海固人居住的窑洞有三种：

一种是崖窑。崖窑的“崖”跟悬崖的“崖”意思相同，但在西海固读nái。选择坡度较大前面较为开阔土质坚硬的向阳的山坡，剖出一个20多丈高的崖面，开门往里挖，窑顶为弧形。一般可挖深12米左右，宽、高各七八米。也有深达四五十米的窑洞。小时候吹牛，吹窑大吹过窑掌里下了个牛犊，抱出窑门已经4颗牙了。崖窑只有一孔窗子，是窑门正上方挖出来的，像个小窑门，不做窗扇，用木棒子竖栅，夏天敞着，透气透亮，冬天用沙毡遮严实。因此，窑洞里光线暗弱。根据人口多少，一个院落挖三孔、五孔，随着人口增加，拓展到七孔、九孔。中间一孔崖窑为主窑，也叫大窑。窑里还挖套窑、拐窑，通向窨子，暗藏机关，避兵患匪祸。

一种是箍窑。倘若村庄在川、坝、塬、台等较为平坦的地方，那就要箍箍窑了。先要打胡墼，再打窑腿子，然后箍窑。那是一件很有技术的活，因此窑匠很吃香。我曾有过做一个窑匠的梦想。箍窑外形美观，窗户多，采光好，保暖不如崖窑，冬天会冻透的。三五年还要上一回泥，否则，遇到连阴雨会给下塌。

一种是地坑窑。选择地势低洼的地方坐家，就选择天然的大坑，修出一个崖面挖窑，依坑形成院落。坑沿上要打围墙，墙头上要栽刺，一防人及牛羊牲畜不小心掉下去，二防风把沙尘及雪吹下去。地坑窑一件要紧的活是先把水路指好，否则遇到大过雨，就给灌了黄鼠。地坑窑没有崖窑大，透风、采光都比崖窑、箍窑差，一般人家不会挖地坑窑住。

西海固的窑洞与陕北窑洞大有不同，陕北窑洞挖出来后用砖石套箍一遍，门窗都用砖石修建出各种图案，西海固的窑洞则是挖出来后上一层泥皮，干了就住人了。

一孔孔依山借崖挖成的窑洞，土门土窗，土墙土院，缺树少木，植被稀薄，一味的黄土黄。那年北京来了一位朋友，面对黄土峁沟间窝蜷着的村庄，他惊异喊叫：“太像考古现场了。”

贵客来到我家堂，休笑我家无瓦房。

土窑好似神仙洞，冬天暖来夏天凉。

这是西海固人无奈而幽默的说法。

窑洞确实有好处，冬暖夏凉，西海固燃料稀缺，冬天不架火炉，就把炕煨热了，封窗闭户，外面温度零下20摄氏度，崖窑温度在零上10摄氏度。到了夏日，却甚凉快，即使是三伏天，进窑里不披衣裳就会着凉。

然而窑洞安全隐患很大，西海固是我国水土流失最严重的地区之一，又地处地震带，经常发生山体滑坡一类的自然灾害，因窑洞坍塌灭门的惨案也不少见。遇到地震，伤亡更大。1920年，海原大地震对窑洞的摧毁是彻底的，崖窑倒塌压死或窒息致死的人占相当大的比例。然而，木材奇缺，人们只能依然住在窑洞里。

副　业

“年好过，月难过，日子还比树叶多。”

西海固人把生活说成过日子。日子就摆在你的去路上，是要过的。

西海固过日子种地靠不住，土地打不出几斤粮食，种其他经济作物的可能性也就更小了，人们只有寻找别的出路以解决生计。

一是养殖。西海固历史上“牛羊衔尾，群马塞道”，养殖业是主业，家家都养羊，一道山梁住几户人家，就像个山大王。然而在“以粮为纲”的年代，又割资本主义尾巴，养殖业成了副业。

二是做买卖。回族有阿拉伯人的经商天赋，很早以前西海固就是西北羊毛绒皮货集散地，集市热闹非常，即便是小孩子，也会跟大人像模像样地讨价还价。能赚碗面吃，有几毛钱利润，就算这集没有白赶。在西海固集市上，你经常可以看到抱一只鸡赶集的人。

三是掏龙骨。西海固是中国古生物化石的重要出土地之一，中国自然博物馆馆藏化石40%出土于同心县窑山乡和纪家乡，其中唯一一具铲齿象化石骨架出土于纪家乡的丁家二沟。这些100万年前的各种动物遗骨化石被称为龙骨，能镇定安神、固涩止血，因其深埋地下，极为难采，价格不菲。20世纪七八十年代，每斤售价一块多钱，已不算少了。龙骨深埋地下几十米上百米，黄土层土质疏松，洞掏得太粗容易塌方，只能掏仅容人爬着进出的窄道，即使这样也时常出现死人的，有被抃死在里面的，有缺氧而亡的。人们说这是在太岁头上动土了。于是就有了许多太岁的神秘灵异传说。

四是挖甘草。宁夏五宝之一的黄宝甘草，主要生长在同心、盐池、海原三县，旱塬荒漠，土壤特质，加上干旱气候，甘草品质上乘，在全国中药材市场声望很高，盐池县被命名为“中国甘草之乡”。20世纪80年代，甘草价格飞涨，人们挖甘草近于疯狂，三轮、手扶、摩托组成的挖甘草大军开进草原安营扎寨，埋锅烧饭，不仅仅是草地，就是种上庄稼的土地也被挖得千疮百孔，每挖60斤甘草，毁一亩草场，本就瘠薄的生态惨遭毁灭性破坏，而甘草更是保护土地不被沙化的重要生态植物。至20世纪90年代初，近百万亩大地草场遭到破坏。1993年，宁夏政府下令“禁止采挖甘草”。

五是抓发菜。发菜，野生的陆生藻类植物食用菌，以其药典中的药用保健功效和其谐音“发财”的名字，成为一道价格不菲的上等佳肴。采集发菜要抓——用细铁丝做成的筢子在草皮上筢来筢去，连草一起筢下来，再拣或淘。半月能抓半斤一斤，时价200元左右，对于当时人年均收入仅几百元的西海固人来说是一笔大钱。发菜稀少，生长在旱塬荒漠，二两发菜常要筢10亩草地，筢过的草场10年缓不过来。抓发菜六七岁就能干，许多孩子就辍学成了小发菜客。2000年，国务院颁布《关于禁止采集和销售发菜制止滥挖甘草和麻黄草有关问题的通知》，严禁采集、收购、加工、销售、出口发菜，发菜保护从二级调整为一级。

六是乞讨。大旱年一个村一半人做讨吃是常事。有些村倾村而出，成了讨吃村。

七是做客。出门即为“客”，泛指出门谋生人。西海固多“客”，比如麦客子、煤客子、鹞客子、水烟客……三年一小旱，五年一大旱，出门人就多，挣不上钱挣个生活，也是挣了。以前去陕西、甘肃做麦客子，后来走得更远了，去内蒙古、新疆，甚至漂洋过海。当煤客子的多，许多村都有命丧矿难的。

月月有个麦子黄

记者采访一个放羊的孩子，问：你以后想干啥？答：放羊。问：放羊干啥？答：挣钱。问：挣钱干啥？答：娶媳妇。问：娶媳妇干啥？答：生娃。问：娃长大干啥？答：放羊。问：放羊干啥？答：挣钱。问：挣钱干啥？……

这个故事一度有些人当笑话讲，地方被明确在西海固的海原县。

不能说因为贫穷人们便没了梦想，事实上越是贫困的地方，人们的梦想越大。“朝为田舍郎，暮登天子堂”，这样的传统教育在西海固不比别处弱，干花儿里这样唱：

我送大哥大路北，手里提着两锭墨（měi），
这一锭墨儿进书房，这一锭墨儿写文章，
哎呀，我的大哥哥呀，这一锭墨儿写文章。

我从小就有一个终极梦想——“吃粮票”，吃上粮票，月月到粮站去打粮吃，而且旱涝保收，用我们的俗话说就是“月月有个麦子黄”，再不用看老天爷脸子，无疑是鲤鱼跳龙门，彻底地把命改了，因此，“吃粮票”是那时候老家人的终极梦想。

然而“吃粮票”又谈何容易。那时候大学不是考的，而是推荐，从实行推荐以来，我们大队没推荐出一个，至于招工全大队没超过10个人。当兵是一条路，我们大队“吃粮票”的几乎都是靠当兵，然而想当兵的人实在是太多了，大队一年才有一两个名额。

记得有一天刚吃过午饭，猪头的爹提着一个烂洋瓷盆“哐哐哐”地敲，敲的是扭秧歌的节奏。我们跟着看热闹。陈山的爹说：“要猴呀，猴呢？”猪头的爹说：“你跟着不就是猴嘛。”到了街巷中心，他才停下喊：“收粮票了，收粮票了。”

1946年抓壮丁，猪头的小叔跑了，一直没音信，忽然就联系上了，说是在黑龙江落户成家。猪头的奶奶要去看小儿子。从宁夏到黑龙江要穿过四五个省区，一来回车顺了得半月，不顺得二十来天，猪头的

奶奶年事已高，路上不热汤热饭地吃喝怎么行，这就需要粮票。

那时候家家有粮票，不过不多，两三斤。干部驻队吃派饭，都给钱和粮票的，就夹在《毛选》里。一斤粮票一斤面，一会儿猪头的爹就收了20多斤粮票。大队长来了，说宁夏粮票顶个屁用，宁夏才多大，不出一天就出宁夏了，拿宁夏粮票到别省能吃上？猪头的爹说这是粮票，到别省咋吃不上？大队长说你当全国都是宁夏，只有全国通用粮票才能到处吃。猪头的爹又跑村上“吃粮票”的几个人家，没借到一斤全国通用粮票。我们这才知道，从粮站取通用粮票需要出差公函，经领导审批，难着哩。父亲在我头上狠拍一巴掌说：“狗日的一定要给老子念成个吃通用粮票的。”

恢复高考，我考入师专，当时还是大集体，通知是大队支书带着到麦场上的，人们都在场上打麦子，传着看着通知说：“这娃一头扎进国家怀里，把命改了啊，吃上粮票，月月有个麦子黄啊。”队上给了我奖励——一口袋麦子，有200斤哩。

第六章　百万大移民

“三西”之始

1982年，西海固作家火仲舫曾写道：“有的农民家里就一个碗，老爷爷先吃，吃完儿子吃，然后两个小孩吃，再是女人吃。小孩没有衣服穿，光着屁股，只用个绳子在腰里系着，冬天冻得直打战。”

1982年，有这样一组官方数据：西海固人均粮食占有量不到160公斤，贫困人口每天口粮不到50克；人均年纯收入78元；贫困人口达到70%；受救济人口84.61万……

…………

2000多年历史远去了，贫困却不离不弃，如影随形。

之所以以1982年为例，是因为这一年中共中央对西海固“下手”了。

国务院召开会议专题研究宁夏、甘肃两省区特困地区的发展问题，“西海固”这个已沉淀于岁月深处的名号，在国家扶贫战略中复活，出现在国家部委的文件中，与甘肃定西、河西地区组成一个写入中国扶贫志的名词“三西”。国务院专门成立“三西”地区农业建设领导小组，每年拨专项资金进行扶贫攻坚，开了我国有计划、有组织、大规模“扶贫式开发”的先河。

“三西”扶贫分三个阶段进行农业专项建设：

1983年至1985年，为“三年停止破坏”阶段。主要是针对生态破坏加剧的情况，从保护和恢复该地区的生态环境入手，着手退耕还林、种草种树、推广节能灶等，停止乱垦滥伐、毁林毁草，妥善解决燃料和饲料问题，发展畜牧业。

1986年至1990年，为“五年解决温饱”阶段。解决温饱的标准是人均年有粮300公斤、纯收入300元人民币和能经受住3年大旱的考验，以加强农业基础建设为重点，进行基本农田建设、水利建设、人畜饮水工程建设、林草建设、农电建设等，增强抗御自然灾害的能力。

1991年至1992年，是“两年巩固提高”阶段。主要是在前8年的基础上巩固已有成绩，全面完成党和国家确定的10年工作任务，达到“基本解决温饱，初步改变面貌”的目的。

吊　庄

西海固人口超载，生态恶化，已到非迁出一部分人口不可的境地，“迁出一户，宽松两户，解决三户”，以缓解山区人口和资源双重压力，宁夏确定了“以川济山，山川共济”“有水路走水路，没水路走旱路，水旱路不通另找出路”的方针和“大力种草、种树，兴牧促农，因地制宜，农林牧副全面发展”的扶贫开发思路，从传统历史中寻找到了出路——“吊庄”。

“吊庄”无疑是一项英明的决策，其后几十年间，吊庄吊出了大境界，扶贫扬黄灌溉工程移民、易地扶贫搬迁试点移民、中部干旱带县内生态移民、“十二五”中南部地区生态移民、“十三五”易地扶贫搬迁移民，宁夏一系列大规模易地扶贫搬迁，累计将123万贫困群众搬出了“苦瘠甲于天下”的西海固，占宁夏总人口的17.8%。

我的采访是从兴泾镇开始的。

所谓“吊庄”，是一种流动式农业经营方式。宁夏处于农耕与游牧深度交融区，既“游牧”，也“游农”，因为土地贫瘠，为了生存，一个家常常走出几个劳力，去他乡搭建一个临时的“家”，开垦播种，收获后又返回老家，就像一个村庄悬吊于空中，甩来甩去，故称“吊庄”。用当下流行术语来表述，吊庄与飞地很有些相同。

“吊庄”采取自愿原则，迁移之前，先安排村民到迁入地参观，给予三年时间的适应、思考，决定是否搬迁，这样就避免了历史上移民的弊病与后遗症。这一决策后来在全国得以推广。

有水路走水路，西海固一部分特困人口先行“吊庄”到黄河灌区。第一批试点在黄灌区确定了永宁县芦草洼、平罗县隆湖和中宁县大战场三个移民吊庄点，迁移西海固的泾源、隆德、固原三县近8万特困人口。

兴泾镇就是以前的芦草洼，第一个移民吊庄点。1985年，第一批8000多泾源县偏僻山沟的农民“吊庄”到了芦草洼。

我到了兴泾镇兴盛村，一打电话，杨书记正带着兴泾镇2018年致富带头人、后备干部培训班的50多名学员观摩兴盛村大棚种植基地，他要为学员介绍兴盛村建立“土专家”微信群交流种植养殖技术，遇到问题在微信群随时都能得到解决。

“你在街上先逛逛，随便跟人谝谝聊聊，哪个人都能给你说变化哩。”杨书记对我说，“你让我给你找几个有故事的人，那年月吊庄选的户都是一根扁担挑全家的贫困户，哪个没故事呢。”我说：“好。”他说：“我陪完大家来找你。”

我正好拍点照片，随机采访。我边拍照边浪荡着走。

广场上，有几人攒成一堆，走过去一看，是几个老人在下方。下方，在回族中盛行，闲暇之余，田间地头、街巷集市，地上画个棋盘，顺手捡胡基、石子、树枝做棋子就可以对弈。

一寒暄，五个老汉四个姓马，我笑笑。回族马姓多，“十个回族九个马，一个不姓纳就姓哈”。

一个老汉捋着雪白的胡须说：“我们都是从泾源迁来的。”

泾源吊庄当时，回族人口占98%。

过去的话题一扯开头，一个老马非常感慨地说：“当知道芦草洼离银川只有十几公里，比在老家去乡上还近，不要说银川，就是县城也没几人去过，你想想人有多高兴，奔走相告，要搬到银川去啦！要搬到银川去啦！当时政府准备了38辆大卡车，都是第一次坐大汽车，兴奋死了，连蹦带跳的，高亢的嘈杂声超过了汽车的马达声。当卡车行驶了400多公里到达芦草洼，眼前的景象像一盆冷水浇透了大家，看到荒草乱如牛毛，目光尽处没有人烟，欢快的嘈杂声戛然而止，脸上的笑意被苦楚与茫然替代了……

“沙丘有十几二十米高，一个接一个的，咱们站这里全是大沙堆，就是个风世界，三天一场风两天一场风的，扬着沙子一阵一阵打来，针扎锥剟，脸像挨了巴掌烧疼烧疼，嘴巴鼻孔眼睛耳朵塞满了沙子，像你跟我这么面对面说话都听不清的，一张口，风就把话叼走了，风把苇草、蒿子压倒在地上嗷嗷叫，沙子像水一样流着，天昏地暗的，寡荒寡荒的……你头一天堆起的土埂第二天啥都看不见，被风刮得平平的，就像是没干过活一样，你哪天让沙子埋了都不知道哩。

“饭碗才端到手里，风给你把沙子拌上了，一张口饭没喂到嘴里，风给你填了一嘴沙子。

“天上没个鸟鸟子，地上没个草草子，看不到一棵树，连拴驴的东西都找不到，咋活哩？四周无人烟，展眼望去，二三百座坟疙瘩像一个个土馒头，啥烂杆地方，丧气啊……这是一片死地，当坟地还差不多。”

不远处就是有着“东方金字塔”之称的“西夏王陵”近三百座坟堆。

“当时我们冤枉过政府哩，都觉得政府哄骗了我们哩……离乡人本来心里就恓惶，老家穷是穷，可这地方满眼荒凉，越看越不是滋味，当时芦草洼的土地虽然经过推整，路、渠没修好，水还没通，得到老远的地方去挑去拉，睡一夜，被蚊子叮得遍身伤疤……荒凉死了，心里瓦凉瓦凉的，待不住嘛，天冷了，就回老家了，反正吊庄两头有家，来来回回扯毛线拉锯，有的回去干脆待下不来了，哄骗点国家补贴的好处，有的就把指标卖了回老家去了，有的用移民指标换了一条不到10块钱的烟回了，我差点也跑回去了。”

“不是我拽住，你还不就回去了？”

“你不也是寡妇倚门框站哩，有走心没守心。”

“要说政策好得很，在化肥、籽种、机耕费上给补贴，免征水费三年……”

“第三年上稳定下来了，有收成了嘛，一亩收三四百斤粮，在老家就是老天爷按时按点给雨，庄稼收成了也就二三百斤。接下来就更好了，第四、五年粮食七八百斤，1990年一亩打上千斤，人心一下子安了，把指标卖了跑回去的人后悔得抓腔子哩，又闹腾着往来搬，嘿嘿，再想移过来费事哩，掏上万元买的指标……”

“我没动摇过，黄河就在旁边明闪闪地流着，能听到哗哗的水声，这里虽是一片荒沙滩，但交通便利哩，走啊达都方便，后来水通了，顺着渠渠就灌到地里了，老天爷就是一年不给雨，庄稼照样成收，只要下苦，就有收成，再不看老天爷脸色吃饭了。而且就在银川城边边上，一马平川，回去再把自己箍在个山窝窝，抬头是山，低头上沟，出门爬坡翻沟？要不是国家搬咱们到这达，你想来就能来？不说别的，怕一辈子都浪不了一回银川，搬到芦草洼前，我连县城都没去过。你看现在，几块钱就进银川了，坐公交都免票白坐哩……”

一老汉插话：“宁夏60岁以上坐公交半票，65岁以上免票。”

谈及收入，老汉说：“家家不一样，均拉每人一年纯收入11000多，昨天报纸上还登咧。”

又说：“有大富大贵的人哩，几百万、几千万的都有哩。”

兴盛村完全是小城镇的模样，支柱产业非常明显。我沿着兴盛村街巷走。泾源县是传统的养牛大县，群众有着丰富的肉牛养殖经验，凭借兴泾镇水草优越的自然条件，养牛热起来，镇、村因势利导，出政策，上项目，扩大肉牛养殖规模，兴盛村是兴泾镇的肉牛养殖核心区，牛肉在市场上享有很高声誉，逢年过节，银川及周边的人都会来这里打肉。

杨书记送走了观摩学员，问我在哪里，我环顾四周，告诉他春峰肉牛养殖合作社。杨书记赶过来，说："马春峰不在，早上去西安谈业务去了，向外发展哩……我给你说说马春峰吧。马春峰养牛刚刚起步并不顺利，一个雨天，牛棚漏电导致9头牛死亡，进牛的钱是借来的，这无疑是塌了天，背了一身债，马春峰像遭霜打了。走特色路，得要带头人，我们和他谈，鼓动他办合作社。2012年，马春峰通过借贷购买60头牛，联合4名村民成立了银川春峰肉牛养殖合作社，三年间合作社仅马春峰一人就出栏260头牛，收入近50万元。十八大后高度重视产业发展，几年间合作社成员增加到33人，带动全村620户村民中的408户发展肉牛养殖业，年饲养量超过1万头，年收入几十万元的不在少数，为了保证肉牛品质，合作社统一养殖管理，肉牛生产和牛肉制品绿色无污染，已通过农业部无公害农产品产地及产品质量认证……"

到一个西瓜摊前坐下，杨书记说："咱们大棚瓜上市了吧，我们来开个园，杀瓜。"

"书记，你这园开得迟了，几天前我们就开过了，瓜好得很，又沙又甜。"一个老汉说。

卖瓜汉子说："最大的60多斤哩。"

"老马，你们几个趔了个远，过来吃瓜来。"杨书记冲几个人招招手。

几个人摆手，杨书记说："咋，跟瓜有仇？"

"真还有仇哩，我们五个三个糖尿病。"老马嘿嘿笑着说，"唉，小时候爱吃个甜，没个吃的，现在有了吃的，又吃不成了。”

杨书记说：“西瓜糖分还是低的，一人吃一两块没麻达。”

几个人过来，一人拿一块吃起来。

吃了西瓜，我们沿街巷走，树木环绕，空气清新，幢幢新房整洁亮堂。兴盛村跻身自治区文明村镇行列。我问兴泾镇现在有多少口人，杨书记说：“5.1万人，2017年人均可支配收入1.2万元。”

“蔬菜是兴盛另一大产业，120户村民种植温棚，村里的温棚达到了173栋，就在银川城边上，蔬菜前景大着哩。”杨书记说。

走进一栋现代化大棚，一位50多岁的老汉正在绑架，杨书记说：“老惠，这一茬收入咋样？”

老惠笑笑说：“第一茬西红柿已经卖光咧，应该有个4万左右。”

杨书记说：“跟去年相比呢？”

老惠说：“不会比去年差。”

出了温棚，杨书记说：“老汉叫惠连娃，一直务工，图零干，活好找，又有保障，现在挣钱的门路广得很，有劳务协会，找到协会就找上活了，光这一项一年咱们兴盛就收入770多万元……老惠过得也好哩，这过了50岁，务工活就不好找了，回来务劳5亩地，咱们兴泾的地单纯种地那肯定是亏了，不甘心，镇上提倡转型，发展设施农业，村委会动员他种菜，他搭了两栋温棚，当年两茬西红柿卖掉后挣了8万多元。”

一位五六十岁的老汉走过来，想来他该是第一代移民。

“正生，过来说说。”

“说啥？”

“说说你过去的日子……”

老汉看看我说：“哎呀，又让人忆苦思甜哩。”

我说：“你现在收入咋样？”

老汉说：“我爷要过饭，我大（爹）要过饭，来兴泾镇前我也要过饭，我儿子没要过饭……”

杨书记拍着手笑说：“作家问你现在的日子哩。”

老汉笑了说：“十几头安格斯肉牛，三栋温棚。”

杨书记接了个电话，我说：“你去忙吧。”

“去年到今年，光兴盛村就新增小轿车100多辆，太快了，停车都成麻烦哩。”

第二批吊庄移民又部署了，广泛利用世界银行贷款及世界粮食计划署项目，建设吊庄移民基地，吊庄形式也多样化，发展为在人少地多的老灌区或已开发但缺人的新灌区，划出定点村，共同组织迁移县内吊庄、县与县合作插户吊庄，还出现了农、林、牧、渔等各业承包大户的自发移民，取得移出一户、宽松两户、解决三户的效果，山区人口和资源的双重压力缓解了，2002年，全部吊庄移民纳入属地管理。

宁夏吊庄移民始终受到党中央、国务院的关怀。江泽民、胡锦涛、李鹏、朱镕基、李瑞环等中央领导人先后对移民吊庄工作及扶贫扬黄工程建设进行考察和指导。1991年6月18日，江泽民总书记在宁夏考察时，专门来到隆湖吊庄移民基地，考察了解移民的生产、生活情况，称赞宁夏吊庄移民开发是“扶贫的一个创举”，希望不断创新，办得更好。

宁夏吊庄移民60余万人，是新中国西部地区集中迁徙人数最多、组织程度最高的一次农村人口大迁移。

“1236”

沿滚新公路越过一道大梁，罗山扑入眼帘。远眺罗山，极似日本富士山。罗山是宁夏第三大山脉，阻滞了毛乌素沙漠南侵，是宁夏中部的生态屏障，也是宁夏中部重要的水源涵养林区，“罗山叠翠”为清朝宁夏“八景”之一。

罗山唐朝时称“安乐山”，这有一段历史。龙朔三年（663），吐谷浑部受吐蕃攻击，大败，吐谷浑国土全部被吐蕃占据。诺曷钵和弘化公主率残部几千帐奔凉州南山居住，遣使向唐朝求救。唐高宗将其徙于灵州境内，在罗山一带（在今同心县韦州镇）设安乐州，安置吐谷浑族。1974年，在罗山脚下的下马关赵家庙村附近山上发掘出吐谷浑王系慕容威的墓。慕容威是诺曷钵的后人，世居长乐州，曾任长乐州游击副使。明太祖朱元璋之子庆王朱栴及九世亲王在罗山脚下的韦州建庆王府及其子孙的陵园。

亚洲最大的移民区——红寺堡便坐落在罗山下。

进入红寺堡城区，擎天柱上“共产党好，黄河水甜”的巨幅标语格外醒目。

经过几年扶贫，西海固人均纯收入在200元以下的贫困人口从1983年的70%以上下降到15.7%。然而“三西”扶贫第一个十年的三个目标之一的“五年解决温饱”（具体标准是农民人均年收入300元、粮300公斤）没有实现，因为1987年，西海固大旱，“两年巩固提高”便也无从谈起。

实现“解决温饱”的目标只能寄希望于“三西”扶贫十年。然而从1991年开始，西海固遭遇持续5年的特大旱蹂躏，一些已解决温饱的家户又回到了原点。我回老家，村里的老汉们蹴在墙根咂着烟锅说：“跟民国十八年一个模样啊，老天爷这是要收人哩。”1993年，“三西”扶贫十年，西海固尚未解决温饱的贫困人口139.8万人，人均年收入在300元贫困线以下的特困人口还有63.9万人。

1994年，《国家八七扶贫攻坚计划》颁布，宁南西海固8个县（区）被列入“国家级贫困县”名单，贫困人口114.5万人，“三西”扶贫延续十年。宁夏拉开了“双百”（100个贫困乡镇、100万农村贫困人口）扶贫攻坚帷幕。

旱情牵动了中南海，江泽民、李鹏、李瑞环、吴邦国、姜春云等中央领导人都对西海固的抗旱救灾工作做了具体指示，中共中央、国务院拨出了大批的救灾物资，派出专门工作组奔赴西海固指导抗旱。时任中共中央政治局常委、全国政协主席李瑞环来宁夏考察，旱魔践踏的西海固大地仿佛陷入世界末日一般荒凉，人畜饮水艰难，人们的生活境况让老人满眼泪花。

9月，时任全国政协副主席钱正英率水利专家组来宁夏考察，这位年逾七旬的老人穿越了旱魔持续肆虐下的整个西海固。当她经过罗山脚下的红寺堡时，兴奋起来了。

红寺堡面积2000平方公里，位于毛乌素沙漠边缘，其干旱程度与其他县市相比更为严重，年均降水量277毫米，蒸发量高达2050毫米，年大风天在50天以上，沙尘暴达20次左右，植被稀薄，看上去几乎是寸草不生……然而，钱正英是水利水电专家，她看到的是红寺堡离黄河非常近，引水灌溉简便，而这片土地平坦，有水必会变成绿洲沃野。

很快全国政协联合宁夏政协形成一份提案，一个在中国扶贫史上留下浓墨重彩一笔的扶贫扬黄灌溉工程——“1236”工程被描绘出来：移民100万人、灌区200万亩、投资30多亿元、6年内完成。建议上呈，得到党中央、国务院高度重视，1995年12月国务院正式批准立项，并作为重点工程列入国家“九五”计划。1996年奠基，1998年9月一期工程实现通水，滔滔黄河水被提升了170米，灌入了红寺堡荒原，第一批移民搬入红寺堡……至2017年底“1236”工程“销号”，建成支斗农渠长达4100公里，累计开发水浇地80.63万亩，安置移民23万多人。

工程创造了4个亚洲之最——扬水建筑规模最大、扬水干支渠和斗渠及农渠最长、工程提水高程最高、安置贫困移民最多。农民人均纯收入由搬迁前的550元增加到7896元。

荒漠戈壁变成了沃野百里、谷稼殷积的富庶之地，亘古荒塬上崛起一座现代化县城，城市绿化率、绿化覆盖率、城区人均公共绿地分别达到35%、39%和27.5平方米，荣获“自治区园林城市”称号。

站在新庄集乡西川村的观景台上，连片划一的葡萄园犹如绿色方阵，一垄垄葡萄长势喜人，清风如抚，风中飘来葡萄青涩的香味。

北纬38度，被认为是世界酿酒葡萄种植的黄金地带，法国波尔多地区正处于这一纬度，成了世界高档葡萄酒的代名词。贺兰山东麓红寺堡正与法国波尔多同处于北纬38.5度、海拔1100米的葡萄黄金带，沙砾结合型土质透气极佳，土壤为淡灰钙土，有机质含量最高，土壤表面为沙面多孔，下层土质紧密、松软，可使葡萄枝干的水分得到很好的调节，地处干旱区，干旱少雨，光照充足，积温高，昼夜温差大，西有贺兰山天然屏障抵御寒流，东有黄河环绕形成的独特气候调节功能，水热系数、温度、湿度等气候指标均属于葡萄种植适宜区的范畴。与波尔多地区地中海气候相比，这里更适宜酿酒葡萄的生长，葡萄果实成熟过程缓慢而充分，色素形成良好，香气发育完全，酚类物质丰富，加之高海拔病虫害少，远离工业区和都市，土壤、环境无污染。早在20世纪90年代，国内外葡萄栽培与酿酒专家就给出结论：贺兰山东麓在土质、水热系数、温度、湿度等方面都优于波尔多，是世界酿酒葡萄种植真正的“黄金地带”。2003年，东麓300多万亩荒漠土地被国家质检总局确定为葡萄酒“国家地理标志产品”保护区域。这是继河北昌黎、山东烟台之后，国内第三个获此殊荣的地区。长城、张裕、保乐力加、轩尼诗等国内外知名企业慕名而来。2020年9月，第27届比利时布鲁塞尔国际葡萄酒大奖赛（CMB）上，中国共获得100枚奖牌，其中宁夏贺兰山东麓产区以48枚奖牌蝉联中国奖牌榜榜首，该产区的参赛酒款获得了2020年度CMB的“中国最佳葡萄酒”称号，宁夏产区继2019年后再次获得“双料冠军”。近年来，宁夏贺兰山东麓酒庄捧回的国际葡萄酒奖项已近千个。宁夏也因“可以酿造出中国最好的葡萄酒”被美国《纽约时报》评选为全球必去的46个最佳旅游目的地之一。

2020年6月9日，习近平总书记视察贺兰山东麓葡萄种植园，指出：贺兰山东麓日照充足、灌溉便利，适合种植酿酒葡萄，随着人民生活水平不断提高，葡萄酒产业大有前景，宁夏要把发展葡萄酒产业同加强黄河滩区治理、加强生态恢复结合起来，提高技术水平，增加文化内涵，加强宣传推介，打造自己的知名品牌，提高产品附加值和综合效益。

“黄河水也是有限的。2007年起，红寺堡进行农业产业结构调整，大力推广葡萄产业，就是为了节水，黄河水告急，而种庄稼效益低，还费水，而扬程高，水价居高不下。”苏达志拉着一根PVC管说，“种水稻一亩地需水1200立方米，种玉米、小麦也需水800立方米，种酿酒葡萄，葡萄藤间铺设的PVC管道纵横相连，每根管道都铺到葡萄树根部，就像人体的血脉，而不同的是在每个节点都安装着阀门开关，节水40%以上，增产10%以上，节肥50%以上，每亩可节约人工3～4个。而且能培育产业，以产业带扶贫、扩就业、促增收……”苏达志是红寺堡区副区长，是红寺堡最早的开拓者，他曾在宣传系统干过好些年，我在报社时到红寺堡经常是他陪我采访。

2015年，红寺堡区被中国商业企业管理协会授予“中国葡萄酒第一镇”和“中国最具发展潜力葡萄酒产区”称号，累计种植葡萄面积达到10.6万亩，形成集酿酒葡萄种植，葡萄酒生产、销售，葡萄酒文化旅游于一体的产业链，红寺堡产区葡萄酒众多品牌在贺兰山东麓国际葡萄酒大奖赛、法国巴黎品醇客葡萄酒挑战赛、亚洲葡萄酒大奖赛、德国柏林葡萄酒大奖赛等国内国际大赛上获得大金奖、金奖、银奖等数个奖项，“千红裕”干红葡萄酒被外交部选为宁夏产区的6款宴宾用酒之一。葡萄种植年收入亩均4000元，户均4万元，最高单户收入达到20万元，依托“企业+基地+农户”的合作模式，围绕葡萄酒产业金融、旅游、商贸、物流、保险、中介服务等第三产业不断发展壮大，每年解决农民就业40多万人次，农民年务工收入达到一个亿，产业集聚和带动效应开始显现。

蔡立德说：“起初，不要说种葡萄，许多人在老家都没见过没吃过葡萄，对种葡萄心存疑虑，在老家挨饿挨怕了，生怕闪失误了土地的收成，政府免费为企业和农户提供苗木、为种植葡萄开沟、提供架杆和架丝等，栽培、施肥、剪枝、冬埋、病虫害防治、葡萄田间管理……政府组织各种培训班，专业人员到葡萄田里进行技术指导，还给生活补贴，这样的好事情，哪里找去……”蔡立德从红寺堡区农村信用社贷了5000元创业贷款，种了30亩葡萄，说：“种葡萄是为了节水，也是为了提高经济效益。玉米一年净收入一亩地1000元，葡萄最起码多出三四倍。”问到蔡立德的年收入时，他不好意思地笑笑：“一年有个好几万吧。”

“老蔡，讲讲如何品红酒。”苏达志说。

“品红酒分观、闻、品三步……”老蔡边摆弄酒杯边说开了。

中圈塘村是第一个被确定为整村推进的万亩酿酒葡萄基地，投资1.2亿元，全村种植葡萄6000亩，成为远近闻名的中国葡萄酒第一镇，集葡萄种植、观光旅游、葡萄酒酿造于一体。

近5年来，宁夏农田灌溉水利用系数由0.46提高到0.52，年引黄河水量由最高年份的89亿立方米稳定在65亿立方米左右，宁夏治水开发史贯穿着、浸润着宁夏经济社会的发展。21世纪以来，宁夏人口增加了121万人，灌溉面积扩大了221万亩，粮食产量实现“十三连丰”，但用水总量却减少了22.307亿立方米。一增一减之间，高效治水的效益显而易见。

整村搬迁

6月，宁夏一种特产成熟，一粒粒晶莹剔透的枸杞，似玛瑙挂满了枝头，大地一片片姹紫嫣红。

宁夏“五宝”红黄蓝白黑，“红宝”枸杞居榜首。《本草纲目》中写道：“全国入药杞子，皆宁产也。”《中华药典》将宁夏中宁枸杞列为唯一可入药的枸杞。唐朝诗人刘禹锡这样写枸杞：“枝繁本是仙人杖，根老能成瑞犬形。上品功能甘露味，还知一勺可延龄。”常吃枸杞抗癌、护肝、长寿……与养生紧紧联系在一起，枸杞身价百倍。

正值头茬枸杞采摘期，南梁农场枸杞园里人头攒动，枸杞园旁一块块枸杞晾干盘铺开，盘中铺满熟透的枸杞，就像影视节上长长的红地毯，这正是摄影家拍宁夏必然追逐的镜头。

“南梁农场得黄河之利，加上日照充足、昼夜温差大，南梁枸杞素以粒大、肉厚、籽少、味甜、药效高而居宁夏枸杞之冠。头茬枸杞素称‘六月红’，是枸杞中最好的，冬歇春生，孕育半年，营养富盈，药用、养生价值最高，我们每一粒枸杞都可追溯质量……”为我们介绍的小伙说话有板有眼，用心全面，看看小伙的胸牌，再看看枸杞园里的招牌，才知道我们走进了奇正藏药枸杞核心产区。

我们都笑了，其实我们中没有外地人，对枸杞自是熟知的。小伙的口音带有西海固的味道，一问是泾源人，他告诉我们他家是南梁农场的第一批移民，2003年插花移民，整村搬迁，从泾源、西吉搬迁270多户1300多人。

1999年，西海固未解决温饱的贫困人口由139.8万人减少到了30.5万人，在全国率先实现了整体基本解决温饱的目标，当西海固人庆贺“三西”扶贫开发取得阶段性成果喜迎新千年到来之际，旱魔再次肆虐西海固，农作物绝产，刚刚解决温饱的人口大面积返贫，未解决温饱的人口反弹到128.6万人，超过总人口的50%……用西海固人的话说真是“辛辛苦苦十几年，一旱回到解放前”。

2001年，针对西部地区部分生活在自然条件严酷、资源贫乏、生态恶化地区的贫困人口，国家实施易地扶贫搬迁试点，以达到扶贫和生态修复的双重目的，宁夏、云南、贵州、内蒙古4个省区成为生态移民的首批试点地区。宁夏同步实施千村扶贫工程，对西海固地区的1026个贫困行政村、人均收入1000元以下的107.24万贫困人口进行综合扶贫开发，建设生态移民基地15处，南梁农场正是其中之一。

“枸杞烘干房、真空包装，村上都建成了，这解决枸杞贮藏大问题。”小伙子说。

从枸杞园出来，大片翠绿翠绿的田野是线椒种植基地，线椒已进入采摘期，采摘、装车，田垄上村民往来穿梭，现代化牛舍、数百栋设施温棚，时尚而气派。

走进南梁移民新村，经过十几年的开发建设，这里已不是一般意义上的村，完全是一个小镇，1200多套移民院落整齐划一，小学、卫生院、广场、商场、集市……一应俱全，道路四通八达，树木掩映，从村庄美化看来农场在移民村建设之初承诺的“人在林中，林在村中，三季有花，四季常青”已经成为现实。现在新村的管理全方位移交贺兰县。

我一路拍照，哗哗的渠水和一掮锹老者走进镜头，他看着我说：

“你是来采访张贤亮的事的吧？”

我说：“你跟他熟？”

他说：“不熟，我搬来的时候人家已经到银川了。”

我说：“你是移民搬迁来的？”

他说：“从泾源搬迁来，是九几年的时候。”

我“呃”了一声，他说：“不过，我知道他不少事哩，农场那些老汉讲的，有些都写到电视里了，你可以看电视，天天晚上演哩。”

根据《灵与肉》改编的42集同名电视剧在央视8套播出。当年张贤亮被打成“右派分子”，下放到银川市郊的西湖农场和南梁农场劳动改造长达22年，成名作短篇小说《灵与肉》就是写于这里。张贤亮在此留下了太多的生活印记，小说《灵与肉》《邢老汉和狗的故事》《浪漫的黑炮》《绿化树》《男人的一半是女人》《习惯死亡》等作品都是以南梁这块土地为背景，广为流传。

我给老汉点了支烟，他深吸一口，徐徐喷出说：“那是个厉害人哩。”

一位正在广场上晾晒枸杞的妇人说：“电视里还有我们干活谝闲的镜头哩。”

另一位老汉正在筑渠，说：“拍《牧马人》我还当过群众演员呢，镜头老长哩！”

《牧马人》是根据《灵与肉》改编的电影。

我递给老汉一根烟，老汉点了，说起搬迁，他是2003年从泾源黄花乡黄洼村搬来的，是第一批，他们村有150多户居民，先搬迁了60户。说到以前，“在老家别的不说，就说吃水，吃的是鸡叫水，三四点钟鸡叫头遍就得起来去驮水，泉水小得，周围四五个庄子的人都在那里响水，要翻山，一趟得三四个小时，一家得一到两个好劳力给水拉长工，去得迟了得排队。种地，雨水广，一亩地收个三五百斤，旱了就收一把柴火，日子到处是窟窿，捂都捂不住……”老汉嘿嘿一笑说，“搬迁前，先组织大家来看看这个地方，当时嘛一看荒漠戈壁，拿着锹镐到地里挖看土层有多深，能不能长庄稼，又到农场看玉米长得有多好……心里没底，怕有个闪失，家寒，闪失不起，最后硬着头皮搬上来了。当时搞的个一一几几工程，记不清了，就是每户输出一个劳动力，分一亩设施农业，户均6分庭院，人均一亩水浇地、半亩经果林……搬来后，开始地里麦套玉米，一亩打了1000多斤，比老家高了好几倍，心里一下有底了，种地的空闲时间，只要人勤快，活路多得很，自家门口就有活干。农场也有活，种果树、采摘水果、包装、批发、零售都需要人，有些人还贩水果，不想干这些活，离银川、石嘴山都近，打工方便，都开着车打工，有专门联系活的，叫个啥经纪人，一个电话就找上活了，还不用担心干活要不上钱……种地也不误，有些人喜欢打工，家里的地却雇外来的人干……现在日子活套得很，村上的这些人都能干。”

现在，家家都用上了自来水，劳力解放了出来。

几个女人领着孩子叽叽喳喳地过来，一个女人说：“爸，我带宝子去银川咧。”

老汉没说话。女人们走远了。

“麻雀窝里捣了一扁担，叽叽喳喳的，连大都不叫了，叫爸咧。”老汉笑笑说。

老汉用锹捞着渠边的泥土说："又去浪银川，离银川二三十公里，公交都通到门上了，好多人家都买车了，一趟一趟地，方便得，唉，要在老家，走乡上赶个集几十公里，翻山越岭的，让他们给我浪，回来得晚了让狼吃了。"

又说，"管不了了，连娃娃都拿百元大票子花哩，唉，没过过穷日子，以前日子过得有皮没毛的，恓惶得难说，哪有钱买衣服，女人娃娃出门都没有个衣裳，现在，几个柜子装得满满的！唉，再好过，也不能这么过日子，老辈子人就讲能挣的不如会省的嘛。"

我说："心里都有数的，能花能挣。"

老汉说："这话倒不假，要说挣钱，只要人勤快，要说这些娃娃扒光阴，没说的。"

又说，"把国家的光沾了，不是搬到这地方，还过的是个有皮没毛的日子，想翻个身难着哩。"

县内移民

从盐池去下马关，我们走的是红军西征走过的路。穿越沟壑相连的旱塬群山，上了大郎顶，眼前豁然开朗。越野冲浪一样冲上一个梁峁，惊着了草地上的一头驴，撒欢尥蹄要跑，却给二十多米的长绳縻着，就在草地上转圈，踢腾出一团土雾。接近时，驴腾空而起，两只后蹄踢向天空，身子还在空中狂扭几下，放出几个大屁来，落地的一刻，"昂——昂——"地大叫几声，以表达自己的愤怒。

在同心县委宣传部，正好北京来了几位采访的记者，便同路。

记者都围着驴拍摄，一位记者哈哈哈地笑着说："来看你，你倒恼得不行了。"

驴三角跳弹，又放出几个大屁，一女记者说："你的屁可真多。"

我笑了。她不懂驴，却道出驴的一个显著特点，驴上坡、撒欢、尥蹶子，常常是大屁轰天，尤其是你抽它一鞭甩它一棍，它会以大屁相还。赶驴吃得屁，当官受得气；叫驴叫唤屁出来；跟在驴后头，还没有你吃的屁……驴总是与屁联系着，我们小时候常拿这些俗话借喻骂人。

大家拍驴，驴偏着头一副警惕的神态。大家"哟哟"地叫着说："你配合点，摆个姿势，给你好好拍几张。"

这是一头漂亮的驴，通体黑色，毛色水亮，仿佛着了绸缎，脑顶子、嘴头子、眼圈子、蹄腕子却为白色，浑身干净。

离开毛驴时，毛驴又腾空跃起，在空中扭动腰身，放出几个大屁来，颇有表演挑衅的意味。大家又恋恋不舍地拍了几张说："做头驴也挺好的，你看它多潇洒。"

我说："光看到它潇洒，没看到它犁地的悲哀与无奈，一犁一个上午，一犁一辈子。"

"现在这驴可不是为了耕地，下马关滩平坦，扶贫扬黄灌溉引来黄河水滋润，可是想靠传统种植脱贫是很困难的，得靠产业，这驴是产业哩，身价不菲哩。"同心县扶贫办金主任看着我说，"作家，读过你写驴的文章，你知道一头驴现在多少钱？"

这我还真不知道，我摇摇头说："肯定比一头羊贵。"

他笑笑说："现在的驴已经不是你在同心生活那时候的驴了，天上龙肉，地上驴肉，现在不仅仅是驴肉细嫩味美，营养高，驴全身都是宝，光一张皮市场价就2000多元，阿胶价格持续走高，还在涨，市场好得很，仅东阿阿胶一年光驴皮就要200万张，从去年到今年，驴和驴驹的价格翻了一番。”

我“呃”了一声，真出乎意料。

他说：“2011年，农业部就将商品驴技术研究开发项目列为扶植发展项目，这几年驴产品不断开发成功，驴奶和人奶的相似度高，最接近人乳，一头驴每天可采2公斤奶，10公斤奶可以加工1公斤冻干奶粉，在市场上最高能卖到每公斤7000元。血、尿和驴胎盘经过精深加工可以提炼成生物药品，直接进入高端市场，黑毛驴有了新的产业链，一头毛驴的总产值可能超过20万元……驴又好养，这作家该知道，成本低，易繁殖，见效快，是扶贫的好项目。”

三山井黑毛驴繁育基地建设得美观、科学，集现代化、标准化、集约化、规模化于一体。“比人享福哩”，老杨说。老杨是饲养负责人，婆姨打扫圈舍，每月两人收入6000元，老杨轻抚着一头毛驴说：“以前骑你赶集，让你耕地，让你驮水，让你给咱拉长工，还动不动给你两鞭子，现在可不敢了，你给咱好好吃噻，我尽心尽力伺候你，全家人脱贫致富全指望你哩。”我笑笑。他说：“月月有个麦子黄，跟你们上班一样，重要的是在家门口上班，顾家挣钱两不误，做梦都没想到还能这么活回人啊。”“月月有个麦子黄”和“上班”，这可是老家人最伟大的梦想。

“有龙头企业和合作社从奖金、市场、技术、回购、科技服务等方面操心把关，移民通过土地流转、入股分红、分户饲养、饲草种植及务工，还带动周边优质牧草种植、饲草加工等关联产业发展，形势好得很，黑毛驴现在存栏超过1万头，参与黑毛驴养殖的2000多建档立卡贫困户人均年增收3000元以上……结合养生，把毛驴当药材来养，预期效益远超养牛、养羊，驴产业市场发展空间是极大的。”

公司接待人员说：“三山井村首批入社的建档立卡户签订了合作协议，提供连续5年、每年3000元的入股分红。基地季节性用工人数五六百人，长期用工20多人。每个建档立卡户用个人资质抵押给企业贷款5万元，年终能获得分红4000元，加上劳务工资每月最低过3000元，年均依靠养殖场收入4万元。”

离开三山井黑毛驴繁育基地，看到下马关的路牌，一位记者说：“下马关，老名字吧，肯定有传说，历史上哪个大人物在这里下马了？”

我讲述了下马关的历史，记者说：“下马关历史上是个大地方哩。”

下马关滩因为平坦，水草丰茂，曾是匈奴、突厥、吐谷浑、吐蕃、党项等游牧民族的天然牧场。有座小山叫瞭马山，父亲说草长得老高的，牛羊骡马打入原野，黄昏收圈要站在山头上瞭望牛羊骡马所在，风掠过，草倒伏，牛羊骡马就露出来了……我的脑海里就浮现出“天苍苍，野茫茫，风吹草低见牛羊”的胜景。

2005年，宁夏中部干旱带连续200余天滴水未降，而且旱情持续5年，是宁夏有气象记录以来50年不遇的特大旱情。宁夏打破传统的山区和川区两分法，根据地理和气候条件分为“南部黄土丘陵区、中部干旱带、北部引黄灌区”三块。中部干旱带水资源匮乏，是干旱重灾区，涉及人口143.4万人，占宁夏人口的23.8%。

《宁夏中部干旱带县内生态移民规划提要（2007—2011年）》出台，围绕“水源、生态、开发、特色、转移”“人随水走，水随人流”，实施中部干旱带县内移民。

同心地处中部干旱带核心区。

全国小学生统一教材人教版五年级“数学”上册有一道试题：

同心县是宁夏最“干渴”的地区，年平均蒸发量是2325毫米，比年平均降水量的8倍还多109毫米，同心县年平均降水量是多少毫米？

答案为：同心县的年平均降水量是277毫米。

解法一：设同心县的年平均降水量为x毫米。

$8x+109=2325$

解得$x=277$

…………

教科书的影响是无可比拟的，同心县因试题“干渴”驰名全国！事实上这是整个宁夏中部干旱带的现实。

“自然条件恶劣，资源贫乏，人口严重超限，基本没有再开发的潜力。2000年至2007年，国家投入各类资金达7.2亿元，但百姓生产生活条件没有改善，耕地全为‘望天田’，遇干旱颗粒无收，天不下雨，黄土都着火了，一点办法都没有……”同心县扶贫办金主任说。

同心县内生态移民涉及13.3万人，是宁夏移民人口最多的移民县，下马关滩成为最大的载体，2008年一年就投资7.1亿元，搬迁安置7.7万人，“县内移民与吊庄移民不同的是移民新村按照新农村建设的要求进行规划和建设，配套村级活动场所、卫生室、科技服务站及农村商贸流通网络等，移民住房标准由每户40平方米增至54平方米，配套沼气和太阳灶，移民户均安排1亩设施农业，结合农村能源、种养设施等，统一进行庭院的规划建设，”同心县扶贫办金主任说，“移民搬迁出来，对搬迁地实行拆房、断电、断水等措施，采取封闭式自然恢复植被和人工种树种草的方式，逐步改变当地生态环境……”

离三山井不远，就是下马关镇万亩标准化枸杞出口生产基地。下马关的枸杞与南梁农场的枸杞有很大不同，枸杞粒大，一粒有传统枸杞两三粒大，像小尖椒，我还是第一次见。更新奇的是这枸杞一边采摘，一边挑拣，打包装箱。

我说：“这枸杞不用晾晒烘干？”

“这是鲜食枸杞，采摘下树打包装箱，下午就乘上飞机运到北京、上海、深圳等大城市，已经成为各地高档餐厅的招牌菜……”易捷庄园公司接待人员小冯说。

“枸杞也有鲜食的，不便宜吧？”记者小刘问。

“上了餐桌，1粒1元。”

“1粒1元？”同行啧啧称奇。

“1粒1元很平常的，”小冯笑笑说，“鲜食枸杞这么大的粒，1斤300粒左右，售价290 ~ 360元，高端枸杞1公斤价格超过了3000元。”

记者问采摘枸杞有多少人，小冯说：“我们庄园种植近5万亩，枸杞采摘季节高峰期，每天用工上万人，仅采摘费过百万元。枸杞采摘上至七八十岁老人，下到五六岁娃娃，都能干，到了假期，这方圆人家一天挣回千元不是啥稀罕事，就在家门口，家庭和孩子照顾了，啥都不影响。以前一直在外打工的都回来了，围绕着有机枸杞种植核心区就业的有1万多人，人均年收入超过万元。”

小冯摘了几粒枸杞说：“摘下来就可以吃，我们易捷庄园是国内最大的有机标准种植的枸杞庄园，产的枸杞是国际有机食品，国际有机食品认证严格得很，有几百项指标，咱们下马关平原方圆50公里没有工业企业，工业污染为零，我们种植时根据风向，设置的南北植株排行任风从头吹到尾，透光通风虫害少，没有农药残留，上的肥料是牛羊粪，几百项标准都是零残留，产品已连续6年获得欧盟、美国、日本等有机认证。”

我们吃着枸杞，小冯说：“不过不能多吃，一天别超过40粒。”

问及用水情况，小冯说：“黄河水引上来了，但也没有多余的啊，发展什么产业，先算水账，都算得好好的，彻底摒弃传统种植，枸杞一亩地种220株，株根埋有滴灌喷头，一个轮作期一棵枸杞用水0.04立方米，一年灌溉7～8次，220棵用水66立方米，比传统的大水漫灌式种植省多了。”

“同心县枸杞发展晚，但起步高，有机种植，庄园化、品牌化发展，发展家庭农场，走高端有机枸杞产业发展之路，是中国有机枸杞种植第一县，面积已14万亩，是农业部认定的‘苦水枸杞’无公害产地，形成了‘新杞元’‘润德’‘洞子沟苦水’等品牌，出口美国、欧盟、中东、东南亚、俄罗斯等国家和地区。‘新杞元高端私人枸杞庄园’是主打的脱贫攻坚产业，通过前期市场调研和摸底，已启动湖南、北京两个市场。”金主任说，“枸杞是劳动密集型产业，6月进入采摘期，一直到10月底，仅采摘枸杞每年就能给当地农民人均增收2000元以上，农民在家门口就把钱赚到手了，纯纯的，没有车费店费开支。枸杞产业劳动附加值高，现在已经开发出冻干枸杞、鲜食枸杞、枸杞原浆、枸杞酵素、枸杞芽茶、枸杞饮料等系列产品，产业链长，一年都可打工……”

枸杞园旁是中草药种植基地，种植甘草、板蓝根，“中草药基地用工量大，时间长，用工长达9个月，在基地打工一天至少有80元收入，一年有2万多元收入，中草药加工厂建成，就业岗位就更多，枸杞、中药材还发挥一大作用，就是生态功能……这是旱出来的见识。”金主任说。

生态移民

一块项目招标牌下蹴着一个老汉。项目是良田镇和顺新村道路建设项目。

老汉戴一副镜片老大的石头镜，抹下眼睛看着我。我走过去递给他一根烟，也蹴了下去。我问他多大年龄，他说81岁了。我问他贵姓，他说免贵姓张。问及姓名，他说就叫老张，多少年了，记不得了，小名叫锁子，现在都叫老不死的。老人说着笑笑，又说过了70岁，叫老不死的增寿。

这我知道，老家也有这乡俗，跟小名叫狗剩、灰蛋，寄托孩子结实一个道理。

在银川市金凤区良田镇和顺新村移民心里，有两个家。

老人以前生活在彭阳县仓山村，“吃水靠背，出门靠走，不要说银川、固原，彭阳城都没去过，从没走出过大山，没想到老了老了坐到（住到）银川了，连梦都没敢这么做过。老了老了，还把福享上了。现在自来水通到家里，门口坐车。想个啥能吃个啥，银川城都浪了几趟了。你说还要咋?”2011年开始，755户人家3000多村民从彭阳县大山里搬至和顺新村，老人赶上了这趟车。

老人正说着，一个小伙子走过来，叫声，“爷，干部问您啥呢?”

老人说:“滚远点。”

小伙子看看我，没有要走的意思，老人拍着手掌说:“走开，我们谝传哩。”

小伙子走了，老人说:“年轻娃娃摸不着天高地厚，没涵养，不识好嘛，给多少都不够，还不满意，一来干部意见一大堆，要这要那的……”

村巷有一片空地，一个小伙子正在操作挖掘机，一个人在指挥倒车、卸载，原来小伙子是在学习挖掘机驾驶技术。指挥的是支书。小伙子是专程从工地上回来报名参加技能培训的，这是政府举办的免费培训，杨支书说:“通过考试就能拿个证，以后就业多条路，现在人们学技术积极性高得很，技术饭好吃。”

小伙子停下车，把头从窗口伸出来说:“支书，我马上就拿到证了，到时候一定要给我贷款，我自己买台挖掘机给自己打工。”

杨支书说:“只要你把技术学到家。”

小伙子笑着说:“那没麻达。”

2010年，宁夏向全社会公开承诺，2020年与全国同步实现全面小康，西海固贫困人口近150万人，其中处于极度贫困状态的有35万人，还生活在“四难”(行路难、吃水难、上学难、就医难)的深山大沟。

2011年，宁夏实施历史上最大移民工程——中南部地区生态移民，采取山区川区结合、城市乡村结合、有地无地结合、宜工宜农结合、集中“插花”(即分散)结合等多种移民形式,用5年时间将极度贫困的35万人迁移安置到近水、沿路、靠城,具备打工近、上学近、就医近、吃水近,小村合并、大村扩容的区域,每户54平方米住房,自筹资金每户1.28万元,其余政府承担,实现“搬得出、稳得住、能致富”。

“最关键的,是能致富,产业扶持到户、转移培训到人、帮扶责任到单位,提高生态移民区设施农业补助标准,设立生态移民科技专项资金,实施科技特派员创业服务、技术培训、信息服务、新品种新技术推广应用的科技帮扶‘四个全覆盖’工程。移民搬迁后,继续享受在原籍的退耕还林、退牧还草、最低生活保障、医疗救助、新农合补助、妇幼卫生‘六免一救助’、养老保险等政策不变,解除移民后顾之忧。移民在迁出区退回的土地、房屋,迁出地政府要及时收回、拆除,确保恢复生态。”宁夏扶贫办刘主任说。

2011年,金凤区开发整理土地1500亩,建设户均占地2亩的设施温棚、移动温棚及配套设施,培训引导移民发展设施农业。

张占伟在大棚里疏西红柿苗。“老家在彭阳县卷槽村,遇旱便颗粒无收,只能到处乞讨,人老几辈子村庄没有变化,移到和顺新村,完全是个新世界,眼前的一切是那样光鲜:砖瓦房贴了瓷砖面,打开龙头喝一口,水能甜死人,门前就是柏油路,小学就在村子里,每家每户一座设施大棚,我自己在大棚种植蔬菜,老婆还能到附近设施大棚打工,一年收入3万元,日子看着有奔头。”张占伟挠着头说,“我大哥先天聋哑,60多岁了,几年前因脑溢血半身不遂,虽说有低保、残疾津贴,可大哥的治疗费用是个大负担,还担心以后会有别的病,今年金凤区残联为残疾人办了保险,大哥享受上了政策兜底,这下没了负担了……”

精准扶贫，精准施策，支书说：“金凤区现在是银川市的核心区，抓住这一优势，区上（金凤区）在移民中开展家政服务、园林绿化、电气装配等20多个工种的培训，这些技能让移民就近到金凤工业集中区、辖区重点工程实现就业。”

安志雄双腿残疾，从彭阳县仓山村搬到和顺新村，“刚来时啥都不会，就像个瓜子一样，学嘛，这么好的条件，对移民进行免费技能培训，打造现代产业工人，我啥都学，技术学到手了，大棚一年两茬，收入3万块一点麻达也没有，现在给村民上课传授技术，靠的是学到手的技术。”

种大棚轻松，总不能闲着，安志雄看到了一门生意，在良田镇街上摆起修鞋、配钥匙的小摊，又多了一份收入。他提前还清了互助资金贷款，又填写续贷申请，准备改造设施大棚。

劳务移民

“靠着墙根晒暖暖，等着救济端饭碗”，这就是人们对西海固人的总结，靠着墙根“晒暖暖”成为西海固人懒惰的象征。有一年体检时，大夫说我骨密度指标过低，要好好补补钙，问如何补，大夫说最好的是晒太阳，一笑又说像西海固人“晒暖暖”一样晒。这句话分明是带着贬义的。

孩子曾经写过一篇练习作文，是一个材料作文，材料选自2014年1月22日《羊城晚报》阮直的一篇文章《不对等抒情》：

一位著名作家近日在自己的一篇作品中写道："在宁夏的西海固，在贵州的偏远山区，在四川小凉山的深处，到处可以看到，大人和小孩子，只要吃饱了，就会很安详地坐着晒太阳，甜蜜地打盹，万事不挂心，目光温和得如新生羔羊……"这位作家用很抒情的笔调描绘了一幅他很欣赏的"很穷但很快乐"的画面。

你同意这位作家的抒情吗？请自拟题目，自选文体，写一篇作文，谈谈你对这位作家的抒情的看法。

"两场酒、一场麻将、一身新衣，扶贫款就花光了！白给的不心疼，今年花明年有！"

"扶贫的下蛋鸡杀掉用来吃肉了。"

"帮扶的羊卖了。"

"西海固人要钱的欲望甚至超过了挣钱的欲望。"

关于西海固，一度充斥着这样的说法。还有些人用这样的俗话表达：良言难劝倒灶鬼，高声难叫装睡人。西海固成为越帮越穷的真实写照。

西海固人深受其害，"活在咱这地方是先人卖醋，后辈儿孙都酸了。听到咱们的口音，人家就想救济咱，昨儿还有人送了几件衣服哩。从门缝里看啥都是扁的，谁有毛装秃子？"

其实西海固人并不懒惰。这是一片十年九旱的土地，年年春天把活种进地里，遭遇干旱，种进地里的活没长出来，想出门去寻活路，城市的大门又向农村人紧闭。

没活干才是最累人的。没活干就意味着没收成，没收成就意味着饥荒会像座大山压着你，你说累不累？你想想一个穷得吃了上顿没下顿的人，却只能靠着墙根打盹，内心是何等的孤独与苍凉。何况，也只是那么蹴一会儿，又下地干活去了，得为下一年做准备，在西海固这片土地上，获得的每一份收成都需要几倍的劳作，“恨不能长出四只手”。看看西海固关于干活的名言：

“干活干活，干着活着。”

“一年庄稼两年做，少一把活不得活。”

“忙时站一站，闲时少顿饭。”

“没有犁坏的地，只有挣死的牛。”

…………

20世纪90年代，城市的大门向农民豁然打开，有苦下，有钱挣，西海固人就跟疯了一样，争先恐后扑进城里务劳“铁杆庄稼”挣钱去了，许多村子整村都走空了，用“凋敝”这个词来形容不过分。

进入千禧年，西海固发生连年大旱。2001年我去西海固采访，西海固进城打工者占到1/3，仅固原地区输出劳务便有57万人次，孩子也随着进城读书，女人进城伺候孩子，下来过百万人。许多人一头扎进活里，连年节都不回家，家庭“空巢”，村庄“空巢”。我们串村而走，5个村庄3个没见一人。而许多村庄看不到一个青年人，见到的都是老弱病残。“以前妇女是不进城的，现在连妇女也进城了。”干部老赵感慨地说。而在城市的工地上，西海固农民工成了一个品牌，都喜欢雇用，因为他们干活不惜力气，而用西海固人的话说：“力气是个啥，就像尿脬，越挣越大。”

掌政镇就在银川城边上，其实已经融合进了银川的包围圈。兴庆区劳务移民安置区新创家园就建在镇中心，来自西吉、海原、彭阳3县1127户4666位劳务移民在这里开启新生活。

2017年12月18日，马义德一家从彭阳县古城镇挂马沟搬进了兴庆区掌政镇新创家园。住进去一个多月，52岁的马义德处在惊喜之中。“劳务移民最少给了我三个惊喜，第一个惊喜是成了城里人，大半辈子人活下了，竟然恍恍惚惚地成了城里人，从小这就是最大的念想哩，但却从没想过会实现。第二个惊喜还是银川城里人，当个银川人，做梦都没梦过，这兴庆区就是银川市的心脏哩。第三个惊喜是搬到这里之前没来看过新家，当是平房，哪想到竟然是楼房，门打开，热乎乎的，连防寒服都脱了，热得不行，在老家这三九寒天的，在屋里披皮袄哩，啥都给你弄得倭也（西海固方言，含义丰富，这里指屋舍整洁入眼），造饭、方便（上厕所）、换水（洗澡）方便死了，啧啧啧……我一个建档立卡户啊，在老家就是个穷人……”马义德说得激动，眼里闪着泪花，“啧啧啧”咂着嘴唇。马义德眯着眼睛瞅着太阳说：“从小就想着把命改一改，没想到真还把命改了。”

劳务移民就是把西海固40岁以下适龄青壮年农民，依托沿黄城市、重点城镇、工业园区、产业基地，以务工安置为主，由政府统一规划配置40平方米周转房，保障劳务移民入户、住房、子女就近入托、入学及社会保障等问题，促其融入城市，实施“阳光工程”和“雨露计划”，统一劳动技能培训，统一安排工作，促进移民稳定就业，成为产业工人。

劳务移民是生态移民工程的一个创举，占总移民人数的25%，共

2.01万户8.65万人。2012年初，周转房面积提升为每户50平方米，对于劳务移民的年龄界定由之前的40周岁以下修改为35周岁以下，以保证更好的生活条件、更稳定的就业。

早在20世纪80年代中期，劳务输出就是西海固扶贫的最有力抓手，提出了“每户输出一个劳动力”的目标。历经30多年的努力，西海固约有60万农民摆脱对土地的绝对依赖，奔向城市，务劳“铁杆庄稼”，劳务收入约占农民纯收入的40%。现在固原市在长三角、珠三角、银川等地形成劳务输出基地，帮助和服务外出务工者。如今劳务移民，解决居住和就业，让西海固人涕泪纵横，积极而踊跃。

劳务移民实施两年来，移民扶贫效果明显，这一扶贫方式被国务院扶贫开发领导小组确定为“为全国即将实施的1000万移民异地搬迁提供经验”。

沙发、鞋柜、床、窗帘、燃气灶、抽油烟机、水池……家具、摆设基本全是新的，挺时尚新潮的，60平方米房子布置得温馨，“新家具是我来后又花了两万多块添置的，一些旧的原想着凑合着还能用，可来了一看这么好的房子，都淘汰了，不再添置家具看上去不配嘛，也寡淡得很，对不住这么好的房子。”马义德嘿嘿一笑说，“家里拾掇倭也，我把老娘接来了，老娘87岁，让她也享受享受，唉，一辈子没享上福，老了老了还能在银川城住楼房享上福。”他指着窗子外面健身器材上正转着轮盘的老人说：“那就是我娘，活动胳膊哩，吃了一辈子苦，胳膊不活动就僵了……”

“要说刚刚搬上来心里还是有些后怕，”马义德说，“种地收成瞎好还有些，这搬到城里住进楼房，以后……心悬着哩，不久心放到腔子里了，老婆招工为小区物业的清洁员，跟你们干部上班一样，每天工作8小时，一个月1700元工资，在老家种地，加上叨空打短工，忙忙碌碌家里一年也就2万元收入，这下好，老婆一个人就把两个人的挣回来了，更美的是就在小区上班，把老人也照顾了。”马义德说，“我虽然还没找上工作，但没麻达，这里活路多，而且干部也给找哩，我还想着去参加培训，培训也是免费的，学一门手艺，咋也该比老婆挣得多……有个闪失也不怕，政府兜底哩，为咱们劳务移民买了医疗养老保险哩。”

几个人提提抱抱地过来，马义德“哎呀”一声说：“包包蛋蛋的，又去银川了，可是把银川城浪美咧，现在走个银川比在老家走镇上赶个集还近便，一个月一家人去了几趟……唉，不是共产党，这么好的日子这辈子想都不敢想……”

从小区出来，正碰上一群人过来。“培训班下课了。”陪同我采访的银川市就业与创业服务局副局长说。

小区主任与许多人认识，互相打着招呼。

“为了解决搬迁移民就业，市各县区开展了花卉园艺、畜牧养殖、家政服务、保安、服装剪裁等十几种技能培训，企业提供岗位订单，就业部门提供贫困人员名单，培训机构设置培训菜单，实现‘三单联动’，根据贫困人员的意愿和当地企业的用工需求，开展定向、订单式免费技能培训。培训期间学费、住宿费（含卧具）和实习材料费实行全免，对承担培训任务的技工院校按照6000元/人的标准予以补助。对吸纳劳务移民就业签订一年以上劳动合同并缴纳社会保险、组织开展岗前培训和岗位技能提升培训的，给予培训补贴和鉴定补贴，同时享受相关扶贫政策……对建档立卡贫困人员及未继续升学的应届初高中毕业生，开展劳动预备制培训，给予创业资金支持，并根据项目发展情况给予创业担保贷款贴息支持。凡通过创业带动贫困人员就业的创业人员，均可按创业担保贷款政策享受扶持。”陈主任说，“对于就业困难的贫困人员，引导各村、劳务协会、劳务经纪人与经济开发区、工业园区和大型企业开展劳务协作，组织贫困人员转移就业，同时重点在乡村开发公路养护、农村保洁、治安巡逻、山林防护、学校安全管理等公益性扶贫岗位，安排他们就业……”

一个女子走过来，陈主任叫住笑着说：“小郑，给作家说说你的情况，让他把你写进去。”

小郑冲我笑笑，给我讲她2017年从彭阳县搬来，就参加了订单式手工编织培训，学到三类手工艺品的编制方法，编织的产品由相关企业直接收购，每月能挣将近2000元，手工编织这活在家里就能干，不用到厂子里去。现在孩子也参加培训学会了，领了活回来一家人干。她男人在一家企业上班，一月能挣3000多元，“日子有奔头，在老家有时间有力气，没处挣钱去，时间和力气白白地浪费了”。说到后顾之忧，小郑说：“往来搬的时候很担心，把地丢了，万一有个闪失以后咋办？来了后才知道政府把啥都想到了，现在心安得很，有收入，养老保险都有了，老了跟城里人一样哩……”

陈主任说：“对年满16周岁不满60周岁已实现就业的劳务移民，按规定参加企业职工养老保险，由企业和个人共同缴纳养老保险费，并享受相应的养老保险待遇。对以灵活就业人员身份参加了企业职工养老保险的劳务移民，在女满40周岁、男满50周岁时可在户籍地享受

‘4050’人员社会保险补贴。对就业困难、至今仍未参加养老保险的劳务移民，采取由政府代缴费的方式帮助和引导其参加城乡居民养老保险。对已经享受城乡居民养老保险待遇的劳务移民，在户籍迁转的同时转移养老保险关系，享受迁入地城乡居民养老保险基础养老金。户籍迁转前已由迁出地认定的农村计划生育独生子女户、两女户和‘少生快富’户、重度残疾人、低保家庭等特殊人员，保留迁出地所做的认定结果，直接享受迁入地相应的社会保障优惠政策，并纳入动态管理。对上述情形有政策过渡期的，过渡期内享受迁出地有关优惠政策……政策好得很，我们做起来也利索……”

第七章　从头收拾旧山河

隆德梯田

行县淹朝雨，盘山转路迟。
溪声连壑起，云气并峰移。
候鸟催耕急，梯田贴石危。
农官方在野，端为有年期。

明人徐献忠的这首《自小晦至西晦与曹新昌议民事》仿佛就是在隆德县写的。

梯田一圈一圈从山脚盘绕向上，层叠错落，天梯般伸入云霭深处，一道道梯田或金黄，或褐紫，或粉白，或青葱，充满了欣欣向荣的激情。点缀在梯田间的村庄，似挥洒泼墨的山水画卷。

西海固大地几乎是无山不梯田。西海固壮观的梯田非一日之功。

早就听说过“西海固”这个地名，电视片和文学作品里没少提及它，也知道它几乎就是“贫困地区”的代名词。而当走进了西海固，一路所见却大大出乎我的想象。原想这儿是宁夏最穷困贫瘠的黄土莽原，到处该是穷山沟壑荒山野岭才对，可我们所到之处，几乎所有的山包土地都被改造成极富韵律感的梯田，一道道一圈圈一层层望无穷尽，难怪网上又说西海固正逐步成为中国的另一个元阳梯田。而在我眼中，它更似当年被号召全民学习的山西“大寨”，准确点说，是宁夏现今版的“新大寨”。这还是传说中“山像和尚头，有沟无水流，十年九干旱，岁岁人发愁”的西海固吗？自从踏上这片土地开始，我欣慰地发现这和想象中的赤贫景象出入很大。所见景象，零散坡地被成片梯田所取代，残破窑洞换成了新瓦房……

这是和煦影艺的博客写于2015年3月的一段文字，他一直拍摄西海固梯田。

梯田，原本是人类为解决生存问题创造的农耕形式，却在不经意间成就了世界上人为的独特而壮丽的景观画卷。

“宁种一个窝窝子，不种十个坡坡子。”“窝窝子”就是平地，是保土、保肥、保墒的“三保田”，粮食产量比坡地高多了。“坡坡子”就是坡地，西海固千山万壑，土地多在坡上，跑水、跑土、跑肥，是典型的“三跑田”，亩产不足100公斤。不修梯田，没有出路，解放以来，修梯田就是西海固人一门基本的功课。

20世纪60年代轰轰烈烈的“农业学大寨”，主要形式就是修梯田。我上小学读《大战狼窝掌》的时候，我们大队正大战簸箕掌，“大战簸箕掌，大寨是榜样。你有狼窝掌，我有簸箕掌。咱们比一比，红心永向党”。这标语我们背过，至今记得，还写过作文。

“隆德县地处六盘山西麓黄土丘陵区，海拔介于1720～2942米，土地被洪水冲得沟壑纵横，鸡零狗碎，是宁夏海拔最高、气温最低、地貌类型最复杂的县，基本农田55.2万亩，坡耕地占93.1%，坡度四五十度，一下雨土就随雨水顺沟坡流走了，属于典型的‘三跑田’。就是想发展个啥种植业，也缩手缩脚的。新中国成立后，土地归劳动人民，梯田建设就开始了，能梯则梯，20世纪60年代农业学大寨，以梯田建设为主的农田水利基本建设掀起高潮，公社、大队组织的农田水利基建队就有1240个。”陈文国说，“那时候工具简陋落后，就是铁锹、镢头、架子车，依赖人畜之力，一锹一镢头地挖，用筐抬，用车推，人们背着干粮和水，早上出门，夜黑回家，大雪封山不停工，地冻三尺不收兵，‘三西’扶贫开发、八七扶贫攻坚、西部大开发、生态环境建设，隆德县都是以梯田建设统领一切，掀起一个又一个建设高潮……1997年，闽宁协作，时任福建省委副书记兼福建省对口帮扶宁夏领导小组组长习近平来考察调研，就提出了坡改梯，福建在这方面投入也不小……隆德人是把苦下了，可都没怨言，千坡坡，万沟沟，能大睁着眼睛栽跟头？不下苦没办法。每年10月是全县农田建设会战月，开展农田建设大会战，县直机关、企事业单位干部职工集中半月时间义务参加梯田建设……”

陈文国生于20世纪60年代初，一参加工作就在水利系统，现在是隆德县水务局高级工程师，是隆德县梯田规划建设的老专家了。

“2001年退耕还林还草，全县坡度25度以上25.48万亩耕地全部退耕，耕地大面积减少，25度坡以下的田地全部修梯田，县上成立了机械整地公司，购置推土机120台，推进梯田建设，经费紧张，购置机械和油料费都靠贷款，贷款需要担保，全县水利部门干部职工以工资担保……机修梯田推开之初，阻力是很大的，推土机翻起几尺高的土浪，阴土翻上来压了阳土，生土翻上来压了熟土，这庄稼就不好好长了，更怕坏了地脉，动了太岁，还惹祸哩，庄稼汉是忌讳的。包产到户土地分到各家各户了，推土机开到地边，老百姓阻拦不让推土机开进地里，有人干脆躺在自家地头上。记得一个白胡子老汉挡得非常厉害，我说你怕啥，我给你打包票。老汉说我怕饿死，你没经过民国十八年，人吃人哩，你这虎背熊腰方头大脸的人，那时候出门走路可要小心。我说民国十八年那样的大旱咱们这里经过的少了？ 1973年、1985年的旱情老辈人说都和民国十八年差不多哩，饿死人咧？老汉说那倒没有，有国家管哩，给供应粮吃呢，民国十八年没人管，乱世嘛。我说那你怕啥？天下还是共产党的天下。你放心，如果饿下你咧，你到我家里吃喝，我把你当先人一样伺候上……

“唉，也不是老百姓觉悟不高，文魁武魁，不如锅盔，吃饱肚子，天下第一，人们挨饿挨怕了，把土地当老天爷一样敬着哩，单怕在土地上胡折腾，一年下来一点收成都没有，庄稼汉的日子一年望一年，咱们这地方年种年收才能吃上饭，一年都误不起……事实胜于雄辩，说一千，道一万，不如干个样子让大家看，村干部带头叫了推土机从自家的土地开始推整，种上了庄稼。推出的平地庄稼长得就是好，更重要的是宽幅梯田把边角旮旯都平整成地了，一户人家多出好几亩地，张程村土地面积是4128亩，坡改梯后成了7000亩……事实摆在眼前，人们认识提高了，围追堵截追着撵着让你到他家地里去推，把鞋后跟都给人踏掉了，单怕把他家的地给撂过了……

“机修梯田以高标准宽幅梯田作为农业转变的突破口，这具有革命性意义。宽幅梯田一块有几十亩上百亩，地埂宽厚，这为以库井灌区配套建水源涵养、雨洪水集蓄工程为主要内容的农田水利基本建设、旱作农田整治、水保生态修复和调整种植结构扎实了基础，也提升了农业机械化耕作、合作化规模化经营和土地高产高效利用水平，配合深翻、增施有机肥料、种植适当的先锋作物等措施，提高农业防御自然灾害能力，推动农业现代化建设进程。”老陈勾腰下去，抓起一把土，摊开，划拉着说，“你看这土多黏，以前完全是沙粒粒子，哪有这样黏的，你看土里面絮状的东西多吧，这地多壮，高标准宽幅梯田地埂宽厚，利于水土保持，雨水不再流走田土，测算过，1万亩宽幅梯田一年可蓄留雨水27万多立方米，拦截泥沙近6万吨，很好地促进了水土保持，利于保墒，提高了土壤肥力，研究过，梯田比坡耕地的水解氮提高1.4倍，速效磷提高14%，速效钾提高1.63倍，土壤结构明显改善，种小麦亩产增产100公斤左右，种洋芋亩产增产1700公斤，系统内的稳态机制增加，抵御旱灾的能力也大大加强。

“修梯田发展成一个综合工程，农田建设、水利建设、水土保持、人畜饮水工程建设、林草建设、农电建设、交通建设、新农村建设以及后来的退耕还林还草、封山禁牧、世界粮食计划署无偿援助扶贫……国家在三农开发投入上力度加大，各类帮扶资金都能综合捆绑利用起来，通过平田整地、深耕耙耱，推广窖蓄滴灌，覆膜保墒，增肥轮作，一田两作种植，绿肥压青和作物收获时留高茬以及合理调整农林，新修路带沟、截水沟和乡村便道，实施高标准梯田建设，发展形成了一套比较完整的适用技术体系和生产方式，逐渐发展了一批以梯田、水窖、林果为主的扎根性项目，走出了修梯田、打水窖、铺地膜、兴科技、调结构、栽树木、输劳务的发展道路，完善用水、保水、蓄水、拦水、截水五大技术体系，突破水的瓶颈，推广集成旱作农业技术，展开了山水田林路综合治理。培育具有特色的主导产品和产业，用产业来增加农民就业和收入，农田生态系统的抗逆能力增强，山川抗御自然灾害的能力也增强了……”

2005年，隆德全县梯田占全县耕地面积的86%，坡耕地梯田化率达到93.1%，水土流失治理程度达到72%，每年为黄河拦截泥沙113万吨，水土流失得到有效遏制，基本实现了“水不出田、土不下山、暴雨不成灾、洪水不泛滥、旧貌变新颜”的治理目标，“三跑田”真正变成了保水、保肥、保土的“三保田”……隆德县先后获得“全国水土保持生态环境建设示范县”“全国水土保持先进县”殊荣，有4条流域被水利部命名为“十百千”示范小流域。2005年，隆德县捧回“全国梯田建设模范县”牌匾，成为继甘肃省静宁县之后全国第二个获此殊荣的县。专家组给予很高评价：隆德县为同类地区水土流失综合治理和扶贫开发提供了宝贵经验。

“水平沟，带子田，梯田层层盘上山，隆德人把苦下了，几十年来，在梯田建设上全县干部群众移动土石方1.2亿立方米……”老陈说，“事实上在西海固坡改梯建设一直是重头戏，到2007年，西海固仅固原市所属县区建成以梯田为主的高标准基本农田550万亩，农民人均达到2.7亩，农民人均粮食占有量超500公斤，比1982年净增400公斤，梯田成了人们生存的天心地胆。

“梯田更大的好处在于推进了农业机械化，土地平整了，现代农业就好发展了，农机就有了用武之地，国家对购买农业机械又有补助政策，补贴厉害得很，30%~50%的补贴，农田机械达到70%以上，你看看机械化，播种机、深松机、膜上覆土机、联合收割机……现在马铃薯全程机械化设备出全了。梯田带来三大解放：对人力的解放，对畜力的解放，对地力的解放。以种十来亩地为例，用牲口种从耕犁、播种到铺膜，一个礼拜不定够，用上农机了，一两天就种上了，其他时间还能打工，以前谁家不得操心（养）几头牲口，几头牲口就得缠一两个劳力，现在不用再操心（养）牲口，这对生态大有好处哩，你看一家几头牲口，一个百十户人家的村，不得几百头牲口，一头驴吃草顶得上几只羊哩。”

走进一档梯田，老周正给四轮拖拉机加油，我们走到跟前，四轮拖拉机配套土豆种植机，“机器这东西就是好，比儿女听话，儿女干活还跟你偷懒、顶嘴，现在硬在外面打工，都不愿意回来种地，这东西只要你加满油，保养好，技术好，听话得很，好使得很，你让它干啥它就干啥。我小的时候就老听说四个现代化，现在真正实现了哩，种庄稼的机械多了，真是美得很，配套土豆种植机犁、耙、种、上粪、覆土、覆膜，还能往瓷实里震压，收获的时候再换一套，一次过去，比人挖收得干净，收净率高于99%，破皮率连1%都不到。”

我说：“现在种庄稼够省事的。”

老周说：“不光省事，还省时省钱哩，你看种洋芋，犁地、点种、抓粪，以前缠三四个人，一天能种二三亩，而个（现在）就我一个人，一天种十来亩。干活还不乏，你吆牲口干一天活，哪天不走几十里，乏得摆屁拉稀的，坐在地头上起来都吃力。跟这东西干活，你坐在上面哩，能乏个啥。这东西也不乏，只要油加满，保养好，有使不完的劲，从来不知道乏，不像驴骡牛马，乏了还给你使性子，绊蛮，这东西只要你技术好，听话得很，回去一停就不用再操心了，操心牲口还要像人一样伺候，哪有这么消停的，现在一台拖拉机能干五六头牲口的活，操心五六头牲口，还不得缠两个劳力，省下的三四个人，把劳力也解放了。嘿嘿，以前你有力气没处挣钱去，现在到处是挣钱的路子，不用到城里，连镇上都不出就能挣钱，一个人一天百十元地挣哩。我们村以前上千头牲口，现在都卖掉了，倒换成养羊了。”

老陈说：“梯田带来的影响不是一般的，土地平整不仅仅是提升了粮食产量，而且推进了农业机械化，解放了劳动力，对生态建设也有好处。”他看看我说：“牲口种地，哪家不养三五头牲口，现在都是农机了，少几千头牲口，你说对生态建设作用大不？”

我点点头说：“这机子得不少钱吧？”

老周说：“贵哩。”

老陈说：“贵？白送给你就便宜了？”

“只要花钱，不管多少钱我就觉得贵嘛，穷怕了嘛。”老周嘿嘿一笑说，“要说买农机国家补助哩，最高的达50%哩，我这机子国家补助了35%哩，感谢得很。”

“2014年，隆德县梯田景观喜获‘中国美丽田园’荣誉，与现在的全域旅游结合起来，现在种高端经济作物的中药材，也是种风景……老外都来游哩。300多万亩旱作梯田如今是非常难得的文化旅游资源哩，”老陈站在山脊，挥臂抡手，指点江山，“27日（2019年7月），以‘多彩固原·最美梯田’为主题的宁夏固原首届梯田花儿节系列活动全面开幕，展现旱作梯田独特的地理风貌和生态人文魅力，‘聚焦固原拍梯田’‘诗词曲赋赞梯田’‘漫步原野浪梯田’‘网红大咖宣梯田’‘新闻媒体看梯田’‘花样空姐游梯田’一系列活动将轮番上演。”

遍地药香

梯田一片金黄，小黄花密匝匝的，那不是油菜花，而是声名显赫的黄芪。宋《本草图经》对西海固所产黄芪就有记载，称：“今出原州及华原（陕西铜川市耀州区）者也佳。”“原州黄芪”在宋代就很有名气，位于六盘山西麓的隆德县是“原州黄芪”精华产区。

有“高原绿岛”之称的六盘山是国内药界公认的“天然药库”，生长着药用植物618种，西北、华北和青藏高原三个区系的药用植物都有分布，黄芪、苁蓉、枫柳皮、白药、兽狼牙等中药材早在唐朝就赫赫有名，大黄被列为贡品。

隆德县是六盘山中药材核心产区，是“国家中药现代化科技产业基地（宁夏）中药材示范基地”，中药材产业是隆德县四大支柱产业之一，黄芪、秦艽通过了国家地理标志认证。

“到隆德你得多认识一些字，否则就把脸丢大了。”固原市文联主席、作家杨凤军笑笑说，“在隆德因识字丢过脸的名人多了，不要说是官员，也包括大作家。”

我笑笑，这我相信，中药材有些名字真不是好认的。

“坡下就是联财镇联财村。”杨凤军笑笑，“隆德县有个联财镇，联财镇有个联财村，恰恰与名字相反，联财村一点也不联财，一度贫困得很，现在富了，联财人靠中药材致富的，和两个人分不开。”

在一档梯田里，一个老者戴石头墨镜蹴在埂上，“这是联材镇脱贫致富的功臣赵老赵效杰。”

我“呃”了一声，与老人握握手。我当记者时采访过，只不过十来年过去了。20世纪60年代，正处在“狠斗私字一闪念”的形势，赵效杰就找到在隆德县药材公司工作的赵振国，要他想法搞点黄芪种子。在当时这是非常冒险的。赵振国搞了90公斤种子，一是一个村的，二是都姓赵，一脉同胞。赵效杰在自留地里种黄芪。

包产到户后，赵效杰全身心投入药材种植。中药材市场历来起伏大，村上人种药材积极性高，却又心存顾虑，赵效杰却是认定了中药材，年年种，“药材于人永远是有用的”。正是凭借着这份执着，在万元户成为时尚的时代，赵效杰成了万元户，在村里建起了一栋小楼，是隆德县农村第一幢楼房，在以窑洞和土坯茅草房为住宅的隆德山村，小楼的建起具有革命性意义，四邻八乡的人都来看，村因此而名赵楼村，这诱惑力是不言而喻的，人们种药材的积极性被调动起来。

“修梯田功德无量，你看这山坡地，坡改梯后全是好地，种啥成啥，哎呀，不种药材睡不着觉哩，村里的土地全修成梯田，药材从产量到质量双飞升，加上政府支持，给政策、补助，人们种植积极性高涨，面积增长很快。”赵效杰成了义务技术员，经验和技术倾囊相授，在田间地头给村民讲，还自己编印种植技术资料免费发给村民。家庭困难的，他连籽种、药苗都给赊，认识的人赊，不认识的人留个姓名和村名，也给赊。“好汉护三庄，好女旺三门，一个人富了也没意思！”10多年前采访时，赵效杰说过的话至今我记忆犹新。

利益驱动，政府推动，联财镇药材种植规模逐年扩大，药材声名远播周边省区，联财镇建起了药材交易市场，奠定了“隆德药材种植第一镇”的地位。

1996年，中药材市场价格低迷，联财药材没人收购，只能堆在院中，雨季来临，雨水一淋，尽皆变黑，整个村庄都唉声叹气。赵效杰北上南下找销路，打开了我国“四大药都”之一的安徽亳州药材市场大门，联财镇药材市场也因此活起来了，赵效杰开始涉足药材贩运经营。

跨入21世纪，全国中药材行情急转直下，赵效杰被裹挟其中，十几万元药材售出却拿不到一分钱，联财镇药材交易市场也日渐冷清关闭。赵效杰并没有放弃对药材的钟爱，依然种植、经营，把药苗、药籽赊给大家……

2003年“非典”来袭，全国中药材价格大涨。亳州药商来电话说黄芪一公斤涨到了十几元，要赶紧收购。赵效杰不舍昼夜收了100余吨，等运至亳州，黄芪价格跌至每公斤4元，苦熬一段时日，每公斤仅涨了一元，仅此一单就亏了67万元。他并不悔恨，“生意就是这样，有赚有赔，只赚不赔，那不成了财神爷了”。

如今赵效杰年届七旬，患有眼病，但他不服年龄，和两名药材种植大户在神林乡承包200亩土地种药材，当年每人赚了6万元。

国隆药业药材基地板蓝根正生长得旺盛，不少女人在地里锄草。火会亮说：“坡改梯功德无量，你看这一道道梯田，山坡改梯后全是好地，种啥长得像啥。”

“杨总就在地里，你们看看是哪一个。”小张说。

女人都在锄草，没有指手画脚闲着的，穿戴也没有特别的，还真辨别不出哪个是杨总来。

杨总叫杨玲，高中毕业就结婚了。婚后，种地讨生活，面朝黄土背朝天，看老天爷脸色吃饭，年复一年过着和父辈同样的日子。杨玲读过高中，算是书读得多的，心思就多了，和许多人想的就不一样了。

“人老几辈都种粮，越种日子越慌，日子过得不死不活，这不死不活过下去有什么意思呢，我不甘心，也耐不住这样的重复，更不堪这种总在嘴上抓挖的日子，我想有另一种生活，想改变自己的命运。”杨玲理理被风掠乱的头发说，“还得感谢父母，虽然家中贫寒，但还是供养我读完高中。那时候咱们这里对女娃念书不上心，女娃迟早是人家的人，念到初中的都少，别说念高中了。”

杨玲读了高中，订了《农村百事通》《宁夏科技报》等科技致富资料，希望通过学习，转变思想观念，做一个懂技术、有知识的新型农民。1998年，杨玲要把家里的责任田全种上西瓜、辣椒、西红柿等经济作物，一家人头摇得拨浪鼓一样，“一年失了农，十年不如人，家里的地全种庄稼都吃不饱肚子，这是大冒险哩，万一有个三长两短呢，贫寒之家实在担不起这闪失，跟家里人商量时，没一个人支持，我犯了倔病，最终家人让步了，抱的是这样的想法，就当冒险试验了，干砸了也就安分了。结果当年净收入8000多元，比种粮食高出好几倍，家人紧绷着的脸有了笑容。第二年，我又承包了14亩地种经济作物。人有三年旺，神鬼都不挡。几年间，家里每年收入稳定在2万多元。家里债务还清了，还盖了瓦房，添置了新家具、家电，购置了三轮车，一家人就很满足了。我不满足，看中了药材市场。政府调整种植结构，扶持特色种植，中药材种植规模显现，吸引了全国药材商前来收购、办加工厂。我不服气，有些忌妒，我们联财的东西让别人赚了，我也要办中药材加工厂。然而，我对中药材加工两眼一抹黑。我到南方老板的药材加工厂打工，观察揣摩，潜心钻研，很快成了技术能手，得到老板重用，担任技术指导员，几年间从药材加工到业务管理、产品销售的门道全掌握了，与一些药材商也熟了。”

2003年，杨玲要办中药材加工厂，家里抠抠搜搜存下的那点钱是远远不够的，得贷款，她将想法告诉了家人，一家人大睁着眼睛，就像她要败这个家似的。她耐心做家人的思想工作，总算说服了家人，村里却风言风语，说药材市场风险很大的，女人头发长见识短，把不住自己的，更有人说一家子没见过个女人，把个女人夙得要脚不敢给手的……她暗下决心，咋也得做出个样子让人看看！让她倍感鼓舞的是镇上批给她建厂的地皮，银行支持10万元贷款。她快刀斩乱麻，办起了厂，加工黄芪、甘草等中药材，斩断了流言蜚语。

然而，那年情况并不好，药材价格低迷，市场疲软。杨玲两次南下，联系客商，推销产品，终于从广州、海口、福建的三家客户那里拿到了订单，并赢得了三家客户的长期销售合同，一时间产品供不应求，生意做得风生水起。电视、报纸上出现了杨玲的报道，周围村民上门求工求活的人也多了。

生产车间里，切割、分拣、包装……一道道工序正在浓郁的药香里紧张进行，“手工切片对药材营养成分破坏小，你看这黄芪片形多好看，咱们六盘山黄芪曾是贡品！”杨玲拿起手工切好的黄芪片说，“黄芪最受大众欢迎的原因是可以入菜，适合煮火锅和煲汤。”

2005年初，杨玲注册成立益民中药材专业合作社，流转1000亩地，种黄芪、甘草，免费传授种植、加工技术。在她的带动下，几年间，村里90%的农户种中药材，合作社会员达126名。杨玲又成立了国隆中药材科技有限公司，手工黄芪长片、甘草瓜子片、柳叶片及保健茶等直销广州、深圳等城市，一些产品还进入国际市场。

“精准扶贫，杨总公司吸纳建档立卡贫困户52户204人，大部分为留守妇女和残疾人，每年开展中药材技能培训4期200余人次，使贫困户在家门口就能成为产业工人。”联财乡副乡长说。

“本来光想着改变自己的日子，不想重复父辈面朝黄土背朝天，看老天爷的脸色吃饭的生活，慢慢心思就大了，没想到现在改变了一群人的生活，心里挺踏实挺欣慰的，人活着得有个追求。”杨玲说，“是时代好，给了我们创业发展的肥沃土壤，县上制定产业扶贫方案，建立产业补贴政策和资产收益扶贫机制，大力发展中药材等脱贫主导产业。从我开始创业到现在，政策越来越好，你有个想法就能实现。”

柳苗苗正在切片，手法熟练，她告诉我她在公司干了5年，每年有2万元的工资收入，家里还种着3亩黄芪，公司免费提供种苗，统一收购，一年还能挣1万多元，公司像她这样的贫困户好多哩。

“2019年，隆德县中药材种植面积达28.1万亩，林下发展以丹参、桔梗、板蓝根、黄芩、连翘、猪苓等中药材为主的种植面积98.2万亩，年产优质中药材1.8万吨以上，总产值达3.4亿元，遍地药香，提供农民人均收入560元以上，有力带动了全县的经济社会发展。”隆德县科技局副局长张科说。

现在隆德县以黄芪、党参、秦艽、柴胡、黄芩为主导品种，建立了10个中药材种植示范村，年加工中药材1万吨以上，销售收入达2亿元以上。

相关检测报告显示：隆德党参多糖含量约40%，高于国家标准2倍；黄芪甲苷含量约0.13%，高于国家标准3倍。

聂家河模式

进入聂家河流域，感觉明显不同，首先气息就很潮润，在盘山公路上穿行，远眺聂家河，只见环绕在山腰的梯田错落有致，漫山遍野深深浅浅的绿色生机盎然，与远处的大山形成鲜明的比照，沟底的水坝、山间地头的水窖和水池一直分布至山顶，像一只只晶莹的眼睛。房屋院落掩映在树木中，砖瓦房套贴了各色瓷砖，颜色鲜艳喜庆。

聂家河流域在平峰、兴平两乡镇境内，两个乡镇离县城远，偏僻闭塞。然而，近几年，聂家河在国内却有了显赫声名，被水利部命名的“聂家河模式”在全国推广。这当然得归功于西吉县聂家河小流域综合治理。

聂家河是葫芦河的支流，早已干涸，流域总面积46.6平方公里，60%的降水集中在7月至9月，暴雨为多，地无三尺平，水土流失面积达到44.9平方公里。聂家河流域的群众传统过日子是靠开荒种地，广种薄收，一户人家七八十亩地很正常，越开越荒，越开越穷，结果导致水土严重流失，一下雨，十沟九沟泥，沟里居住的人连门都出不了，而洪水过后，几十亩上百亩土地流失是常见的，就再开荒。因为土地多，到了20世纪90年代中后期，人们都疯了一样进城打工，聂家河流域的劳力却被死死地拴住，外出打工的很少。

“20世纪90年代聂家河被列为国家水土保持建设项目，开始小流域治理，西吉县在聂家河流域确定了‘林草上陡坡，农田上缓坡，坝系进沟道，科技进农田，养殖进农户’的思路，‘坝、窖、池’联网运用，在丰水期利用小型抽水设备将坝内蓄水抽送到山上预先建好的池、窖中；枯水期则有序释放蓄水，以备灌溉急需，缓解旱情。”西吉县水务局负责人说，“打一个坝不光是调节气候，减轻防洪压力，还能形成一片绿洲，形成一个粮仓。”如今，聂家河流域梯田环绕，漫山遍野生机盎然，沟底的水坝、山间地头的水窖和水池，流域内景观林、经果林错落有致。在聂家河流域高标准建设基本农田2万多亩，种草8482亩，营造水保林1.6万多亩……林草覆盖率由治理前的2.9%增加到37.8%。山下沟道拦水，以坝、窖、池建设为龙头，在聂家河上筑起了拦河坝，蓄水填土、蓄水顶基，坝内坡面上种草植树，以草木的根系增强坝内黄土的附着力，十几年来，聂家河小流域内建起8座骨干坝、12座中小型淤地坝和6座蓄水池、372眼水窖，只为能把水留住，水不出沟，正常年景老天给的雨够用的，珍贵的水被积蓄了起来，成了资源，以水的高效利用为核心，涝时储、旱时用。“水不出沟，泥就下不了山了，水土就不流失了。”我们登上一个高台，他指着远处一块平整的绿茵茵的土地说，“兴平乡兴平村川台地多，没有灌溉条件，现在有水了，从聂家河骨干坝引水上山，给兴平村开发800亩水浇地，土地效益比以前提高两三倍。”

山坡上人们利用丰富的山杏、山毛桃等树，嫁接美国杏梅、中国台湾黑李子等高品质经果树，发展经果林。一个汉子正在果树林里，出来和我们打过招呼，说以前主要务劳杏梅，今年又增加了几十亩山楂，“果子挂得好得很，明年联络人再扩大些，现在啥都要上规模哩，不上规模客商不跟你谈，再说还得深加工。”

聂家河村道、桥梁、机修农田、日光温室等农业基础设施建设都很到位，这是包村扶贫的自治区供销社先后投资近百万元建设的。沿着河谷走，土地布满各种农作物，层次分明，一片片锦绣，空气潮润，芬芳袭人，真有江南水乡的感觉，单局长长长地嘘出一口气说：“一个坝、一个池、一个窖就会形成一片绿洲，造就一个粮仓，调节一片气候哩。有水就是不一样，你看这村庄，掩掩映映的，真是山重水复疑无路，柳暗花明又一村，是不是有些桃花源的感觉。”

我笑笑说：“复前行，欲穷其林，林尽水源，河谷、树林都很漂亮，就差流水了。”

“快了，聂家河快复活有水了，我充满信心哩，气象专家来考证过好几回，他们也有信心，就在前几日，新闻上说了，今年固原市县区降雨量平均接近600毫米，这就意味着已进入半湿润地区了，我手机里收藏了，发给你。据气象专家介绍，按照地理学划分，年降雨量400~800毫米为半湿润区，年降雨量800毫米以上为湿润地区，泾源县直接跃升到了湿润地区。”单局长掏出手机，转发给我。

其实这条新闻内容我已经有了，今年固原雨水充沛，尤其进入雨季以来，降雨连绵，新闻如潮。行走在固原大地，漫山遍野是绿色，有个老汉说过一句话：“今年地下埋了几千年的草籽都被雨水泡醒了。”

单局长说：“你说这聂水河，降雨量肯定比别处高，植被恢复得好，土壤牵挂蓄水能力强了，土壤里水分高了，空气都潮润了。”说着他从地里捏一把土起来使劲攥攥，展开手说：“你看成了土疙瘩了吧，以前你从地里抓一把土，就是一把沙子，你再用力攥，也攥不住，都能从指缝流光了。”

山顶是林草平衡区，山腰是基本农田区，沟底是坝库经济区，村庄是美化风景区，从山坡上往村中俯瞰，层次分明，流域周边老百姓的生活水平不断提高，年均收入已经从20世纪90年代的400多元增加到2017年的7600多元，人均有粮达570公斤，真正实现了山绿与民富的双赢。

家家果园飘香，户户牛歌羊唱，穿行在一大片紫花苜蓿地，正绽放出薰衣草一样的紫花，过来一个汉子，单局长说：“老王，苜蓿不错。”老王说：“河谷里的地都是天心地胆，现在不受旱了，只要你把苦下到了，地不哄人。”又说：“现在人们生活好了，这牛羊价好得很，今年多种了几十亩，能有个好收成哩。”

林地里鸡群就像野鸡一般悠然自在，有几只鸡往树上飞。单局长说：“你看这鸡生态环保不，吃草草籽、虫虫子，饮的水都是露水，正计划注册哩，一只卖一百元没一点儿麻达，不愁销路，名气可大了，现在来聂家河的人多，在这里吃，回去时都会带几只，城里人开车来这里买。”

眼前是一眼望不到边的现代农业示范区，绿油油的马铃薯直铺到天边。平整的田块上，巨大的喷灌机组正在马铃薯花盛开的田块中进行喷灌。

老郭说:“以小流域为单元，对山、水、田、林、草、路统一规划，综合治理、高效开发。截至目前，固原市累计综合治理水土流失面积6182平方公里，水土治理程度达到76%。实现小流域综合治理362条，年减少入黄河泥沙2000万吨以上，年平均增产粮食近1亿公斤。水土保持综合治理从生态型向经济型、综合型的流域治理之路转型。”

十八大以来，宁夏新增治理水土流失面积5000多平方公里，水土流失治理以每年1000平方公里以上的速度推进。同2000年数据比较，全区水土流失面积由3.68万平方公里减少到1.96万平方公里，减少了47%，中度及以上水土流失面积较2000年下降了55%。年拦截泥沙由20世纪80年代的1亿吨减少到现在的4000万吨。

第八章　咬定青山

彭阳经验

彭阳县地处六盘山东麓，是西海固最年轻的县，1983年7月，从固原县（今原州区）划东部彭阳、王洼两区，成立了彭阳县。但是说起彭阳县制历史，却是很悠久的。战国时期秦昭襄王三十五年（前272），秦灭义渠国，于其地设北地郡，以今彭阳境内朝那（音zhū　nuó）邑为中心置朝那县，治所在今彭阳县古城镇，属安定郡21县之一。1979年，古城内出土西汉初年铜鼎一尊，考古界定名“朝那鼎”。

建县之初，彭阳县森林覆盖率只有3%，深沟大壑横七竖八，水土流失面积2333平方公里，占土地总面积的92%，是山体滑坡、山洪、泥石流等灾害的多发区，1997年7月26日至27日，彭阳县红河乡黑牛沟村庙湾队发生山体滑坡，面积1平方公里，造成29人伤亡，其中死亡22人。宁夏300多个地质灾害监控点中，仅彭阳县就100多个。“因此彭阳一建县就提出了生态立县，以10年为单元，一规划30年，10年初见成效、20年大见成效、30年实现山川秀美。”林生库说。林生库从宣传部到文化局再到文联，情况很熟，重要的是他是摄影家，几十年如一日背负着沉重的摄影设备，跑遍了每一寸土地，生态建设是他拍摄的一号主题。

“以生态建设为中心的‘三西’扶贫拉开帷幕，西海固人是持怀疑态度的，搬迁的只是少数人，更多的人还得继续在这片土地上生存，从头收拾旧山河，修复生态，建立良性循环的生态系统。干山枯岭，十年九旱，旱得连魂都没有，搞绿化？植树造林能活？脑子进水咧，百分之三四的森林覆盖率，几乎看不到绿色，满世界黄天黄地的，不要说树，连草都不长，就是你种上树，也活不了，‘朝前瞭妹妹天有点雾，朝后瞭妹妹山堵住；远远地瞭见不敢吼，扬了把黄土风刮走’。曲儿里都这么唱呢。加之生活艰辛，猫儿吃糨子，总在嘴上抓挖，吃了上顿愁下顿的，肚子都吃不饱，有劲没处使了？不要说老百姓，就是干部包括一些领导也持怀疑态度，觉得是领导搞政绩工程胡作为，不同的声音老大的，说啥话的都有。以大规模植树造林为主的生态修复建设一推开，遭到群众包括一些干部的质疑甚至嘲讽，人们抵触情绪挺大的。”林生库说，“生态建设起初是举步维艰，干部群众茫然、困惑，眉头皱得跟山一样，天干地枯，春天栽，秋天拔，冬天拔回捣罐罐茶。栽了死，死了栽，年年造林见不着林，无望地重复，谁心都乏，都有怨愤，就有这样的三句半：‘天旱地枯没抓挖，植树造林搞绿化，瞎子点灯白费蜡，苦白下……’

“值得庆幸的是，生态立县这一战略从出台实施，没有动摇过，县委、县政府班子换了多少届了，一届接一届干，生态立县几十年不动摇，每届班子都把生态建设当作头号工程……成活率不高，就请中国科学院、西北农林科技大学、宁夏农学院、宁夏农林科学院的专家教授调研考察，并与科研院所合作，推进工程、生物、耕作措施相配套，整座山、整条沟、整块流域统一规划，连片布局，综合治理，县、乡、村科技人员实行三级培训，培养人才……每年春秋两次义务植树雷打不动，从县委书记、县长到学生都自带干粮、工具上山义务植树造林。县上常集中力量搞大会战，打歼灭战，以村、乡镇为单位分山头设点，就像攻克堡垒一样一个山头接一个山头地攻克，一个村庄一个村庄整体推进，一条流域一条流域治理。彭阳干部三件宝，草帽布鞋加锹镐，单位办公室人人都放着，现在干部有车的多了，打开后备厢，保证有这三样工具。每年彭阳全县干部春秋上山义务种草种树、平田整地近一个月，流行一个'三乎乎'的顺口溜：一是麻乎乎，就是天麻麻亮出门植树造林；二是热乎乎，多冷的天干得汗流浃背；三是黑乎乎，干到黑麻了才回家。

"1986年，以'四荒地'承包拍卖为核心进行改革试点，按照'谁投资、谁经营、谁开发、谁受益'的原则，公开承包、拍卖宜林'四荒地'，稳定山权五十年不变，允许继承和转让，并在开发资金上给予扶持，在当时是很超前的，这对于生态建设起到了决定性作用，群众的积极性调动起来了，当年全县十几万亩'四荒地'被承包拍卖……

"实践出真知，苦没有白下的，等高线，沿山转，宽两米，长不限，死土出，活土填。88542，是什么？既不是代号，也不是密码，是彭阳人几十年摸索出来的旱作整地造林技术标准，即施工时沿山体等高线开挖宽0.8米、深0.8米的水平沟，再用沟内挖出的土修筑外埂，埂高0.5米、埂顶宽0.4米，然后将沟上方表土，回填到深沟内至外埂基下，将田面整修成宽2米、外高内低的反坡面，将截流、蓄水、活土还原、改良土壤融为一体，为林木生长创造了良好的环境条件。这种旱作造林整地模式的好处是，一旦下雨，水就能蓄在沟里，能最大限度地拦截地表径流，水土不会流失，同时可有效提高林木成活率和保障树木的生长量，这被确定为黄土高原丘陵造林整地‘彭阳经验’。2005年，全国人大组织考察团考察调研后，以第1798号文件建议在全国黄土高原同类型地域大力督促推广……

“乔灌草种植相结合，山顶沙棘、柠条、山桃戴帽；隔坡、地埂苜蓿、柠条；山坡桃、杏缠腰；庭院四旁广种核桃、花椒；土石质山区针阔混交；河谷川台发展苹果、梨、桃；杨、柳、椿、槐下滩进沟，锁边坡上路道。林草间作，宜林则林，宜草则草，宜田则田，适地适树，封造结合，山顶林草戴帽子，山腰梯田系带子，沟头库坝穿靴子；修山治水、退耕还林、打坝推地、封山禁牧、舍饲养畜；山顶塬面建高标准农田保口粮，山腰坡耕地培育特色林果增收入，川道发展设施农业搞开发……彭阳人干出了名堂来了，说起绿化山川，整地造林经验方法，彭阳从干部到群众，连学生娃说起来都像谣曲是一套一套……据测算，彭阳人挖出的隔坡反坡水平沟长度可绕地球3.5圈，被人称作‘中国绿色生态长城’，彭阳成了全国生态建设的一面旗帜。”

登上一座山，伫立山顶，举目远眺，一道道梯田，一条条林带子，一个个鱼鳞坑，就像绿色丝线缠绕出的图案，流域连缀成片，远处水库反射出晃眼的闪闪波光。林生库说：“不是诗，胜似诗，这是彭阳人用血汗写出的打油诗，诗意盎然。”

“2000年宁夏实施退耕还林草，彭阳被确定为试点示范县，2003

年宁夏实施封山禁牧，开始时抵触情绪大，毕竟养殖业是宁夏人传统的经济支柱，可彭阳人不像别的县人抵触情绪那么大，退耕还林139.5万亩，涉及21.39万人口，国家支持力度大，兑付退耕补助粮1.57亿公斤、款2.56亿元，退耕户平均累计增收10692元。有粮款补助保温饱，彭阳人植树造林整治土地精神更大了，你们作家不喜欢数据，可我们就得拿数据推进，拿数据说话，治理小流域134条1780平方公里，其中30平方公里以上小流域29条，完成退耕地造林76万亩、荒山荒沟造林75万亩、新修高标准旱作梯田50万亩，七成坡耕地梯田化，林地面积达到203.87万亩，森林覆盖率达到30.6%，超过全国平均水平，水土流失治理提高到76.3%，年减少泥沙量680万吨，基本实现土不下山、泥不出沟、沙不入河。境内红河、茹河、安家川河三条主要河流地表水水质平均为Ⅲ类及以上。2002年、2003年连续两年被评为全国县域经济基本竞争力提升速度最快的100个县之一。生态变化调节了气候变化，2019年降雨量达到756.9毫米，优良天数比例达到93%。进入新世纪，生态环境建设上国家级荣誉纷至沓来，‘全国绿化模范县’等十几个国家荣誉就是一种肯定。”

结合型后续产业，结合与退耕还林草、封山禁牧同步拉开的后续产业，发展特色种植，面积40万亩，规模化发展林草产业100万亩，特色经济林覆盖全县80%以上的农户，推动生态型林业向生态经济型林业转变，林草、林果、林牧、林药、林菜……经济林年产值由719万元提高到3.88亿元。2007年4月，胡锦涛总书记到西海固视察，来到彭阳看到山间谷里绿意盎然，硕果满枝，欣慰地说：“退耕还林的综合效益已经显现了。”

去陈沟村的路在绵延起伏的山岭间盘绕，群山青黛，沟壑披绿，梯田叠翠，库坝点缀，整个大地仿佛巨大的油彩画盘，层峦叠嶂如同泼墨山水，山梁沟壑树木如画笔点染，果树挂满果实，若星辰璀璨。道路在庄舍果园间穿行，不时传来狗吠鸡鸣，真有一种进入了世外桃源之感，曾经生态环境恶化为西海固贫困县之冠的彭阳县山川变成了绿水青山，并且正在变成金山银山，彭阳人用他们的执着信念和不懈实践，诠释着“两山”理论，创造了绿色传奇。

既要绿水青山，也要金山银山，生态效益彰显出极大的经济效益，十八大以来，“林果经济”，“林下经济”，“一棵树、一株苗、一枝花、一棵草”，在推动脱贫攻坚中释放“红利”，经济林果、果品销售、加工储藏、花卉苗木、林间养殖、林下种植等各类农民林业专业合作社如雨后春笋，带动农户走上了致富之路，苗木产业成为全县农民增收的“绿色银行”，以建档立卡贫困户为主体，在全县12个乡镇累计发展以杏子为主的经济林53.2万亩。

“彭阳遍地都是桃花源、杏花村！”杨建虎说。

说话间来到他家果园，他父亲杨万珍正在涝坝边，涝坝有10亩大，蓄满了水，“老天爷只要下雨，哪有让它白白流走的！”老杨说，握着我的手笑着，“啥风把你给吹来了？”

我说：“绿色的风。”

杨万珍参加宁夏工会组织的全国劳动模范疗养刚回来，兴奋地说：“没想到国家还安排我疗养。”

我说：“你不是一般的人，看你这花果园，老天爷都敬重你哩。”

2000年，杨万珍被评为全国劳动模范，凭借的就是植树造林，我采访过他，情形历历在目：

“1982年，有一次赶集，我看卖苹果的生意好，上前递烟拉话，了解种果树收入，天是越来越旱了，种粮没多大出息，连口都糊不住。老汉说咋都比种庄稼强。回到家我拉驴驮了小麦，换回了6棵苹果树苗，种在自留地里。第二年包产到户，土地自己做主了，手头紧张，只能年年种果树。1986年秋收获了第一茬儿苹果。当时的县林业局长来看过后，一次免费给了我20亩地的苹果树苗……苦没有白下的，万元户吃香的时候，我是方圆最早的万元户，披红戴花风光得很。

“发家致富离不开政策。承包地太少，县上承包和拍卖‘四荒地’，我是村上第一个承包的，80亩荒山。村里人怕政策变，前怕狼后怕虎不敢冒进。我说不光是咱县上，全国都是这形势，我讲给大家听。我也没识多少字，买了个收音机，收听国家农业农村政策，关于‘四荒地’、退耕还林的文件好几个，我能背出名字和发布时间，”杨万珍说出几个文件，“‘四荒地’是滚牛洼，大壑小沟遍布，水土流失厉害，不巩固治理，随雨水就流失成沟壑了。承包了就得负责，我带着一家人修梯田打坝，挖带子田、鱼鳞坑，栽树，不光栽果树，杨、柳、槐等用材树也栽，水土留不住，种啥都白搭……

“种果树得有经验，起初没经验，结的果子果形、果品不好，周围没有懂果树的人，县上、地区办培训班，我都去学，从不落课，收音机里也有农业林业课，果树栽培修剪、病虫害防治，讲得好得很，买果树栽培修剪嫁接的书，基本能看懂，慢慢地技术掌握了个差不多，果树结的果子个大、皮薄、形好、甜脆，到市场上价钱好、卖得快。种果树效益比种小麦和玉米高出七八倍。外出打工的眼热了，回来承包荒山造林种树，20多户人家建起了果园，造林6000余亩，乡上让我当科技特派员，我高兴地应承了，果树选育、栽植、修剪、嫁接、病虫防治……我义务服务。”他嘿嘿一笑，说了句很有诗意的话，“人活群，树活林，大家都回来种树，我不孤荒了，我家的树也不孤单了，飞花传粉，快活旺盛。”

坐在树下，老杨洗了一盘桃子说：“熟得正好哩。”

杨建虎拿了一个桃子说：“这是王母娘娘蟠桃宴上的桃子。”

果园160多亩，绿化荒山沟道500亩，治理沟壑大小100多条，动土方5万余方，震撼不亲临现场是难以形容描述的。“我家承包的‘四荒地’实现了水不下山，泥不出沟。”果园有桃、李、杏、梨、花椒等6大类几十个品种，养牛、养羊、养鱼、养鸡、种辣椒……“林下经济好，牛羊鸡粪上果树，也不打农药，树叶、草可做饲草，鸡是纯粹的虫草鸡，绿色有机循环，销量不愁，早早就让预订走了，光我们农家乐都卖出去不少哩。”老杨的儿子说。

说起父亲，他说：“老爹给我们弟兄打下了基业，光果树这块每家也有几万元收入，老爹把果园林地分给了我们弟兄四个，可每年开春就像个村主任，带着一家人整地植树，这他从没放手过……”

他拿出一个小包，里面装着老爹的几十个荣誉证书，他抚摸着说：“这是我们最自豪的，多少人想得这么一个都难哩！”

一根3.5米高的纤细竹枝上，挂着琳琅满目的苹果，走近才发现苹果结在树枝上，可这苹果枝实在有些纤弱，借助钢丝与竹枝，在红河镇红河村现代农业产业园区里，栽植得密匝匝的。

“你猜这一棵树能结多少个苹果？”彭阳县自然资源局副局长高志

涛问。

我摇摇头，来自西北农林科技大学的一位专家说："一棵树能结80个大苹果，特别甜！"

我说："这么密……"

"这是矮砧密植栽培技术，现在很先进的，树就长这么大，和传统果树相比，一亩地能多种100棵，亩产大为提高。"

林果公司里20多户建档立卡贫困户，年人均工资达到3万元。

"今年年底将达到8000亩，园区是高校的试验点，五六所高校会定期指导。"高局长说，"依托'四个一'（一棵树、一株苗、一棵草、一枝花）林草工程，选育适合彭阳气候的林草经济作物，精准造林与精准扶贫、增绿与增收、种风景与种产业相结合，全县已示范推广适宜品种40种，48万亩，蜜饯果脯、果汁饮料、鲜食山杏仁……几十种产品远销西北及深圳、上海等沿海城市，产业链延长，提高产品附加值，群众人均增收1600元，林下养鸡、养蜂、种植中药材等，生态建设以贫困户为主体，林产业、生态管护以贫困户为主力，走生态扶贫之路，生态资源真正转变成了致富资本。彭阳旱作梯田入选'中国美丽田园'梯田景观，彭阳县被评为'最美中国生态、自然旅游城市'和'文化魅力、特色魅力旅游城市'，举办16届的山花节已成为彭阳品牌，年接待游客60万人次，年旅游收入2亿多元，全域生态旅游已成为彭阳县脱贫致富的新兴产业，生态美与百姓富真正实现了统一。"

回去的路上，我们都提出了买蜂蜜，杨建虎说周万仓的合作社就在路边。

"要说真正感受到了彭阳生态根本转变的，有彭阳县'蜂王'之称的王洼镇崖堡村的周万仓最有发言权。周万仓家是传统养蜂人家，周万仓17岁时，因为生态恶劣、蜜源植物少，就离开了彭阳。养蜂人就是逐花人，拉着蜜蜂到四川一带谋生。退耕还林后，彭阳生态大变，桃花、杏花、刺槐花、柠条花漫山遍野，山上山下都变成了花海。养蜂40多年的周万仓回来了，牵头成立了蜂梦圆养蜂专业合作社，自己养蜂130箱，年收入24万元，同时，通过手把手地传授技术，还带动了十里八乡的贫困户养蜂致富。”

路边隔不远就有养蜂人，停下车凑过去交谈，一对夫妇来自四川省内江市，男的叫陶辉刚、女的叫扶晓芳，问及为啥来彭阳，男的一笑说养蜂人是逐花人，跟着花期走，彭阳的花多，桃花、杏花、油菜花、地椒花等，酿出的蜜品质好。他说这十来年他们都来彭阳养蜂，一住就是大半年。彭阳变化太大了，以前彭阳人养蜂跑我们四川去，现在都跑回来了，你看这青山绿水的。

志远弥坚

彭阳县绿色功臣实在是太多了，仅获全国绿化奖章的就有6人，故事都很感人，经过抉择，我决定还是讲述李志远的绿色人生。一个失去双腿的人，连爬带挪义务植树24年，植树10万余株，绿化荒山350亩，用“感天地，泣鬼神”形容一点都不夸张！

2005年，我采访过李志远，那年李志远被评为感动宁夏年度人物，我还在报社。我到了李志远家，他不在，在树林里，我要去林子里找他，他弟说他说了让你等着，他出来接你。我说不用，我去林子里找他，正好在林间走走。他弟说别别别，你别去找他，来找他的人他都会亲自出来迎接。我诧异了，正要问个究竟，李志远来了。

进了树林，他对我说你别乱走，跟着我的脚印走。进去一截，他蹲下去说你蹲下来看看地皮。我心里想光秃秃的地皮有啥看的。他一笑说，你看看树林里的地皮和光秃秃的黄土梁颜色有啥不同。颜色分别挺大的，树林里的地皮颜色黑乌乌的，仿佛生长着一层苔藓草皮；黄土梁上则土茫茫的，就像浮着一层土雾。他用指头戳着说你戳一戳。我用指头戳，地皮板结成一层硬壳，戳上“咔嚓”有声。他捏起一块说别看这薄薄的一层像锅巴，形成不容易哩，山上风多，整日呼呼呼地刮，这地皮几年都板结不成。我想到了古董行里说的包浆，说这是包浆了。他笑笑说就这一层，七八级大风揭不起来。我明白了，他是怕我乱走踩破了这好不容易形成的地皮，是啊，这光秃秃的山梁，倘若不是这一层地皮，必然在风中尘沙飞扬。他捡起一点黑乎乎的东西，摊在掌心让我看，我知道那是地软子（地皮菜），干了就缩成这么小一点，水一泡会有指头蛋子大。我说地软子都有了。

站在山头上看，真正感悟了“草色遥看近却无”，远看仿佛长着的草，近了细看，草是极其稀薄的，每一棵树下都有一坨这样的，颜色要深一些。“草色”是这种地皮色。他说等到地皮像他脸这样黑的时候，我再来看，这里就是世外桃源了。我笑笑，长期的风吹日晒，他都像黑人了。

当彭阳县以会议、文件、任务的形式大张旗鼓地推动生态建设时，草庙乡河沟村李志远已开始种树了。

李志远曾经的理想是成为一个土匠。还有土匠？有，在西海固土匠还是很吃香的。西海固人主要住窑洞，挖崖窑、箍箍窑，都是需要技术的。李志远拜了师傅，学成回家，1980年冬，为自己挖一孔窑洞，他要结婚了。然而，一块巨大的胡基塌落砸在他两腿上，左小腿粉碎性骨折，右大腿几乎齐根断掉。家里把能变成钱的东西全卖了，又借了三四千元，为他做了7次手术，他也没能站起来，瘫在了炕上，风火（大小便）都送不出去，出进得兄弟们背、抱，婚事也告吹了。

"那年，我26岁，正是扒前程的年纪啊。"李志远揪了一撮苁草嚼着，望着远方。

12口之家，奶奶年纪很大了，母亲患有心脏病，弟兄姊妹8个，最小的妹妹才5岁，家里老弱病残，哥哥成家另过，李志远为老二，就成了家里的顶梁柱，他一下子瘫在炕上，成了负担、累赘，整个家塌了半个天。他想了结生命，可瘫在炕上的他连这也做不到。有一天，他好不容易到手一根麻绳可以结束自己的生命，半死之时被家人发现。在一家人的哭喊中，他做出了再不寻死的保证。一家人并不放心，时时监护着他。

为排解他的寂寞烦闷，妹妹从货郎那里换来绣花针和丝线绸布教他绣花。他心灵手巧，很快在鞋垫枕巾上绣出了"五谷丰登""春桃秋菊""哪吒闹海""刘海砍樵"……死是不能死了，得活下去，绣一辈子花？不敢往后想。有一段日子他想过离家出走，做个讨吃，当过讨吃的人多了，不丢人，可真活得那么龌龊，他心不甘。总得干点啥呀，不然会憋闷死。

"种树！"

趴在窗口向外张望的他，看着荒山，做出了决定。

从小他就喜欢种树，捡回树枝树苗他就种在窑前屋后园内埂边，天天饮水呵护，家院附近的树多是他种的。他曾有过把窑前屋后的山梁沟壑全种上树的梦想，种出一个花果山，种出一个桃花源。

路都走不了，怎么种树呢？双手撑地，连爬带挪，李志远给家里人示范。家人阻拦不了他，花了9毛钱买回5棵杏树苗，李志远将铁锨、镢头、树苗和挎包捆起来拴在腰上，连爬带挪出门了。大地就是大海，双臂就是双桨，他就像一叶小舟，树苗和工具在他身后拖起一道尘带。每次还挪动不到一尺，但他并不灰心丧气，顽强地前行着。遇到高陡的坡坎，他用镢头挖出爬行的路来。挖坑种树他只能跪着，每种一棵树，他得跪拜七八次十来次。跪不住了，侧身躺着种，用下巴支撑着。种树累了，拿出针线来绣一会儿。

种树，让他找到了活着的意义。

坡陡崎岖，滚坡是常事，头脸、胳膊被荆棘划得血流如注。有几次差点滚落深沟，不止一次被摔昏死过去，村里人把他背回来。他不气馁，摔进深沟死了也比闷死在家里强。为了减少他来回的艰难，母亲把午饭送到山里来，看儿子挖树坑栽树都是跪着，像拜神求佛一样三跪九拜，心碎了，落泪了，劝说别种了，有娘吃的一口就有你的一口。李志远笑着说娘，您看我是不是比以前壮了，待在家里我有这么壮？一个大男人卧在窑里无所事事，简直就像坐监，干活干活，干着活着嘛。

在光秃秃连草都不长，一起风就成了灰堆的山上种树，树能活？在乡邻看来是脑子有病了，都劝他别折腾了，家里人也劝说不要种了，养活得起你。李志远不争辩，依旧上山种树，每天天黑乎乎的就出门了。人们怀疑是灾难把人折腾疯了。种树得有树苗，家里连看病的钱都没有，哪有钱买树苗呢，他把树枝剁成截当苗栽，娘把卖鸡蛋的钱攒着给他买树苗，去集上捡杏、胡桃种，被人看成了讨吃……

弟弟给他弄一双拐杖，搀扶他学会了拄拐。他舍不得用，上山拄拐也没有爬行安全快捷，因此只有外出去集上购买树苗才拄。弟弟东凑西借为他买了一台收音机，这成了解心慌了解世界的宝贝，而且是老师，收音机里有植树造林的科学知识。收听到县里办植树造林培训班，他就参加，种树、认树、嫁接，样样学得认真。

在干得沙堆一样的山坡上种树，成活率是可以想象的。天旱了，活了多年的树都会死。为提高成活率，树栽下后要浇透水，他拄着拐杖去山沟泉中背水饮树。羊肠小道坎坷起伏，为方便背水，他修出一条延伸到山上的5公里路道。彭阳雨季在夏秋季节，多为暴雨，一遇暴雨极容易造成泥石流，半面山坡流失，有一年，一场暴雨使栽的2000多棵树被泥石流卷走了，他落泪了，但不气馁。他治坡保土，修水路，挖坑坝蓄水，夏蓄水，冬蓄雪，灌溉树木。

1985年秋天，李志远挖坑时滚了坡，腿再次被摔坏，做了第八次手术。因为拼命劳作导致残腿严重弯曲，第一次手术插进骨头里的钢板也闪折了，只能把骨头老茬打断重新接续。马莲要子从细处断，就在他住院的三个月里，父亲放羊时从沟崖上摔下去伤了腰，一个家哪养得起两个住院的人？父亲坚决不进医院，把仅有的一点钱留给了儿子。李志远还未出院，父亲魂归西天，他连父亲最后一面也没见上。医生叮嘱他再不能干重活了，然而伤口还未愈合，他又爬进大山种树了。

为了提高成活率，李志远调整树种，种植抗旱能力强的杏、桃。为防止虫害，种树前用黄连水浸泡树秧……2007年，我再去采访，他种树成活率达到90%以上。小树从他家的窑洞门口一直延伸到附近的山头。这是超出了人们想象的一种结果，你不能不感慨人的生命真是有无数可能。他随身装着一个红塑料皮的小本，记录着种下的每一棵树。种树，已经不是一种活计，而是一种寄托，寄托着他生命的全部意义和活着的乐趣。

传统杏、桃果子太小，不好吃，只能卖果脯、杏仁，价钱不好。他专门去学嫁接，改良品种，杏、桃个大了，肉厚了，味甜了，价格翻了几番。更让他惊喜的是嫁接后树成活率更高。可观的经济效益，有人眼红了，说他乱开荒山，破坏植被，反映到了县上。县畜牧科、草原站和乡政府联合来调查，一个拄着双拐的汉子，一座绿意盎然的山坡，一条条林带仿佛战壕，一个个鱼鳞坑就像军阵……调查组被他的壮举感动了，对村民说我们就需要这样的人！又把杨树坡两边的60亩荒山划给李志远，林业科送来4000多株树苗和植树造林的科技资料，草原站送来30斤沙打旺草籽，残疾人联合会奖励他1000元钱……李志远成了有“背景”的人。

种树给了李志远启示，他对自己说你看这个焦苦的土地，树都站起来了，长成材了，你就站不起来？植树的间隙他练习站立，双手撑着地面往起站，第二次腿部骨折十年后的一天，他扶住一棵杏树站了起来。村里人说是山神赐予了他力量，是树魂扶起来了他。有人说他就是山神。他的心情好了，身体也好起来，残疾带给他的所有忧愁苦恼随风而去了。2003年夏天，相依为命的母亲溘然长逝。母亲很安详地对他说娘能闭上眼睛了，你能把自己照顾好的。

山村绿了，看着家像个家，村庄像个村庄，也看到了种树的经济效益，潜藏在河沟村人心中种树的欲望被唤醒，种树的人多了，一种就是一二十亩，短短几年间全村人种树七八千亩，山杏、桃、苹果、花椒……家家都有近万元的收入，李志远种树积累了丰富的经验，成了乡亲们的技术员，从插秧育苗到栽培修剪嫁接，谁叫他都热心去。

"'虽我之死，有子存焉；子又生孙，孙又生子；子又有子，子又有孙；子子孙孙无穷匮也，而山不加增，何苦而不平？'上学时背会的愚公的话现在还能背下来，植树造林需要愚公精神哩。"采访时他说的。

"山中无甲子，寒尽不知年"，李志远忘记了岁月，他绿化的山头成了方圆一道亮丽的风景，来西海固采访的《中国青年报》和中央人民广播电台的记者看到了，写了报道，拍摄专题片，之后媒体的各种报道纷至沓来，荣誉纷至沓来，在人民大会堂他受到了党和国家领导人的接见，并登上了天安门城楼，饱含艰辛的成功总会让许多人泪如雨下，然而李志远没有流泪，他的泪水已经流干了。他爬上了八达岭长城，这是他最大的心愿，他要看看北京的长城和彭阳老家的长城有啥不同，"毛主席'不到长城非好汉'可是在我们彭阳写的"。

2013年底，"重塑未来"慈善公益活动为李志远在北京丰台广济医院做了手术，通过运用再生控制技术，半年后他丢掉了拐杖像正常人一样行走了。30多年的残疾啊，多年不曾落泪的他落泪了。

李志远修出上百条梯田，数百条带子田，近800亩山岔沟洼被21万棵树装点成绿的海洋。爬过多少路，挖过多少坑，动过多少土，他不清楚，但有一个数字是清楚的，那就是他至少磕过21万个头。过了花甲之年，政府要送他去敬老院，他拒绝了，有人说他傻，他说我因树而活，树因我而生，树就是我的儿女，在树林里我才能享受到天伦之乐，在树林里心情就好，我真的离不了树林了。

李志远依然住在残联和民政局为他建造的房子里，家极其简朴，一张木床、一个小收音机、一个电视机，再就是一辆摩托车。有经果林、林下经济收入，有护林工资，加上他孑然一身，生活几乎没什么开销，经济上是不错的，他所有收入都用在了种树、周济穷人和资助学生上了。

他提着的袋子里装满了捡拾的地软（地皮菜），地皮菜自古以来就是饥年度荒的重要天然野蔬，是大自然恩赐之宝，清朝王磐编纂的《野菜谱》中，收录了滑浩的一首歌词《地踏菜》，曰："地踏菜，生雨中，晴日一照郊原空。庄前阿婆呼阿翁，相携儿女去匆匆。须臾采得青满笼，还家饱食忘岁凶。"我说这东西经专家一分析，成为养生瑰宝，在城里可是走俏得很。他一笑说现在都拾这去城里卖，多少年不见了，这两年越来越厚，我们从小就吃这东西，饥荒年靠这度饥荒哩。

林子里朝那鸡叽叽嘎嘎，钻来钻去，与野鸡为伍，我说鸡不用操心吧。他说咋不操心，虽说树下虫子草籽吃不完，可现在生态好了，狐狸、狼也有了，打是不能打，放两响炮惊赶哩。野兔很多，时不时跃入眼帘，还有黄鼠，奓起两只前爪吱吱吱地叫。他说以前土地寡荒得，连这些东西都稀欠得见不上，现在都成害了，对草地害处太大了。

他咕咕咕一叫，鸡群冲他而来，他伸手就捉了一只，捏捏鸡嗉子说："够挨刀子了，走，我们回家。"我拦住说："才下午4点多，就吃饭？"他说："这生态鸡皮实，得炖好一阵哩。"我说："我还要去隆德，有事哩。”他说：“一只鸡吃不穷我。”我说：“金山银山，你占山为王，财富如山，能把你穷下了，下次吧。”他说：“你来我这里三四回，说了三四回下次。”

“绿水青山就是金山银山，既要金山银山，又要绿水青山，字字千钧啊。河沟村植树造林面积超过了万亩，我是县上聘的河沟村护林员，够一天跑的，好在现在能骑摩托车。”他攥攥拳头说，“好时代，植树造林的好时代，身体好着呢，还能栽些年树，这辈子就活了个栽树！”

看着他硬朗的表情，我想到了“志远弥坚”这个词。

离开李志远家，转过一个山弯，回头看着站在崖头上的李志远，火烧云将山峦燃烧，光镀到李志远的身上，他就像一尊紫铜雕塑。

毛乌素沙漠南缘

车在毛乌素沙漠南缘奔驰，长城在草原上起伏隐现。窗外是正在蜕变的盐池大地，风不起尘，草浪翻滚，十分爽意，放眼望去，一片绿色葱茏，野鸡、老鹰、野兔、黄鼠时不时扑入眼帘，盐池大草原活了。

沙漠再无盐池黄，这个在网上广为流行的话语，行进在2019年盛夏的盐池大地上，感受是非常真切的。曾经一望无际的戈壁沙漠完全变了个模样，一片片绿色替代了昔日的漫漫赤黄，毛乌素沙漠几乎看不出来了，难怪网上说毛乌素沙漠将是世界上第一个消失的沙漠。

盐池汉初设县，名眴衍。1936年6月西征红军解放了盐池县城，建立了宁夏第一个县级红色政权，这里是宁夏解放最早的县。对于地处毛乌素南缘的盐池县来说，治沙与生存是同义词。

盐池素有“中国长城博物馆”之称。古代的盐池地处北方边陲，战略地位重要，历代王朝为巩固边防修筑了多条长城，从战国、秦至明，留下了200多公里长城遗址，筑于隋开皇五年（585）的隋长城遗迹在全国罕觅。“三十里一堡，六十里一城”，英雄堡、安定堡、高平堡……花马池古城、兴武营古城……沿长城的关隘、城堡、战台构筑起了完整的军事防御体系。

如今又一条“长城”在盐池大地生成，这就是绿色长城。

宁夏东、西、北三面分别被毛乌素、腾格里、乌兰布和三大沙漠包围，“沙漠围区”，荒漠化土地面积占全区总面积的53.68%。

生态环境保护是功在当代、利在千秋的事业。关于宁夏生态建设，习近平总书记不止一次做出过重要指示：

——宁夏作为西北地区重要的生态安全屏障，承担着维护西北乃至全国生态安全的重要使命。

——宁夏生态环境有其脆弱的一面，生态环境保护建设要持之以恒。

——对破坏生态环境的行为，必须扭住不放、一抓到底，直到彻底解决问题。

2008年，时任中共中央政治局常委、国家副主席习近平来到毛乌素沙漠南缘的白芨滩林场，当看到运用扎麦草方格的方法在毛乌素沙漠织成了锁住风沙的茫茫绿网，阻止了沙漠南移和西扩，他激动地说：“这是一项平凡而伟大的事业，也坚定了我们治沙的决心。”

说西海固的生态建设不能不说盐池县。

盐池县地处毛乌素沙漠南缘，属鄂尔多斯台地向黄土高原的过渡地带，被3条明沙带包围，由于干旱少雨，年降水量200毫米，蒸发量高达10倍以上，风多沙大，加之人口增长，畜群增加，过度放牧及滥垦乱采，加剧了草原沙化、水土流失，土地荒漠化程度不断加重，全县面积8522.2平方公里，沙化面积82.3%，达539万亩，其中严重沙化面积200万亩，天然草场以每年60万亩的速度沙化，全县75%的人口和耕地基本处在荒漠化中，80%的村庄遭受风沙危害，是宁夏受风沙危害最严重的地区，是全国治沙重点县。广为流传这样一个笑话，说一次全国性会议上，南方一位干部问盐池来的干部说，据说盐池风很多，盐池干部说不多，一年一场风。南方干部很诧异，说一年就一场风？哪个地方一年不刮几场风。盐池干部说一年一场风，从春刮到冬。盐池一年中沙尘暴、扬沙天气达40多场，风沙一起天昏地暗，就像世界末日，所以盐池人说："盐池白天比夜黑，白天点灯不稀奇。"

四叔家在盐池高沙窝，清理房院墙根淤积的黄沙是经常的功课，不然几场风沙，黄沙就跟院墙、房屋墙头淤平了，沙压墙，羊上房，牛翻墙，顺着沙堆就能走上房顶，发生过人和大牲畜顺着沙堆走上房顶踏空摔下来摔死、致残的事，因此多数人家不筑院墙，尽量给沙子留路，而当沙丘以军团的形势压过来时，人只有搬家了。庄稼更遭罪了，果树初花、庄稼幼苗的春天，正是风沙疯狂肆虐的季节，一场风沙，花朵、幼苗被打死、埋葬，有的苗都长了两三拃长，一场风沙打死了，庄稼差不多年年都得补种。去四叔家我经常干清理墙根沙子、补种庄稼的活。"风吹沙子跑，抬脚不见踪"，四叔不止一次讲如何记路、避风沙，才不致迷失、被埋葬。四叔说附近有个村子，大伙儿去大队看演出，结果遭遇沙尘暴，找不到路，是一个盲人带着大家摸回了村里。

1983年的一场黑风暴，造成4人死亡、多人受伤，丢失、死亡羊畜2万多只。四叔家折了二十几只羊，四叔说："起初以为是普通的风打墙，哪知道狗日的风沙那么歪（厉害），一抬脚，给风抬过墙头去了。"

风沙像弹簧，你弱它就强，沙漠最是得寸进尺的东西，蚕食鲸吞着农田、村庄，沙进人退，只能背井离乡，哪有好地可待下去，进入20世纪80年代，盐池县土地沙化面积占总面积的82.3%，退无可退啊，风沙赶着人转圈，搬出去绕了一圈又搬回来了，搬家生活苦不堪言，坐上十年挪不动，走上十年一条棍，风沙肆虐让贫穷像恶魔附身。1983年，借助"三北"防护林项目，盐池县顶风而上，全面部署治沙。一张蓝图画到底，一任接着一任干，进入新世纪，宁夏生态建设相继推出两大举措——退耕还林和封山禁牧。2002年11月，盐池在宁夏率先实行封山禁牧，羊群入圈饲养，草原、林地封禁。

那时候我还在报社，上面要求全面报道禁牧，尤其要报道偷牧，起监督作用。

对于盐池人来讲，封山禁牧无疑是一场地震。

盐池县是宁夏唯一的牧区县，是"中国滩羊之乡"，滩羊为国家保护品种。羊肉提气补虚，生血益肾，强健体魄，是肉中上品，在《金匮要略》《本草拾遗》等药典中与人参相提并论，可因浓重的腥膻味许多人尤其是南方人难以享用。然而盐池滩羊肉却深受大众喜爱，即使是纯正的南方人也喜享用，除脂肪含量均匀、热量低、味鲜不腻、滑爽细嫩这些特点外，重要的是腥膻味极轻。这得益于盐池草原得天独厚的自然条件，“白池青草古盐州”，饲草中甘草、麻黄、盐蒿、苦豆子、莎草、防风、薄荷等既是草，又是药，盐池境内多产盐的池湖，水中含有碳酸盐和硫酸盐，这些条件造就了盐池滩羊肉的独特品质。盐池人自豪地说：“吃的是中草药，喝的是矿泉水，拉的是六味地黄丸，尿的是太太口服液……”滩羊羔出生一个月宰杀后，皮加工成二毛裘皮，皮板轻薄，毛穗似波浪，有“九道弯”之称，是裘皮中的上品，向以“轻裘”著称，明朝时就驰名天下，为宁夏“五宝”之一“白宝”，制作坎肩、皮袄、围脖、围领、披肩等深受人们喜欢，到宁夏的游客总会带些二毛皮制品己用或赠友……

因此滩羊产业一直以来被确定为盐池县脱贫致富的头号产业，农村80%的家庭以养羊为生，婚丧嫁娶、娃娃上学、看病就医，一切全仰仗养羊，全县饲养量达86万只，现在羊要被“禁”在圈舍了……

采访中，对生态恶化盐池人是深恶痛绝的，一位老汉甚为感慨：“一棵草，每天羊过来过去啃十几遍，哪还能啃上，就用蹄子刨，那蹄子呀磨得就像小铲铲一样，连根都刨出来吃了，20亩养不活一只羊啊。羊群走过带起一道尘带，稍有风起，尘沙漫天，常常是早上出门，晚上回家找不见路了……”封山禁牧就是断了财路，人们茫然困惑，抵触情绪很大，怨气冲天，“养羊过日子，不让养羊日子咋过？多少辈子了，都是靠养羊过活，还让人活不？”

“你们一身子躺在国家怀里，月月有个麦子黄，吃不愁穿不愁的，还管别人的死活不？”

1986年，盐池县贫困发生率高达75%，不让养羊无疑是雪上加霜。

“不是不让养羊，是不让上山放羊。”

“不让上山放羊不是不让养羊是啥，看把你能说的!”

“是要发展圈养，圈起来育肥。”

“站着说话不腰疼，一群羊二三百只，喂上？你来喂试试？你们给草?”

“羊是放的，不是喂的，我们这里是草原，你们瞎指挥!”

盐池人不会喂羊，会放羊，“信天游”式牧羊，育肥饲草料、饮水都是要拿钱买的，不掌握喂养技巧，不但挣不了钱，反而会赔钱，放羊只操心赶出去拢回来……一时间怨声载道，偷牧成风，白天盯得紧，就晚上放，“羊上夜班”，与干部打起“游击战”……

村路上我们的车被一个老汉拦住，老汉说：“我遇了个事，给你们说说，你们能给办不?”

“我们不是领导。”

老汉说：“算了。”

我说：“说说嘛。”

老汉说：“有啥说的，你们不是说自己不是领导，说了你给解决?”

我说：“说说嘛。”

老汉说：“你看你这人是非不。”

烟火好搭话，我给老汉点了一根烟，老汉说：“我放羊让巡山的抓着了，卖面的遇到卖炭的——倒霉，罚款，我认了，可羊死了两只。罚款我交了，死了羊你得给我赔吧，罚了不打，打了不罚，自古衙门就是这么个理，你们说是不？我一说，他们不但不赔我羊，还眼睛瞪得牛铃一样吼我，找了几次，连个好脸子都不给。这事我在理上站着哩，能说上话给说说，费你们多大的事。”

司机说:“我们真不是领导，就是下来看看转转。”

“你这人说话不实受（实在），这车子是一般人坐的？镇上的干部坐的才是个面蛋蛋（面包形的小车），你们这车比他们的洋气多了。就是不是领导，也是上面来的，宁A是银川的车，你们说句话，他们敢不听？”老汉扔了手里的土疙瘩说,“我要不站在理上，我认了，人得认理你说是不？这事我在理上站着哩，又不是让你们违法乱纪哩，能说上话就给说说嘛，赔钱多少是多少，我不争，要说两只羊死就死了，我也担得起，可这气不顺，人争一口气，佛争一炷香，气不顺嘛，事扭不过来老在心里装着，老是个泼烦。”

我们面面相觑，老汉霍地转身走了，边走边说:“当了大干部，人大的就搭不住了，还口口声声为民办事哩，能说上话你就给说一声，怕嘴张口人家把你的牙数了。”到远处又说:“这事反正是你们不对，我得找个说理的地方。”

管不好羊，生态建设就无从谈起。“‘壮士断腕’这个词让你们记者用滥了。”王天鹏拍我肩膀一掌说,“用在盐池封山禁牧上才是最准确的。封山禁牧一提出来，盐池人第一反应就是壮士断腕!”王天鹏是个散文作家，时任盐池县广播电视局局长。“这腕是必须断的，信天游式的过度放牧是导致生态大面积沙化的重要根源，以牺牲环境为代价的放牧老路已经走不下去了，要从根本上改善日益恶化的生态环境，封山禁牧是唯一可走的路了，让草原休养生息，否则盐池就被毛乌素沙漠彻底统治了。”

禁牧如磐，风雨不动摇。2003年5月1日，宁夏全境推行封山禁牧，成为全国首个实行全境封山禁牧的省区，380万只羊下山进圈。一位领导干部碰上偷牧的，放羊人说羊圈了一天一夜，赶出来让散散步，就像你们公家人要散步一样，记者报道后一时传为笑谈。同事王健写了一篇通讯《固原羊只上“夜班”》，发表后产生了广泛影响，并获当年中国新闻奖。

2004年初夏，我再去盐池采访，虽然才一年多的时间，变化是明显的，往时赤黄的茫茫大野呈现出鹅黄浅绿。“封山禁牧，羊不让出山了，没有羊啃，草原缓过了劲儿，一两个月就能把地苫住，苍天像要鼓舞人们，今年雨水广于往年，你看这绿油油的大地，养眼养心，人们心情当然好了，对封山禁牧抵触情绪小多了，少了怨言，多了配合……”宣传部干事说，“当然，一方面是国家退耕还林粮、钱补贴为农牧户生活兜底，一亩地辛苦一年均收入不过百元，怕误耕又耽误外出打工，退耕后，国家补偿标准一亩一年160元，外出务工干吃净落；一方面是滩羊产业依然是一号产业，鼓励圈养育肥，政策、举措陆续实施。”

盐池封山禁牧走草原禁牧与舍饲养殖、封沙育林与退牧还草、生物固沙与工程固沙、防沙治沙与沙产业开发、移民搬迁与迁出地生态恢复“五结合”之路，创新性地确立了固沙型灌木饲料林思路，以林补饲，以林助畜，引导种植以紫花苜蓿为主的优质牧草和柠条饲料林，启动“南部山区草畜产业工程”“百万亩人工种草工程”“十万贫困户养羊工程”“滩羊保种提质工程”等工程，推进规模化养殖，建设规模化养殖园区、标准化养殖温棚，打井打窖解决羊畜饮水，种草、盖圈棚补助500元，配送粉碎机、铡草机等加工机械，与科研机构和高校合作，研发出灌木平茬转饲利用、生物质燃料颗粒等系列产品，配套优质种公羊、冷配、防疫等服务体系建设，提高草和灌木平茬综合效益，扶持建设饲草配送中心、柠条饲草加工厂点。

禁牧封育5年，效果非常明显，全县草原植被覆盖率提高到55%，草场覆盖率明显提高，草层高度由治理前的30厘米增加到70厘米。在沙化最严重的高沙窝、苏步井等乡镇，草方格生态疗法大获成功，黄芪、百里香、艾蒿、甘草、苜蓿、柠条、沙打旺以及多年不见的长芒草、蒙古冰草等防风固沙的卫士重新生长出来，发菜、地木耳也大量出现，羊只饲养量不减反增，由禁牧时的76万只增加到138万只，助推了养殖业发展。

治沙既需要改造自然的干劲，更需要认识自然的智慧，按照“草为主、灌为护、零星植乔木；封为主、造为辅、重点抓修复；保为先、机制活、生态移民集中住”的原则，“封、飞、造”，“乔、灌、草”，换土、深栽、浇水、覆膜、缠杆、涂红、圈白，七位一体，营养袋育苗、生根粉、截杆、覆膜，技术综合配套，干旱带流动半流动沙丘草方格固沙种树种草（灌木），在杨树和沙柳深栽、多季节造林、抗旱造林技术等多方面取得重大技术突破，使得毛乌素沙漠的流动沙丘变为固定沙丘直至被绿网覆盖，防沙治沙的“盐池模式”为300毫米左右降水区域的沙化土地治理积累了经验，在全国大为推广。盐池县实现了“人进沙退”的战略目标。

盐池县委宣传部张部长说：“盐池县先后捧回‘全国防沙治沙先进集体’等几十个国家荣誉，说荣誉不是显摆，一个被沙漠围困的县，能够实现人进沙退，在林业系统拿到这么多荣誉，不能不说是个奇迹，国家荣誉是最好的成就！”

我们在毛乌素沙漠里行走，仿佛走在大草原上，不时惊出野兔、黄鼠奔向远方。鸽子、麻雀、野鸡以及叫不上名的鸟儿欢叫着，在林间活蹦乱跳，在风中荡着秋千，沙漠中一片片绿洲正在洇开，治沙者身影憧憧。

“在沙漠中还有一种‘植物’非常旺盛，就是治沙者！”张部长说。

“刘增、刘占有、白春兰、张生英、常兴正……载入盐池史册的‘治沙十八勇士’，每个人都可写一部绿色的厚重之书。在这些治沙者的带领下，盐池县图上，以治沙闻名的绿色村落崛起了刘记窑头、张记场、兴武营、黑土坑等100多个，都是富裕村，‘三北’防护林、天然林保护、退耕还林、退牧还草、小流域治理、公益林项目、草原可持续利用项目……国家各类生态建设项目三四十个。在盐池有两种事业能挣钱，一是养羊，一是治沙，沙漠现在成财富了……”盐池大草原复活了。

2019年的盐池县有这么一组数据：累计造林425万亩，林木保存面积385万亩、天然草原面积830万亩，林木覆盖率、植被覆盖率分别达到31%和71%，235万亩沙化土地全部披上绿装，100亩以上的明沙丘基本消除，一亩鲜草产量由封山禁牧前的48公斤提高到147公斤。年扬沙天气由10年前的54次降低到现在的9次。2015年，盐池县创造了没有发生过一次沙尘暴的历史！盐池县在毛乌素沙漠南缘筑起了一道绿色生态屏障！

万绿丛中一点黄，一个沙丘在绿色中非常醒目，不可能是没有治理，必定有说法。还不等问询，盐池县自然资源局副局长王增吉说：“那个裸露的沙丘，是特意留下来的荒漠标本，没有经过改造，目的是让人知道这片荒漠几十年前就是那样荒凉。”

“宁夏盐池毛乌素沙地生态系统国家定点观测研究站”在沙泉湾，有盐池生态变迁的“微缩公园”之称，生态林木随坡就势，樟子松绿化带、云杉木混交带、沙柳、柠条、花棒、杨柴等依次排开。

一片金黄在风中摇曳，引发一片惊叹。

“好壮观的油菜花，沙漠戈壁也能生长这么漂亮的油菜花？”

同行的从北京来的中央媒体记者惊诧地说。

我笑笑，那片金黄不是油菜花，而是柠条。

在毛乌素沙地，柠条是最常见的植物，有“治沙状元”之誉，不怕风打沙埋，反而是越打越埋越旺，其根系能扎入沙层深部吸收水分，而其枝叶有一层白色蜡质外衣，能控制水分蒸发。尤其是枝根分杈近于疯狂，一株柠条能形成纵径七八米、枝干百余条的大灌丛，把沙粒紧紧包住，高2米的柠条能覆盖4平方米地面，拦截1.5立方米流沙。柠条生长于春夏秋三季，羊群采食后一周就可萌发复壮。柠条自带肥料，嫩枝叶富含氮、磷、钾，沤制后是天然的高效复合肥料，有“绿肥之王”之称，庞大的根系挂满了根瘤，是沙地不可或缺的肥源。

王增吉说：“作家，柠条有一个非常有诗意的名字，知道不？”

我说：“还真不知道。”

“锦鸡儿，小叶锦鸡儿，很有诗意吧。”

我说：“走在这片大地，你会被一棵草感动，能活下来就非常有诗意。”

“是啊，能在沙漠里活下来，绽放出如此艳丽的花朵，可不得拧着一股劲儿，柠条，这个名字名副其实。”记者说。

“还有沙打旺，沙越打越旺，看看一丛沙打旺，固定了多大一片沙漠。”王增吉说，“柠条、沙打旺、‘沙漠姑娘’花棒……沙漠里那些花朵一朵比一朵艳丽……”

“来旅游的一定很多了，这才叫壮观！”

“沙漠再无盐池黄。2019年旅游人数突破126万人次，旅游综合收入达到4.07亿元，生态旅游、自驾、乡村休闲、农家体验火得很，现在是干生态事，吃生态饭。”

春浩林草产业专业合作社厂房内，柠条进粉碎机成了草粉，从另一个机器出来，成了颗粒，“柠条颗粒饲料粗蛋白含量高，枝叶和籽荚营养丰富，一寸节营养相当于一颗黑豆，适口性好，是‘铁杆’牧草，羊舌尖上的美味，你闻闻这股清香，滩羊可爱吃了。”合作社负责人张树新抓了一把闻着说，“合作社承包了20万亩柠条林，每年可平茬一半，生产约5000吨饲料。除了供应本县外，甘肃、内蒙古的养殖户都来采购，带动周边农民用工近万人次，帮助建档立卡户年增收近万元。”

“以林补饲，以草助畜，柠条平茬纳入年度林地复壮计划，科学划定平茬区域，平茬时间、平茬强度、平茬方式等都有技术标准和操作规范，建设柠条饲草加工厂、配送中心，辐射带动加工点覆盖面，统一平茬、多点加工、集中配送，现在全县柠条种植达260多万亩，年均隔带平茬柠条20万亩，每年为畜牧业提供饲草40余万吨，实现生态建设与滩羊产业发展的有机融合，带动大量农民就业，治沙致富的综合效益显现。”王增吉说，“十八大以来，盐池县打响脱贫攻坚战，得靠产业，‘盐池滩羊’是毋庸置疑的产业老大，可不上规模，品牌缺乏影响力。我们便集中在四个方面发力，对传统饲养开展一场革命。一是产融结合。养殖业需要金融支持，与各金融机构大力合作，实施精准放贷。比如通过中民投牵头，政府参与引导，建立中民融盐担保公司，先后为全县建档贫困户发放各类贷款5.4亿元。二是标准化养殖。成立滩羊产业发展集团、滩羊产业发展协会，实施并监督各企业订单收购盐池滩羊肉，与养殖户签订滩羊养殖协议，并以高于市场同期价格10%收购。建标准化滩羊养殖场、棚圈，培育滩羊基础母羊核心群、滩羊种公羊，滩羊有了‘身份证’，消费者通过手机扫二维码即可溯源。三是规模发展。培育企业，建规模养殖园区，培育规模养殖户，规模养殖比例近60%，至2019年滩羊存栏达350多万只。四是建设全方位销售网络。主打‘公司+农户+协会’销售网络，通过盐池滩羊集团下属子公司、关联企业和滩羊协会，盐池滩羊进入全国40个大中城市，开设销售点226个，数字化管理确保了消费者吃上正宗滩羊肉，更保护了牧农利益。”

“盐池滩羊肉进入国宴食谱，摆上2016年杭州G20峰会、2017年厦门金砖国家峰会、2018年上海合作组织青岛峰会、2019年达沃斯论坛‘大连之夜’晚宴的餐桌，对羊肉非常挑剔的俄罗斯总统普京都盛赞盐池滩羊。”

保护生态就是发展生产力。传说中“点沙成金”的梦想成为现实。2018年，盐池县以第一名的成绩在125个脱贫县中高质量脱贫，成为宁夏首个脱贫摘帽的国家级贫困县，2019年贫困人口“清零”，滩羊产业实现了贫困村全覆盖，成为脱贫富民的“一号产业”，对贫困群众增收贡献率达60%以上。围绕着治沙、草畜等产业确保建档立卡户就业，比如选聘为生态护林员，家庭年均可增收1万元，实现了“一人护林，全家脱贫”的扶持效果。

在高沙窝镇施记圈南台村，走进标准化滩羊养殖园区，羊舍门上都有一个小牌，写着羊的品种、年龄、产地、免疫日期、生长周期、存栏数量、饲料种类配比。“以前受尽了沙害的苦，尘飞土扬，不想待，感觉缺氧，出门打工，没想过回来，在外面过得也不错。可是你看现在环境好得，刮风都不起尘，满眼绿色，谁不想家，十八大召开，会议精神多次提到农村，提到农民，提到致富，就回来了。”范志伟说着挠挠脑袋。他和兄弟用打工积攒的几十万元建起了养殖园区，成立了养殖合作社，办培训班，68户村民入社，人均年收入增加了1000多元。又自筹400多万元，营造高效节水灌溉农田，种植各类树木3万多棵，滩羊养殖数量达2万只，销售额近600万元。

“人进了，沙退了，滩羊上了国宴了。好吃了，好喝了，日子看着小康了。”这是盐池的新信天游。

一棵树，一个人

1980年的一天，吃过饭，冒寨子村的白春兰对丈夫冒贤说：“我们搬到一棵树去吧。”

盐池县规划治沙，出台一系列优惠政策，鼓励人们治沙，沙边子一棵树是一个点。

沙边子，盐池县花马池镇的一个行政村，因位于毛乌素沙漠之边而得名。一棵树是沙边子村一个小组，只有一棵树，榆树，老态龙钟，挺立在一望无际的沙漠中，迎候着风沙。

一棵树离冒寨子8公里路程，沙坨子一个连着一个，仿佛军阵，常借风气势汹汹地掩杀过来。一棵树曾经有过一个村庄，居民被风沙驱赶得弃村而去。

白春兰的提议冒贤举双手赞成，因为冒寨子也是风沙危害重灾区，比一棵树好不到哪达去，水源奇缺，干旱频袭，十种九不收，一直靠国家救济糊口度日，活得憋气而郁闷。一棵树尽管也是沙海茫茫，但那里水层浅，挖沙两米就能掘出水，种树好活。

第二年的春天，白春兰一家6口坐着一辆驴车和村里10户人家向一棵树进发了。

春天，正是风沙肆虐的季节，黄沙被席卷起来悬浮在天空，天地之间一派昏暗模糊，地上沙子水一样流动。狂风撕开紧包着的头巾，沙子打到脸上锥刺针剟般生疼，一望无垠的8公里路程，走了半天，一棵树才从沙尘中渐渐清晰起来，就像顶天立地的地标一样。

要想种地，得从沙漠里挖出土地。一棵树沙子足有一米厚，铲去沙子，翻上黄土压了沙子，种上麦子，挑水浇灌。在一棵树，每年沙尘暴就多达40多场，扬沙大风300多场。风速超过5米每秒就起沙，风沙掩没草木庄田。经过与风沙多次拉锯战，麦子总算是旺生生地长起来。然而，一场沙尘暴，麦子没了，一座座沙丘移近十几米，地埂渠道都埋没得无影无踪，刚开出的水浇地又还原成了沙漠，就像不曾开垦过。同来的10户人家沮丧地撤回去了，也劝白春兰和冒贤说，回吧，这里活不下去，不然以前的人家就不会跑了，待下去迟早还得跑路，不如早早另找活路吧。白春兰扶着一棵小树说往哪里跑呢？有些树苗已经活了，就把它们丢下？栽树的时候，我说只要树活了，希望就有了。冒贤嘿嘿一笑说："人家都把我叫冒险，咱们继续冒险，不冒险活个啥意思。"

一棵树只剩下白春兰一家面对着浩瀚的沙漠。一棵树也被砍伐了，只剩下一个名字。

既然长过一棵树，就能长出千万棵树。白春兰在砍伐了老榆树的地方栽上了小榆树，在门前种上了小白杨，小榆树活了，小白杨活了！这成了他们的精神支柱。他们想到了筑墙拦沙，两个多月奋战，一道高1米长5千米的挡沙墙筑起来了，然而一场大风沙过后，墙没了。他们不气馁，既然选择了留下，就做好了承受一切的准备。

每天清晨，夫妇俩顶着大风刨沙、挖坑、栽树，狂风袭来，人都站不住，匍匐在地，像战场上潜伏的士兵，刚刚栽下的树苗不是被连根拔起，就是被流沙掩埋。待风小时，他们从地上爬起，将树苗一棵一棵捡回来，重新栽上。沙漠里温差大，气候异常。中午，烈日炎炎，离家远无法回家，大漠中没有遮阳的地方，就把铁锹插在沙里，上面搭上衣服，就算"歇晌了"。沙漠活脱脱一个大蒸笼，他们就在沙地上挖一道深沟，趴在阴潮的沙土上降降温。由于总是跪在沙地上挖坑、栽树，每天傍晚回家，膝盖又青又紫，腿像灌了铅似的，太累了，边走边就睡着了，直到一个趔趄醒过来。回到家，赶紧给孩子做饭，有时候孩子已经睡着了……风沙弥漫，开始他们找不到回家的路，后来自己栽的树成了向导……

有一天，他们正在栽树，一场沙尘暴袭来，顷刻间天昏地暗，狂风发出骇人的吼声，一起来的3岁女儿不见了，他们发疯似的叫喊着，一个沙坡一个沙坡地奔跑，找到了几乎被沙子掩埋的女儿。女儿嘴巴、鼻孔、耳朵里灌满了沙子，已经昏迷，连掐带唤，女儿才哭出声来……

到第四个年头，终于有了收获——四麻包小麦。对于一直吃玉米、红薯的一家人，这就是最好的奖赏啊。更大的鼓舞来自政策，这年国家出台了一系列优惠政策，“谁造林谁所有、谁开发谁受益、允许继承转让”，并在税收、信贷、贴息等方面实行优惠扶持政策。走了的人回来了。

在治沙中，宁夏人有经验，半埋半露，扎成正方形的格子，连成片……宁夏中卫人就是用这样的“麦草方格”锁住了流动的沙丘，也因此获得国家科技进步奖特等奖。在麦草方格固沙的基础上，利用生物工程治沙，在扎好的麦草方格中播撒草种子，形成植物沙障，利用水分传导式精准型沙漠植苗工具造林，使造林成本降低55%，成活率提高了25%，使防沙治沙成本降低了27%。他们去学习。为了进一步阻止风沙，在离一棵树不远的地方，县科委办了一个试验点，专门研究治沙问题，邀请中科院兰州沙漠所专家前来指导，他们赶到试验点讨教。种地先得治沙。他们扎麦草方格，格内点播花棒、杨柴等耐旱沙生灌木，并根据点播成活状况适地选栽柠条、沙柳等苗木，夏、秋两季重复补植、补播，草方格连着草方格铺向沙漠深处，就像铺铁路一样。刨沙、挖坑、栽树、种草，与风沙搏斗的过程是一个探索试验的过程，他们摸索出以草挡沙、以柳固沙、栽树防沙的“三行制治沙法”，栽植乔木、灌木，种植苦豆草、沙蒿等抗风沙、耐干旱的植物。

尽管常常是一场大风就将几月的辛劳化为乌有，但它们的根已经扎下去了，一些树长起来了，一些草活了，第二年，灌木成活率达80%，栽下的葡萄、苹果树也活了。他们在带子井麦套玉米、麦套胡萝卜，把养殖、种植与加工业结合起来，挖水塘，投放鱼苗。20世纪90年代初，白春兰成了盐池县有名的治沙大户，一家年收入达5万元。

日子向好，希望灿烂，然而，冒贤，一个与沙漠鏖战17个年头、被风沙锻造得铁塔一般的汉子，却患上了肝硬化，白春兰说都怪我，如果不硬要待在沙漠里，你也不会得这病。冒贤说怎么能怨你，是我冒险啊，我连沙漠都不恨哩，至少我活得跟别人不一样啊，沙漠记着我哩，那些树记着我哩。白春兰说我和沙漠陪你！

白春兰带着一家人继续治沙，一棵树郁郁葱葱。

多少年人们来了走了，走了来了，一户、两户、三户……赶趟儿似的。曾被沙害逼走的10户人家相继迁了回来，更多的人迁来了，达到88户。白春兰亢奋了，无私传授大家种植、养殖技术和自制饲料配方，赊树苗、草籽、猪崽给贫困户，免费为乡亲加工饲料……白春兰和20名年轻妇女组成“女子治沙排”，每到春天踏进荒漠深处植树造林，柠条、沙柳、杨树、沙枣树……绿色蔓延，流沙被锁，一棵树只是一个地名了……

2000年5月5日，是白春兰终生难忘的日子，时任中共中央政治局常委、国家副主席胡锦涛到她家来了。胡锦涛同志夸奖她，称赞她既是勤劳致富的模范，又是治理沙漠的功臣，希望她今后更好地带领周围群众，走联合治沙的路子，使更多的沙漠变绿洲。

白春兰联合88户农民成立公司开发沙产业，打深机井，建温棚、圈舍、鱼池、大型温室养殖场，开餐馆，县上免费投放滩羊、种猪、滩鸡，文化旅游局扶持她发展旅游产业……沙边子村人均纯收入超过3000元，成为四面八方的人来观摩的小康村。

可是白春兰的大儿子又离世了，白发人送黑发人的灾难击倒顶着劲烈漠风站得顶天立地的她。乡邻亲人都劝她离开这片伤心之地，2007年时的白春兰完全可以带着一家人去县城甚至银川生活，远离这冷酷的风与沙，白春兰说："恨极了就是爱，离了沙漠我活不好，沙漠离了我也没意思，我这辈子交给沙漠了。"

"没被沙打过，没被沙埋过，理解不了，身上沾过多少沙子，心里就涌动着多少感情。你不治沙，沙就治你，没办法的事，治呢治呢治成朋友了，谁都离不开谁，沙治住了，沙漠就服你，就给你美了，就美给你看，你看现在沙漠美不美，一年来旅游的人有100多万，不改初心，总书记这话说得多好，成事就得不改初心，一家6口来到一棵树，为了种树换钱，总书记说绿水青山就是金山银山，整整40年了，树种下了，钱挣上了，总书记说在选择之中，找准方向，创造条件，让绿水青山源源不断地带来金山银山，这给我们治沙吃下'定心丸'，更有精气神了，治沙的事千万不敢三天打鱼两天晒网的，沙漠像弹簧，你弱它就强。"白春兰是个老党员，对党的政策理解得透彻。

白春兰向沙漠深处延伸的绿色走去，10万株树木，1200亩灌木，1000多亩草场，3000亩治理沙漠，30公里围墙围栏，35座大型温室养殖场，上千亩沙漠"吨粮田"……一棵树变成瓜果飘香、牛歌羊唱的绿洲。全国"三八"红旗手、全国绿化劳动模范……白春兰荣誉无数。

宁夏在一棵树建设起3200亩"治沙英雄白春兰冒贤业绩园"，四季花木斗艳，啸傲漠风，成为治沙绿化示范点。美、英、德、以色列等20多个国家的专家学者冲白春兰竖起大拇指，联合国官员誉之为“人类征服自然的典范”。

当参观的人走后，业绩园寂静下来，白春兰扫去老公雕像身上的灰尘说：

“他爸，值了！”

第九章　在水的另一方

死水怕个勺勺舀

拜水都江堰，问道青城山。这是四川在央视做的广告词。

到四川去不去都江堰拜水，不一定，但到了西海固，一定会问水，一定会听到与水有关的传说。西海固的缺水声名远播，在有关西海固的文字里，传说纷纭，甚嚣尘上。

说西海固人脸不常洗，互相对着哈哈气，擦一擦就行了；说洗脸不叫“洗脸”，叫“抹脸”——手指头蘸点水抹一抹脸上；说西海固人只有来了调研检查工作的人才洗脸，队长一吹哨子，全村的人就都集合到操场上来了，排成长队，队长端一碗水来，噙一口从队头到队尾往每人的脸上喷，喷湿了，撩起衣襟儿一擦就算洗了；说西海固人一辈子只洗三次澡，生下洗一次，结婚洗一次，死后洗一次，平时女子们看到天阴欲雨时，通常会穿上薄一点的衣服下地，在地里一边干活一边等雨，雨下过后赶紧回家，脱去衣服，擦搓身体，就算洗过澡了，这叫趁雨……传说未免重复夸张真假混杂，和眼下许多人笔下的乡愁一样含了太多伪的成分。

脸当然是日日洗的，澡也常洗，只不过用水少，次数相对少些，不像“在水一方”的人那样奢侈，而是烧一盆水，站在盆里淋浴，洗后的水沉淀沉淀，会用来喂猪饮羊浇菜饮树洗衣服。即使是大旱年，也会用毛巾擦身子。雨后，山中的坑窠聚了水，那可是每天劳作的间隙都要下水泡泡的，孩子则叫耍水，一直到水干了。西海固的雨季正是野花或开或败的时节，坑窠的水上会漂着一层花瓣，那可是典型的花瓣浴了。村庄里有涝坝，收满了水，就是浴池了。

回族尤其讲究洗澡，上寺礼拜、过乜帖、跟事（红白喜事）、出远门都要换水（洗大净），平时也须七天换一次水。回族家里都有汤瓶、吊罐，以备大小净之用。汤瓶像传统茶壶，为日常洗漱。有首回族花儿唱道：“紫铜青铜高丽铜，黄铜打下的汤瓶。吃喝不成都能行，没把汤瓶不行。”吊罐，腹大口小，两侧有穿绳悬挂的耳环，底部有一个孔，像沐浴的喷头。汤瓶和吊罐除了省水，保证了“不用回头水”的禁忌。当然水也不会让它白白流走，是要接下来以做他用。倘若到了没有水源的地方，会以沙土做沐浴，称为土净。

大旱之年，鸟儿扑到你端着的水碗上啄水，抢喝耕地拖拉机柴油桶里的柴油；水窖口打开，鸟儿像饺子下进窖里，追逐着拉水车驮水桶飞，溺死是常事；水车进村，羊牲口围着截水；看到草地上一朵老碗大的艳丽花朵，走近才发现是一泡牛屎，蝴蝶在上面成堆咂粪里的水分；房门不锁，水窖都得上锁，旱年早上起来先到水窖上看看水是不是让人偷了；学校的窖当然也锁着，钥匙在校长身上装着。有一回校长去县上开会，忘记把钥匙留下。学校没水吃，等校长回来的几天，干脆放假了。“天旱窖枯水断流，麻雀渴得喝柴油”“上了麻黄山，咸菜就干饭。干吃别犟嘴，犟嘴不给水”“死水怕个勺勺舀”……这些俗语说的都是实情。

那年我陪一位外地客人行走西海固，进了几家，都问“喝水吗”，客人总结说：“西海固的问候语是‘喝水吗’。”

西海固人有一个习惯，蹲在山头，眯着眼睛瞭远。远有什么瞭的呢？除了山还是山，除了沟还是沟，其实是在瞭雨。大人呵斥不知天高地厚的愣头青，常用一句话：“你狗日的才吃了几天盐，知道哪朵云下雨？”

西海固的雨有两种称谓：普雨和过雨。普雨就是“润物细无声”的那种，从叶尖抵达根部，从花朵抵达果实，从果实抵达窑仓。普雨是西海固的福音，雨落下来，万物生长，高高在上的天一下就低了，近了，仿佛是要接受人们感恩，一切僵固的东西都活泛了起来。苏醒得最快的是表情，所有表情都写满了祝福与喜庆。然而，普雨人们不知要往庙里跑多少趟才能求得来，一着急也会骂：“你就下上一场，小心把你的老命要了。”

“毛毛雨，大大下，精沟子娃娃不害怕。”下雨娃娃是最快乐的，大喊大叫，又蹦又跳，满身泥浆，一个个成了泥猪土牛，这大人是鼓励的，说这样也算是求雨。被雨那么淋了一起，却不感冒害病，说是老天爷保佑着哩。桶、盆、瓮、罐、锅、瓢、缸……家里所有的器皿拿出来接水，雨敲击着这些器皿，演奏出美妙的交响曲。

天意从来高难问，老天爷就是那么任性，哪会痛痛快快给一场雨把人们的窖装满水，因此求雨是一门经常性的功课。求雨形式颇多，比如摆三个碗，一个碗为空碗，另两个分别装了灰和水。把男娃的眼睛蒙了让摸，摸翻水碗，意味着下雨，得几颗洋糖花生的奖励；摸翻灰碗和空碗，意味着大旱和无雨，那是要挨揍的，揍完会偷偷给你个洋糖花生，说是揍给老天爷看的，也是求雨。

西海固一带的小庙最主要的功能就是敬神求雨，初一、十五上庙就像开例会，干旱了得上庙求雨，下雨了，更得上庙感恩。于那些田产千万的人来说，干旱会让他们更加疯狂。在《原州》上我曾读到过一篇《李万仓怒打龙君》：“李万仓，不知何许人也，居五营李家龙头崾岘，土地居多，家资颇丰。因李牛多，且都花色，俗称‘李花牛’。传言，李每驱牛至清水河饮水，一头喝水已回，一头尚未出圈，方圆百姓尽为其雇工。有年是夏，久旱无雨。花牛率众求雨于双龙山龙王庙，连祈月余，毫无雨意，李万仓激怒之下，狠掴龙王面颊两数，并誓言曰：‘尔十年不雨，吾九年仓有余粮。’随众皆惊，急求神免之，李万仓驱散民众，坐定敬台，亲自领羊，以示祈雨结束，俄顷，未及李踱出庙门，东山一朵红云骤然飘至，覆压李家山头。顿时，雷吼天地，暴雨如注，但见沟口两羊撞角不止，洪水聚沟不出，直泼李家龙头崾岘，尽淹李家牛羊仓廪始泄。院唯存金碗银箸一双，李氏自此出门，不见踪影。五营现传白面沟、李家山、李家堡子、油坊台、龙头崾岘等地名均为当年李氏固有。”这则故事让我想起土匪军阀张宗昌写的《求雨》：“玉皇爷爷也姓张，为啥为难俺张宗昌？三天之内不下雨，先扒龙皇庙，再用大炮轰你娘。”

集雨雪

听上去极富诗意吧，雨水和雪水古人誉之为“天泉”，是煮茶的上乘之水,《红楼梦》中“集雨、集雪”煮茶而诗者甚多。第四十一回《栊翠庵茶品梅花雪》里，妙玉给贾母上的茶是用“旧年蠲的雨水”，招待黛玉、宝钗、宝玉时用的是五年前她在玄墓蟠香寺收集的梅花上的雪，用鬼脸青的花瓮埋于地下。雪水煮茶为古人所推崇赞美，如“扫雪煎香茗”“看煮松上雪”“夜扫寒英煮绿尘”“新雪及时烹”等。

2000年，我陪几位作家去西海固，看到“集雨雪工程”，勾起了他们对雨雪煮茶的诗意联想，等看过了“集雨雪工程”之后，颇为感慨，眼睛都湿润了。

窖水是西海固的主要水源，夏集雨水冬贮雪冰是一门极为重要的功课。

有作家写道，在西海固，家里水窖是女子找对象衡量男方家财富的主要指标。这显然是有些夸张了，在西海固，水窖是人们生存的基础，一个家没几口窖怎么活得下去？水窖最多的人家有十三四口。

不过，如果家里有一口水泥窖，那在找对象时定然要摆到桌面上来说一说的。

因为黄土高原土质疏松，传统土窖为坛状，都小，不敢往大里挖，挖得大了就容易塌了，盛水有限，而且一年窖要吃（渗）掉不少水哩。而被鼠洞祸害了的窖更是多不胜数。塌了窖那就遭难了。因此冬春农闲，打窖淘窖补窖是一门长期功课。

水泥窖比传统土窖的寿命可是长多了，装水也多出好几倍。当然，打水泥窖那是要花大价钱的，水泥、沙子、钢筋、砖头、工匠，都得花钱，只要花钱的东西西海固人都觉得太贵了，打土窖只需力气，互相变工，力气是不用花钱的，俗语说力气是尿泡，越挣越大，西海固人舍得花力气。那年，我家里打了一口水泥窖，父亲激动地说："这下可弄了一个百年家业。"

20世纪80年代后期，打水窖成为政府抗旱的主要手段。政府打的当然是水泥窖，因为指标少，为争水泥窖指标告状上访骂仗打架的事发生不少。进入90年代，政府在西海固推行打窖集雨雪工程，每县每年任务不低于1万眼。在西海固凡能产生径流的山坡、沟畔、沟道、庭院、场院、沟头等处，水窖、集水场遍地开花。

走进彭阳寨店皿村，家家院落都是水泥浇筑，打扫得干干净净，小刘说："彭阳人生活讲究，院落硬化，收拾得干净。"

杨建虎说："这硬化的院子也是集雨场。"

"1997年4月，习近平同志赴西海固考察，在隆德县联财乡赵楼村，小圆井抽水灌溉引起了他的兴趣，了解灌溉过程后他指出：干旱地区主要是缺水的问题，就是要这样因地制宜加以解决，根据不同的条件，把天上水、地表水、地下水都利用好。打井、打窖、修库、筑坝成为闽宁协作福建帮扶的一项重要工程，20多年来，福建在西海固打井窖2万眼，修库坝数十座，解决了30万人、20余万头大牲畜的饮水困难。"杨建虎是彭阳人，西海固诗坛重要诗人，曾是《固原日报》记者，现供职于宁夏文联，"新千年前后一口水泥窖配套一块硬化集雨场，水泥、钢筋、石子加上人工等需要几千元，不是小数目，所以来西海固扶贫，打窖、打井、修库、筑坝为首选手段。”

小刘趴在窖口往里看看说：“这窖黑咕隆咚的，应该不小，这集雨场是不是有点太小了？”

杨建虎说：“你别小看这集雨场，下个毛毛雨就起水，你看房檐上都安装管道，房顶上的雨水也引入窖中。这样，只要下雨，窖里都能收上水，来一场过雨（暴雨），几分钟就能收一窖水。”

水窖井盖上有“中石油”三字，就像产品标签。“新世纪之初，生活在千山万壑深处的人们知道‘加油站’，不知道‘中石油’，但在彭阳县即使是再偏僻的山村，‘中石油’这个品牌也是妇孺皆知。”杨建虎说，“新千年，中国妇女发展基金会设立了‘大地之爱·母亲水窖’基金，发起社会募捐，号召全社会为缺水地区捐修混凝土构造的水窖。2001年，‘大地之爱·母亲水窖’项目在宁夏实施，遍布宁夏缺水山区农村。2007年，中石油捐助的万眼‘母亲水窖’，首批水窖就落户彭阳县……后来，‘母亲水窖’添枝加叶，宁夏实施了‘六个一’工程，即建一眼‘母亲水窖’、配备一台电视机、添置一架太阳灶、实施一个致富项目、进行一次女性健康检查、每户至少有一名妇女参加技能培训……现在家家都有了水泥窖，平均每户达3口，一口50立方米的水泥窖配套一块硬化集雨场，就可以解决一个三五口人家庭一年人畜饮水问题，有两口水窖就能发展一亩庭院经济作物，解决生存和发展问题。”

走进一户人家，5间房屋，院子足有3亩地，分成两半，一半水泥筑地，一半连着园子，韭菜、黄瓜、西红柿、茄子、辣椒、小葱、土豆、豆角、黄花、西葫芦……杏、桃、李、梨、苹果、核桃……蔬菜成畦，果树成行，开花的、挂果的、蝶绕蜂萦的，“留连戏蝶时时舞，自在娇莺恰恰啼”。两间正屋里还摆着盆花，有君子兰、令箭花、月季、文竹、玻璃翠……

从屋里出来，小刘说：“看得出来这家人日子过得讲究……”

正说着一位老汉抱着一个小水泵风风火火进来说：“快进屋坐，快进屋坐。”

老汉把水泵放下说：“家里水泵坏了，儿子带到城里修去了，借了台水泵，现在人享福了，打个水都不花气力，用水泵抽哩。”

“你家没通自来水哩……”

“通了，一年前就吃上自来水了，现在窖水不吃了，饮菜浇地哩。”老汉嘿嘿笑着说，“以前窖水哪有饮菜浇地的，雨水再广的年份，窖里收上水了，也不敢胡折腾，得防着明年旱了收不上水，啊呀，鸡叫水把人吃得毛毛的……”

“鸡叫水？”我们几个几乎同时说出口。

老汉笑着说：“鸡叫水就是公鸡打鸣了就去山背后的河沟里抢水，去晚了就抢不上水了。你别看咱这地方到处是山沟，方圆几十里就山背后的河沟有水，就那么几孔泉子往出泛水，水是苦水，苦得撕嘴，可天一旱，方圆几十里的人都到沟里打水，羊牲口都拥到沟里饮水，不下夜功抢不上水，争水打架是常事了，失过人命哩……天旱得久了，泉子里的水就少了，遇上一旱一年，就干了不出水了，得到十几公里外拉水，水费、租拉水桶、来回车费得六七十块……唉，水是个大麻达，没有水你就啥都做不成嘛，你说能干啥，养羊牲口、种粮食栽树，哪样能离开水？哎呀，遇上旱年，一家得一两个好劳力给水拉长工……水泥窖好得很，只要天上挂了云，就早早儿把雨场打扫干净等着收雨哩，水干净，自从有了水泥窖，人病也少了。哪像以前嚜，土窖，没有雨场，收山坡沟洼里的水，山水下来，裹着羊牲口粪灌到了窖里，时长日久，水里都生了虫虫子……做梦都没想到，还能像城里人一样吃上自来水，水龙头一拧，水就哗啦啦的，水甜得干净得，现在好了，美得很……”

老汉带着我们进了园子，“窖水也没多余的，饮菜浇地养羊牲口，帮大忙哩，你看我这园子，这些竹竿竿是搭温棚的架子，天气冷了，薄膜草帘往上一盖，就是温棚，以前一年能吃三四个月的活菜，再都吃腌的咸菜，现在一年四季吃活菜，啥菜都能吃上，有劳力的人家靠棚挣钱哩，还挣得好钱……”

院外就是一层层的梯田，一层梯田一层色，玉米、糜子、谷子、胡麻、洋芋、苜蓿……这些已有数千年岁的植物长得茂盛，洋芋、苜蓿正开花，都是紫色的小花，在风中摇曳，十分惹眼，“以前是一家种啥都种啥，现在是凭个人谋算和眼光，种的样子多了，颜色搭配哩，你看一坨一个色，就像画画一样。”

我说：“庄稼长得歪实……”

老汉说：“政府搞集雨水工程，地头上都打了水泥窖，都是水浇地了。”

“开源节流，建水库、筑塘坝、修涝池等高标准集雨拦蓄工程，充分利用雨水资源，有洪蓄洪、无洪调黄；调积流、蓄洪流；沟岔拦泥、河道蓄水……现在西海固只要有水，休想白白流走，固原市每年径流量近6亿立方米，以前每年只有1.7亿立方米的蓄水能力，这几年境内水库达到148座，总库容8亿立方米，发挥组合效益，每年至少增加2亿立方米的水资源。”

红军井

福银高速固原城出口，矗立着一座“百井扶贫纪念碑”：“六盘山高，不如党的恩情高；黄河水长，不如军民情谊长。我们特立此碑，昭示后代，永远听共产党话，跟共产党走，永远和人民解放军心连心，共同建设美好家园！”这是为纪念宁夏军区某给水团实施“百井扶贫工程”，老百姓自发集资修建的。

1995年至1996年，西海固持续干旱，河床裂开了大口，土地近乎冒烟，人畜饮水十分困难，宁夏军区某给水团在西海固实施“百井扶贫工程”，10个月风餐露宿，转战8县，打井140眼，日出水量15万余吨，解决了20万人、200万头牲畜饮水问题，灌溉农田3.4万亩。1997年，给水团又在西海固打井353眼，建引水工程3处……为使“百井扶贫工程”发挥长久效能，交井不交责任，给水团每年组织工程技术人员对水井进行检测维护，解决机井使用中发生的问题。

“盯着红旗走！”杨建虎说。

天高云淡，猎猎红旗分外醒目。

“望山跑死马，望得见红旗，可还有一段路程哩。”

红旗飘扬的地方正是坐落在六盘山山麓的彭阳县白阳镇陡坡村，海拔1700多米，是西海固海拔最高的几个行政村之一。村子被纵横交错的沟岔围困，路虽斗折蛇行，却非常好走，柏油路，车又少，开车完全是一种享受。

陡坡村384户1545人，窖水是主要水源，然而年平均降水量不足300毫米，无有效降水年份更是常态，窖里收贮不上雨雪，只能到十几公里外去买水。张耀儒老人家打了11个水窖，干旱年份还得去买水拉水。

2007年，西海固大旱，宁夏军区某给水团再次打响“百井支农富民工程”战役，国庆即将来临，给水团开进陡坡村，天下起一场20年未遇的连阴雨，陡坡村人称解放军是贵人，把雨带来了。村民请战士入户住宿，部队婉拒，驻扎在村外正在翻修的陡坡小学教室中。陡坡村的10月已经寒如严冬，教室还没安玻璃，冷风呼号。乡亲们再三请战士进村入户，战士不进村，乡亲们只好抱来毡毯遮堵窗户。

阴雨连绵，战士冒雨作业，技术骨干冒雨在山谷沟壑勘查100多平方公里，确定3处水源点。山高路陡，车辆无法行驶，将士身背肩扛，硬是把井架设备送上山梁。

不过，给水团兴师动众打井，陡坡村人一腔怀疑。水利部门不止一次来找过水，一次次失望，陡坡村被判为无水区。“打井找水陡坡村人辈辈都在做，打了多少黑窟窿。”80多岁的张耀儒老人说，“我带着几个儿子打过3眼土井，水小，还都是苦咸水，遇到旱年就干枯了。”

钻井3连就驻扎在张耀儒家房前，雨淅淅沥沥下个不停，帐篷漏了雨，不少战士的被褥泡了水。钻井本就是泥一身、水一身的活，再被雨水浸泡，整个人成了泥人。眼瞅着官兵身上成天没个干的时候，老人心疼，送来自家煤炉和木炭，让战士烤衣取暖。可战士不收，老人去找连长，连长婉拒了。国庆节后，大雪纷飞，树枝都压弯了，气温跌至0摄氏度以下，又湿又冷，打井喷溅的泥水喷溅到官兵身上，衣服立刻冻成冰盔。老人再次送来煤炉和木炭，连长再次婉拒，老人采取激将法和连长吵了起来，连长破例收下了，但付了炭钱。

“第一口井出水了，鞭炮、锣鼓齐鸣，人就跟疯了一样，扑上去捧着水狂饮，甜水，甜水，这水甜死人咧！吃了多少年的苦咸水，人们被甜疯了，狂欢起来！”杨建虎说。第一口井出水，他来采访过。

经历了20多天雨搅雪，给水团打出了3口深水井，井水极旺，不仅解决了陡坡村人吃水问题，还让土地得到浇灌，以前靠天吃饭，现在成了水浇田，小麦亩产由二三百斤提高到八九百斤。

年末，陡坡村全体村民给胡锦涛同志写了一封长信，把给水团战士比作当年的红军，把井称作“红军井”。胡锦涛同志批示：“宁夏彭阳县陡坡村全体村民来信感谢宁夏军区给水部队帮助他们打井，解决了吃水难的问题。请向给水部队全体官兵转达亲切慰问。希望再接再厉，做出更大成绩。”

值得讲述的是陡坡村人的贫困深深牵动着给水团官兵的心魂，给水团主动承担起陡坡村帮扶工作。陡坡小学是个有着200多名学生的村级完全小学。给水团为学校铺设水管，安上水龙头，并安装了7套太阳能热水器，配备了烧水壶。学校虽然新盖了3栋宽敞明亮的教室，8名老师却只有一间30平方米的办公室。给水团从紧张的经费中挤出资金，为学校加盖了6间办公室，硬化校园、操场，砖砌学校院墙，配齐篮球、排球、足球、羽毛球、乒乓球等运动器材设备，在校园周围种上了苍松翠柏。尤其装备了一个拥有31台电脑及投影仪、DVD影碟机、功放机、音箱、桌椅等教学器材的网络教室，在当时县城许多学校都还没这样的教室。一位同学在作文中写道：“对于我们这个大山深处的小学，喝上热水，用上电脑，踢上足球，这是我们不敢奢望的梦想……我们学校和城里学校没啥区别了。”家庭困难的学生给水团干部予以资助，帮他们完成学业。

同时，宁夏军区扶植10户民兵搞牛、兔养殖，建起了钢架结构现代化牛棚、兔窝，交谈中，一位正在喂牛的汉子说：“不是解放军打了‘红军井’，不敢养，没水，一头牛饮水量大着哩。”说到温棚，汉子兴奋地说：“这温棚好得很，冬天盖上塑料布保温，夏天撤掉塑料布通风换气，牛不受气温影响，育肥期提前了3个月，养殖周期大大缩短了。”如今在10户民兵示范带动下，温棚养殖成为陡坡村一个成规模的新产业。

正因为这三口“红军井”，陡坡村3年就来了个大翻身，人均纯收入增长了1300多元。如今的陡坡村已经脱贫，走上致富路，先后被授予“全国文明村镇”“全区文明村镇”“全市农村基层党建工作先进单位”等荣誉称号。

“百井支农富民工程”战役历时3年，给水团解决近40万人、57万头牲畜饮水和3.7万亩农田的灌溉问题。

毗邻陡坡村的宽坪西村，一座现代化房屋在碧绿山野间显得格外醒目，那是机井配套房，哗哗的井水在渠道中奔流，溅起朵朵雪白的浪花。

宽坪西村地下水相对较浅，然而水质极差，又苦又咸，因此户户都打窖，食用雨水，有些人家打水井以供家里不时之需。河谷有一坝，有水的时候水面上常浮着各种粪便、动物腐尸，水质差得难以言说，天旱了却也是宽坪西村人的生活水源，水驮拉回家，唯一的处理就是沉淀，然后作为生活用水……水困像梦魇一样困扰着宽坪西村人。

宁夏回族自治区成立50周年，国务院出台《关于进一步促进宁夏经济社会发展的若干意见》，国土资源部落实国务院精神，把宁夏中南部作为地质工作部署和经费投入的重点地区之一，重点帮助宁夏制订地下水勘查开发规划。2011年9月，国土资源部所属7家单位和宁夏国土资源厅、地矿局、固原市启动了“9+1联创齐争”项目，实施“宁夏中南部严重缺水地区地下水勘查与供水安全示范工程”。专家在西海固地区开展全面摸底排查，在1∶50000专项水文地质调查的基础上，发挥各种物探找水技术优势，通过增加遥感解译断层和抽样验证断层，拟选了133个钻井孔位，通过综合分析，围绕严重缺水的村庄和学校确定50余眼供水井。

项目组在宽坪西村用40天时间成功钻出一眼352米深井，日出水量达2163吨，彻底解决全村1800多口人及牲畜饮水问题。如此大的出水量让在场的技术人员也惊讶不已，含水层为下白垩纪罗汉洞组细砂岩及奥陶系灰岩，井水富含锶，完全达到了矿泉水的标准。“好几个老人扑通跪下了，捧着水满眼泪花，泣不成声。”杨建虎说。

国土资源部共完成了53眼“惠民井”钻探，总进尺约1万米，一天总出水量2.5万余立方米，解决了20万人的生活用水问题。

来西海固扶贫首先考验的是打窖打井，窖打了不少，能打出水的地方都打了井，然而，西海固更多的地方依然打不出水。

黄河远上白云间

京藏高速从银川去西海固，到了长山头，旅客都会产生摄影留念的想法。长山头有固海扬黄工程最为壮观的建筑物，1000多米的固海扬黄渡槽宛如龙头高高扬起，银灰色管、渠在大地上仿佛一条巨龙向南匍匐而去，在蓝天白云衬托下，就像一棵茂盛的大树，干、支、斗、农、毛渠仿佛枝丫叶脉生发开来，所到之处，绿意盎然，生机勃勃，伫立长山头扬黄渡槽上，远眺逶迤的管、渠，你会真正理解什么是命脉。

扬黄，在西海固绝对是一个显赫的词。扬黄，全称固海扬黄灌溉工程，由同心扬水工程、固海扬水工程、世行扩灌工程和固海扩灌工程四期工程组成，是全国扬程最高、灌溉面积最大的提水工程之一。

这是宁夏从历史中找到的出路。天下黄河不是富宁夏吗，宁夏不是称“塞上江南”吗，怎么还有那么多干旱的地方？来宁夏的人常有如此疑问。事实上黄河只富了宁夏北部的宁夏平原，“塞上江南”也只是对宁夏平原的称誉，西海固远离黄河。

宁夏引黄灌溉有2200多年的历史。秦统一六国后，秦始皇帝三十二年（前215）在此建城置县，迁数万人至此垦殖守边，宁夏引黄灌溉历史由此拉开。秦渠、汉渠、唐徕渠……一条条以朝代命名沿用至今的渠道见证着历代王朝对黄河的利用，引黄灌溉让宁夏因此成为西北重要的农业经济区之一，赢得“塞上江南”的美誉。宁夏平原中卫市有一条最古老的渠叫“美利渠”，它引黄河水的原理是在河心筑10里引水长堤，河水撞击长堤，浪花飞溅，恰似白云翻飞，远远望去，宛如一匹白马拖着长长的缰绳驰骋在黄河之中，引水工程由此成为中卫古八景之一的“白马拉缰”。其引水原理与都江堰类似，在中国水利史上与都江堰齐名。2017年10月10日，国际灌排委员会第68届执行理事会上，宁夏引黄古灌区入选世界灌溉工程遗产名录。在“九渠渠首”的宁夏青铜峡市，由郭守敬主持修建的唐正闸前，人们举行了盛大的欢庆庆典。

宁夏回族自治区成立不久，就提出了引黄河水解决西海固干旱问题。然而，引水方案未能获批。往西海固引黄河水谈何容易，西海固在高处，海拔落差近千米。水往高处流，翻山越岭，提水动力无法解决，且国力有限。

20世纪70年代初，西海固持续大旱。1972年，周恩来总理听了西海固旱情和贫穷现状汇报，在中直机关大会上说：“西海固人民还在受苦，我这个当总理的有责任啊！”国务院向西海固派遣医疗队、抗旱队，周总理指示有关部门，加快引黄河水灌溉西海固的调研论证。

1973年，西海固大旱持续，人畜饮水问题越发突出。这年，西北水保会议在延安召开，宁夏再次提出引黄灌溉，水电部批准了同心扬黄方案。这年之所以能批复，是因为青铜峡电厂全面建成，几年试用已满负荷运行，可为扬黄工程提供电力支持。

1975年5月，同心扬水工程开工，3年后黄河被扬上了370多米高的亘古荒原，灌溉面积10万亩。“当时没有大型吊装设备，工程师建造缆索，渡清水河，这套吊装装置至今在西北地区也是少有的，施工中攻克了太多的技术难关，创造了许多水利工程之最。”宁夏水利厅李处长说，“这是一个典型的‘三无’工程。”

我们看着他，他说：“固海扬水工程是一个集机电、工程、灌溉、通信调度于一体的综合性管理工程，施工区域地质构造复杂，光渡槽就46座，宁夏水利施工队伍从来没有承担过这样大规模、高难度的水利工程，当时从严格意义上讲，无一名懂专业的领导，无一名机电技术专业人员，无一名技术工人，水利部负责同志不无担心，宁夏能否顺利完成这项工程。实践出真知，边干边学，边学边干，将职工送到区内外培训、进修，在渠道工程、机电设备和灌溉调度管理方面，形成了一整套系统的操作规程、工程运行和灌溉调度管理规章制度，蹚出了一条大型扬水工程建设运行的管理之路，培育出了大批专家，为宁夏水利奠定了实践基础。”

同心扬水工程成功运行对宁夏意义重大，人随水走，大量的荒野戈壁因扬黄灌溉而成为良田，宁夏开始大规模搬迁，扬黄灌溉成为脱贫攻坚的第一抓手。同心扬水工程竣工通水没出一个月，固海扬水工程开工，继而1988年世行扩灌工程开工、1999年固海扩灌工程开工，这四大工程最后被统一称为固海扬黄灌溉工程，净扬程878.3米，干、支、斗渠长达4100公里，组成了一个流动的生命网络，在全国创造了“五最”——扬水灌溉面积最大、扬水四级渠道最长、提水高程最高、安置移民最多、生态环境改善速度最快，黄河扬水景观从西北向东南梯级分布，若彩虹飞渡，雄伟壮美。“170万亩土地变成年种年收水浇田，饮水安全普及率达到51.05%，81万人口走出了‘吃粮靠返销、吃水靠拉运、生产靠贷款、花钱靠救济’的‘四靠’阴影，30万头家畜饮水无忧……”李处长说得动情，辅助手势很多。

1988年，还上马了一扬黄工程——陕甘宁盐环定扬黄工程开工，这是国家“八五”重点建设项目，为解决革命老区、贫困地区、少数民族地区和氟病高发区陕西定边县、甘肃环县和宁夏盐池、同心两县部分地区人畜饮水问题，在有条件地区发展农业灌溉。1996年竣工，

25.4万人告别了饮用苦咸水、高氟水的历史，开发水浇地24.3万亩，是现今我国最大的人畜饮水工程之一。

沿京藏高速过金鸡沟大桥，就进入同心县丁塘镇的地盘了。下高速沿金鸡沟前行，沿途有一座古城——金鸡儿城，曾出土大量宋朝文物，据考证是范仲淹在同心县境内修筑的最北边的城堡，为了阻挡西夏军从红寺堡向西南方向的进攻。金鸡儿古城南面是两条小山梁，东西北三面临山水沟，易守难攻，现在只剩下断壁残垣勾勒出依稀城郭。

离金鸡儿古城不远，便是丁塘镇新华村，远远地就望见村部房顶上“全面建成小康社会”“不忘初心，牢记使命”“振奋精神，实干兴宁”的紫红标语。村镇屋舍鳞次栉比，宽幅林带纵横交错，松树、刺槐、漳河柳、葡萄树郁郁葱葱，浓荫蔽日。

车行驶在田间道路，明朝诗人王弘的《高桥望宁夏》在心头萦绕：

匹马行行此极边，依稀风物似中天。
东西处处人栽树，远近家家水灌田。
雨露一般唐郡县，乾坤万里汉山川。
平生倘有安邦略，谁肯忠良秘莫传。

丁塘镇新华村可以说是宁夏扬黄灌溉第一村。

固海扬黄工程引来了黄河水，1983年同心县从王团、张家塬、预旺等5个乡镇的干旱山区搬迁465户村民组成了新华村。

20世纪80年代初，这里还是戈壁荒滩，土地严重沙化，生态恶劣，老鼠多，蛇多，人给村庄取了“老鼠沟”的绰号。在黄河水的滋润下，“老鼠沟”华丽转身，成为新华村。“自然条件”优越，还得“人为”。

说到“人为”，就得说到马家父子三人。

尽管有黄河水灌溉，然而第一年庄稼并没有收成，因为搬来的贫困户和残疾人比例高，迁来之前人们又一直种旱地，种水浇地没有经验，小麦亩产不足100斤，人们的心瓦凉瓦凉的。当时采取的是吊庄移民政策，起初几年允许两头有家，可自由来去，有些人也就回去了。当时的村支书是马全福，老汉着急得抠手哩，挨家挨户做工作，当时虽然有了黄河水，可是几乎没有什么基础设施，自然条件比搬迁前的村子还差，土地沙化严重，寸草不生，比搬迁前的村子还瘠薄，马全福带着大家修路挖渠，平田整地，挖窑盖房……经过父辈艰苦改造，粮食产量稳定下来，年种年收水浇地，以前种百亩旱田养活不了一家人，现在3亩水田，一家人吃饱肚子没问题。可却也只是温饱有了保障，要脱贫致富，就得培育富民产业，关键在于能否拓宽脱贫路径，抓发菜、挖甘草、打工，事多纠纷多……土地沙化严重，土壤改良周期长，需要调整种植思路。马全福老了，年迈体衰，退了下来，村民选举把马占文选成了支书。马占文从爹的辛苦看到这支书不好当，推辞不想干，马全福说看你个窝囊样，人们这么信任你，高看你，你不往前走，往后退，你当兵走南闯北，见过世面，这也是选你的理由。马占文就硬着头皮接任了。

一到刮风天气，白天眯得人睁不开眼，要是刮一夜，早晨出门要先从窗子翻出去，然后把门前的沙土刨开，门才能推开。

说到土地，我插话问马占武：“马占文是你啥？”

一旁的老马说：“他哥。”

新“两委”班子上任，新华村确定了发展有机苹果、育肥牛羊、输出劳务三大脱贫产业。那时我正做记者，曾经采访过马占文。“占文这个人脑子活，腿也勤，我们县政府的人都认识他，他一听说县上要搞什么示范项目就会天天往来跑，非要让你把项目批给他才行。”说起马占文，新华村人都会伸出大拇指。

值得一提的是2012年3月，从报纸上看到新华村村民感念马占文带领大家致富，凑份子奖励他一辆轿车，他拒绝了，可村民很执着，他就躲起来了。我当时还打电话和他聊了聊。“那是大家的血汗钱，我哪能收？没收车钱，心里舒坦呀，说幸福感，这才有了真正的幸福感。选你当支书，就是要让你为大家办事，你给大家办事，为啥要收大家的好处？有人说遗憾，这有啥遗憾的，收了才遗憾哩，园区开始设置得小了，人们的积极性调动起来，许多人家想进入园区进不来，我跟村干部和学员做工作，从养殖园中退出来，把机会让给大家……”

昔日被村民叫作“老鼠沟”的新华村，如今跻身专业村、平安村、文明村、生态村、无毒村“五位一体”的“美丽村庄”，成为全国文明村。2016年，新华村农民人均收入达到9280元，领跑同心县行政村，2017年全村农民人均收入跨过万元大关，整体脱贫了，马占文被同心县破格提拔为丁塘镇副镇长，主抓各村的产业发展。新华村人又选举马占武为村支书。马占武不负众望，建设冷库和厂房，开启果品深加工，“没办法，压力大得很，那都是过去了，现在这村一个比一个发展得快，不上劲丢个盹就让人家赶超了。你说我们一家跟新华村的关系扯都扯不断，新华村要发展不起来，走不到人前头，我们父子三人就太对不住乡亲们的信任了”。

我们行走在村巷，老汉说：“支书，你们请到家里吃口饭。”支书说：“不吃了。”老汉说：“支书，怕把我吃穷了？以前你想吃，没有的，现在饭吃不穷人了，添双碗筷的事。吃不穷，喝不穷，谋算不到一世穷，我还想跟你讨主意哩。广播里有句广告词：你不理财，财不理你。对一个家，也是这样，脑子懒的人不行。山上叫得好，山下应得好。”支书笑着说：“改日你来找我！”

过来一个小媳妇，跟马占武打招呼，马占武问：“娃他爸干得咋样？”

“在养殖园区干得好着哩，喂羊牲口，每班8小时，就跟城里人上下班一样。我们互相倒换班，既不耽误活，也能照顾家，两个劳力成了三个劳力哩。”小媳妇喜气洋洋，口舌伶俐，“以前娃他爸外出打工，我守家领娃，农闲想挣个钱没处挣去，现在可好了，一闲下来就去企业挣钱。”

小媳妇走了，马占武说：“以前见人还没开口脸先红了，在企业上班有了见识，不怯生人了。”

“新华村能有今天，有一个‘大恩人’新华村人今生今世忘记不了啊。”马占武停顿一下，扫了我们一眼接着说，“就是固海扬水工程，没有黄河水，就没有新华村的今天，别说是‘美丽村庄’，恐怕连老鼠沟都不是了，早就消失了，被风沙彻底掩埋了。”

宁夏水利厅李处长说：“我还当你不提黄河水，不提扬黄灌溉……”

马支书拍着李处长的手说：“就像那歌唱的，从来不需要想起，永远也不会忘记，咋可能不提，黄河元素已经渗入血液、渗入骨头里了……”

离开新华村，车在扬黄灌溉出的绿海里行进。“以前一说到西海固就是土壤贫瘠，其实土壤肥沃得很，有固海扬水工程保障，在扬黄灌区，以前十年九旱的‘望天田’，大旱无虞。2006年，西海固遭遇50年一遇的特大干旱，粮食几乎绝产，西海固老人说跟民国十八年一样，老天爷这是要收人哩。然而，扬黄灌区粮油产量达到3.2亿公斤，人均收入3000元，是1980年人均收入的96倍。同心县河西、河东移民人均占有粮食573公斤，以往靠国家救济粮度日的土地，现在每年向国家交售余粮200多万公斤。灌区粮食、饲草还有力地支援了周边山区群众的抗旱自救，人不缺口粮，牲畜不缺草料，社会没有出现受灾恐慌。”李处长说，“‘三西’扶贫拉开帷幕，费孝通先生几乎年年都来‘三西’地区，费老不止一次这样说，黄土高原背负了骂名，必须为黄土高原恢复名誉。‘帝尧之世，天下大和，百姓无事。有八九十老人，击壤而歌。’有中国歌曲之祖之誉的《击壤歌》不就是诞生在黄土高原上？费老说黄色是绿色的底子，贫困可以征服，他希望看到黄土高原的伟大复兴。同心河西、丁塘这片土地证明了黄土高原的伟大复兴，2010年，全国玉米单产最高水平就产生在这里。玉米是扬黄补充灌溉区的主要粮食作物，占粮食总种植面积的75%。河西镇2008年被列入农业部万亩单种玉米高产创建示范点，2010年10月，国家农业部专家组实测验收，万亩玉米平均亩产超过1000公斤，最高亩产1314.3公斤，创造全国玉米单产最高水平。”

李处长拍着座椅说：“以前温饱都成问题，谁能有啥想法，一睁眼睛就愁吃穿，说啥都白着哩，看不到希望。水来了，一切都活了，温饱问题解决了，人们的想法就多了，外出经商、务工，你看看水到之处，村舍错落有致，红瓦新墙，庭无尘杂，人们精神饱满，交谈中尽是脱贫致富的心气和打算。麻雀还有瓜子大的脸，条件好了，你再活不到人前头，脸往哪里放，以前是没办法，现在是没本事。水带来最大的变化从一件事上就能看出来。”

“吃、穿？”

“你并不了解咱们老家，”他摇着头说，“学生上学呀，灌区学龄儿童的入学率达到100%。有水以前，辍学率居高不下，从老师到乡镇干部一个难以完成的任务就是追寻辍学的孩子。”

绕过大山梁，往下看，灌渠在大地上龙走蛇行，他说：“壮观不，是不是黄河远上白云间？”

“上善若水，水善利万物而不争，水啊，命脉也！”李处长感怀。

宁夏版南水北调

中庄水库，澄碧如玉，镶嵌于山中。

水库边坐着一个老汉，五六十岁，眯着眼睛，我们以为他是钓鱼的，走到跟前才发现他没有任何钓鱼工具。

我笑着说：“姜太公钓鱼，愿者上钩，你更高明，连钓鱼工具都没有，空爹着两只手。”

老汉笑了说：“看水呢。”

王科长说：“看水库？”

他说："是看水，不是看水。"

王科长说："不是看水，是看水，禅语。不是禅语，胜似禅语。"

老汉竟然是翻了几架山几道沟来看水的。

同行的几位听后都"啊呀啊呀"表示惊讶，王科长说："在西海固生活，看水有啥稀奇的，我们都经常来看水哩，何况是这么大的一个水库，湖海一样，我经常开车来水库这里坐坐哩。"

跟老汉聊起来，老汉说："活了一辈子，给水拉长工拉了大半辈子，吃水要去三四里地的崖下挑。泉水很小，半个时辰才能攒一桶水，每天三更就得去，去得晚了排队得等半天。崖坡陡，有时候挑着水脚下打滑跌倒，水洒光了不说，水桶也直滚到沟底，有一次我把桶踏了个扁扁子，连老天爷都骂过……有一回去城里浪亲戚，用了一回自来水，我就想哪天能这样方便地用上几天水，就把好日子过了，嘿，随口说说，还真用上了，自来水，一拧水哗哗的，那水能甜死人。"

又说："这得花多少钱，一路走来，水渠、水管的，国家还是有钱了，以前想这么造，没钱也是枉然。"

中庄水库是中南部城乡饮水安全工程的心脏。

中南部城乡饮水安全工程有宁夏版"南水北调"工程之誉，是宁夏水利建设史上迄今最大、最复杂的系统工程，却也是经历最曲折的工程。

1972年，中国"南水北调"中线工程的重要水源地——丹江口水库建设接近尾声，宁夏就提出了宁夏版"南水北调"即截引泾河水入清水河构想。谁能想到这项工程从提出到实施经历了40多年，有各种各样的原因，不过从这一工程实现后的诸多数据可以看出，潜坝截引、穿山越沟，实施这项工程的难度非同一般，仅投入整个工程就达40亿元，在当时不要说宁夏，就是国家也难以承担如此巨额投资。而通过封山禁牧、生态移民、退耕还林、大六盘生态经济圈等工程，宁夏有效涵养了六盘山东麓泾河水系，平均径流量3.26亿立方米，将部分泾河水调引至中南部地区并与当地水源实现连通联调，使中南部地区城乡居民饮水的水源有了保障。

2000年，固原东山坡引水工程开工，是为“引泾济清”首期工程，解决了原州区、西吉县23万人口饮水和农田灌溉问题。2008年，国务院出台《关于进一步促进宁夏经济社会发展的若干意见》中指出：“中南部地区干旱少雨，自然条件恶劣，贫困程度深，是宁夏最困难的地区。加快解决中南部地区城乡饮水安全问题，‘十一五’期间，重点解决中南部地区75万农村人口和固原、海原、西吉等15万城镇居民的饮水安全。”

2009年起，数百位中国水利水电领域、相关部委专家来往穿梭于荒塬枯岭，全国人大常委会4次将宁夏中南部地区城乡饮水安全工程相关建议列为重点督办建议。2010年，吴邦国委员长到固原地区调研时要求有关方面继续采取切实有效措施，争取用3年左右时间基本解决宁夏中南部地区城乡居民饮水安全问题，让中南部地区各族群众的生活一天天好起来。2011年3月，“解决宁夏中南部地区城乡居民饮水”写进了全国人大常委会工作报告，7月国家发改委立项批复，8月水利部审查通过。2012年6月，宁夏中南部城乡饮水安全工程在中庄水库建设现场奠基，建设拉开大幕。2016年2月，李克强总理赴宁夏考察，专门考察了中南部城乡饮水安全工程，做出具体指示。

“管道1221公里、4500公里长的支管线，相当于从银川铺设到深圳一个来回……管道架设在千山万壑间，梁顶到沟底的最大高差超过400米，穿越河流、铁路、高速公路、六盘山断裂地震带，是宁夏水利建设史上单体投资规模最大、技术最为复杂的系统工程。翻山越岭，过沟越山梁，没有路，管材、混凝土只能靠装载机、挖掘机蚂蚁搬家般起吊挪运至山梁，即使从早到晚不间断作业，一天运送至山梁的管道不过十几根，最多能浇筑2个到3个镇墩……”李处长说，“工程集合了国内技术精英专家团队，上百位中国水利水电专业专家，70家施工、监理单位，来自全国百余支建设队伍8000多名建设者……”

2016年10月，宁夏中南部城乡饮水安全工程全线通水，西海固地区原州、彭阳、西吉、海原4县区113.53万城乡居民喝上了安全水，6个宁夏人中就有一个是工程的直接受益者，彻底突破了西海固的水困。“解放了，解放了，我给水拉了70多年长工啊，常年拴在水桶上，这苦日子总算到头了。”马家庄人欢呼，老年人抹着眼泪花。

水利万物。紫花苜蓿摇曳着薰衣草般的花海，这是华润集团在脱烈村建设的万头肉牛养殖基地，“以前人吃的水都没有，哪敢多养牛羊，通水以来，全村牛羊数量翻了一番”。

这里必须说一说喊叫水水事。

到西海固的人都会提到一个地方——“喊叫水”，这个名字太响亮了，太震撼了，就像一声呐喊，初来西海固访贫问苦的人，都因这个名字要到这个村子去看看。讲述西海固缺水，喊叫水几乎是必然要提及的，因此被说成西海固最缺水的地方，没有之一，成为西海固干旱的地标、别名，不止一次被人写过。

喊叫水是同心县的一个乡（2003年划归中宁县管辖），京藏高速和109国道穿乡而过，村庄屋舍集中在向阳的山坡上，脚下是干枯的河床，张二水、徐冰水、红城水、上流水、长流水、打麦水、海棠湖、海子、吴家河、杨家塘、长沙河、马家渠……行政村、自然村村名多带水字，强烈表达着人们对水的渴盼。喊叫水年均降雨量200毫米，蒸发量达10倍，属典型的干旱带气候。地下水不但深，而且苦咸，人畜饮用主要是窖水，为争抢雨水、雪水、冰块，殴斗是常事，致死的事件也发生过。全乡32个行政村中28个村顶着贫困的“帽子”。

喊叫水是革命老区。1936年，红二十五军经过洪岗子村，纪律严明，尊重民族信仰，回族群众主动招待红军，并送了100张羊皮给红军御寒。回族洪派掌门人洪寿林冒着生命危险，将两名负伤的红军战士藏在清真寺禁房里，躲过了搜查，红二十五军军长程子华亲书“爱民如天”锦幛送到清真寺。2002年，喊叫水遭受旱魔折磨，宁夏军区某给水团对喊叫水50平方公里范围内的地面水文地质进行地球物理勘探，打出一口260米深井，日出水量720立方米，水质矿化度1.267克/升，含氟量1.1毫克/升，符合国家二级饮用水标准。

喊叫水乡处于环香山地区，因为土壤中硒含量大，是有名的“塞上硒谷”，驰名的硒砂瓜就产生在这里，如今是人们致富的大产业，远销几十座大城市，然而，喊叫水因为缺水，上好的土地发挥不了经济效益。2017年，宁夏中部干旱带贫困片区西线供水工程规划，灌溉面积70万亩，喊叫水迈入“喊叫水”终结倒计时阶段。2018年，这项被确定为向宁夏回族自治区成立60周年大庆献礼的工程竣工。9月，我们正好有个调研去固原，喊叫水片区骨干工程已完工，容量达100万立方米调蓄水池开始蓄水，村支书抱来两个硒砂瓜杀了，说：“吃，吃，明年就吃咱们自己种的硒砂瓜，保证比这甜。”

第十章　击壤而歌

天气即天意

“‘无边绿锦织云机，全幅青罗作地衣。个是农家真富贵，雪花销尽麦苗肥。’你们作家一遍遍写过的麦田少了，不见了。”站在牛头山望着四边的河谷，李处长看看我，面带笑容。

我笑笑，他朗诵的是宋朝杨万里的诗《麦田》。西海固人只要读过书的几乎都有文学情结。李处长爱好文学。

是啊，小麦是西海固当家农作物，麦田多么富有诗意，西海固作家几乎都写过。

“高山陡洼沟连沟，种地种到峁额头。下子三升打一斗，年复一年饥肠吼。”20世纪80年代，春旱变本加厉，有的年份连籽种都撒不进地里，然而西海固人年复一年的当家农作物依旧是小麦，“也不是与老天爷杠上劲了，是没办法，一辈又一辈的饿怕了，小麦相对耐旱，容易抓苗，收成把握些，”李处长说，“‘三西’扶贫的持续推进，待从头收拾旧山河，经过退耕还林还草、封山禁牧、平田整地、小流域治理一系列举措，成效初显，加上退耕还林还草粮款补助，日子比吃了上顿愁下顿从容多了，人们开始思考了，十年九旱，年年抗旱年年旱，多少年抗旱，多少年干旱歉收，想要收拾旧山河，还得收拾旧观念，天气即天意，天不变，人得变。”

“夫稼，为之者人也，生之者地也，养之者天也。”（《吕氏春秋·审时》）我国古代的农学思想很明确，必须遵循自然环境的变化和作物生长规律发展农业。“为之者人也”，跳出传统思维思考西海固，转变传统角度审视西海固，对抗变顺应。

“水可以种出来！”

李处长这句话让在座的几人都睁大了眼睛，有人噗地笑喷了，说：“李处长，十几年的水利人把你当神经了吧，水能种出来?!”

“举例说明，比方说，1亩麦子产300斤麦子，种1亩麦子要200斤水，如果你只用了100斤水，照样收获了300斤麦子，这就等于200斤水可种2亩麦子，这100斤水是不是种出来的?”李处长笑笑说，“一是从与天地抗命到顺应天时地利，应对和适应气候变化，制定‘三个顺应、三个遵循’原则，就是顺应天时，遵循自然规律；顺应市场，遵循经济规律；顺应时代，遵循科学规律。西海固降雨量集中于秋季，种植上主动适应水资源条件和气候特点，调整农业产业结构，趋利避害，发展避灾农业，压夏增秋，迎合秋雨集中期，以覆膜保墒为主的旱作节水农业，对水资源进行跨时空配置。二是节水保墒技术与高产、抗旱品种充分结合，持续性进行土壤墒情及土壤含水量的测定，发展旱作节水高效农业和设施农业、特色农业，压减高耗水农作物，种植结构由单一的粮食作物向马铃薯、设施蔬菜、枸杞、葡萄、硒砂瓜、红枣、高酸苹果、中药材、小杂粮、油料、花卉等高效特色种植转变……特色产业占农业总产值比重达到84%。三是变全年灌溉为补灌'保苗水、关键水、救命水'，由浇地为灌作物，"他扶起茂盛土豆秧，指着一个黑色小嘴说，"这小黑嘴定点定时滴水，让每一滴水在山川间均衡流动、尽其所用，每株作物以嫩苗'不渴'为标准。与传统的土渠输水和田间大水漫灌相比，滴灌、喷灌、微灌等方式为主的现代节灌技术，亩均灌溉定额由原来的400立方米降为30立方米，抓住作物生长的关键时期，采用注射灌、穴播点灌等高效节水补灌技术，节水效果能达到20%至60%，亩均增收也在1000元。现在更科学了，运用上了'云计算'和互联网技术，辅以埋在植物根部的墒情探测器，实现水资源最优化配置，达到针对植物的全自动灌溉。通过节水将极其有限的水资源作用发挥到极致……节水同时实现水肥一体化管理，亩均节肥15公斤，亩均增产100公斤。土地机械化耕作程度大力提升，每亩可节省4个劳动力……

"事物都有两面性，劣势背面是优势，西海固并不是走投无路，变被动受灾为主动避灾，西海固优势明显：一是海拔高，昼夜温差大，植物光合作用充分，有利于农作物营养成分的形成和累积，农作物蔬菜果品品质自然好了。二是厂矿稀少，几乎没有工业，地处黄土丘陵区，大气、土壤、水体没有污染，地域环境保持了原生态的纯净，高海拔病虫危害轻，不用农药化肥，是理想的无公害生产基地和绿色产品基地。三是气候冷凉，农作物生长周期与他乡错位，有利于发展跨区域反季节农业，填补全国区域农产品市场季节性空缺，这反而成为如今发展现代生态农业的后发优势。四是黄色土壤富含钾、硒、锌等人体需要的微量元素，为农作物生长提供了足够的营养物质……培育避灾现代生态农业特色优势产业，推进‘四百工程’，即百万亩马铃薯产业带、百万头（只）畜禽养殖、百公里特色蔬菜产业带、百万亩旱作节水农业……穿行在西海固大地，园区基地、设施农业成为一大风景，具有西海固地域特色和原产地特征的系列农产品逐渐形成了规模，西海固特色作物种植面积超过总播种面积的60%，一县一业的优势进一步凸显。而从‘卖产品’到‘卖品牌’品牌意识的觉醒，农产品商品化得到释放，打造了‘六盘山’农产品品牌。农产品品质好，70%外销，并成功进入俄罗斯、蒙古国、中亚等国家和地区市场，现代农业成为西海固发展的重要载体和农民增收的支柱产业。

“扬黄灌溉无疑是解决西海固贫困问题的上乘手段，然而，黄河是九省儿女的母亲河，黄河水紧缺啊，黄委会给宁夏的分水指标也仅够传统老灌区的灌溉。进入20世纪90年代，黄河流域进入枯水期，国家分配给宁夏的黄河用水指标也持续下降。2004年，宁夏走节水之路，提出北部节水，中部调水，南部开源，通过分区治水思路，分区制定水利发展目标，北部引黄灌区大力推广节水灌溉技术，通过调整用水结构，推行水稻控灌、旱育稀植等技术，实施高效节水补充灌溉，拓展供水范围，保障人饮和城镇供水安全，节约黄河水支撑中南部发展；中部干旱风沙区通过移民搬迁和产业结构调整，重点推行压沙蓄水、覆膜保墒、集雨补灌、垄作沟灌、膜下沟灌等技术，实现了高效节水灌溉，缓解水资源压力，大力发展节水农业、避灾农业、特色农业和设施农业，变被动抗旱为主动调整，恢复生态，重点解决人畜饮水困难，实施生态移民，解决因旱致贫问题；南部山区开源、节流并举，充分利用雨水资源，建设库、坝、窖、池、土圆井及配套集雨场等高标准集雨拦蓄工程，截引沟道潜水、窖蓄雨水，实现联合调度，实现了人畜饮水与灌溉、生态、特色产业发展的有机结合，发展设施农业和特色产业，提高综合抗灾能力……优化水资源配置，建设节水型社会，通过‘农业综合节水—水权有偿转换—工业高效用水’水权转换，水资源高效利用模式逐步形成。”

李处长停顿一下，一口气喝掉一瓶“农夫山泉”，幽默地说：“哎呀，在宁夏，水利人说水，就会感到渴。”

洋芋土豆马铃薯

沿葫芦河谷进入西吉，“中国马铃薯之乡”擎天柱广告牌扑入眼帘，河谷两边紫蓝色一层一层铺上山坡的梯田，大地上浮着一层紫雾直漫上了山冈。“好美的薰衣草！”小刘大叫着，举着手机就拍。

我笑了，说：“洋芋花，正是洋芋开花时节。”

周彦虎说：“不全是洋芋，也有薰衣草哩，虽说大面积种植洋芋，也种植别的，现在人温饱解决了，日子好过了，想法也多了，薰衣草正试种哩，要是种植成功，收入比洋芋还高。”他捣我一拳说，“是不是觉得我们不知道薰衣草？”

道路贴着山坡游走，一处修路劈出的崖壁上还残留着2010年“热烈庆祝西吉县荣获全国粮食生产先进县荣誉称号”的标语，我想，对于那些初次走进西吉的人，这或许是最震撼的，甚至怀疑这是胡吹冒撂。然而，这是实实在在的，在各级官网上可以查证。而且，西吉县曾经连续夺得2006年、2007年“全国粮食生产先进县”称号。

“‘全国粮食生产先进县’这一荣誉意义非凡，让西吉人百感交集啊!”周彦虎说。

紧接着一条醒目的标语，让人释疑解惑：2018年，西吉县被评为“全国十大马铃薯主食化示范基地”。

是啊,“西海固”这一“苦瘠甲于天下”组合，西吉县（西）排在首位。1983年开始旨在解决西海固人民温饱问题的“三西”扶贫开发，西吉县一直到了1999年才解决温饱……这样一个地方，竟然成了全国粮食生产先进县，而且三次获得这一殊荣，西吉县领导在讲话中用“萧瑟秋风今又是，换了人间”的词句表达感慨。

西吉县夺得“全国粮食生产先进县”荣誉，洋芋功不可没。

2015年1月6日，农业部发布消息称，我国将启动马铃薯主粮化战略，推进把马铃薯加工成馒头、面条、米粉等主食。人们再熟悉不过的马铃薯一下子从“大路菜”摇身一变为主粮家族里的新成员，将成为与小麦、稻米、玉米地位等同的当家主粮，预计2020年50%以上的马铃薯将作为主粮消费。“别把土豆不当干粮”这句话将成为现实。

事实上在西海固，洋芋早就是主粮，而且是四大主粮中的主粮。洋芋法国人称为“地下苹果”，德国人称为“地梨”，俄罗斯人称为“第二面包”，西海固人叫洋芋“救命蛋”。

西吉有句俗语:“西吉三样宝，洋芋土豆马铃薯。”事实上这句俗语在西海固各县区是通用的。西海固种植洋芋已有300多年历史。西海固地处黄土高原腹地，土层深厚，土壤疏松，耕地大部分为中性土壤，土壤以镶黄土、灰褐土为主，土质疏松，通透性好，富含钾元素，生产的洋芋淀粉含量高，口感醇厚，是食品生产和工业淀粉的首选原料。西海固海拔高，日照充足，气候冷凉，昼夜温差大，洋芋生长期5月至9月，而西海固全年降水量集中在这几月，洋芋果实生长于地下，又不受冰雹、霜冻、风沙侵害，气候类型和土壤条件适宜洋芋发育生长，平水年份亩产在2000公斤左右，即使是干旱年份，亩产仍能达到500公斤至1000公斤，让洋芋成为西海固的重要口粮，因此西海固人叫“救命蛋”，每人每天消耗三五斤。

在西海固，对洋芋的记忆是渗入人们骨头里的。种洋芋、吃洋芋、卖洋芋，西海固人的生活围着洋芋转。饥寒交迫的年月，洋芋是能做彩礼娶到媳妇的。我们村三年自然灾害期间，创造了四麻袋洋芋换回两个儿媳妇的历史。

洋芋是西海固最为重要的口粮，吃的啥？或答馍馍洋芋；或答洋芋馍馍；或答昨天馍馍洋芋，今天洋芋馍馍；或答晌午馍馍洋芋，晚夕洋芋馍馍。童年时代就是这样回答别人的问话的。顿顿离不开洋芋，一点都不夸张。

第一次看到凡·高的《吃土豆的人》时，我恍惚了，因为它真实地再现了我童年时代最平常的生活情景：夜幕四合，挖洋芋的人从地里回来，围桌而坐，在晦暗的灯光下，一双双瘦瘪干裂骨骼鼓突的手伸向暗影里盘中的洋芋，仿佛能听到他们沉重的鼻息。天主教徒每次进餐前，都要虔诚地祷告，感谢上帝赐予自己生存所需的美食，《吃土豆的人》中人物表情眼神比教徒更虔诚。当时我非常感慨，为什么不让他们吃到土豆呢？后来我想，凡·高是通过他们去拿土豆的举动和眼中的渴望来烘托他们强烈的饥饿感，表达他们无比艰辛的生活。

2009年,《小说选刊》组织“文学名家看西吉”，当作家们听了“西吉三样宝，洋芋土豆马铃薯”这句俗语，都很惊奇地说这不是一种东西吗？我说没粮吃的时候是粮食，叫洋芋；有粮吃的时候是蔬菜，叫土豆；贩子贩卖洋芋是经济作物，叫马铃薯。大家笑了。我说我们在老家就叫洋芋，只能叫洋芋，叫土豆或马铃薯会被人笑话忘本。

在西海固洋芋有N种吃法，蒸、焖、煮、烧、烤、炸、炖、炒、熘、炝……洋芋散饭、洋芋擦擦、洋芋馍馍……餐厅饭馆一桌饭带洋芋的菜达半数。最日常的吃法是“洋芋面”——将土豆切成条，水开后入锅，再放些面条煮熟后，加点盐，浇几滴油，这是当家饭，现在成了特色饭。作家们吃香了，几日里每天都要洋芋面吃，几个南方作家平时很少吃面，每人都吃了两碗，大呼养生长寿面。最简单的吃法是煮一锅，佐以盐末子，或捞一碟窝酸的苦苦菜或咸韭菜，光阴好点的菜里滴点香油，当然辣椒油更好。最奇葩的吃法是土豆烧洋芋。作家们甚是惊讶，说，不是土豆烧熟了再加牛肉吗？我笑了笑说那是只有好年景才能吃到的美食，平常年景是土豆烧熟了再加洋芋，如今成了西海固正宗的美食，到西海固来的外地人，都会点这道吃食。其实呢就是把洋芋切成两种，小的如臊子，大的为方块，小的炖混沌了，大的刚熟。作家们吃过，大家高叫真好吃，胜过土豆烧牛肉。

当然，现在的西海固用自己优质的土豆做出了地道的罗宋汤、沙拉、肯德基、萨其马、饼干……当然也有最传统的吃法，烤洋芋。胃的记忆是最牢靠的，在别的城市，卖烤红薯大街小巷处处都见，卖烤洋芋极其少见，在西海固大街小巷，卖烤洋芋的却极常见。

作家们采风结束，大家吃过了几十种洋芋吃法，都写了洋芋，写得真好。

西吉县50万人口，是宁夏人口第一大县，地处六盘山西麓，适宜种洋芋的土地广阔，生长的洋芋芽眼浅，薯形规则，表皮光滑，红皮黄肉。煮食时香味醇厚，口感滑润，风味独特，洋芋丝不易断。

天气即天意，顺应天意，调整种植结构，推进避灾农业，洋芋产业跃升为西海固第一大支柱产业，更成为西吉县核心产业，面积稳定在110万亩以上，占耕地一半，规模和产量位居全国前列，西吉县被中国特产组委会命名为“中国马铃薯之乡”,“西吉马铃薯”通过了农业部地理标志认证、无公害马铃薯认证，荣获中国驰名商标。西吉县户均种植洋芋15亩，提供年均纯收入1/3以上。通过10余年强力推进，西海固洋芋种植面积达到330多万亩，为全国三大马铃薯种植基地之一。鲜薯畅销广东、福建、上海、北京等地。

随着种植面积不断扩大，产量不断提升，2008年西海固洋芋滞销，惊动了中南海，农业部、商务部、铁道部等部委派出工作组解决马铃薯销售问题。我去西海固调研马铃薯销售，西海固人处在深深的感动中，一位种了一辈子洋芋的老农说:“要在过去，这洋芋啊只能让臭了，猪羊牲口都不吃，只能当粪（肥）了，现在你看看这阵势，从中央到地方多少大领导都给咱们卖洋芋哩，政府不管你，你把天捅个窟窿也没有办法，有人管就好，明年还种洋芋，还贩洋芋。”这两年，洋芋贮藏技术取得极大进步，建贮藏窖18.2万口，贮藏量超过70万吨，深加工消化70%洋芋。铁道部定点扶贫原州区，投入560万元实施运输扶贫，2016年建成马铃薯专用线,“即使是大雪封山，土豆消化也不是大愁了”。

“2017年金秋十月，马铃薯绿色高产高效项目在西吉红耀乡小庄村基地实收实测，亩产6246.98公斤，创宁夏马铃薯单产纪录……”

同行的一位惊叫：“一亩12000多斤，这么高，胡喧呢吧?!”

喧在西海固一带是吹的意思。

这么高的产量我也是第一次听到，红耀乡小庄村党支部书记熊志忠说：“那就是我创造的，看把你们惊得，2011年、2014年我就两次打破宁夏马铃薯单产纪录，亩产分别达到5116.4公斤、6162公斤，我是自治区‘十佳种植能手’。”熊志忠家种400亩洋芋，雇人收就得要一个月，预计一亩能赚四五千元。整个红耀乡，都靠着洋芋脱贫。

“现在种洋芋不像以前那么随便了，运用气象资料，参照等高线分布特征和雨量线指标，将洋芋种植区域划分为5类，因地制宜，以前以家户为主种植，现在建设马铃薯专业合作社，规模化种植，机械化耕作，测土、配方、节水、施肥，政府招标采购了原原种、原种和一级种，实施脱毒种薯三级繁育，产品出口美国、加拿大、日本、韩国、以色列、英国、法国、德国、荷兰等，西吉马铃薯已成为促进西吉县域经济发展的支柱产业。现在还把洋芋变成附加值更高的商品，为马铃薯高端用户提供高端产品。”农牧局老周拍我一巴掌笑着说，“作家，别以为你是西海固出去的就了解西海固，现在西海固有些东西你不了解了，种洋芋你当还像咱们以前种洋芋，抱个粪背篼，跟着犁边点种子边撒粪呀，全机械化了，点种、壅土、覆膜一次完成，高科技，先进得很，抗旱喷灌机械都是世界上最先进的。”

“以前洋芋论麻袋卖，现在论个卖。富含花青素的黑美人土豆，网上售价每公斤26元。”

冷凉蔬菜

前往原州区姚磨村冷凉蔬菜基地，一辆辆满载“六盘清水河”商标蔬菜箱的冷藏车驶过，“24小时就能出现在广东、上海、香港等地市民的餐桌上，更远的运往东南亚国家。”杨凤军说，“夏活菜，冬干菜，一年四季老咸菜。你说咱们西海固，过去一年能吃四五个月活菜，再就是吃咸菜了。冬、春及初夏、深秋西海固是没有活菜可吃的，因此咱们多患高血压，跟吃菜吃水关系很大的。啊呀，你说谁能想到这个地方会成为蔬菜基地?”

走进基地，一垄垄蔬菜绿油油的长势喜人，菜地旁，多参数室外观测站正显示着各种与蔬菜生长相关的数据，制冰、冷藏车间里，工人正忙着对蔬菜进行分拣、洗刷、包装。

五彩珍珠小番茄一口一个，大家不约而同地说：“好吃，好吃！有小时候的味道。”

一汉子走过来，笑着说：“留点肚子，可品尝的东西多着哩。”

杨凤军介绍：“姚书记，呃，现在已经是彭堡镇副镇长了，分管全镇蔬菜产业发展。”

我紧紧握握姚选的手。姚磨村发展蔬菜，姚选是带头人。

2004年，怀抱梦想进城打工十几年的姚选回村，他要种菜。进入新千年，原州区借助固原市府所在地和气候冷凉的自然优势，提倡发展冷凉蔬菜产业，姚磨村就在城边边上，姚选觉得种菜是有前途的，然而，一家人反对，土地本来就少，种菜又不把稳，“不敢胡折腾，有个闪失，会饿死人的”。“种小麦、玉米多少年了，种出个啥光阴?”“你才过了几个单五，吃的米还没有人家吃的粽子多”。姚选在自己的责任田里强种了菜，人们骂他胡折腾，他说:“不折腾哪有出路?”

种菜当年情况很不错，姚选被推选为村民二小组组长。他动员大家种菜，人们疑虑，家家种菜?卖给谁?菜可不是粮食能存放，长起来就得卖掉，不及时卖掉，几天黄了，烂了，穷根扎得深，过的是捏着鼻子救气的日子，闪失不起。只有几个胆大的“豁出去了”，种了菜。

种菜，一亩地收入能抵种小麦五六倍，跟着姚选干的获取了超出想象的收益，这最有说服力了，人们种菜的积极性给调动起来了，姚选请来原州区农业技术人员为村民讲解蔬菜移植栽培技术……村委换届，姚选被推举为姚磨村党支部书记，这给了他一个施展抱负的舞台。在他的带动、推进下，几年间姚磨村的蔬菜种植业发展起来了，姚磨村被列入设施农业建设示范村，建设温棚园区都需要土地，土地是农民的命根子，征地拆迁阻碍大，只能挨家挨户做工作，落实补偿政策，温棚搭建起来，人们瞻前顾后，积极性不高，又进门入户做工作，“要让人信服你，说得天花乱坠，不如干出个样子”，姚选带头成立了姚磨村瑞丰蔬菜产业合作社，流转土地，采取“支部+协会+农户”模式吸纳社员……

“十八大召开，产业就热起来，没过20天，全国农业产业化联席会议八部门在北京召开全国农业产业化工作会议，深入落实《国务院关于支持农业产业化龙头企业发展的意见》，姚磨村冷凉蔬菜基地是原州区首个冷凉蔬菜基地，引进新品种、新技术，跑项目，筹贷款，风风火火的，支部领着党员干，党员带着群众干，群众跟着大户干，帮、带、促，很有作用。区（原州区）上在姚磨村再建一个大型蔬菜种植园区，合作社投资改扩建了预制冷库、制冰间、泡沫制箱厂，解除了蔬菜储藏销售的后顾之忧，拉长了产业链，走产业化之路，提升附加值，亩净增产过千元，户均增收5000元以上。”姚选说。

西海固蔬菜产业西芹因其优质盛极一时，固原全市西芹种植面积是十年前的几十倍，上百万吨西芹滞销，姚磨村蔬菜种植也以西芹为主，没逃脱劫难，姚选直接经济损失近200万元，合作社损失十几万二十万元的农户很多，“有些人动摇了，我说种菜赔了，你赔的是哪里来的，不是种菜挣的？不种菜你有赔的？再说哪有只赚不赔的生意？”

出了问题解决问题，问题很鲜明，品种太单一，要把劣势转化为优势。原州区位于宁夏南部，六盘山东麓，海拔1450~2500米，年均气温6.3摄氏度，一度是难以逾越的劣势。然而，昼夜温差大、日照时间长、光照充足，加之无工业污染，病虫害少，生产的蔬菜质地脆嫩，肉厚纤维少，内含物丰富，随着扶贫的纵深推进，非常适合种植冷凉蔬菜被确定，转型也随即开始。姚选引进菜心、西蓝花、花椰菜等二十几个品种，多茬种植，循环上市，建设起万亩供港蔬菜基地，吸纳1300多户农民从事冷凉蔬菜种植、3000多劳动力就近务工，基地每天用工1000人次以上，“我们争取设立了农业灾害性保险，每亩地补助60元，其中政府负担48元，企业或农户负担12元，发展线上线下销售，夏菜南下、冬菜北上，打开了广东、湖北、河南、四川、港澳及东南亚、中东等国内外市场。”姚选说。

组织是最有号召力的。姚磨蔬菜业对周边村民种菜产生积极影响，姚选以周边四村和瑞丰合作社5个支部为核心，建立起姚磨村联合党总支，成立了土地信用合作社，村民以土地、现金形式入股参与，租金保底，年底分红，建起3个跨村万亩冷凉蔬菜基地，合作社年产值已近两亿元，专门建成农民田间学校，配套百亩特色实训基地，农民就地参加培训。

2016年8月，习近平总书记来到姚磨村，冒雨视察砂锅磨万亩冷凉蔬菜基地，“雨大得很，总书记自己打把伞边走边看，村里人簇拥在总书记身边，总书记和大家聊起土地承包、务农打工、入股分红、蔬菜检测标准、化肥使用情况、喷灌设施成本，聊得很细，听到2015年全村人均可支配收入达到9500元，比全市高出2498元，总书记很高兴，问生产中还有啥困难，有人说感觉市场还不大稳定，对市场需求不把握。总书记说防范市场风险，既需要经营个体敏锐把握，也需要政府加强服务，尤其要做好信息服务工作。”

2017年，姚磨村投资1亿元，扩建冷库，增设了智能玻璃温室、日光温室、拱棚和制冰厂、包装箱厂，建设休闲观光采摘园，配套物联网可追溯和水肥一体化系统，“夏菜南下、冬菜北上”，建成六盘山冷凉蔬菜电商运营中心，打造了全产业链、全要素的“互联网+农业”平台，基本能监管原州区45个企业的露地蔬菜园区，达到智能化控制，同时开通智慧窗口，能够和专家交流，对接顾客和消费者，在西安欣桥、义乌商贸城、南京众彩、广州江南市场等地开设蔬菜外销窗口11个。2019年，姚磨村人均增收达15500元，年均解决农村剩余劳动力3000余人。“以冷凉蔬菜为基础，推动休闲观光农业发展，是姚磨村下一步方向。”姚选说。

原州区因此赢得“中国（西部）冷凉蔬菜之乡”之称，冷凉蔬菜年总产量达200万吨。因发展经济和减贫业绩突出，姚选被提拔为彭堡镇副镇长，主抓该镇冷凉蔬菜产业发展。

当然姚磨村也是一派新农村气象，借助于新农村建设项目加大美丽村庄改造力度，被宁夏评为第二届“自治区美丽乡村文明创建工程示范村”。

“……彭堡镇蔬菜产业社会化服务联合体由5家合作社牵头组建，注册成立彭堡镇蔬菜产业社会化服务联合社，下设1个中心3个服务部，金融服务中心，综合技术服务部、收储加工服务部、对外销售服务部，围绕原州区蔬菜产业产前、产中、产后发展需求，为菜农提供种苗、农资、机耕作业、仓储、流通、加工销售等社会化服务……”姚选现在给人介绍都是站在全镇的高度。

路旁时卖故侯瓜

随着小暑来临，宁夏西瓜上市，从中卫向海原县进发，进入环香山地区，绵延起伏的塬峁戈壁上，一片片西瓜地绿意葱茏，石头缝里长出的硒砂瓜，一个硒砂瓜30多斤，最重的过百斤，明丽的阳光下仿佛戴着钢盔的士兵潜伏在戈壁滩上。

永大公路全长39.6公里，两侧是硒砂瓜地，公路两边摆满了硒砂瓜。“路旁时卖故侯瓜，门前学种先生柳。”不能不想起王维《老将行》中的诗句。

骄阳似火，穿行碧绿的西瓜间，吃一个硒砂瓜是最惬意的了，才10点多，公路两边已经有人吃瓜了。

“九分石头一分土”，说的是宁夏环香山地区。

香山，祁连山余脉，海原县徐套、蒿川、关桥、兴隆、高崖、李旺、西安、曹洼等乡镇环香山坐落，处于宁夏中部干旱带，是最干旱的区域之一，蒸发量是降水量的10倍，土地属于戈壁滩，布满了风化的岩石碎片，风沙又大，常规农作物很难生长，“种啥啥不成”。

200多年前，当地农民摸索出避天灾的“土办法”——压砂种瓜技术。

在灰钙土土壤上铺压一层15厘米厚的岩石碎片，进行西瓜栽培。这里昼夜温差大，七、八月份最高温差可达40多摄氏度，覆盖岩石碎片白日能最大限度地减少水分蒸发，夜晚水汽遇冷凝聚成水滴通过石块渗入地下，而石块不消耗水。压砂地既可保墒、保温，又可避免水涮、风蚀，减少水土流失和土地荒漠化。

环香山地区岩石碎片不是一般的碎石料，是石炭系岩石风化的，土壤为灰钙土，土质属轻沙壤和黏壤土，碱性土壤，pH在7.5~8.5，富含硒、锌、铁、钙等多种对人体有益的元素，尤其是属国内高含硒地区，被全国土壤标准化技术委员会命名为“中国塞上硒谷”，硒元素很容易被西瓜吸收，这石头缝里长出的西瓜被称为“硒砂瓜”。环香山地区海拔1900米左右，病虫害少，不使用农药，远离城市和工业，无污染，“硒砂瓜”被认证为A级绿色有机食品，皮薄、瓤沙、含糖分高，口感极好，被确定为2008年北京奥运会和2010年上海世博会专供农产品。而其自然保鲜期在50天以上，适宜远销。

“新世纪以前吧，尽管硒砂瓜品质好，可因为交通运输不便，销路不广，加上种植成本大，产生效益时间更长，种植几年土地就要倒茬整治，不然土壤会板结，再无法种植其他作物，土地就废了，所以有‘苦死老子、富死儿子、愁死孙子’之说，因此硒砂瓜也仅仅自种自吃，种植面积小，一直没有形成产业。种植结构调整，交通跟进，解决水源，政府补贴扶持，硒砂瓜一跃成为农民增收的支柱产业。

“解除‘愁死孙子’后顾之忧，推广‘枣瓜间作’，荒山地压砂后随坡就势，引进以色列节水滴灌技术，配套田间灌溉设备栽植枣树，每两行西瓜藤之间生长着采取地上覆膜、枝干缠膜技术栽植的枝繁叶茂的枣树，用水量只有传统灌溉的1/4，开辟出集生态保护、节水示范、特色农业、农民增收于一体的枣瓜间作良田，也为环香山地区干旱和半干旱地区的节水农业发展摸索出了一条行之有效的新路。”

110万亩硒砂瓜产业带，5万户瓜农户均增收1.2万元，硒砂瓜畅销重庆、成都、北京、广州、香港等全国30多家大中城市直销网点，进入沃尔玛、华润万家、新华百货等大型连锁超市，并成功打入蒙古国等国外市场。如今，香山硒砂瓜已经形成规模化生产、品牌化经营。

路边枣子林带郁郁葱葱，很小的枣树都挂果了，“枣子没羞，当年就揪”，枣子是果树中见效最快的。

在一块“欢迎品尝硒砂瓜”牌子前，小刘一打方向盘，直接进入了吃瓜区。

郑处长说：“你干啥？”

小刘说：“吃瓜呀，不吃瓜呀？”

郑处长说：“这才10点多，就吃瓜？”

小刘一笑说："这瓜美的，看着就馋，实在忍不住，你看有人吃哩，先吃一个，吃过午饭想吃，我请客。"

郑处长说："吃吧，吃吧，这一吃中午饭就省下了。"

小刘嘿嘿一笑说："到这里不吃瓜，一路上车都跑不起来。"

瓜农姓吴，六十来岁，杀瓜非常熟练，每牙瓜都一般薄厚大小。

"我已经卖了十几年瓜了。"

我们吃瓜，他点了根烟，说起种瓜的事，他说："以前种庄稼，多是种小麦，一亩地最多能打200多斤粮食，天气稍稍一旱，连肚子都吃不饱，种啥啥不长，早上愁吃饭，晚上愁饭吃，唉，年复一年的。种硒砂瓜，一亩地四五千斤瓜3000块钱保险着哩，现在都不种庄稼了，谁舍得拿地出来种庄稼。"

我说："这一带种瓜我看有200多年历史了，以前为啥不种？"

"小时候家里就种哩，我今年六十有三了，种吧也就是自己吃，卖卖周围人，像现在这么大规模种，亏死你哩，种多了就臭到地里了，路不好，不要说这高速公路，就是到县上、银川，我小时候没路，后来有了路，是沙石路，炮弹坑，搓板路，去银川一天去一天回不来，现在一天不跑几趟？去哪儿都方便，一天一夜就能跑到南方去了。你看这大车小辆的，排得长龙一样，都是往外省拉的，你看看牌照，外地的车也来拉。当然咱们瓜好，名气大，宣传铺天盖地的，广播、电视、报纸的，中央电视台都给做广告宣传哩，市上、县上、镇上领导干部都宣传卖瓜哩，三四十个一等一的大城市都卖哩，县上在北京、上海、广州、深圳、成都等12个主销城市大型批发市场都有硒砂瓜专销区……"

郑处长笑着打断老吴的话说："你这知道得挺多的嘛。"

老吴指着挂在腰间的收音机说："这收音机以前主要是听大戏，现在除了听大戏，听新闻哩，有专门频道哩。政府想得全，咱们瓜好，假冒的多，为保护品牌，瓜上贴了条码，一扫一查就能刨根到底，这样别处产的西瓜想冒充都冒充不了，今年的瓜特别好卖。"老吴拿出一个印制的防伪溯源专用标识说，"就这，你们用手机扫扫查查……"

郑处长说："我们就在香山硒砂瓜地里吃瓜，还用得着扫？"

老吴笑了笑说："以前咋种，就是凭个老经验，现在有科技员指导哩，种瓜也不是你想咋种就咋种，你不按他的方法种，你的瓜就是不行，不服不行，那些技术员厉害，有研究生哩。"

"你种了多少亩瓜？"

老吴嘿嘿一笑说："就五六十亩瓜，人家有种几百上千亩的，两个儿子，一个儿子是公家人，一个打工，死活不爱种瓜。"

"你一年能挣多少钱？"

"挣个十来万没麻达。"

"一个人这是高收入。"

"还有老婆哩，过两天瓜才陆续熟哩，不忙，在县城打工哩，种瓜从种到熟、从卖了到来年再种，都不缠人，还能打工，也有一份收入哩，现在方便，县城、市上工地多，家门口活多。"老吴又说，"我们县上推广种硒砂瓜，要让大面积地种，下任务哩……"

郑处长说："2004年中卫撤县设市，海原县由固原市划归中卫市，硒砂瓜产业确定为环香山几个乡镇农民拔穷根工程，2008年建设环香山百万亩硒砂瓜产业带，现在种植面积接近百万亩，销售收入十五六亿元，主产区农民人均收入超过1万元。"

老吴盯着我们说：“你们是市上的领导，还是自治区的领导？”

小刘说：“你还精得很，咋不说我们是县上的乡上的？”

老吴说：“县上的乡上的我基本上都盯得住，他们经常来问这问那的。”

小刘说：“我们不是干部。”

老吴说：“那你们知道这么清楚？”

小刘说：“我们也是从收音机里听的。”

老吴笑笑说：“刚开始那时候没家底，穷嘛，种瓜要压砂覆膜，平田整地，施肥灌水都得花钱，没钱嘛，得贷款，银行不敢给咱们贷，怕咱们还不上，咱们也不敢贷，自己怕还不上，收入再高也没办法，后来，政府出面协调担保贷款，就好多了，现在村上也有钱哩，给你贷款不要利息，哎呀，现在政策是好得很，国家帮的忙大哩，从种到销，从水到种子，啥都给你想到了。这两年人家里有点家底，胆量大了，瓜地越来越大了，大棚、滴灌，啥都舍得花钱了。”

吃了两个瓜，又买了十个，老吴又挑了一个送我们，我说：“算了吧……”

“这是我的规矩，买瓜就送一个。”老吴说，“日子靠种硒砂瓜变得越来越好，现在这房子你们也看得清楚，红砖瓷面，只要有年轻人会开车的，都买了小汽车，到城里买楼房的不老少，这在过去是想都不敢想的事啊！”

旁边停着一辆广本，我说：“这你的车？”

老吴笑笑说：“儿子买了新车，把旧的淘汰给我了。”

第十一章　车到山前必有路

群山苍茫如幕

2000年，小管从北京来，因为是第一次到宁夏，我准备带他去国家AAAAA级旅游景区。宁夏虽小，但大自然赐予了山、河、草原、沙漠、湖泊、“塞上江南”……在旅游界享有“中国景观的微缩盆景”之称，而且有着丰富的人文景致。小管说不去，不去，就去你的家乡西海固，我们往深里走，往西海固的褶皱里走，去最纯粹的民间，就像布朗运动，非典型地游荡。我笑笑。

那年去北京参加一个文学活动，和小管相识。他曾是文青，后来经商，成了一个老板，患过一回大病，针鼻管拔回了命。病去如抽丝，倒抽出“思”来，对人生大彻大悟，把公司卖了，狂热地迷恋上了慢生活，成为集自然主义、慢生活主义、非典型主义、摄影记录主义四者于一身的人。

小管说往深里走，往西海固的褶皱里走，去纯粹的民间。小管以GPS系统定位，出银川沿京藏高速至同心小红沟服务区，便进入西海固之境了，小管弃了高速公路，连柏油路、砾石路也弃之不走，杀入荒山野岭的土路上来，我才明白他的“深”有多深，他的“非典型”有多非典型，小管说我敢打赌，你没这样走进过西海固。我笑笑，说实话在这片土地上活了多年，走了多年，这样走进西海固还真是第一次。

山梁如巨蟒，沟壑如游龙，路穿行其间，逼仄而卑微，自然谈不上路况了，纯纯的黄土路，连石子都极少见，更多的时候没路找路在荒地上野马般奔窜穿行。不是翻山就是过沟，上坡时马达的轰鸣声，时而像咆牛打响鼻，时而像骏马嘶鸣。我说要真是一匹马，早就大汗淋漓了。小管说它也出汗，把汗水变成了蒸气。我说走这路真是委屈它了。小管说不，啥叫越野，就是越开越野，它有跨越征服的激情。

小管的车开得可是够野的，有时紧擦着崖边行过，车轮轧过炫目的崖边，土块稀里哗啦从沟坡滚落沟底，半天才听到回声。小管说在这里开车，有两句诗可以形容。我问哪两句？他说：“心口啊莫要这么厉害地跳，灰尘啊莫要把我的眼睛挡住了。”又不成调地唱了两句，这里的日头太耀眼，这里的黄土太迷人。

深入西海固内里一天，就遭遇了三件事，小管大为感慨：“西海固交通太落伍了，西海固之贫穷，根本在交通！”

第一件事是我们走进一个小山村，20多户人家傍山岭挖窑而居，家家都有阔绰的果园，果树茂盛，果子繁硕，正是杏子熟透时节，枝枝金黄。然而走过几户院落都没人，大门紧锁。一家大门开着，一只狗将我们拦在大门外，一老汉出来喝了几声，狗远去了，老汉说：“进园子吃杏子。”

我们进了果园。果园有两亩地，苹果、梨、杏、桃、李子……果树品种多。

我说：“老叔，你家的果园真阔绰哩。”

老汉说：“家家果园都大哩，以前政府鼓励种果树，搞那啥经济来着……”

我说：“庭院经济。”

“对对对，鼓励建果园，还发给树苗，可计划没有变化快，果树起来了，人都到城里种‘铁杆庄稼’去了，就剩下老人、娃娃，有的人家走空了，再阔绰的果园也没人稀罕了，”老汉长嘘一口气说，“你看这苹果树，披头散发的，都长坏了，连剪树的人都找不上了，树不是随便剪的，剪不好一个果子不结，还把树剪坏了。”

老汉摘了些杏子，老婶子洗了，吃过几个，小管说：“这杏子真好吃。”

老汉说：“这杏子是红梅杏，是咱们西海固特有品种哩，可甜了，不像你们城里卖的杏子都是嫁接的，杏不是杏桃不是桃的。”

“这么好吃的杏子，咋不去卖？”小管说。

“要卖得赶集，赶集几十里路，坡坡坎坎，沟沟洼洼的，路不好走，家里就剩下我们老两口，挑又挑不动，驴驮上晃头大，杏子碰伤了就坏了，也摘不下来，人老了就没用了，摇下来就摔伤坏了，再说集市上也没几个人，孤荒了，人都进城打工了……”老汉说，“要说咱们这果子，没麻达，给树上粪都是牛羊粪，又不打农药……唉，以前从果子开始熟了就赶集，摘一筐卖一筐，那时候自己都舍不得吃，现在烂了都没人看了……”

“噗嗒”，一个杏子落下来，杏肉溅开，杏核直接溅出来了，“熟累了，就这么自熟自落咧，造孽得很。”

吃了有十几个杏子，老汉说：“不敢吃多了，桃饱人杏伤人，李子树下埋死人，摘些，带回去吃。”

我们摘了一筐，装了两大塑料袋，小管掏了200元钱给老汉，“你看你这人嘜。”老汉说着掉头就走。

小管说：“这要在城里少给您了。”

老汉说：“你们要是来买杏子的另当别论。”

小管把钱硬塞给老人说：“我们就是来买杏子的。”

老汉把钱塞回来说：“收你的钱富不了我，你们吃了杏子是帮我哩，不吃也烂到地里了，就我们老两口能吃几个。”

出了老汉家，老汉说：“你看这一园一园的果树啊，有的人家走得没有一个人了，还年年开花结果的，不误光阴，一树一树的果子就那么落了。春上来看花儿的人这两年倒不少哩，到了秋上也都来嘜，吃果子来，不要钱。”

山头上一只狗在叫，我们进村时它就在叫，这么大工夫了还在叫，山谷间传送着它寂寞的叫声。

老汉嘿嘿一笑说：“狗也孤荒，相好的进城了。”

第二件事是离开村子，一道山岭体量庞大，坡势很陡，路远远看上去就像一条泛白的鞋带。小管大踩油门向上冲去，忽然蹿出一辆农用三轮车直扑下来，他一打方向盘，车几乎横在了路上。三轮车嘎吱吱地也停下了，车上坐着六七个人，开车的是一位留山羊胡的老汉，“噗”地一笑说：“我没吓个啥，倒把你们的魂给吓飞了，开着那么大个铁家伙，你怕个啥。”小管惊魂未定，结巴着说：“路、路这么窄，你、你车还开得这么疯。”老汉嘿嘿笑着说：“这算个啥疯，这么大的坡，熄了火挂空挡滑行，省油。”

错过车，小管给几个老汉散了烟点了说：“您多大年龄了还开三轮？”

“71岁了，我手脚利索着呢，再说了我不开谁开，都进城打工了，买下了嘛，放着就锈成铁疙瘩糟蹋了。”老汉说，“你们走哪达？咋跑到这达来了？这哪有你们走的路呀？你们该走蟒蛇岭，这叫长虫岭，眼绕花把路走丢了吧，这达离柏油路远了，再绕回去几十里哩。”

老汉指着沟对面的一座山说：“盯着官印山走，就那个像官印的山，别盯错了，咱这里山都长得像，一个爹一个妈一样，晃眼哩。”

顺着老汉的指头看去，峡谷另一边莽莽苍苍的连绵起伏的山岭，果然有个山峁顶猛然一收，像个印把子，隔着一道峡谷，有一条路在山梁沟壑间盘绕，仿佛长虫在山坡上斗折蛇行，隐一截现一截，泛着白色。

老汉看出我们的意图说：“这路捷是捷点，可这是驴车、328走出来的，你这大家伙要上去怕悬。别看我这328连你那车的一个轮子都买不来，走这路比你那家伙利索。”

小管说：“这不是农用三轮车吗，咋叫了328？”

“我们叫蹦蹦车，你们城里人要笑我们，叫328。”老汉说，“3就是三个轮子，2就是二百五或二杆子、二虎开着，8就是八成人坐着，二百五、二杆子、二虎、八成人都是说人脑子不够用，智商有问题，意思是说我们这些人胆大不要命。”

小管“呃呃”应着。

“328”是作为农机研发的，西海固人叫它三娃子。之所以叫三娃子，因为它就像家里一个壮劳力，拉粪，拉庄稼，拉水，打场，犁地，多数农活都能干，顶得上两头牛一双驴，省力，速度快，给人们生活带来了很多方便。有些人家把它搞得跟吉卜赛人的大篷车一般，走村串巷做买卖。它物美价廉，物美是指它太实用了。然而，西海固的交通瓶颈激活了它的运输潜力，在西海固乡间道路上风行，进内蒙古、去青海、走兰州、上新疆，多远都能到，成了外出务工搞副业的“班车”……山大沟深的西海固路况几乎谈不上，有的人还自己改造加大了马力，能跟汽车赛跑，因此交通事故频发，一头扎进深沟大壑时常发生。西部博士服务团博士林燕平在《山村的守望》中写道，2005年夏季，她在宁夏南部山区策划了一项针对孤儿的捐资助学活动，发现在121个孤儿家庭当中，父母死于车祸的占到总数的31.41%，其中有12个家庭父母均死于交通事故。这些车祸中，蹦蹦车占去一大半。

老汉围着我们的车看了几圈说：“能走，车轮宽劲大，我打工的老板就坐这，要百十万哩。可不敢冒失，要走这条路你得绕着弯子走，上坡别直上，小心一个仰躺子，下坡别直下，小心一个爬扑子。”老汉说话真形象。

第三件事是爬上了一道山梁，一老汉拦车。

小管拉开车门，老汉说：“师傅，捎我一截。”

小管说：“你知道我们要去哪达？”

老汉笑笑说：“只要不倒着开，就能捎我一截，来来去去能走你这车的就这么一条路，你想走错都走不错，哪像你们城里，路就像树枝枝一样多。”

“只要不倒着开，就能捎我一截……你想走错都走不错”，小管一直念叨着这句话。

“咱们这以前土匪多，天一旱，遇上年馑，世道乱了，土匪就起来了，村庄都远离路道，隐藏在山沟里。”老汉说。

我们一直把老汉送到家，老汉仰头看看天空说：“天阴得黑沉沉的，要不你们站下去（住下来），你看吴山口云涌哩，南风吹得膝盖痒痛得就像蚂蚁咬哩，怕的是老天行个善，给你下下了，就把你们给堵住了，庄子就在沟洼哩，路就在坡上，晴天一块铜，雨天一包脓，多少潮点雨就滑得出不去，要是来场过雨，把沟咬断了，那就彻底挡下了，你们又不是闲人嘛。”又说：“要不站下去，老天爷给咱们这下个雨，难怅着哩，就像要他的老命哩一样。”

我们还是告辞了，老汉说：“盯着吴山走，别走岔了。”

出了村子，上了吴山，我们下了车，云开了一个大洞，阳光擦着地皮铺过来，眼前层峦叠嶂，山头林立，晦暗的光线中，群山苍茫如幕，“此山叫吴山，吴山点点愁！”小管感慨，“此愁也不是诗人之愁，而是千山万壑的西海固人之愁。解决西海固的问题，路是最大的问题，这千山万壑的，花大气力哩。”

车到山前必有路

人们都在找故乡在祖国的优势，西海固人也在找，找到了这样的优势：海拔不高不低、气候不冷不热，将中国地图左右、上下对匀一折，对折线正从西海固穿过，两条折线的交点正在西海固，于是就有了这样的说法：不高不低，不冷不热，不东不西，不南不北，西海固人自豪地说我们是中国地理心脏。

有些人当成笑话听了，事实上固原地处西安、兰州和银川3个省会（首府）城市构成的三角地带的中心，地处四大国家级经济区——北有呼包银榆经济区、宁夏沿黄经济区，西有兰西格经济区，东南有天水关中陇东半日经济圈——衔接点，是国家《陕甘宁革命老区振兴规划》核心地区，是宁夏副省级核心城市……

这样的地理位置，交通应该是最大的优势，曾几何时，西海固境内可谓国道纵横，秦直道、回中道、天子道、萧关道、丝绸之路、盐茶马古道……哪条不是国道呢？然而，随着岁月流逝，西海固由边关成为内地，逐渐被边缘化，而这些贯通西海固历史的骡马骆驼蹄下的国道交通，随着交通工具的演变，加之水土流失的蚕食鲸吞、地震的撕裂，昔日的国道破落衰败，甚至退化至蛮荒状态，多数只剩下史载传说了。1958年，宁夏回族自治区成立，西海固没有一条沥青公路，只有砾石路，没有一寸铁路，更别说航空了。交通状况岂止是落后可以形容，马车、驼队、羊皮筏子……运输的主要手段还处在原始的人背畜驮。到1985年，固原地区127个乡镇中1/4不通公路。不要说乡镇，即使是县级公路也很落后，比如泾源县，1985年以前，通向外部世界的只有一条土路，狭窄不平，遇上雨雪天气常常中断。固原县去银川400公里，路况不好，渡黄河须坐船，发往银川的客车得走两天。

20世纪90年代，国家交通大动脉建设提速，西海固国道、省道、县道都有了一定发展，进入21世纪，西海固有了第一条高速公路，其后京藏高速、福银高速穿过西海固，西海固融入了全国高速公路网。然而乡村公路发展迟缓，虽然小流域治理、基本农田建设、打坝修田带动了山路的建设，这些路却都是以村为中心，多数为断头路，交而不通，衔而不接，而且都属于不上等级的山路，一边是山梁，一边是深沟，弯急坡陡，雨雪天道路湿滑，车辆翻倾滚沟的事时有发生，而至雨季，多数路断断续续，进不去出不来，谈不上经济命脉。

“四塞之固，舟车不通；山货不出，外货不入，再好的产品也很难变成财富。消息进不来，美景无人赏，人们只能背井离乡另谋生计。”毛永智说，“交通兴，百业兴，要想富，先修路，孙中山先生在建设国家大纲中指出，交通是文明之舟、产业之母、经济之脉。说到制约西海固经济社会发展的因素，交通仅次于水，都说输在起跑线上了，西海固连路都没有，哪来的起跑线。贫困村，都是被路‘困’住。全面奔小康，关键在农村；农村奔小康，基础在交通。修路成为西海固脱贫攻坚中必打的一场硬仗。”毛永智在宁夏交通厅一直从事新闻宣传工作。

2002年，固原地区撤地设市，将固原建设成宁南区域中心城市拉开大幕，以交通节点型、旅游度假型、资源开发型、商贸流通型为重点，构建以市区为核心、县城为骨干、中心镇为支撑、“幸福村庄”为补充的“四位一体”城镇化体系。整合各种项目资金集中打包，每年固定10亿元投向一市九县（区），加大城乡基础设施领域建设力度。2003年交通建设写入民生计划，成为基础设施的重中之重。“路不通，人都给千山万壑圈疯了，修路时不要说像别的地方阻挠，咱们西海固人全力以赴地支持，为了一条路能从家门口通过，主动迁祖坟、拆房子让道，给修路工人送馍送汤，让人感动啊……”毛永智感慨地说。

打破部门分割，打捆各方资金，整合交通、建设、环保、林业、旅游、文化等相关职能，探索出农村公路与美丽村庄建设同步开展，一批产业路、旅游路、生态路、致富路，基础设施与生产生活条件同步改善的模式。

2007年，西海固农村公路主干道连线成网，县城至乡镇全部通邮路，乡镇至行政村村村通公路，“公路通了，农村客运被各级政府列入了重点实施项目，修好一段公路，开通一条班车线，针对山区农民居住过于分散，19座中型客车跑县乡道路，5座至7座小面包车跑村道，进村入户，打通神经末梢。对农村客运车辆给予税费减免优惠政策和燃油补贴，因地制宜实行城乡公交一体化……公路沿线设立招呼站，招手即可上车。农民免票携带化肥种子等农资，特困户残疾人免费乘车。离城较近的农民早上乘车到城里打工，晚上乘车回家……”

2018年底，西海固仅固原市等级公路通车总里程超过万公里，以“四好”农村路建设为统领，农村公路路网结构明显优化，占公路总里程的81.73%。高速公路人口密度仅次于青海，位居全国第二，宁夏也成为全国第十一个、西部第二个实现县县通高速的省区。公路网密度提高到51公里/百平方公里，高出全国平均水平2公里/百平方公里。全区二级以上公路比重、等级公路比重、沥青水泥路面铺装率、乡镇通达和通畅率、行政村通达和通畅率等7项指标位居西部首位，国省干线二级及以上公路比重等多项指标位居西部地区前列。823个行政村全部通沥青水泥路，行政村通客车率达到96%。固原“一小时交通圈”初步成形。2017年，固原市发行了一种公交卡“六盘通”，此卡可在全国施行公交一卡通的城市通用，如北京、上海、深圳、广州、西安和银川等地，皆可使用此卡乘坐公交车。

“全微通”是固原市最近开发的农村客运信息服务平台，可根据用户需求，提供车辆抵达时间预测、实时位置的查询、告示、客运车辆包车预约预定、派车、在线呼叫附近出租车、客运车辆网约即时服务等服务。

杨建虎说：“交通通畅了，啥服务都会有的。”

雨洗过的路面像一条质地极好的黑色绸带，在湛蓝的天幕下，沥青路闪闪发光，越发醒目，弯弯曲曲时隐时现，越过山冈，飘向远方。斗折蛇行的乡间公路仿佛花茎，万寿菊、油牡丹、油菜花、柠条花……各种野花烂漫，花香醉人。

我们坐了一趟公交，车上几乎人货各半，一位老汉提着两筐菜，我说：“走亲戚？”

他说：“卖菜，房前屋后种菜，自己吃不了，去城里还能卖几个钱。”

“现在政策好了，农民免票携带化肥种子等农资，从菜到鸡、兔，都可以带的，”司机师傅无奈地说，“啊呀，不硬气点，羊、猪都给你往车上装哩。”

我笑笑，问旁边的老汉到镇上有啥事？

他一笑说：“看场戏。”

又说：“今儿市上的角儿在县里唱戏哩，这两天正农闲。”

有路就有李旺车

甘肃哈凉州的十八站，嘉峪关续上者两站；
日头它落在戈壁滩上，穷脚户啥时候到站？

脚户哥大路上走下来，满口的尕花儿唱来；
三唱哈两唱到地边来，才认出心上的人来。

大路上来个脚户哥，车头上蹲着个凤凰；
尕妹的身子一炷香，想飞是没长上翅膀。

丝路贯通西海固，催生了一个行业——脚户。哪个村庄没有几个脚户呢？我们村上就有几个脚户。

脚户不分昼夜，四处奔波，把盐茶、棉布、纸张、铁器、日用杂货……从云南、四川、陕西运至本地或再销往青海、西藏等地；将本地的皮张、羊毛、药材等特产运往南方，贸易交流，极大地活跃和丰富了当地的市场。串起了青藏高原、云贵高原、四川盆地及广大中原地区，甚至是江南大地……

“白跑了费鞋。”

西海固这句俗话就是出自脚户之口。在千山万壑的西海固，行路实在不易，谁也不愿意白跑路。

李旺镇地处交通要道，丝绸之路穿境而过，跑脚一度为人们过生活的主要活计。1982年改革开放初期，百废俱兴，李旺人血脉中的脚户因子被激活，跑起了运输。清水河畔的韩府村，村名昭示着它的历史。韩王朱松，明朱元璋第二十子，史称其“性英敏，通古今，恭谨无过”(《明史》卷118)。洪武二十四年（1391）封国开原，在海喇都营（今名海原县）李旺镇建府邸名曰“韩府”。

“马海林是第一人，东凑西借9000元，买了一辆解放卡车搞起货运。然而，还没跑上几趟，汽车被没收，理由是‘个体不能从事运输’。过了一年，马海林压不住跑运输的欲望，又东凑西借买了一辆解放卡车，再次遭遇被没收充公的结局。1984年，国家政策一下子宽松了，个体能搞运输了，别人还在观望，马海林买回了第三辆大卡车，跑起了货运，当年收入2万多元，成了周围有名的万元户，人人说事都拿马师傅打比方，马师傅跑运输影响了一批人。”余正财说。余正财、余正东两兄弟是最早受其影响的，从跟着马海林跑运输到后来购置汽车开始自主的货运生涯，几年间兄弟俩脱贫致富，赚取了人生第一桶金。2003年，余正财创办宁夏李旺汽车贸易有限公司，是一家三方物流企业，集货物运输、仓储、汽车销售、汽车配件、汽车修理及保险业务于一体，多年以来承担着西北五省和自治区的农资化肥配送。

“以前都是断头路，走着走着没路走了，回头绕的路多，现在好了，正如那句老话说的，条条大路通罗马，银平公路、京藏高速、福银高速，国道、省道、县道，就像网一样联络着，路平，便捷，跑运输省成本……我们镇的剩余劳力纷纷走出家门，干起了货运生意，把农副产品都带活了……”李旺镇的李副镇长说起来滔滔不绝。

“县上（海原县）打造宁夏运输第一县，推行‘银行+公司+运输户’模式，就是农户向银行提出购买货车贷款申请，以该货车做抵押，货运公司、担保公司担保，签订购车贷款合同，分期还贷，贷款利率执行现行基准利率+70%的上浮利率。对投资购买安全检测设施、安全行驶30万公里以上者，给予资金支持和奖励。”李副镇长说，“为防止少数参与运输行业的群众因交通事故致贫，政府筹集200万元，货运车辆经营会员每年每车缴纳500元会费，建立交通事故风险救助基金，对发生重大交通事故保险公司理赔后剩余损失部分，运输户可申请风险救助，最大限度地降低群众经营风险，助力脱贫攻坚。海原县有B证以上驾驶员6.4万人，运输从业人员月工资3500~10000元，稳坐宁夏交通运输第一县交椅。”

李旺镇大型货运汽车保有量5200多辆，90%以上是大型“康明斯”货运车，足迹遍布全国。“有路就有李旺车”，在银平公路上更有“十车三李旺”之说。从业人员1.12万人，全镇农民人均可支配收入贡献率达到48%，人均纯收入约4万元。

午饭就在一家“李旺餐馆”吃的。餐馆门面不大，却干净整洁，吃面的人很多。“运输业是个关联性极强的综合产业，汽车维修、护理、服务、驾驶员培训乃至餐饮等产业相继兴起，光李旺一个镇加油站就有十几个，年销售额近亿元，而‘李旺餐馆’跟随汽车运输产业有发展，南到西安，北至内蒙古，西达新疆，凡是李旺车通达的地方就有李旺餐馆。”李副镇长说，“李旺餐馆都是这种风格，你别看店面小，营业额不小哩，餐馆面对的顾客是司机，司机的时间在路上，一盘肉，一碗面，吃完就上路了。”李副镇长要了凉手抓和揪面，端了两碗面汤过来，刚坐下，一个小伙子走过来说：“李副镇长，你不认识我了？”

李副镇长说："你是……"

小伙说："我去年参加县上举办的创业培训班，贷款买车就是你帮我填的表，我还加了你的微信哩，你还老发些政策呀注意事项哩。"

李副镇长"噢"了一声，给小伙介绍了我，小伙坐下说："老早以前我就想学车，可是没车开，学车花那冤枉钱有啥意思，以前想买车，贷款需要抵押、担保，可哪里找去，亲戚朋友都穷着，哪有值钱的东西抵押，家里穷谁给你担保……十八大以来的政策太好了，学车免费培训，鼓励你学车，更重要的是帮你贷款买车，分期还贷，5年还清，一点压力都没有。而且连各种问题都给你想到了，出了车祸也不是翻不过去的火焰山。"

我问跑车运输一年能挣多少钱？

小伙子说："要是自己的车，人车一年10万稳挣，现在咱们西海固热得，要运输的东西多得很，活又不愁。"

小伙要的也是凉手抓和揪面，先上来，他请我们先吃，我说："你赶紧吃吧，吃了上路。"

他说："那我就先吃了，我这趟去广州，这阶段送菜，活多得很，恨不能像孙悟空有分身术，开几辆车跑哩。"

小伙子吃手抓真香，看得人眼馋，一盘手抓风卷残云，面已经凉了，小伙子呼噜呼噜吃面，我说："你慢点吃，别噎着烫着。"

小伙子嘿嘿一笑说："练出来了，不怕。"

李副镇长说："日子蹬上劲了好，再加把劲把贷款还掉日子就轻松了。"

小伙子说："暂时还轻松不了，打算在县城买房，现在跑运输就在城里住，租房子得花钱，省下的就是挣下的。”

我给小伙子竖了大拇指。小伙子告辞走了。

我们吃完饭去结账，小伙子已把账结了，李副镇长打通小伙子的电话说：“你咋能把账结了，胡弄个啥，我把钱从微信上给你发过去，赶紧收了。”

三　营

“固原城，砖包城，赛过杨家八大营。”银平路（银川到平凉）进入西海固，沿线由北向南有8个村镇，依次命名为一营、二营……八营，民间传说是老令公杨继业带领8个儿子扎的8座营。在西海固，杨家将的故事传说丰富而普及，而且有史有据。离固原不远的蒿店乡，有个三关口，秦腔里有“杨六郎把定三关口”的唱词。固原城西有一座山叫白马山，远远望去，一匹白马躺在半山坡上，走近一看，是不长草的白沙石地成马的形状，传说是杨家将中白马战死沙场的地方。银平路沿线有两个村子——杨郎村、潘家堡子村，传说是杨家将队伍、潘仁美队伍驻扎的村庄。固原城边有一座土城叫焦赞城。海原有着大地震活化石之称的震柳传说是杨六郎的拴马桩，附近的村庄叫哨马营，依附的山叫营盘山，山顶上有座营垒，说是杨六郎驻兵的军营。西吉将台堡说是穆桂英的点将台，秦腔有“离了将台上战马”的唱词，西面的山就叫穆桂英山，1942年西吉建县时，县政府所在地就在穆家营，说是穆桂英的娘家。丹霞地貌火石寨传说是焦赞和孟良营救杨宗保时被穆桂英打败，用火葫芦点着山寨，大火连烧了几个月，山石就变成红彤彤的色泽，火石寨景区的扫竹林半山腰有一寨就是穆柯寨，当年穆桂英就是在这里逼杨宗保成亲的，留下“杨家没大小，娘妇子夹着公公跑”的笑话，而杨家将大破天门阵时所用的“降龙木”，据说就是从火石寨山谷间生长的茶条槭上砍下的。

秦腔唱杨家将，信天游唱杨家将，花儿也唱杨家将：半个蓝天半个阴，半个儿烧红着哩；提起杨家要唱分明，杨继业保谁着哩？/宋朝的江山如铁桶，保国老将是令公；七郎八虎是英雄，千年万代的留名。西海固姓杨的人很多，有汉民，也有回民，说起杨家将来口气骄傲：我们杨家人……别的地方贴的门神是秦琼、敬德，西海固人家贴的门神却是孟良、焦赞。这些似乎都在证明西海固人说杨家将驻守固原城不是生拉硬套，胡吹冒撂。小时候听老人讲起杨家将的故事，对杨家将在西海固的故事深信不疑。忠良、英雄就是这么活在人们心中。

事实上，这8个营来自明朝。明朝在固原设立“陕西苑马寺长乐监”，修马营19处，专门负责养马。马营既是牧马士兵的宿营地，又是马厩，其中在固原以北沿清水河流域修有8座营城，村名自此始。虽与杨家将的传说不搭，但将军姓杨——副都御史杨一清。

8个营中三营名气最大。三营镇处于塞外抵达关中必经之路，清水河谷，牧业发达，乌氏倮就是在这一带从事畜牧和商贸，成为秦朝首富，受到秦始皇的接见封侯。古丝绸之路上的商贸重埠，丝绸之路至三营后分为两条路：向北入黑城，向西进石门关，商旅往来，集贸繁荣，物流发达。三营镇历史上素有“旱码头”之称，为商旅休息交易之地，也造就了三营“清真餐饮”这块金字招牌，手抓肉、蒸羊羔肉、羊杂碎、油香、面果子、馓子、马登元汆面、杨三女烤馍……在整个宁夏声名显赫。生汆面，三营一绝，去三营不吃生汆面，等于没去过三营。故街道两边一字排开的饭馆招牌上都大写特写着“生汆面”。三营离固原城30多公里，如今已是全高速，半小时即到，故而，从银川去固原，多数人都会选择在三营吃饭。

进入21世纪，时代高速进步，落后的交通让三营的优势萎缩，银平公路穿镇而过，三营依路成市，店铺沿路摆摊设点，占道经营，逢集日车辆经过三营得两三个小时，人们怨声载道，吼声连天，逞强好胜动手脚也是常事。遇到剐蹭碰撞，整条路就堵死了，一度成为顽症，影响了三营的声名和发展，一些看准了三营地理位置和传统商业价值的，最终也都放弃了前来投资置业。

地理位置决定前途命运。地处交通要冲的三营随着中宝铁路、银平公路、银武高速公路贯穿全境，好运接踵而至：宁南中心城市建设核心小城镇，宁夏20个重点建设试点镇，国家发改委、住建部等7部委确定的全国500个建设重点镇……2011年小城镇建设以来，三营镇道路五纵十横，拆旧建新，扩路绿化，清障除弊，由集镇向城镇转身，1700多家仿明清风格与回族元素相结合的新商铺展示出“宁南民族特色商贸物流重镇”的品质，以农贸市场为核心、辐射4条商业街的中心商贸区，武汉商贸城、浙江商贸城……这个丝路古镇焕发出“旱码头”的独特魅力，外地商户占到了20%以上。

“金三营”这个历史招牌被擦亮，如高悬小镇上空的三个镏金大字光芒熠熠。走在三营镇，能听到各地方言，能遇到外国人，同行小刘感慨“有大都市的感觉”。

三营义乌小商品批发市场是气派的，而“这里能买到天下货”也彰显出其不凡。

国家提出构建“一带一路”，借助与阿联酋开放第三、第四、第五航权作为契机，以3000公里内能够辐射中亚、中东等各国的空中走廊节点优势为平台，把宁夏推向“一带一路”倡议支点的重要位置。

“义乌小商品批发市场落户三营，灵感源自国家中阿经贸论坛，实施‘东接西进’。在义乌有许多三营人，有做阿语翻译的，有经商的，有打工的，他们打拼多年，与世界各国客商尤其是中东客商建立起了丰富的人脉关系，‘东接’就是接回这些人，让他们在三营义乌小商品批发市场当自己的老板，与义乌中国小商品城建立合作，引进厂家、商品、经营理念；‘西进’就是向西开拓挺进，繁荣中阿经济，这个项目能够落地，饱含着他们浓郁的故乡情结，也是为他们回乡创业提供平台。”市场负责人介绍说。

宁夏精英集团投资10亿元建成7万余平方米的商铺，2014年与浙江义乌小商品城“义乌购”达成“宁夏购”网络战略合作，200万种小商品直接引入固原，标志着全球最大的线上线下相结合的义乌小商品批发采购平台正式“连线”固原。

“三营义乌小商品批发市场已经成为辐射周边的重要商品集散基地中心、物流中心、西北名优特产品展示中心，电商运营模式商户与厂家直接对接，省去中间环节，降低进货成本，减少库存风险。通过这一平台，宁夏的名优特产、清真产品也走向全国、世界。”三营“义乌购”负责人说。

2017年，位列“中国民营企业500强”的金田阳光集团签约义乌小商品城项目，打造集吃、喝、玩、乐、购于一体的大型商业综合体，

“南货北调、北货南上”，实现货物的快速流通，除了保留传统的小商品批发市场外，还增设特色风情小镇、文旅主题购物公园、海外商品馆、水上乐园、滑雪场等主题，将项目打造成固原市商业的地标性建筑，提升名气和财气。通过一组数据可以看到小城镇建设给三营商贸增添的新活力：2018年商贸产业年总交易额72亿元，创收6.5亿元，从业人员近6000人，逢集日交易额成倍增长。

西　安

“西安”路牌闪过，中央一家媒体记者小刘说：“这里离西安不可能这么近吧？”

我说：“有500多公里。”

看他满脸疑惑，我笑笑说：“此西安非彼西安，这个西安只是海原县的一个镇，虽然只是一个镇，无法与大西安相提并论，但在历史上却也曾是大地方，有过轰轰烈烈的历史。”我嘿嘿一笑又说：“宁夏小，西海固是个大地方！”

刘记者下车拍了路牌。上车，我告诉他：“海原县不但有西安，还有华山，还不止一座，西华山、南华山……”

说话间西安古城呈现在眼前。

丝绸之路到了西海固分几条线，都绕不开西安镇，它是一个枢纽。宋置“西安州”，在离今海原县城西约20公里筑西安州城。背靠西华山，也称天都山；前临锁黄川，地理位置险要，史典称“固靖之咽喉，甘凉之襟带”。

西夏王朝建立后，大宋军队和西夏军队开始了长时间的拉锯战，从《范文正公年谱》看，当时的西夏军队15万人，在这一带就部署了5万军队，足见其在西夏军事版图中的作用。宋太宗雍熙二年（985），西华山一带被党项族占据，在西华山下今黄湾村修建7座宫殿，内府库馆舍齐备，称为“南牟会”，在西夏历史上扮演起“南都”角色。李元昊和没移氏在此举行了盛大婚礼。此后每年盛夏，元昊携没移氏都来这里避暑享乐。

西安州更显赫的是出了一个皇妃、一个宰相。西安州还为宋朝统治时，最高行政长官——西安州通判是任得敬，宋与西夏战争中投靠西夏，被封为知州事。崇宗时，任得敬把女儿献给了崇宗为妃，他也从防御使升都统军。仁宗时，封为西平公，后贿赂晋王察哥，入朝为尚书令，进中书令，最后成为国相，爵楚王。野心往往会膨胀，任得敬觊觎帝王之位，最终落了个被诛的下场。

海原县城“海喇都”为元朝豫王封地，光绪年《海城县志》建制志“沿革”条里记载：“元世祖取灵州，进兵盐州川，命豫王建国西安州。”明成化四年（1468）西海固一带发生起义，朝廷置西安州守御千户所，对西安州城扩建重修，城内增筑一道隔墙，分为南、北二城，后人称该城为“日”字城。清朝设游击驻防。1920年海原大地震，西安镇为震中，破坏惨烈，只存有城址、护城壕轮廓及千米长的残墙，其上马面（马面是宋朝筑城的标志）尚存。如今古城内百姓居住，当地人称古城子。

穿过西安大街，可以用“人山人海”形容，这正是西安的集。

“现在西安集大得很，你看这人多得，每集有五六千人，夏秋时节过万。”俞学峰供职中卫市文联，是散文作家。

“现在西安不一般哩，西安古城遗址、新石器时代‘菜园遗存’、烽火台、南华山风景区，还有西北方向就是西华山，哨马营沟里长着十来棵百年古柳，有一棵夫妻树，1920年8.5级海原大地震被震波从中间劈成两半，错动了四五十厘米，被专家确定为‘震柳’，来看的人多得很，旅游热火着呢。”

正值西安镇集日，西安镇集市在方圆一带首屈一指，生意兴隆。

集市是一个地方经济的晴雨表。才9点钟，集已经很兴旺了。

别看我的粒粒小，我的作用不得了。

益肾补虚能除热，健胃安神又补脑。

一个商贩在吆喝小米。小米黄澄澄的，益肾和胃、除热补虚、安神健脑，被营养专家称为“保健米”。

“你看这小米多黄，绿豆多绿，黑豆多黑，咱这荞面纯纯的，不像你们城里卖的荞面，一撮荞面都没有，白面里掺了麸子当荞面卖哩。”摊主把手插进黑豆里抓起一把往一个盛着清水的碗里一撂，“你看我这黑豆没染过一丁点墨汁，不像你们城里卖的，回家一泡，水黑了，豆白了。”我笑笑，他说：“醋泡黑豆和扁豆，糖尿病人最好的吃头。”

我说：“过几天买点。”

摊主一听我没买的意思，嘿嘿一笑说：“我们才开始吃细粮，你们吃粗粮了；我们才开始吃肉，你们吃草了；我们才开始吃糖，你们尿糖了，哎呀，你们城里人呀你说怎么这么失笑人！你们说你们的嘴咋就那么值钱，吃啥啥就贵得不行了。”说完开心大笑起来。

我也笑了说：“生活中你一定是个杠头。”

他嘎嘎嘎地笑了说：“咱们抬一场。”

我笑了，和他握握手。

西安镇地处六盘山余脉南华山下，是纯天然绿色小杂粮主产区。黄米、小米、荞麦、燕麦、莜麦、胡麻、黑香米、糙米、薏米、玉米、芡实、黄豆、绿豆、黑豆、豌豆、扁豆、蚕豆……小杂粮抗旱、生育期短、抗逆性强、产量稳定，填闲补种，有灾备荒，无灾增收，还是粮草兼用、轮作倒茬、培肥地力的特色作物。

“土地远离污染，天然绿色环保，备受市场青睐，以前路不好，拉不出去，现在方便得很，进驻北京华联等大商场，远销日本等国家和地区。以前种是为吃饱肚子，现在种是种经济作物，合作社和大户流转土地种植，机耕机种，水肥有保障，产量高得很，现在人们讲究养生、食疗，小杂粮富含膳食纤维，具有低糖、高营养的特点，更是防治心脑血管、动脉硬化很好的食疗保健品，对降低‘三高’有辅助作用。价格涨了十来倍，比细粮贵多了。”俞学峰说。

旁边卖荞面的冲我们说：“带点荞面吧。”

小刘说：“我们那里有卖的，比你这白。”

卖荞面的说：“你那是电磨磨的，还增白了，这是驴拉石磨磨的，啥都不添加，纯纯的哩。你们城里人吃的东西都让机器加工坏了，你们才得病，你们这些人肯定都吃成这高那高了，荞面是‘三高’的克星。”

我说：“东西好，价格也好。”

卖荞面的说:“以前吧，路不好，就是老天爷给个好收成，也卖不上个好价，小杂粮成熟打碾正赶上咱们这里雨季，路是沿着河谷崖边的土路，下个雨滑得不行，且常被冲毁，外面人进不来，粮贩子收粮的车进不了村，信息也闭塞，有集无市，路通了就不一样了，通到家门口都是柏油路、水泥路，现在咱们这里的东西脚长，走的路远哩，天南海北的人吃哩。”

俞学峰说:“这两年实施乡村交通‘毛细血管’畅通工程，所有村硬化路全覆盖，没有车到不了的地方。”

我们继续往前走，卖荞面的说:“批发价给你们，带些回去卖了挣个汽油钱哩，这东西到城里好卖。”

卖黑豆的说:“人家带你喔，不看人家都是啥人，靠你哦挣油钱?”

“钱有多余的?谁嫌钱多了?”

卖荞面的递给我一张名片说:“荞面降血糖，你们城里人吃得多，要买的话给我打电话。”

又说:“你该注意咧，你这身量肯定超标，最容易患糖尿病。”

一排卖胡麻油的，都有自己的品牌，一位在喊:“胡麻油，胡麻油，老白家的胡麻油，吃上一口香破你的头，吃上一辈子延年又益寿。”他用提子提了一点伸到我们面前说,“你闻闻、尝尝”。见我们要走，他喊:“一看你们是讲究的人，买油别买毒药，到油坊里看看，真正的老油坊。”

卖肉的喊:“腿好的时候多走路，牙好的时候多吃肉。”

街道两边各种吃食摊点见缝插针，一字排开，凉粉、碗砣、麻汤饭、荷包蛋、炖羊肉、羊杂碎、羊腥汤、小米捞饭、荞面圪坨、荞面饸饹、油糕、糖糕、油馍、米酒、黄米饭、黄米馍、豆钱钱饭、手擀面……蒸、炸、煎、熬、炖、炒、烩手法都用上了。

卖手擀面的喊："擀得就像纸，劃得就像线，下到锅里莲花转，捞到碗里撅不断，客人吃了三大碗，过了七个州，跨了八个县，赞的就是咱的个面。"

卖锅盔的在喊："人到世上，猴到树上，文魁武魁，不顶锅盔，咥上一块，肚子不亏。"

卖羊腥汤的直接唱着卖："荞面圪坨羊腥汤，死死活活相跟上。喝了我的羊腥汤，干妹子由你搂抱上。"这真正叫把"食色，性也"结合起来。

每个摊点都围着人，桌子凳子有限，就蹴着站着吃，就像在村巷里，边吃边和人说话，做买卖。每个赶集的人既是卖家，又是买家。有贩子街这头收了到街那头卖去，卖不了赶另一个镇的集，因此有说倒腾买卖。

迎面走来几个女人，背着小包，衣着鲜亮时尚，我说："现在村里女人逛街浪门子穿得时尚着哩。"

俞学峰说："她们不是逛街浪门子，是去'扶贫车间'上班。厂里实行计件工资，主要从事服饰配件的加工、包装，可根据自家情况灵活安排上班时间，既不误早晚送孩子上学、放学，也不误农活、家务……"

来到公交招呼站，一个汉子走过来问："回银川不？想不想搭顺车？"

我看看他，他说："不是银川来的？那是兰州的？"

我说："银川的。"

他说：“车好，帕萨特，车费跟坐快客一样。”

我“呃”了一声说：“有车。”

汉子走了。

变化无处不在，也就几年前吧，我陪一朋友下来看震柳。在西安镇吃过饭离开时，一汉子拦在车前说你们回银川吧，带人不？我们说不回银川。汉子说银川的车不回银川？哄谁呢，我给你们掏钱，不白坐，带人回去挣个汽油钱嘛。旁边一汉子说人家带你，稀罕你那几个钱？看人家喔车，差你喔几个油钱？汉子说钱有多余的？谁嫌钱多了？另一汉子说人家缺你那几个油钱？做事没个把握，搭车也不看人看车，坐328的命，还想蹭人家喔车。汉子说你个下（瞎），找着跟我抬杠是不？他们互相打闹起来。

第十二章　山盟海誓

宁夏所需，福建所能

山盟海誓，这个经常出现在爱情中的词语，1996年，被赋予了政治意义。

为加快西部贫困地区扶贫开发进程，缩小东西部发展差距，实现先富帮后富、最终实现共同富裕目标的战略目标，中央确定建立东西部扶贫协作机制，东部13个发达省市结对帮扶西部10个省区，“积力之所举，则无不胜也；众智之所为，则无不成也”。制度优势是一个国家的最大优势。让发达地区支援欠发达地区的对口扶贫的成功实践，在中国大地结出累累硕果，夺取脱贫攻坚战的全面胜利，充分彰显了中国特色社会主义制度的制度优势。

福建对口帮扶宁夏，福建省即时成立了由时任福建省委副书记习近平为组长、19个省直机关为成员单位的福建省对口帮扶宁夏领导小组，1996年11月，两省区召开第一次对口扶贫协作联席会议，闽宁从此牵手共进。

在20多年的实践中，习近平亲自制定的四项原则和五大机制充分证明其政治境界、科学决策和民生精神，成为闽宁协作的灵魂。闽宁双方的联席会议制度是最重要的制度之一，联席会议在福建、宁夏两地轮替召开，两省区主要负责人出席，从未间断。一届接着一届抓、一任接着一任干，从1996年以来，20多位福建省领导先后到宁夏南部贫困山区走村串户调研，两省区把建立联席会议制度作为工作部署、达成共识、推动落实、增进友谊的重要举措，确保扶贫协作工作与两省区发展紧紧相扣，不断拓宽协作领域，丰富协作内容，提升协作水平。当福建的资金、技术、产业和管理优势，遇上宁夏的土地资源、特色农产品和劳动力资源，走出了一条从输血式帮扶到造血式发展的扶贫之路，从单向扶贫到产业对接，从经济援助到社会事业多领域深度合作，随着对口扶贫协作的深度和广度不断拓展，多层次、宽领域、全方位的互利协作，真正做到了“宁夏所需，福建所能”。科学的顶层设计，良好的制度保证，坚持不懈，久久为功，“闽宁协作”上升为独具特色的“闽宁模式”，是东西部扶贫协作对口支援的成功典范，为我国东西部扶贫协作积累了成功的经验。

2007年，胡锦涛总书记考察了闽宁对口协作整村推进村——固原市原州区中河乡中河村扶贫开发和新农村建设情况，看望福建挂职干部，对他们的工作给予高度评价，指示说：“先发展的地区，有责任支持和帮助中西部地区的发展，你们要把东部发展的经验和做法带到这里来。”

2008年，全国东西扶贫协作经验交流会在宁夏召开，“闽宁扶贫协作机制”被评为“东西扶贫协作的典范”，福建省闽宁对口帮扶办公室被中央扶贫开发领导小组评为东西扶贫协作先进单位。

2013年，国务院扶贫办将“闽宁扶贫协作机制”正式列入《中国社会扶贫创新行动优秀案例集》，并作为具有代表性、创新性和推广价值的成功案例向全国推广。

2014年，国务院扶贫办在宁夏召开全国东西协作会议，推广“闽宁扶贫协作机制”成功经验。

2015年，在全国东部地区扶贫工作座谈会上，时任国务院副总理、国务院扶贫开发领导小组组长汪洋特别强调：“要提高认识，以闽宁协作模式为榜样，下大力气帮助西北地区打赢脱贫攻坚战。”

2016年，习近平总书记在宁夏考察，看到闽宁镇变化时说：“闽宁镇探索出了一条康庄大道，我们要把这个宝贵经验向全国推广。”闽宁镇已经成为我国贫困地区通过对口扶贫协作走向全面小康的成功典范，成为对口扶贫协作“闽宁模式”的一个样板，是中国扶贫攻坚伟大工程的一个缩影。

…………

闽宁协作办公室，或许许多人会轻看，觉得和有些类似办公室一样，一个办公室能起多大作用，何况是两省间的事。事实上，闽宁协作办公室的作用是不可低估的，它负责下情上报，为联席会议提供决策依据，是“宁夏所需，福建所能”的决策基础。

1997年3月，时任福建省扶贫办主任的林月婵率团先踏上西海固调研，她被这片土地的荒芜贫瘠闭塞落后惊呆了：

“在隆德县杨河乡调查时，我们走到哪儿，小孩跟到哪儿。这么多小孩跟着我们，却不去上学，我们很奇怪，决定了解一下这里的失学率有多高，结果是34%！能不能设立专门救助失学儿童的项目，让他们重返课堂，这是孩子们一辈子的事……走进学校，老师用树枝在地面上写字教学，学生在地上写字做作业……”

于是闽宁对口帮扶启动了“万名失学儿童救助工程”“百所学校一帮一”项目，20多年来福建帮助宁夏新（扩）建学校236所，资助贫困学生9万多名；1000多人次支教教师来宁夏工作，为宁夏培训教师8000人次，福建资助的那批孩子40%上了大学……

“走过大街小巷，许多人在街巷里筒着袖子闲谝，问为啥不出去打工，说打工找不到门道，不是要不上工钱，就是给人骗了，害怕外面的世界。孩子们衣服补丁摞着补丁，许多孩子衣不遮体，还要帮着家里出去卖土豆。泪水模糊了我的双眼，要让剩余劳力走出大山，到福建沿海地区赚钱学技术……”

宁夏劳务大军进入福建，福建建立宁夏劳务基地5个、劳务工作站3个，举办各类技能培训班，专门按照回族习俗安排食宿，针对女孩念书少，林月婵牵线福建企业为女孩一个个找好岗位，谈好待遇，安排好生活。许多人家不让女儿出门打工，她走村串户开导，搬来妹妹和侄女现身说法。第一批93名西海固女孩挥泪告别父母，走出大山，踏上了务工之路……现在福建为宁夏建立了5个劳务基地和5个劳务工作站，5万多宁夏人在福建稳定就业，年均劳务收入超过10亿元。

“天蒙蒙亮，大街两旁是一眼望不到头的卖土豆大军，他们来自偏远乡下，怕来迟了让人抢了先，土豆就卖不掉了，卖不掉，就只能坏了，有的半夜就起来了，有的一夜没睡，趴在土豆上睡着了。我想卖土豆为何如此之难？后来专门调研，土豆种植在西海固有着无可比拟的优势，然而销路不广，产业链不长，深加工企业太少……”

援宁干部为给土豆找出路，背着不同种类的土豆到各地推销，闽商严国圣就是这样被吸引到宁夏投资，开发出近30种以土豆为原料的休闲产品，每年消化4万吨鲜薯。销路打开，土豆产业成为西海固几大产业之一，种植面积达300多万亩，产量居全国第一。福建企业就是这样进入西海固，5600家福建企业入驻宁夏，8万多福建人在宁置业，闽商企业在福建开辟了一批宁夏特色农产品展销窗口。

“天干地枯水断流，麻雀渴得喝柴油。西海固地区干旱缺水，饮用苦咸水多，当地老百姓最大的愿望是解决饮水难，喝上甘甜水。解决水的问题，是当地扶贫工作的一件大事……”

“井窖工程”成为扶贫之初的主要抓手。2000年，经过80多天的奋战，一口深456米的井喷出水来，深水井每日出水量800立方米，解决四周几个村庄人畜饮水，被断定为“无水死区”的甘城乡沸腾了，四面八方的老百姓争相来看，捧水而喝，一个老汉喝下了第一口清纯的井水时，流着眼泪喊叫：“我的娘啊，这水甜死人咧，甜死人咧！”至今，福建省为西海固打井窖1.5万眼，解决了30万人、10余万头牲畜的饮水困难问题。

“总书记亲自策划、推动一大移民举措——闽宁共建移民村，亲自命名‘闽宁村’，后来升格为闽宁镇，我们不遗余力助推……”

20多年发展，福建积极争取结对帮扶项目，建设160个闽宁示范村，已成为世界扶贫的典范……

“辛辛苦苦几十年，一病回到解放前，西海固的医疗条件，县级医院连许多常见病都无力接诊……”

福建省援建妇幼保健院、医护培训中心、儿童福利院等医疗卫生项目323个，“一地一病种，一病一团队，五年一周期，填补一空白”。福建集中省内所有三甲医院医技人才，按宁夏所需派出348名骨干医生。过去连当地常见病都无力接诊的原州区医院，在福建协和医院多年对口援建下，如今成为科室齐全的二甲医院……

…………

林月婵在福建省对口帮扶宁夏办公室主任岗位上任职10年，40多次踏入西海固走村串户，调研摸底，为联席会议决策推动准备翔实严谨的第一手资料和决策依据，“母婴工程”“医疗服务”“母亲水窖”“关爱回族女童”“关爱大学生志愿者”“闽宁月嫂”等援宁扶贫公益活动，“宁夏所需，福建所能”的人才、资金、科技、经验、市场要素等源源不断地输送到西海固地区……2015年，林月婵荣获宁夏政府“感动宁夏年度人物”特别奖。林月婵在宁夏有太多太多的朋友，“每天都接到宁夏朋友的电话，听到熟悉的声音，就像穿越千山万水一样，大漠绿洲、黄土高坡，回到我魂牵梦萦的第二故乡”。

到西海固，都要吃个羊羔头，吃碗羊杂碎。2007年9月在固原城，我走进一家清真羊羔头羊杂碎小店，一个小媳妇倚着门，我们进店了，她还倚门往街上看。

“麦燕儿，来客人了没看见?”

厨子走出来，冲小媳妇说。

小媳妇回身冲我们一笑，对厨子说：“我看刚刚过去几个人，里面有一个像林妈妈。”

“林妈妈？你咋没叫进来？”

小媳妇说：“来来往往的人遮挡得没看清，怕认错了就把人丢下了。”

厨子撩起护裙出门看了一阵，回来说：“不见了，你怕眼睛看花了。”

我说：“福建的林妈妈？”

小媳妇说：“嗯。”

“林妈妈”就是福建省对口帮扶宁夏办公室主任林月婵。只要去福建打过工的宁夏人，都叫她林妈妈。

我说：“她已经退休了。”

“我知道她退休了，她退休了也来哩。”小媳妇说。

厨子给我们端上来蒸羊羔头和烩羊杂，我们吃着，他告诉我们，林妈妈来西海固招呼人去打工，他和媳妇是在福建打工时相识相爱的，打工攒下点钱，在林妈妈帮扶下回来开了这个馆子。“人家啥人，可眼里有我们这些可怜人哩，拉着手，问这问那的，啥都能给你想到。”厨子感慨地说。

踏破贺兰山缺

在全国名山之中，贺兰山高不过喜马拉雅，雄不过三山五岳，但这并不影响它成为一座走进历史的名山。“驾长车，踏破贺兰山缺。”岳飞一首《满江红》为贺兰山赋予了最壮丽的光泽，贺兰山成为一座精神之山、象征之山、英雄之山，成为忠烈志士人生风景最雄伟的圣地。最终“踏破贺兰山缺”的不是宋朝大军，而是蒙古铁骑。

新中国成立后，贺兰山抖落了历代王朝披染的战争风尘，沉入宁静的平和岁月。虽然贺兰山东麓是戈壁荒滩，且是风的走廊，有沙尘暴加强区之称，然而地势平坦，贴着黄河，20世纪90年代，贺兰山东麓被划定为吊庄移民区，玉泉营被定为西吉县吊庄点。

1996年，谢兴昌吊庄到了这里。

到了谢兴昌家，他先带我看他的家，“有了车，没车库，再者烧炉子，脏，还热得不全面，又费煤，这次带了车库，通暖气，暖和、干净、省事，不用再穿着棉袄围着炉子取暖……要说变化，从我4次盖房就能说明，土坯房、砖瓦房、水泥板房、二层小楼，在老家一辈子能盖一次房就算本事大的了，盖一回房扒一层皮，日子多年缓不过气来，哪能想到二十来年4次翻盖房屋，而且子女在银川城买了楼房，240平方米，嘿嘿，在老家不敢想……

“镇长说你要写我们闽宁镇，你可要好好写写，我肚里没装几点墨水，要不我都写哩。”在庭院如棚的葡萄架下，谢兴昌洗好了水果，边泡茶边讲述，“我们西吉县王民乡在宁夏中部干旱带上，十年九旱，一辈子是猫儿吃糨子，总在嘴上抓挖，活个啥人，熬年岁嘛，我不想像父亲、爷爷那么窝囊龌龊地活完一辈子，我换个地方活活，可要搬家太难咧……1996年政府实施吊庄搬迁，我们红太村在内，瞌睡遇着枕头了。大班车颠簸了八九个小时，到了玉泉营，迎接我们的却是沙尘暴，飞沙走石，人都站不稳当，沙子打得脸疼，戴着石头镜眼睛睁不开，个个成了土人，天地一片混沌，都认不出谁是谁了，连个避风的地方都没有，大风发出呜呜的鬼叫声，大家唉声叹气骂起来：这是人待的地方嘛，把我们当犯人！有人当场就跟干部骂起来……

“那时候这里风多得很，三天两头刮，哪里能像你我这样坐在院里喝茶，在屋里坐着都得把门紧紧压住，挂上厚厚的门帘、窗帘，炕上、锅台都苫盖着塑料布。宅基地是推土机推出来的土台子，被风沙吹得找不到自己的宅基地了，只得重新认定，从戈壁滩抱来大石头做记号。有个文肚子，是个高中生，转文说‘枯藤老树昏鸦……古道西风瘦马……断肠人在天涯’，立刻被人呵斥，你给我找棵树出来，不是几根电杆，连个拴驴的东西都没有，荒凉死了！帐篷刚搭起来，一风就叼走了，饭碗刚捧上，风把沙子和上，头天打的墙、挖地炕、住窝棚，盖房打井、筛土平田，过了一夜，找不见了，一风刮了、埋了，就跟没干过一样，有些人打退堂鼓回家了……进入深秋，飞沙走石，满世界一片昏黄，就像世界末日了。一场大风一下子吹倒了几十户新建的房子，又一些人打道回府了……冬天来了，一些人回老家过冬，再也没回来了。

“老婆也哭着闹着要回，我说出门门槛低，进门门槛高，回头路难走，人争一口气，佛争一炷香，我还是个队干哩，人都是我动员出来，要回了在所有人面前就没那口气了。讲这地方的水，讲这地方的平，讲银川平原是‘塞上江南’……我这样劝老婆，也这样劝留老乡，更是劝我自己。春节如约而至，三十晚上，村子只剩了3户人，电还没通，一家7口人点着煤油灯吃洋芋面，风一阵一阵打来，土坯房就像要倒塌了，娃娃们叫嚷着这地方孤得鬼哭狼嚎，还不如老家。娃娃们睡去了。老婆又提说回家，我说不搬到这里你能看上火车？老婆说我宁愿不看火车。春季也是风季，沙子打得眼睛都睁不开，又一些人回了老家，亲戚劝我说你好歹在老家是个官，是个医生，文化人，搬上来过这日子？老婆又喊着要回老家，我说国家五年一个计划，咱们也来个五年计划，五年后再决定。老婆说她等不了五年……其实我也动摇了。”

老谢接了个电话，是朋友约喝酒的，挂了电话，一笑说：“过天阴哩，不要说没丢个雨星，这天都晴开了，还过天阴，找个茬口就想聚着喝几杯。”他接着说：“是习书记把我留下的！正在思想滑坡的时候，1997年4月18日，习书记带着福建团来到了玉泉营，提出了两省区集力聚资建设吊庄示范点，打造样板村，并把玉泉营吊庄点命名为‘闽宁村’，说这里现在是个干沙滩，将来会是一个金沙滩，这话我记得清清楚楚，太鼓舞人了。我太幸运了，与习书记竟然握了手，还扯了磨，呃，那时间是福建省委副书记，我们都叫习书记，习书记问这问那的。7月15日，玉泉营吊庄点正式更名为‘闽宁村’，并举行奠基仪式，说是习书记要来参加，可因为有会，习书记发来的贺信，广播播放着，贺信我有，后来打印出来，我收藏了一份。”

老谢从柜子里拿出来一张红纸：在举国欢庆香港回归和庆祝中国共产党建党76周年的喜庆日子里，象征闽宁两省区友谊的闽宁村今天在这里隆重奠基了。我谨代表福建省对口帮扶宁夏领导小组，对闽宁村建设开工奠基表示热烈的祝贺！

“如果不是建设闽宁村，我可能也就回了，再不可能来到这里了。我对老婆说你看，好事来了吧，这是国家大事，两省区抓哩，你这下把心放到腔子哩……这一年1100户6000人从西吉搬迁到闽宁村，跑回去的人多数都回来了，没回来的吃亏了，因为后来再想在这里安家落户，得掏大价钱买哩……闽宁合作不是走形式，当时定的目标是‘两年建成，三年解决温饱，五年脱贫’，投入大，进度快，通水、通电、通路、平田，提前一年完成学校，村部，卫生院，邮电，市场，一、二级扬水灌溉及井灌工程建设，啥都有了个样子，看到希望了，大家干劲足了。1998年，大伙信任，推选我为闽宁村村支书，我带着大家筛土地，戈壁滩土地上石子多，得用铁筛子把石子筛掉，老马3个儿子把几十亩地筛了几遍，挖水渠，把黄河水引进来。有水，地两三年就改造过来，这片土地被开发改造出来真是好地，种啥成啥，玉米、麦子亩产都过千斤，温饱问题一下子解决了……家中有粮，心中不慌，有收成，力气算个啥，力气是尿脬，越挣越大，人们生活一下子得上劲了，有了想法，都不满足了，这么好的地，水有保障，种经济作物当然比种庄稼效益好多了，尝试种菜种枸杞。福建农业大学派来10名技术人员指导示范推广食用菌种植技术，免费培训蘑菇种植技术，一年种植双孢菇温棚3000栋，那真是好项目，菌菇一棚一年收入七八千元轻松得很……1999年，成立闽宁经济开发区，2000年移交永宁县管辖，这重要哩，从山里人变成川里人，而且是银川人，2002年升格成立闽宁镇，3年3个台阶，每个台阶都不一般哩。

“福建援宁的干部思路活得很，培育发展特色产业，种枸杞、种葡萄、养牛羊、养鸡鸭、养獭兔，需要技术，两省区组织的各种技能培训多得很，专家免费培训。需要资金，帮助贷款，一切都活了，村干部带头搞特色养殖，特色种植，人心劲鼓起来，越干越有劲，思路活了，机遇多了，也有了凝聚力，干啥一吆喝就起来了。企业进来了，舍得投钱，几年间，菌草、养殖、种植、劳务等产业就大规模发展起来了，打工挣钱就在家门口，摇身一变成为产业工人，按时按点地上班下班，跟干部工人一样……抱怨、闲话没有了，看到希望的人，谁会有怨言？2016年7月19日上午，习总书记再次到闽宁镇，我再次有幸与总书记握手，汇报了半个小时，终生难忘啊，总书记视察中问这问那细得很，给予高度肯定，他说：闽宁镇从当年的干沙滩变成了今天的金沙滩，探索出了一条康庄大道，我们要把这个宝贵经验向全国推广……”

12年前，谢兴昌年纪大了，不再担任村支书，养牛、种葡萄、枸杞，一年下来有十几二十万元的收入，5个子女全部完成学业，当医生、做设计师，5户人家5部车，都在银川城里住。他非常感慨地说：“穷了人老几辈子，哪能想到过上这样的好日子。”

白墙灰瓦，原隆村的民居透出陇东传统风格韵味，街道两边矗立的大型光伏电板，则让移民新村显得科技、时尚。在闽宁镇6个移民村中，原隆村是最晚的一个移民村。2012年，借助宁夏实施35万生态移民，1万多贫困移民搬迁到闽宁镇。因移民来自原州区和隆德县，故命名为原隆村。2016年，原隆村脱贫。不到4年全村脱贫，在宁夏扶贫史上，原隆村创造了一个奇迹。

“穷了人老几辈子，搬到原隆村三四年就脱贫了，没有什么诀窍，就是闽宁镇‘造血式扶贫’形成了劳务输出、葡萄种植、光伏农业、肉牛养殖、红树莓种植、光伏发电六大产业，这几年咱们闽宁镇与福建漳州市台商投资区角美镇、闽宁镇6个行政村与福建7个经济强村建立了‘携手奔小康’关系，内生动力源源不竭，移民一搬到原隆村就进入了成熟的产业链中，土地流转，移民务工，政策红利……根据移民的年龄段，早已划分好工种，‘4050’忙种养，‘2030’搞服务，增收渠道畅通，扎了人老几辈子的穷根3年拔了，用人们的话说，搬去就富了……”王镇长说，“咱们边走边聊，遇到人就能想起事，看到啥我给你说个啥，比坐在办公室里好。”

我说：“这最好。”

出了村委会大门，就是立兰酒庄的葡萄园。“公司流转了原隆村2400亩土地，发展葡萄酒产业，葡萄酒产业用工需求量很大，每年用工3万多人次，原隆村劳力3000多人，长年在葡萄园打工的就有2000多人……”一个女的走过来，王镇长说，“刘莉，你出差啥时回来的？”

刘莉说：“昨儿。”

这时有人叫镇长。王镇长对刘莉说：“你跟作家讲讲你的生活。”

刘莉从旁边的冷饮摊要了一瓶水递给我，我接了，问她去哪里出差了。她说：“西安。”

她捋一下被风吹起来的头发说：“以前都不知道还有出差这个活儿，更没想到我还能出差，啥费用都由公司管，还给补助。”

我问她出差干什么。她说：“参加全国妇联组织的培训，全国各地的女人，有些本事大得很，跟人家差距大得很，见世面哩。”

“从哪里说呢？以前过的日子我没心思说，从搬到原隆村说起行不？”我点点头，她就说，“安顿好新家的第二天，我就跟人坐上招短工的中巴去种树，一天下来挣了80块，当场就拿到手里了，我都愣住了，这么就能挣到钱，还这么多，心里一下踏实了，日子有奔头，不管啥活都用心去干。第二年，我进了立兰酒庄……不管天旱雨涝风打霜煞的，月月工资按时按点发，就跟公家人一样，我男人最大的梦想就是当个公家人，我都不敢有这梦想，从没想过能实现，竟然实现了，谁能不感恩呢。开始每天清理车间，抹布擦不到的就用棉签、牙签搜剔，比新买的还明净，机器厂来维护的人都惊讶。葡萄摘下来，机器去一遍梗，我得带工人一粒粒再手择一遍，一定要达到99.9%无梗的标准，要求严格得很，在酒庄干了一年，就让我当班长。日子好过了，人就有心思了，我就想多掌握技术，跟人请教，师傅都好得很，问啥说啥，自己也钻研，葡萄酒发酵完成时机的判断很当紧，早一点不充分，晚一点会氧化，影响酒的口感和颜色。在规定时间内，我拔下橡木桶的塞子，仔细聆听葡萄发酵的气泡声，从细微的声音差异中判断酒的发酵度。我琢磨发现，在仪器测试出最后指标后，用打火机测试发酵罐二氧化碳浓度，能比机器更精准地控制发酵时机，这连酒庄首席酿酒师都称赞哩……”

王镇长说：“刘莉从葡萄酒种植到酿造的全部工艺流程都熟络得很，又负责敬业，酒庄高层很信任她，提拔她为生产主管，行政人员，还负责旅游接待。她的丈夫也在酒庄上班，夫妻俩年收入8万元，3年就脱贫了，现在私家车也有了。”

“扎了人老几辈子的穷根，3年就拔了，共产党把这么好的条件给咱创造下了，咱把日子过好了等于给共产党报恩哩，不让共产党牵挂了，不是报恩?”刘莉拉住一位经过的女人的手说，“小何脱贫更快哩，他们家是建档立卡贫困户，2016年搬到原隆村，2017年享受‘4+1+1’精准扶贫待遇哩，托管4头肉牛，年分红8000元；分配到1栋光伏大棚，年收入1万元；分布式光伏电站项目户均年收入1万元，领取分红2.8万元。现在是立兰酒庄技术能人，月工资能拿到4000多元，一年就脱贫了……”

昌盛光伏产业园钢结构的光伏大棚气派而时尚，光芒四射。青岛昌盛在原隆村流转土地实施光伏农业科技大棚项目，给予农户连续30年的土地流转费用。企业建光伏大棚，温室顶部安装太阳能发电板，发的电进入市电网络售电，棚内发展设施农业，种植花卉、茶叶、食用菌、蔬菜，养殖蚯蚓、蝎子，解决200多人就业，人均年纯收入超过2.5万元。政府回购光伏大棚交由公司经营，公司负责技能培训、劳动岗位提供和农产品销售，连续3年给予贫困户每年1万元的分红。移民掌握生产技能还可承包经营大棚。

一妇女蹲在地上，仔细查看香菇棒。王镇长叫声刘组长，妇女站起来脸红扑扑地说："镇长，啥组长，就是操个心。"

王镇长介绍说："刘小耐，香菇组组长，自己还承包一个大棚，2015年来光伏大棚打工，能吃苦，操心得很，钻劲儿大，迟早来大棚都见得着她，香菇栽培技术全套掌握了，如何降低染菌率、需要的温湿度等等，讲得清清楚楚，专家都服咧，现在也成了专家哩，哎呀，现在手下管的人比我多哩。"

"能不下苦，不操心？不好好干，企业倒闭了，哪里挣钱去？"说到收入，刘小耐一笑说，"每月能拿3000元，公司好得很，你多干一份活儿都在眼里看着哩，承包的大棚把苦下上，心操到，收入比工资高……收入肯定过线了，贫是脱了。"

从大棚出来，王镇长说："'线'就是人均纯收入，全镇人均纯收入2019年是13970元，搬迁初才500元，增长了近28倍，贫困发生率降至0.197%。闽宁镇获评全国脱贫攻坚组织创新奖，为全球反贫困贡献了中国智慧。"

走过几栋大棚，一位男子在大棚顶上忙碌，王镇长招招手，男人下了大棚。王镇长介绍后我才知道是万军红。万军红的材料我有，他视力残疾，妻子患有精神疾病，在老家属于重点扶贫户。2014年，万军红一家6口搬到原隆村，村里安排他到光伏园区打工。生活看到了希望，万军红劲头十足，边打工边学习，掌握了香菇种植技术，承包了一个大棚种香菇，第一年净收入就达到2.5万元，加上公司1万元分红及其打工收入，家庭年收入超过4万元，“在老家也扶贫哩，估计没这么快，扎了几辈子的穷根，3年就拔了，来的好多人都想不到。”

最让万军红意外的是政府安排他去做了激光手术，厚镜片变成了平光镜，视力基本恢复正常，整个世界一下子清晰了，“做梦也没想到，这辈子还能看这么清楚，更惊人的是害病政府给你安排去治哩。”谈到这里，他的眼圈红了。

“今年咋样？”王镇长问。

万军红憨憨一笑说：“好着哩，好着哩。”

王镇长说：“好着哩是咋么个好着哩？”

万军红挠着头说：“比去年好，比去年好。”

又说：“一年比一年好。”

闽宁草

1997年，时任福建省委副书记兼福建省对口帮扶宁夏领导小组组长习近平率领的福建扶贫考察团中有一人与众不同，他背着6箱菌草种，此人就是中国农协菌草技术研究中心主任、福建农林大学研究员、菌草研究所所长、国家菌草工程技术研究中心首席科学家、菌草技术发明人、被誉为“世界菌草之父”的林占熺。

1971年，针对人们用木头、木屑培育食用菌对森林破坏极大的现状，林占熺用芒萁和五节芒栽培的第一朵菌草香菇被培育出来，成功筛选出巨菌草、象草等45种野生或人工栽培菌草，短时间内大量产出多种食药用菌，菌草技术相继被列为国家级星火计划重点项目、贫困地区科技扶贫首选项目等。

考察中，林占熺被难以想象的贫困现状包裹着，他想要让深受贫困折磨的人们短期内走出贫困，需有一个技术容易掌握、投资少、见效快的短平快的项目，菌草实为首选。然而，栽培菌草适宜在温热湿润地带生长，西海固干燥，海拔高，气温低，菌草种植能否成功？他要试试。

第二次闽宁协作联席会议上，菌草技术被列入协作项目，林占熺带团队进驻西海固彭阳县。深扎一段时日，林占熺有了信心，一是西海固雨季6月至10月，气温适宜，是种植菌草的黄金期，而这几月南方高温，雨水肆虐，正值菌草生产空档期；二是西海固土质好，远离工业闹市区，几乎没有污染；三是西海固气候干燥，菌菇水分含量小，品质无疑上乘；四是退耕还林还草，用于菌草生产的生产资料充足；五是西海固农村剩余劳动力充足、用工成本低；六是西北地区食用菌菇发展迟缓，市场看好。这些优越条件确立了在宁夏发展菌草产业前景看好。

“种蘑菇？蘑菇还能种？没见过。”“就是能种，卖给谁？”彭阳人就充满了怀疑，但这并没有动摇林占熺的信心。在彭阳县古城镇小岔沟，有一排排废弃的窑洞。窑洞相对保温保湿，如果加以改造，应该能达到菌菇对温湿度的要求。林占熺连夜打着手电进行研究，经过强化，窑洞保温保湿效果非常理想。林占熺每夜沿着蜿蜒崎岖的山间小路，打着手电筒观测菌菇的生长状况……一个个难题被攻克，香菇、平菇、毛耳菇、双孢菇、灵芝等食用菌种试种成功。

半年后，头批蘑菇出棚，第一批参与试种的农户种菇收入户均超过2500元，是种菇前人均收入的8倍多。“种菇前，我一家五口人历年粮食总产不足700公斤，人均收入不到300元，种蘑菇一下就超过了2500元，没见过这么多钱啊，不为吃穿发愁了，买地膜、化肥的钱也有了，当年还添了一个劳力——买了一头驴，老教授真是神人啊，靠天不如靠他啊。”张文俊说起来激动得声音都颤抖了。

第二批菇农收入翻了一番还多。

“长城村传统农业以玉米种植为主，玉米秸秆无处可用，只能焚烧，还污染空气。发展食用菌产业，玉米秸秆变废为宝。企业将秸秆回收进行粉碎加工，制成食用菌培养包，生产平菇、鸡腿菇等菌类。农户可在园区参与生产，也可将培养包领回家中自行生产，生产出的产品再由企业定价回收统一销售，既解决了农户生产菌类作物销路的难题，又帮助农户有效抵御了市场风险，确保群众的收益不打折。”祁登荣说，“盼星星，盼月亮，只盼着深山出太阳，歌唱了多少年，这下太阳出来了，人们看到了走出贫困的希望。当时的农民工人均工资一天才20块钱，一个棚子一个月就能收入800多元。”

林占熺团队反复试验，解决了菌草越冬问题。在彭阳、盐池等9个县区小流域生态环境综合治理中，建立菌草示范点，发展菇农，创办技术培训班，开展培训，福建农林大学教授和技术骨干在菇棚旁安营扎寨，与种植户同吃同住，指导搭棚绑架，手把手教授技术，不仅服务免费，还自掏腰包治菇病。菇农心疼地说：“黑了，瘦了，双手打满血泡，就像家里一口劳力。”然而，作为科研人员，他们兴奋啊，只要能成功，让他们付出什么都可以。

因投资少、周期短、见效快，又有专家手把手地教，千家万户都能参与，菌草种植在宁夏全面开花，一年间建菇棚1.7万个，菌草种植面积60多万亩。随着菌草种植的快速发展，市场销售问题呈现出来。1999年11月，闽宁对口扶贫协作第三次联席会议在银川召开，菌草专家有了另一项任务，不仅要全方位做好菌草栽培技术的扎根落户，而且要通过人脉关系和影响力，负责开拓市场销售，林占熺毫不犹豫地在责任书上签了名。产业熟，有门路，专家们北上南下，西进东出，客商来了，订单来了，西海固菌菇销路打开了，菌菇销到了上海、广州、香港……高峰时期，银川至上海飞机的货舱内全部被闽宁村的蘑菇装满。一个菇棚带动菇农户年均增收8000元。菌草被誉为“东西协作扶贫的希望”。宁夏将菌草生产列为千村扶贫开发工程的一个重要产业，并制定下发了《闽宁万户菌草产业扶贫工程实施方案》，菌草种植技术在宁夏迅速推广，并有了另一个名字——“闽宁草”。

为解决菌菇高温期死菇、绿霉较多、冬季运输过程中菌种破碎和冻伤等难题，福建省农业科学院教授林戎斌将刚满月的小孩交给年老多病的父母照顾，吃住在彭阳乡村，协助规划“宁夏六盘山食用菌研究中心”建设，筹措资金援助添置了灭菌等设备，使菌种污染率降低到1%以下，使彭阳县食用菌菌种年产达到200万瓶，满足了西海固的需要。2012年，以闽宁对口科技协作项目为依托，林戎斌建起闽宁现代食用菌产业科技示范园，和福建省农业科学院合作，鸡腿菇、杏鲍菇等通过了有机认证，“六盘山珍”品牌已名扬四海，园区已孵化出6家领军企业，免费培训农民业务，吸纳务工300多人，人均年收入可达2.5万元以上，一户有一人打工，全家就可脱贫。菌草技术在宁夏完全实现了本土化，发展菌草种植农户2万户。2017年，科技示范园荣获第十一届中国国际有机食品博览会金奖。

“福建人豁达敞亮，每年，福建农业科学院、福建农林大学的专家和技术人员到彭阳进行技术指导，解决生产中出现的问题，毫无保留，无私奉献，那是真正的帮扶。没有闽宁协作，就没有今天彭阳县的菌草产业。”彭阳县福泰菌业老总祁登荣说，“林老（林占熺）世界菌草之父啊，那么大的人物，一点架子没有，不怕苦，不怕脏，就跟个普普通通的菇农一样……从他们那里我们不仅获取了科学技术，更汲取了精神营养，试验一遍遍地失败，专家干得上火，两眼赤红，嘴唇皮裂，点眼药，抹唇膏，可就是不放弃，直到成功，这让人感触很深啊，人家为啥能成功，因为人家的韧劲、恒心，正如那句话‘爱拼才会赢’，那是人家成功的秘籍。”福泰菌业生产的杏鲍菇、海鲜菇、平菇等菌菇品种已通过国家无公害农产品产地认定和产品认证，取得了2个发明专利、6个实用新型专利，年销售额超5000万元。“现在产品出口不是啥稀罕事了，这在前些年，见个外国人都稀罕，跟外国人做生意，把产品卖给外国人，想都不敢想。现在主要销售半径在200公里以内，目标是24小时内实现从采摘送到最远的餐桌上。”祁登荣充满信心地说。

在宁夏试验推广菌草种植，还寄托着林占熺一个更为宏大的目标，那就是利用菌草发展进行生态综合治理，这是他今生确立的一个重要科研攻关目标。我国有60亿亩草地资源，是耕地面积的3倍，如果能将1%的草地资源开发用于发展菌草产业，将年产9000万吨鲜菇，创造7200亿元产值，解决2400万人就业。重要的是菌草种植可以防沙固沙。而菌草种植技术门槛低、投入小、市场大、见效快，对于生态建设意义非凡。我国592个贫困县多数生态脆弱，如果能在每个贫困县利用非耕地种植万亩菌草，可形成数以千亿元计的产业，实现扶贫开发和生态建设共赢。黄河两岸是他实现这一梦想的重点区域，他确立了建设“黄河两岸千里菌草生态安全屏障”的目标，闽宁协作无疑为他提供了一个广阔的实践舞台。近年来他在黄河两岸44个国家级贫困县建立了菌草示范基地和产业发展基地，把菌草生态治理和脱贫攻坚紧密结合起来，走上了规模化、产业化种植之路，在生态建设、扶贫减困、产业发展等方面发挥着积极作用。林占熺因此荣获第二届“中国生态英雄”奖。

…………

林占熺不是一个人，而是一个群体，采访时我被一次次感动着。山盟海誓，久久为功，20多年的接力，2000余名援宁干部、专家院士、企业家、医生、老师、志愿者，自愿报名，舍小家顾大家，肩负起对口帮扶宁夏脱贫攻坚的历史使命，坚定践行习近平总书记亲自设计规划的闽宁协作大业，推动闽宁对口扶贫协作向宽领域、多层次、全方位发展，与宁夏人民一起用智慧和汗水创造了从单向扶贫到产业对接，从经济援助到社会事业多领域深度合作，形成独具特色东西部对口扶贫协作的“闽宁模式”，向世界展示了全球扶贫解困的中国智慧。一次援宁，一生挂怀。2020年7月3日，中宣部授予闽宁对口扶贫协作援宁群体“时代楷模”称号。

宁夏没海，但有海拔；福建有海，但没海拔。西海固几县围绕六盘山坐落，海拔都在2000米左右，高原反应让很多人晚上睡不着觉，喝了这里的水会连续几天拉肚子，牛羊肉吃了上火，会流鼻血，风吹得嘴唇起皮裂口，得抹唇膏……现在福建援宁干部都适应了，非常感慨地说“当西海固羊肉遇上福建铁观音”……“年深外境犹吾境，身在他乡即故乡”，这是他们的第二故乡，他们有了“闽宁人”这一新的身份。

东财西发

正是洋芋盛花期，河谷两边的洋芋地白花花、紫莹莹、蓝幽幽的花儿在风中波浪般翻滚，蝶蜂绕旋。占地2100多亩的闽宁产业园现代化蔚蓝色棚顶，仿佛一片落到地上的蔚蓝色天空，扑入眼帘。

路边有一家小卖店，我去买烟时，一个老汉拉着小孩儿，小孩儿不走，要买萨其马，老汉说：“你个碎㞞，花钱都不会花，你就不会买个洋气一点的吃的？那是洋芋做下的……”

小孩儿说：“爷，萨其马可好吃了，我就爱吃。”

老汉看我看着他们爷孙，嘿嘿一笑说：“萨其马是用洋芋造下的哩。”老汉指着园区说，“就在那片蓝晃晃的房子里生产哩。”

孩子递给爷爷一块说：“你也吃，可好吃咧……”

老汉说：“爷知道好吃，给叔叔一块。”

小孩儿给了我一块，我看看，萨其马的商标是“国圣”。

2012年9月参加“全国文学名家看西吉”活动时，我们曾经参观过“国圣”集团。2010年，莆商严国圣投资3亿元成立宁夏国圣食品有限公司，几年间，开发出“薯邦”系列马铃薯饼干、萨其马等休闲食品30多个品种，年消化鲜薯7.5万吨，建立起3万多亩马铃薯基地、万吨马铃薯储藏窖、冷藏库，缓解洋芋的收储压力，提供了上千个就业岗位。严国圣建立起西海固“薯业帝国”。

我把萨其马还给孩子，拍拍孩子的头说：“叔叔不吃。”

老汉说：“吃噻，吃起美得很哩。”

我笑笑，递给老汉一根烟，老汉吃着萨其马说：“你说这福建人就是日能，把洋芋做得这么好吃，不要说娃娃吃不够，大人都嘴馋哩，啊呀，以前洋芋论麻袋卖，现在论个卖，以前的救命蛋，现在变成金蛋蛋咧。”又说：“叫闽宁产业园，造这个的老板我还见过，人热情得很，没架子。”

1997年，时任福建省委副书记兼福建省对口帮扶宁夏领导小组组长习近平赴宁夏考察，参加闽宁协作第二次联席会，其间召集在宁福建企业家座谈，希望更多的福建企业家到宁夏投资协作，让宁夏成为闽商的投资热土。福建援宁挂职干部把产业开发扶贫、增强造血功能作为扶贫重点，利用福建“9·8”投洽会、“海峡论坛”和宁夏“中阿博览会”等商贸活动平台，组织闽籍华侨、闽商赴宁夏考察投资，转移福建沿海地区劳动密集型产业，在西海固建起一批闽宁产业园区。

林珍发、林超雄作为福建省第七批援宁干部来到西吉县，几个月跑遍西吉19个乡镇，写出了突出项目帮扶和招商引资的方案，制作宣传PPT，每人背了10公斤西吉马铃薯样品北至哈尔滨、南至深圳开始了“推销”之旅。在福建组织召开一场又一场招商推介会，拜访企业家，组织了136人团队到西吉考察。

“东财西发”的思维便产生自这里。

2010年底，莆商陈玉明考察后立刻决定投资10亿元创建宁夏（西吉）闽宁产业园。这是西吉建县70余年来最大的投资项目。陈玉明给汇丰天塑业董事长林天龙发了一则信息：来看看闽宁产业园，来个“东财西发”。林天龙踏上了西吉这片土地几天就决定投资，宁夏首个闽宁产业园生根开花，“累计完成固定资产投资13.3亿元，入园企业超过20家，稳定就业500多人，季节性吸纳就业1300人……”园区副总介绍说。

现在闽宁产业园已达10个，入园企业近百家，每家企业投资皆以“亿元”为单位，让人振奋啊，要知道几年前，西海固每个县区的财政收入过亿者甚少。闽宁产业园被评价为西海固“产业转型升级的重点区、承接东部产业转移的先行区、经济开发开放示范区、优势资源加工产业聚集区”，一批闽商“东财西发”，通过产业扶贫先行先试，5600多家闽籍企业、8万名闽商在宁夏投资兴业，一些产业从无到有，从单向的“引进来”到“你来我往、我中有你、你中有我”，走出了产业扶贫、项目带动的“造血”式扶贫路子，数万西海固人稳定就业，西海固产业意识也被唤醒。

西吉闽宁产业园里，艾香浓郁。

西海固人对艾味儿是再熟悉不过了。从出嫩芽，艾草就当菜吃，拌艾，蒸艾，艾草饺子、团子、稀饭以及艾草汤、艾草炖鸡……在饭馆里，蒸艾是一道名菜。

“卖爱来!”

“卖恨来!”

端午节前后，在西海固街头散步，会听到这样的叫卖声。外乡人一听，大为惊讶，“爱”“恨”都可以卖？还有卖“真爱”的？其实，“爱”是“艾草”，“恨”是“杏儿”，“真爱”就是“蒸艾”。《诗经·国风·王风·采葛》：“彼采艾兮，一日不见，如三岁兮。”在《博物志》中，艾有一个非常诗意的名字——“冰台”。

艾草是野菜，更是贯穿中国历史的一种中药材，医家用其灸百病，故又曰“灸草”。《庄子》：“越人熏之以艾。”《离骚》：“户服艾以盈要兮，谓幽兰其不可佩。”在西海固，哪个村子没有几个会艾灸的人，谁又没有被艾不止一次灸过呢？

园区的艾香来自泽艾堂生物科技公司。车间里艾草被加工成艾贴、艾条、艾饼、艾枕、足浴包等，几条生产线上工人忙碌着。“农民种1亩艾草能收入2000元，10万亩艾草订单种植正在推进中。”闽商林玉清是个很干练的人，他充满信心。

“泽艾堂自开业，车间没有停歇过，产品热销得很，不能不佩服闽商啊，你说我们从小就熟悉艾的作用与功能，而且也知道我们的艾品质好，可没想到开发它。”火会亮是西吉人。

我们随公司接待人员驱车几十公里来到西吉县偏城乡的下堡村扶贫车间，30多名工人干得热火朝天。一位女工仰着笑脸，我猜想她想和我们说话，我走过去还不等问，她就告诉我她叫马花，车间一办起来她就来了。

“丈夫聋哑，孩子才几岁，家里离不开，地里没多少收入，唉，想出去打工，两条腿给缠得死死的，日子难怅的，快把人愁死了。现在厂子办到家门口，干一天能赚100元，做梦都没梦到过在家门口还能挣到跟城里打工一样多的钱，家照顾了，这事干部是动了大脑子哩。”马花边往机器里装艾枕边说，“挣钱多，还享福哩，风吹不着，日晒不到，要在地里干活，连刮带晒的，脸早开成紫洋芋咧。”说着她咯咯地笑了。

问她还有别的收入吗？她说：“还种艾草哩，以前艾草都是野生的，现在都是种的，比种庄稼收入翻了几番哩，艾草在咱们这达长了多少年，谁把艾草当过个钱，哎呀，这福建人能得很，难怪人家富，还来帮扶咱们哩。”

下堡村党支部书记马俊平噗地笑出声了，说：“你看看这媳妇子口齿伶俐不，人的精神也不一样了吧，刚来时一句话没有，没一点精神，见个生人还害羞，就像娃娃往身后藏哩，现在出息得，不怯人，话多了，还说得头头是道的，他们经常去园区，园区几百人，是个小社会，见世面哩。”他对马花说：“给作家好好说说。”

马花脸红了一下说：“书记你说，你说。”

马书记笑着说：“你都说了我说啥。”

马花一笑说：“我没说你的话。”

我们都笑了。

马书记说：“扶贫车间真好，最能解决实际问题，为老年人、留守妇女、残疾人提供就业平台，企业是真心帮扶干事，选择工艺简单适合这些人加工的产品，专门定制生产线，减轻了劳动强度。”

站在田埂上，艾草茂盛，风儿掠过，艾叶的背面一片银灰。

西吉县震湖乡有条岔叫党家岔，方圆一带以前是王朝的牧场，河汉南北岸为川台，宽阔、平坦，是富户人家的驯马地，驯马师骑着骏马一趟子一趟子来回跑，因此也叫马趟子川，有30多户人家，200来口人。

1920年海原大地震，南山崩塌，整个村庄被埋没了踪影，全庄只有两个人幸存。地震在党家岔形成了一个堰塞湖，人称“震湖”，被喻为“上帝的一滴眼泪”，流域面积80平方公里。围着震湖的山村组成了震湖乡，离县城近40公里，为千山万壑所困，是西吉县贫困乡之一，生活支柱是外出务工，闽宁协作，去福建打工的人很多。

近几年，震湖乡却成了西吉县乃至西海固的一个亮点，“震湖乡今天发生着的故事，让人惊呼，许多人用奇迹来称赞，其实这再正常不过，甚至可以说是必然结果，谁天生就是打工的命？谁愿一辈子是个打工汉？谁没有自己当老板的想法？”陪同采访的干部小马说。

我冲他竖起大拇指，他笑笑。

2013年，震湖乡党委书记李晓东从福建莆田市江口镇挂职回来，就急火火地要发展产业，“在福建挂职，思想观念受到的冲击太大了，从一句话的说法到看一件事的角度，都受到很强烈的冲击，要想发展，只有走产业化之路！”开会动员，进村入户，他才深深感受到人们的思想僵化，顾虑重重，死死搂着土地，怕在土地上“胡折腾”到头来挨饿，“不怨群众，挨饿挨怕了，家庭底子太薄，谁都怕个闪失，也是自己工作方法切入角度有问题。”李晓东经过仔细思考，决定先树立榜样，“只要有人做出样子，人们就会跟着走，就会潜移默化地改变。”李晓东选择和一直在外打工的村民交流沟通，“经过这些年打工，他们长了见识，开阔了眼界，挣回了钱，也挣回了梦想。”跟几人交流沟通，李晓东大为振奋，“都憋着一股子劲思谋着创业！”南国强、张敬扬、牛彦维……都表达出这个意思，“亲戚朋友周围人都说挣一点钱不容易，胡折腾个啥，有说这说那的，搞得人心里乱糟糟，福建人崇尚一句话：爱拼才会赢！那是他们的拼搏精神凝聚成的！人生难得几回拼，谁愿意像老先人一样活过一生，就想闯一闯，拼一拼，抱个金娃娃不撒手，那要这个金娃娃有啥用，大不了从头再来。现在乡上与我们想到一起了，心里一下有了底气……”他们果决地迈出了第一步。

陈星是第九批福建援宁挂职干部领队，捕捉到这一信息，很是激动，从闽宁协作资金，一个乡级“闽宁返乡农民工创业园”很快付诸实施。

“园区以养殖为主，但这些人观念活，不走传统养殖之路，就想养一些与众不同的，一方面物以稀为贵，一方面考虑到有震湖为依托，以后要发展旅游业，就跟下棋一样，你得看好几步赢的把握才会更大，发展机遇才会更多。如今信息时代，你得把握好时代信息，为什么南方比我们这里发达，除了人家动弹得早，更重要的是观念活，能抓住和运用那些信息……县农牧局专门派专家和返乡创业者一道赴全国各地考察选择种养业，去山东，看上了孔雀；去陇东，看上了黑山羊；去广东，看上了珍珠鸡；去黑龙江，看上了斗鸡……”小马说。

震湖乡孟湾村至苏堡村5公里的沟岔间，敞亮气派的现代化养殖厂房沿公路两旁一字排开，一批特色养殖已呈现出规模，黑山羊、珍珠鸡、孔雀、斗鸡、鸵鸟等数十种以前只能在动物园里观赏的珍禽奇兽，现在在这山沟里让人大开眼界，也让人大饱口福。

园区宣传栏有老板们简约的奋斗历程：

南国强，2004年去福建德兴电子工厂打工，成长为车间主管。2013年回乡联合10户村民创办了黑山羊养殖合作社，几年间带动2600多户村民建成4个养殖分场，形成“震湖黑山羊”品牌，肉质细嫩、味道鲜美、营养价值极高。几年间合作社养殖规模迅速扩大，为周边十几个村建档立卡贫困户发放基础母羊，提供养殖技术和疾病预防服务，并以保护价收购出栏黑山羊。

张敬扬，1996年考入宁夏大学，因家庭贫困，大二辍学，次年跟随政府组织的劳务输出队去福建打工，成为一家电子厂工人。2013年，完成原始积累的张敬扬回乡考察，和弟弟创办天合家庭农场养殖珍珠鸡，联合152户散养农户成立合作社，珍珠鸡饲养量达10万只，年孵化育雏能力达到200万只以上，年产珍珠鸡蛋500吨。示范带动全村及周边2000多户村民共同养殖，户均年增收4000元。农场被评为宁夏唯一具有珍珠鸡苗繁育资质的家庭农场、自治区示范家庭农场、自治区级林下示范基地。

牛彦维，2000年去莆田市，在鞋厂、电子厂、水电安装公司打工，2013年返乡创办犇牛木业和博怡塑业，木业年加工板材10万张，每年回收废旧农膜、废旧塑料，加工销售再生塑料颗粒，既变废为宝又消除了白色污染，安置劳动力200多人，为建档立卡贫困户提供就近就业岗位50多个，人均年纯收入3万元以上。

郭彦平，高中毕业开始了打工生活，在黑龙江牡丹江市成家。当老板的梦想一直浮在心头，目标特色养殖。牡丹江市养殖业发达，郭彦平夫妇建起斗鸡养殖场，收获了第一桶金。2015年，震湖乡扶贫项目考察组到东北考察学习，走访郭彦平夫妇，得知家乡鼓励外出务工人员回乡创业，优惠政策多多，郭彦平回到震湖建起震翔家庭农场……

长期贫困的挤压蓄积了创造潜力，短短三四年，震湖乡上规模的经营实体达73家，产业茁壮成长起来，而在每个产业的背后，有着福建的身影。

“福建人让我受益得太多太多。”李晓东说，“一、爱拼才会赢！二、倾囊相授！三、兄弟手足！”

第十三章　金之融

蔡川模式

站在云雾山顶，300余栋覆着琉璃瓦的屋舍有仙山楼阁之感，彰显着蔡川村脱胎换骨有多么彻底。

标志着蔡川村演变的有一个数据：8年间银行累计为蔡川村发放贷款1.52亿元。在西海固，“村”跟“亿”联系在一起绝对是大新闻，更何况10年前蔡川村还是原州区最穷的一个村子。

蔡川村是个纯回民村，山纵横沟交错，几乎都居住在窑洞里，窑掌盘着驴槽，拴着家里最值钱的家产——一头牛或一头驴。5个自然村散落在云雾山的山沟梁峁间，两三户、五六户人家倚一道梁沟，村民居住分散，自然村之间基本不通公路，只有一条条泛白的鞋带一样的土路，人们出门不是爬坡就是翻沟。2005年，我曾采访过该村，主题是西海固农村金融方面的问题，一个老人很形象地说：“上坡不小心，一个仰躺子，下坡不小心，一个马趴子，晴天一身土，雨天两腿泥，走个路难怅得很。”土地皆为山坡地，种五谷粮食，靠天吃饭，3年一小旱，5年一大旱，退耕还林还草达到6000多亩，358户人家建档立卡户就有208户。

“不是借，就是赊，日子硬得像块铁。你说老先人为啥把钱要叫钱呢，为啥不叫广呢?”

一老者很幽默地感慨，他很智慧地把“钱”的谐音“欠”嵌入感叹中。

在西海固，“借”“赊”是人们度日最常见的一种形式，谁没有赊借过呢?红白喜事，头疼脑热，遭遇闪失，赊借粮、钱、羊、水，万般出在无奈何，日子里一个个的坎儿不赊借怎么过去呢?

蔡川村人的生活支柱依赖养殖业，野草是牛羊优质的饲草。封山禁牧结束了传统的信天游式放牧，然而，发展圈养育肥需要金融支持，说到贷款，都摇头叹息，贫困地区，更是离不开金融机构的支持，然而，对于西海固，金融机构却一度避之唯恐不及。

西海固曾是金融生态环境的重灾区，由于大面积亏损，金融机构开始大举撤并基层网点，1999年至2001年间国有四大银行共撤并机构29家，机构数下降了31.5%，贷款负增长0.49%，至2005年末，宁夏四大商业银行共撤销、降格金融机构68家，近三成的乡镇没有了金融机构。而由于人们金融知识匮乏，信用意识淡薄，信用危机成为当地制约经济发展的障碍，没有抵押物和财产担保，贷款难于上青天，从干部到百姓都有这样的叹息:“有想法，没办法，头上处处起疙瘩。”言下之意是为了跑贷款到处碰壁。养殖等优势特色产业难以转化为经济优势。农作物种植收入微薄，多数村民变卖牛羊外出打工，养殖业彻底萎缩了。

有句话说得好，产业是躯体，金融是血液，然而，西海固经济严重缺血。宁夏推进社会信用体系建设，以各级人民银行为主导，农村信用社推广农户小额信用贷款和创建“信用乡（镇）”，通过建立绿色贷款信用证制度、金融债权管理行长（主任）联席会议制度，主动出击，加大力度打击逃废银行债务行为。人民银行征信体系建设是社会信用体系建设的核心环节，也是金融生态环境建设的重要内容之一。

2008年，邮储银行宁夏分行看准蔡川村发展养殖的先天优势，先行试点，“选择有一定养殖基础的农户，创新联保方式，采用村干部、养殖能手等任意3户组成联保小组的形式给农户贷款，最初向13户村民贷款17万元，一户村民多则贷款2万元，少则5000元。这点资金虽少，却雪中送炭，解了育肥黄牛和养殖肉羊户的燃眉之急，一年下来贷款户均增收超过1万元，且全部按时还款，调动了群众舍饲养殖的积极性，很多人申请贷款发展肉牛养殖，门槛都踢破了。”小马是邮储银行蔡川村的信贷员，在蔡川村已服务10年了。

“2008年，村里成立了金羚养殖专业合作社，以3户联保的形式为13户养殖户争取到了18万元贷款。第二年邮储银行开发了针对散户无抵押的‘好借好还’金融产品，上门集中办理，5个工作日放贷到户，‘三户联保’‘五户联保’，小范围构建起信用保障机制，到2011年，小额贷款实现了农户全覆盖，”小马说，“十八大召开后，各种政策力度加大，村干部、党员、养殖大户作为致富带动能手加以培养，为养殖户做贷款担保人，充分发挥合作社作用，银行向社员放贷，合作社成为第一道关口，负责农户借款的用途审查和监督管理，同时向社员提供品种选育、养殖技术和市场销售等服务，借助政府对建档立卡贫困户实行评级授信的政策，联合乡政府和村‘两委’对农户进行摸底、评审，分A、B、C三个信用等级，组织对蔡川村村民进行信用评价体系建设，信用等级根据农户借款使用实际，逐年提高，在农户借款使用过程中，邮储银行与乡政府、村‘两委’紧密配合，建立了责任契约，由3方共同负责把好贷款推荐关、发放关和使用关。农户提交的贷款申请，经村级组织调查摸底初审后，报乡镇审核同意，推荐到银行放贷，贷款发放及资金使用由乡、村、银行3方共同跟踪监督，确保贷款用到发展产业上。对贷款逾期的，可由合作社利用合作基金垫付还款，化解农户信用风险，维护村民的信誉价值，贷款让村民看到了希望，按时按点归还，以前，我们追着村民督促他们还款，到现在村民主动追我们还款，小心呵护着来之不易的贷款信誉，创造了‘十年零坏账’的信用奇迹，蔡川村80%的农户都达到了A级，并被授予‘信用示范村’。”

“小贷跟着穷人走、穷人跟着能人走、能人跟着产业走，我们采取大户保小户、富裕户保贫困户、村干部保‘少生快富户’的模式，单笔最低贷款额度由最初的5000元增加到5万元。这种模式既弥补了普通农户没有有效抵押物的短板，也打消了银行对农户的偿还能力的顾虑，小团队信用可靠性可高了，蔡川村没有一个乡亲在信用建设上掉队。”时任寨科乡副乡长、蔡川村书记马金国说，“信用示范村，这个品牌含金量高啊，对评级授信农户在贷款额度、贷款期限、利率和还款方式等方面给予最大优惠。同时结合蔡川村实际优化了还款方式和贷款时限，在还款方式上更加灵活，在贷款使用期限上结合农业周期特点延长还贷时间，简化流程，集中办理，上门服务，将商业银行资源下沉到贫困村，推动了金融小贷与精准扶贫的有效衔接，提高了资金的使用效率，实现了农户和银行的互利共赢。”马金国说：“一个村要是没有产业，贷再多的款也无济于事，村上采用‘银行+合作社+农户’的方式，发展草畜产业、劳务产业、特色种植产业，有金融扶持，一切都活了，以牧促农，以农养牧，形成了一个良性生态循环发展模式，合作社成员由成立初期的3户发展到现在的382户。2016年，国务院扶贫办来蔡川村调研，给予金融扶贫‘蔡川模式’充分肯定，并在全国推广。”

邮储银行累计向蔡川村贷款超过亿元，80%以上农户从事牛羊养殖，还贷款支持村民房前屋后、退耕林地，发展林下养殖业，成为蔡川村新的经济增长点，2016年，人均纯收入8260元，蔡川村提前脱贫销号了，“‘十三五’开局之年就脱贫销号，好兆头啊！预兆以后能过上红红火火的好日子了。”马金国感慨地说。

杨志亮正在棚里喂牛，几十头牛安静地吃着草料。“2009年，以3户联保的形式贷款3000元，养了两头母牛，小心伺候着，单怕有个闪失，到了还款的时候丝毫不敢拖延，再困难都想方设法按期偿还本息，好借好还，再借不难，从小老人就这么教导呢嘛，银行可是看人下菜碟子哩，你干得好，银行对你更好，你要胡日鬼，银行门都进不去。”因为“像保护眼珠子一样保护信誉”，贷款额度滚雪球一样越来越大，牛棚的牛群也像滚雪球一样越滚越大，杨志亮从两头牛起步发展到30多头牛，挣了三四十万元，现在是银行金字招牌客户。“贷款容易得很，银行人上门问你需要不需要贷款。”杨志亮笑着说，“邮储银行金字招牌客户含金量高得很，贷款额度达10万元，‘钱’途无量哩。”

十八大以来，西海固农村信用环境得到净化，信用状况明显好转，农村金融信贷步入良性循环轨道，金融扶贫如清泉注入干涸的土地：“草畜贷”“辣椒贷”“大棚贷”“烤烟贷”“林果贷”……滋生出“蔡川模式”“盐池模式”“固原经验”“同心特色”“扶贫保”诸多金融扶贫经典模式，在全区、全国推广……

母牛银行

穿过疙瘩路沟，进入海原县贾塘乡马营村，西夏著名的临羌寨遗址出现在眼前。临羌寨临马营河而建，又称马营古城，城墙、护城河、城门、瓮城，古城轮廓分明，城墙马面清晰，残砖、破瓦、碎陶盆、古基石成堆。《海原县志》记载：“宋咸平年间，境内吐蕃背宋投夏，西夏得天都畜牧耕稼膏腴之地，构筑堡寨，营造宫殿……”临羌寨也是元与西夏之战的一个重要战场，曾发现巨大的填尸坑，出土骨头数千斤，足显元与西夏之战之惨烈。

天都山为六盘山余脉，坐落在天都山下的海原县，历史上水草丰茂，自古为王朝的牧马基地。据《续资治通鉴长编》载：“天都畜牧耕稼膏腴之地，人力精强，出产良马。”1949年，新中国成立，海原南华山依然设有马场。

十八大召开后，华润（集团）扶贫海原县。怎么扶呢？贫困铺天盖地，贫困程度又深。在广泛调研的基础上，根据资源禀赋和市场需求，依托养殖传统和经验，华润集团专门成立了海原华润农业有限公司，投资（捐赠）专项资金3.85亿元，在海原县曹洼乡流转土地建立草畜一体化养殖基地，购进西门塔尔基础母牛，办起了“华润基础母牛银行”。

“西门塔尔基础母牛赊销给农户有3种形式：一是采取3户联保方式，每户贫困户可赊3~5头牛，每头牛由企业提供3年期无息借款6000元，政府补贴2000元，剩余部分约2000元农户自筹。基础母牛产犊，母牛犊农户自繁自育，公牛犊喂养体重达到300公斤左右，企业按保底价回购抵贷款。按3年合同期内正常产犊测算，每头基础母牛年均收益5500元，收回的赊销款则继续留在‘基础母牛银行’的资金池中，用于帮扶更多的贫困农户，形成长期有效的联农带农扶贫新机制。二是实施托管代养模式，即县财政、农户、企业按2∶2∶6的比例，筹集资金为150户建档立卡户‘托管代养’基础母牛450头，3年代养期内户均可分红2万元。三是县财政投入资金委托华润集团为137个贫困村集体托管代养高端肉牛，用于发展村集体经济，村每年分红5万元。”华润集团信息化专员周宇环说。

“为调动贫困群众养殖高端肉牛的积极性，海原县成立了专业合作社，财政筹集资金，在为贫困户每头牛补贴的基础上，‘见犊补母’，并每户补助用于建设养殖棚圈、发放饲草种植补贴和饲料补贴，配套建设屠宰加工厂、畜牧科技服务站，开展冷配、防疫、诊疗等技术服务，全过程指导农户科学饲养。借助华润五丰供港销售和华润万家4000多家门店，稳定销售网络，降低了销售成本，逐步形成产、加、销一体化产业链……”小孙一笑说，“政策美得很，我都想养牛哩。”

贾塘乡后塘村处在一片开阔的山谷盆地，苜蓿地和玉米地包裹着一个现代化园区，这便是华润草畜一体化养殖示范基地。后塘村养殖户均年纯收入1.5万余元，人均达4000元以上。

田书记过来，握过手，说：“你们来得晚了，宁夏（海原）四届高端肉牛大赛刚刚在咱们后塘村举行，已经结束了，来自全县600多头西门塔尔牛争出‘牛王’‘牛后’，拍了照片，等会儿咱们加个微信，给你发些照片看看。”

田书记又说到母牛银行：“家有3头牛，富得直流油，这谁不知道，咱们祖辈都靠养羊养牛过活，账算得清哩。可是你得有钱买牛，一头牛一万多，政府和企业不托底，项目再好也没办法，家底薄嘛，华润集团给村民赊基础母牛，刚开始，人们对这个模式不了解，都疑惑，有这么好的事？都不相信的……”

周宇环说：“公司启动基础母牛赊销，人们不积极，挨家挨户做工作，一天赊不出几头牛……”

老李说：“刚开始我就怀疑，西门塔尔、夏洛莱，这些高端肉牛价大得，一头牛一万多哩，这么大价钱，风险大，没养过，脾性不熟，万一有个闪失，把家刮了也赔不起，以后日子咋过？以前一直养秦川牛，养熟了，脾性知道呢嘛……”老李嘿嘿一笑又说：“再说也觉得不可靠，不是赊来就是借，赊都带利息的，那些人精得，把牛赊给你养着挣钱，人家掏钱办企业是专门赚钱的，亏别人也不会亏自己……”

田书记说：“从村干部做起，带头引领示范，我是村书记，带头养，我赊了6头，已经产下了8头牛犊，现在14头，按照这个繁育速度，明年存栏量肯定超过20头，保守点说该有二十五六万，除掉赊购6头基础母牛成本和饲草成本，干吃净落能有15万元，时间也就3年，不是母牛银行，3年连5万元收入都不敢想，我这还是一般的，无法跟老李这样的大户比了……”

老李一笑说：“母牛银行真是个好银行，真心帮老百姓哩。买一头普通肉牛养得五六千元，得一次性付清，一头西门塔尔牛自己只拿2000元，借款3年还清，还不要利息，3年后还能用牛犊抵还，牛还像钱一样存入银行，分红吃利息，下的牛犊养到1岁半，华润就回收了，至少能卖1.5万元，专门建了畜牧科技服务站，防疫、检疫、治病、冷配啥的全得很，兽医水平高，都是大学生，随叫随到，跑得欢实得，咋养咋喂讲得细得，态度好得，啊呀怎么也想不到……”

小孙说：“老李家存栏量稳定在40头，一年下来光牛收入就十几万元。”

老李说：“咋说呢，一头西门塔尔牛至少抵得上种五六十亩地一年的收入，比起养黄牛收入高几倍，只要把工夫花上，心操上，喂牛就是喂钱哩……今年农田改良，牛粪值钱，光牛粪就卖了3万多元。”

老李家3座牛棚收拾得干净清爽，几十头高大壮硕的西门塔尔牛毛色闪光，哞声嘹亮。

老李说：“养起来了，才明白别看西门塔尔、夏洛莱这些高端肉牛，不娇贵，皮实，可好养了，长得又快，肉好，卖价高，而且华润给你保底，市场价1公斤低于28元，公司就直接收了，哪里有这么好的事。”

牛棚里一头出生不久的小牛犊就像一只羊，小孙感叹说：“下一头牛犊就等于下了万十块钱。”

“咱这里有句话：吃不穷，喝不穷，谋算不到一世穷，你说母牛银行这是咋想出来的？美得很，国家有日能人哩，一个个都是干部，把养牛的事比我们还弄得美。”老李说。

海原县与华润集团形成合力，建设华润曹洼草畜一体化肉牛养殖基地、贾塘后塘基础母牛繁育场、三河红城规模养殖场、小南川生态牧场、6万头肉牛全产业链精深加工、西海固高端牛产业研究院等项目，进一步健全完善“6+1”体系，助推各链条资源高效配置。在“华润基础母牛银行”模式催化带动下，海原县形成高端肉牛养殖专业合作社、养殖专业村、养殖大户三级梯队，肉牛饲养量达到27.8万头，肉牛养殖业已成为海原县的主导产业，目标是建成西北地区高端肉牛养殖基地。2019年初，国务院扶贫办公布的企业精准扶贫案例名单，“华润模式”入选了企业扶贫五十佳案例，排名第一。

田书记翻着一沓申购基础母牛表格说：“现在赊购基础母牛得排队哩，母牛银行办起来已经4年，第一批受益者家里都有10头牛左右，脱贫没问题，这产业后劲大着哩。”

周宇环说：“现在每月赊销1200头，基础母牛供不应求，排队等牛，急得抠手哩……华润五丰6万头肉牛全产业链精深加工项目一期肉牛屠宰、分割、速冻、熟食加工等生产线已经开始试运营，将带动当地2500人就业……”

一位壮实的汉子牵着一头挂红的牛过来，田书记喊：“这是‘牛王’，李华东，把‘牛王’牵过来。”

李华东牵着牛过来，抚摸着牛说：“这头西门塔尔牛我养了足足4年哩。”他拍拍牛头说：“打个招呼。”牛竟然长叫了一声。我问他养多少头牛，他说：“十几头牛，以前一直在种庄稼，收益不行嘛，一直是建卡立档户，华润的母牛银行办起来，致富有了门道，每一头牛每年都能带来3000多块的收入哩。”

李华东牵着“牛王”走了，又回头嘿嘿笑着说：“奖金能再养一头哩。”

又说：“我还能再养一头‘牛王’出来哩，我自己有精心调配的饲料配方哩。”

县农牧局的干事说：“上道了，你看手头有点钱，就想着往养牛上投，人就怕不上道。”

旁边一条黑脸汉子说：“天下第一号大事——养牛，政府这个事做得美得很！”

“滩羊银行”

无独有偶，盐池办起了“滩羊银行”。

一个算盘九十一颗珠，崔二爷牛羊没有数数。
三十里草地二十里沙，那一群牛羊不属他家？

不错，这是《王贵与李香香》中的诗句。

1945年秋至1946年夏，李季在盐池县任政府秘书一职，写出了这首长篇叙事诗。《三边报》以《红旗插在死羊湾》为题连载，又以《王贵与李香香》为题在《解放日报》连载，引起很大轰动，迅速在全国各解放区广为流传。时任中宣部部长陆定一在《解放日报》上撰文介绍此诗是“新诗歌的方向”，起到了“开路先锋”的作用；贺敬之说，李季是毛主席《在延安文艺座谈会上的讲话》发表后，革命文艺发展新阶段的诗歌主要代表；郭沫若赞其是“文艺翻身的响亮信号”；孙犁更赞其“是文学史上全新的东西，是长篇乐府……他不是天生之才，而是地造之才，是大地和人民之子”。

养殖业离不开金融的支持，尤其是封山禁牧后，养羊不再是信天游式的放牧，而改为圈养，对金融依赖性就更强了。然而，曾几何时，贷款何等难，从传统来讲，俗话说“家有万贯，长毛的不算”，活物很容易受到疾病影响，说不定哪天一场瘟疫，连群都折腾了，养殖业风险太大。

说到贷款难，花马池镇佟记圈村的王飞是深有感触。2009年，王飞给别人装车时，从车上摔下来，摔断了腰椎，两次手术花了3万元，险些瘫痪，本就贫困的家庭雪上加霜，想到以后的日子，躺在炕上的王飞悲痛绝望，一度失去了活下去的勇气，可看到老婆孩子，只能鼓起勇气活着。

在盐池想脱贫致富，就两个门道：一养羊，二治沙。王飞想养羊，他有经验和技术，可滩羊育肥养少了挣不了几个钱，多养需要大本钱，一场意外灾难掏空了家里所有积蓄，想贷款要担保，一个病汉谁敢担保？时光就那么流走了，日子让人撂得有远没近，越过越熬人。

十八大后，精准扶贫启动，王飞被纳入建档立卡户，在村上帮助下，他在农行、信用社和互助社申请贷了款，他一次买进近200只滩羊育肥，成了“滩羊银行”的客户。

“创造性地将滩羊作为货币，由专家对养殖户的滩羊按只认证、标识、拍照、记录、存档，纯正的盐池滩羊进入‘滩羊银行’的数据库，就相当于把钱存入银行，按月兑付利息，付息方式分贫困户和非贫困户两种，每月付息。根据存入‘滩羊银行’的羊只数给养殖户贷款，100只羊可贷6.4万元，随时可贷，随时可还，滩羊由‘滩羊银行’优先收购，利息全部返还，等于无息借款。”盐池县扶贫办副主任介绍说，“依靠公司溯源体系的数据库，为养殖户提供溯源滩羊存管系统和资金对接业务服务，既解决了羊的品质问题，也解决了养殖户的金融需求和后顾之忧，被检查组列为金融扶贫创新的典范。”

盐池县进而建立乡、村、组、户“四信”评定系统，按照“1531”的比例（即精神文明10%、信用情况50%、家庭资产30%、基本情况10%），将全县所有农户的信用情况由低到高分为4个信用等级，实行贷款额度、利率优惠与信用等级挂钩，推行免担保免抵押贷款。金融机构共同评定、共同认可、共同应用，破解了农村信用体系共建共享难题。根据授信金额，拿上“金扶卡”，就可以随贷随还，特别方便。信用能当钱花，失信寸步难行。全县小额信贷连续几年保持“零”违约。

2017年，盐池县扶贫小额信贷资金总量增加到35亿元，受益群众近3万户。盐池县信贷扶贫工作得到国务院督查表扬，享受“免督查”和6项激励措施，“盐池模式”推广后，宁夏贫困地区农户贷款337.41亿元，户均4.74万元。

“有羊养了，一直担心，俗话说‘家有万贯，长毛的不算’，一场瘟疫会导致全部死亡，给基础母羊和滩羊买保险，羊只死亡了，每只羊保险公司给补贴450元，政府把风险给你担了，做梦都想不到啊……”王飞说。

“建档立卡贫困户贷款5万元，1万元保费只需25元，给贷款买个保险，就能避免因意外让全家陷入困境。”盐池县扶贫办副主任解释说。

“现在方便得很，十六堡生态移民新村的千禾饲草料配送有限公司，打个电话就能把饲草送到门上去。”王飞说。

王飞养羊，村上又安排他老婆饮树浇草，多了一份收入。仅两年时间，王飞家就从建档立卡贫困户的队伍销号了，后来还上过央视的《家园》。

现在王飞扩大了养羊规模，购置了一辆皮卡车拉运草料，既方便又省钱。“这么好的政策，这么多的人关心，再不好好干落在别人后面就说不过去了，对不起的人也太多了。”王飞边抖柠条饲料边感慨地说。

还有一个一度比王飞更绝望的人——徐有银。他的事迹虽没像王飞那样上过央视的《家园》，却被平庄文艺社编成了本地特色的“道情”，作为麻黄山乡精准扶贫文艺演出队的主打节目在13个村巡回演出。

微信圈里有人发了一首打油诗，是平庄村村支书范殷贵写的：

多年打工徐有银，挣少花多生活贫。
可喜脱贫带福荫，回乡务农过光景。
租赁田园五十顷，滩羊百只能经营。
风骏皮卡拖拉机，奔上小康笑盈盈。

附有这样一段话：这首打油诗通过微信在当地广为传播，“烂杆子”回头金不换的故事成了精神脱贫带动物质脱贫的典型，激励着更多乡亲依靠勤劳双手创造幸福生活。

徐有银名字叫“有银”，可命里没银。这块土地不是风沙，便是干旱，让他绝望、压抑，日子烂到头了。他一咬嘴唇去外面闯荡了，一年到头都不知道人在哪里，这一晃就是十几二十年，眼望50岁了，日子不要说看出起色，越来越烂杆了，村里一些人家富了，他却被越撂越远，越发心志颓唐，日子就剩下个熬了。

村干部、第一书记、乡干部就像亲戚一趟一趟来家里，鼓励他打起精神，荒山都跑成白路了，可他依然心灰意冷，他麻木得太久了。可是日子长拖拖的，总不能老这么过下去呀，老婆整日埋怨，干部说得挺诱人的，关键是能贷款，解决资金问题。他抱着试一试的心态，听了干部的话。

麻黄山乡耕地全部都是“望天田”，撂荒的土地多，徐有银流转来300多亩撂荒土地，种上了荞麦、玉米、油菜籽。事实上，徐有银精明着哩。荞麦曾经是粗粮，如今却成了养生的粮食，尤其对糖尿病人最为适宜，价格比细粮（白米白面）高几倍；玉米产量高，秸秆更是养羊的好饲料；油菜籽是宁夏主要的油料作物，油品好，这几年价格猛涨。他还种了80亩苏丹草，政府每亩补160元，秋后，打下的草籽又卖了1.5万元，这一项徐有银就收入了2.7万元。徐有银心底潜藏的激情一下就调动起来，包地，养羊……看到希望，就有使不完的劲，他每天忙活得两头不见太阳，几年下来，徐有银富起来了，买了拖拉机、客货两用汽车，儿子还在相邻乡镇盘下了一个汽车修理店，最近，他又依赖“滩羊银行”养起了滩羊。

“国家把台子给你搭得这么美，你再活不出个好人来，给谁说去?”徐有银说。

“扶贫保”

西海固人最怕什么?

闪失!

何谓闪失?

就是意外，生场大病，遭难遇灾等，西海固人贫瘠的家底经不起一点风吹草动。

至于干旱、冰雹、霜冻等自然灾害，人都麻木了，逆来顺受。

“十五”期间，宁夏农村救助资金从“九五”的1.49亿元增加到3.92亿元，受助人数由390万人次增加到7000万人次。按宁夏人的比例，每口人都有二十几次的救助。救助力度不可谓不大。然而，这种“头痛医头，脚痛医脚”的“救火式”的临时性特困救助只是让人活下来，并摆脱不了生活的困境。而救助是一把双刃剑，让人活下来，也让人萎靡不振，产生“等靠要”的思想。

根据相关数据，宁夏15万户（58万建档立卡贫困人口）贫困人口中，因病致贫占20%，因意外致贫占20%，因残致贫占6.7%，3项占建档立卡贫困户的46.7%。“对于一些才从贫困中走出来的人家，不仅仅是‘一病回到解放前’的问题，一旦害了大病，昂贵的医疗费让全家就背上了沉重的债务，不仅返贫，生活更不如从前，疾病已经成为致贫的灾难。因此，返贫问题一直是西海固人脱贫的顽疾。”李干部说。

为了防止贫困户在脱贫中因产业风险、意外身故、疾病等原因返贫，兜住因病、因灾、因意外返贫的底线，2014年，宁夏保险行业联合自治区扶贫办推出精准对接58万建档立卡贫困人口的保大病、保意外、保信贷、保产业的“扶贫保”项目，通过制订一揽子保险计划，进一步增强贫困人口抵御风险能力。宁夏是全国首个实施“扶贫+保险”全覆盖的省份。

“扶贫保”有4种产品：“扶贫保”家庭成员意外伤害保险，主要用于为建档立卡贫困户在日常生活中发生因意外伤害导致的身故、伤残和意外住院医疗提供保险保障，保费每户100元，保障金额每户99000元；“扶贫保”大病补充医疗保险，主要用于建档立卡贫困户医疗救助保险，为贫困户家庭成员建立补充医疗，参保人员因住院发生的医疗费用在基本医保、大病保险等其他保险机构报销后不为零的个人自付费用，按照一定比例给予再次赔付，保费每人45元，最高赔付限额每人8万元；“扶贫保”借款人意外伤害保险，主要用于在金融机构贷款的建档立卡贫困户日常生活、工作中发生因意外伤害导致的身故、伤残保障责任，保险费率1.8‰，保险金额为建档立卡户实际贷款金额；“扶贫保”优势特色产业保险，对建档立卡贫困农户投保的优势特色产业因价格下跌或者产量降低导致销售收入低于保险合同约定的预期收益，或者是“5·30养殖计划”的牛羊因自然灾害、意外事故、疾病造成死亡的，在各项责任对应的保险金额内进行赔偿。优势特色产业由各县（区）结合自身实际与合作保险公司共同推出相应产品服务。

4种“扶贫保”产品，均采取政府补助和贫困户个人自筹相结合形式购买，原则上政府补助承担保费金额的80%，贫困户个人承担保费金额的20%。各市县也可根据自身情况确定分担比例，既要托住因病因灾返贫的底线，又要防止过度保险。“扶贫保”对所有建档立卡贫困人口进行家庭成员意外伤害保险、大病补充医疗保险、借款人意外伤害保险和优势特色产业保险的投保缴费全覆盖。

当医保被推开，媒体报道称“西海固人有救了”。“扶贫保”为贫困户的生活增加了一道保障。政府出资为贫困户购买“扶贫保”后，一些贫困户逐渐意识到买保险的益处，尝试“花小钱、保大钱”，用保险让自身远离因灾、因病、因意外致贫返贫。

提供的材料中有一厚摞理赔材料：

盐池县冯记沟乡杜连雄被诊断为大肠多发癌，前后医疗费达19.74万元，其中“扶贫保”中的大病补充医疗赔付了5.27万元，加上农村信用合作医疗、大病医疗等共同报销，杜连雄自己只付了1.33万元。杜连雄家人激动得泪眼婆娑地说：“在以前，得了这病只能等死了。”

2016年6月，一场不幸降临到固原市原州区石碑村村民马玉兰家，马玉兰32岁的独子武文军遭遇不幸意外身亡，保险公司赔付总额9万元。因为原州区政府给马玉兰一家3口人买了100元的家庭成员意外伤害“扶贫保”，保额每户9.9万元。采访中，一位老乡感慨地说：“像以前你遇个事故，死了就白死了，给家里挖了个大坑。现在有‘扶贫保’，兜住了贫困户因病因灾返贫的底线。”

2018年7月，老苏患了颅内动脉瘤，从大夫办公室出来，老苏紧紧攥着一份确诊报告落泪了，想到年幼的子女和患脑中风的老父亲，泣不成声。他穿过医院的走廊来到大院，酷烈的阳光刺眼，他头脑一阵晃晕，但他没有停下来，而是往医院大院外走。这病不是几个钱能看好的，他不能住院。主治医生张大夫急匆匆地跑来，拉着他，他说这病我没钱看……张大夫说能报，能报，快收拾收拾住院。张大夫说的能报是同心县扶贫办和中国人寿一起为贫困家庭提供的“国寿城镇居民补充团体医疗保险”。老苏先后3次住院治疗，“扶贫保”一站式结算合计67574.84元，由医院先行垫付，抵冲老苏住院费用，后续中国人寿将赔款支付给医院，实现了“不见面，立刻赔”的快速理赔服务。老苏出院了，抹着泪水说：“感谢政府！感谢‘扶贫保’！感谢中国人寿！”

从2018年7月开始，宁夏已在全区范围内实施贫困患者县域内定点医疗机构“先诊疗后付费”“一站式结算”等便民政策。2019年，国家21种集中救治病种扩大到34种，让更多贫困患者受益。

在海原县，团庄村建档立卡户罗秀兰2019年3月因风湿性二尖瓣狭窄伴关闭不全在自治区人民医院住院治疗，总共花了46.77万元，依据医保扶贫政策报销了41.77万元，个人结算只负担5万元。“国家把我的命救了，把我家的命都救了！”罗秀兰落泪有声。

在西吉县，巴都沟村的田进芳患股骨头坏死，不能出去打工，申请临时救助，一次一万元， 一年两次，民政局通过一卡通一次性就打到了卡上。王福突患白血病，交了大病申请，10天时间就拿到了临时救助。

健康扶贫为贫困患者推开了医院大门。2017年至2019年，宁夏核实核准患病的贫困患者累计住院8.09万人次，医疗费用总额7.98亿元，通过基本医疗保险、大病保险、医疗救助、政府兜底保障“一站式”报销后，个人自付费用仅为6238.01万元，占7.82%。

农牧产品价格大起大落，充满不确定性，更有“家有万贯，长毛的不算”的说法，说的是养殖业风险大，饲养的牛羊马鸡鸭鹅之类的牲畜家禽一场瘟疫就全死掉了，因此这些活物再多，是不能算作家产的。为此，盐池还推出了基础母羊、种公羊养殖、滩羊肉价格指数等保险。滩羊肉价格指数保险，保费由县财政和扶贫专项资金全额补贴，市场价低于合同约定的每公斤40元时就给予赔付。此举有效稳定了滩羊肉的价格，增强了贫困户养殖滩羊的信心。2017年，霍礼军在盐池人保财险公司投保羊只养殖保险20只，7月羊只感染羊肠毒血症，20只羊全部死亡，这几乎是全部家当，他家的天塌了。人保公司查勘后，18只羊属于保险责任，3个工作日，9720元赔款汇入霍礼军一卡通账户。有了钱，没出一周霍礼军又买羊养殖了。

在滩羊产业形成时，为了不让贫困户有后顾之忧，盐池县金融信贷保险应运而生。县里结合当地实际，设置了特色农业保、羊肉价格保、大病医疗补充保等12种脱贫险种，县财政补贴扶持，贫困户自行选择投保。建档立卡贫困户贷款不超过5万元，1万元保费只需25元，就能给贷款买个保险，避免因意外灾难全家陷入困境。这份定制保险给贫困户吃了定心丸，贫困户也敢申请贷款、贷更多的款。金融机构也放心运作，放下“贷富不贷穷、贷少不贷多”的规定。

一天夜里大雨倾盆，盐池县南梁村贫困户孙付顺惊醒，披衣奔出房屋，进羊圈一看，7只羊已经倒在雨水中。孙付顺靠贷款养了30多只羊，一夜间没了7只，突如其来的灾难让他顿感天塌地陷，欲哭无泪，几乎要疯了。忽然他想到一件事，回屋从抽屉里翻出记在本上的保险公司的电话号码，电话打通后，天一亮理赔人员就上门了，核验羊只死亡现场，几天后他的存折进了3000元钱。

马启军曾因“下煤矿”受伤而失去劳动能力，日子重担落到了老婆马占梅身上。马占梅贷款4万元买了6头牛，盖了牛棚，买了三轮车，天天起早贪黑打草拉草。可麻绳专从细处断，一天，马占梅开着三轮车拉草时车翻人亡。由于全家投保了“扶贫保”，保险公司给付6.8万元。而马启军一家为此缴纳的保费仅为120元。

…………

现在“扶贫保”涵盖了家庭成员意外伤害保险、大病补充医疗保险、借款人意外伤害保险和优势特色产业保险等4项保险。同时加大优势特色产业保险推进力度，根据全区9个贫困县地方特色优势产业布局，将险种扩大为52个，其中既保灾害又保产量和价格的新型农业保险品种达35个。此外，宁夏还创新探索建立风险调节机制，鼓励各地利用财政资金、捐赠资金等多渠道筹措，设立风险调节资金池，结合各自实际确定分担比例，构建“扶贫保”超赔风险防范体系。“扶贫保”项目累计支付赔款近2亿元，受益4万多人次，为贫困人口构建了一张有效防范因意外、因灾、因病致贫返贫风险的“安全网”，兜住了因病、因灾、因意外返贫的底线。

第十四章　我在西海固等你

国家风景道

泾源县城直通六盘山国家森林公园的公路两边，菖蒲、大丽花、百合、鼠尾草等花儿竞相盛开，花香袭人，鸟语问候。公路从冶家村穿过，就像穿过一座江南小镇，一座座庭院干净清爽，一幢幢房屋窗明几净，一栋栋温棚整齐划一，一排排圈舍标准整洁，老年人日间照料中心、村卫生室、农家书屋、党员活动室、幼儿园，新风新貌，一应俱全。

进村正碰上一堂烹饪培训课，学生是60多位冶家村从事农家乐的回族妇女，今天学的是“拔丝土豆”“蒜薹炒肉”“韭菜炒鸡蛋”几道家常菜，老师来自宁夏工商职业技术学院。从2006年起每年农闲时节，冶家村都要举办几次烹饪、服务接待等培训班。

在一家工地，我们见到了冶家村农家乐协会会长赵万升，他笑着说根据游客自己动手做自助餐的建议，村里12家农家乐正在改建厨房，现在游客就是上帝啊。

说到冶家村的发展，赵万升非常感慨，进入21世纪，国家把六盘山区划定为旅游扶贫试验区，冶家村地处六盘山国家森林公园、老龙潭、凉殿峡、二龙河、鬼门关等六盘山重点旅游景区的必经之地，离核心景区不足两公里，村子四周环山，气候湿润，风景秀丽，是天然氧吧。冶家村又是纯回民村，回族人天生有上好的烹饪手艺，擅长做生意，做旅游生意得天独厚。“来旅游的人日渐多起来，不少人想开农家乐，食材自种自养，可是家家就三两间土坯房，地基下沉，墙体倾斜裂缝，椽子檩条都朽了，虫蚀得掉渣末子，屋顶上瓦破损得抬头能看到天，渗漏严重，啊呀，一句话，房屋给人风雨飘摇要倒塌的感觉，谁胆大敢进你家吃喝歇缓，游客来来往往，三过其门而不入，急得人抠手哩，可一点没办法嘛，”赵万升搓着手说，“借钱，都穷，都没有钱。贷款呢，穷嘛，穷人哪有信用，谁敢贷款给你？只能守着几亩薄田熬着苦日子。日子过得够憋屈了，有人嘲讽我们是守着金山吃救济，简直能把人憋屈死了……2000年，机会来了，冶家村发展旅游服务业。”赵万升说着看看我：“这你该是知道的。”

杨凤军说：“2000年，国家批准设立六盘山旅游扶贫试验区，是我国第一个旅游扶贫试验区，以交通、游乐等为主的基础设施的建设全面展开，旅游扶贫试验区对于西海固来说意义非凡，西海固煤炭、石油等矿产资源贫乏，旅游资源却富饶，红色革命、绿色生态、民俗风情、自然景观、文化遗存、丝路遗产……扶持政策、资金就来了，充分体现了党和国家对西海固地区人民的关怀。”

我们沿着村街走着，赵万升说：“2005年，政府推开了危窑危房改造工程，冶家村危窑危房改造就跟发展旅游结合起来，县上结合冶家村贴近旅游景区的有利条件，结合农家乐安居工程，国家推进六盘山旅游扶贫试验区试点村项目建设，国家旅游局、国务院扶贫办给予扶贫小额信贷和财政扶贫资金贴息贷款，统一规划，集中改造，确定40户村民建设农家乐安居工程，引导群众开展旅游服务业，冶家村几乎是一夜之间变了样，真正实现了‘靠山吃山’。我搞农家乐第一年就收入了2万元，在当时可不是小数目哩……”

迎面走来一人，赵万升招招手，给我介绍：“冶三成，第一批靠农家乐发起来的，‘巧媳妇农家乐’就是他创办的，年均纯收入三四十万元，老冶，给作家讲讲你干农家乐的事。”

“看着来来往往的游客心里痒痒得，我就在家里支了六张床，凑合着干起旅游服务业，可硬件太差了，挣得少不说，干得憋屈……危窑危房改造结合农家乐安居工程，我自己出了3万元，把平房改建成二层楼，开办了‘巧媳妇农家乐’……2012年投资200万元，将‘巧媳妇农家乐’打造得更符合现代游客需要……”冶三成感慨地说，“虽说冶家村占据天时地利，可没有政府支持和好政策，个人再有本事想成个事难哩，你看这绿化美化、道路硬化，都是政府花钱搞的，连农家乐店面装潢政府都给予补贴……不说别的，就从农村住房危窑危房改造到新农村建设、扶贫、移民，国家给予了很多补助扶持……”

“冶三成的‘巧媳妇农家乐’十几年投资300多万元。这是个能人，在办庄园之余，自创运用废旧轮胎、稻草等可回收物制作艺术品，开始只是装扮自己的庄园，没想到却有了市场，他通过扶贫车间带动村里20多个建档立卡户，把生意做到了徐州等城市。”赵万升说。

“全国首批少数民族特色村寨、全国一村一品示范村、全国旅游扶贫试点村、中国最美乡村旅游模范村、全国金牌农家乐……”赵万升掰着指头数着说，“冶家村赢得好几个国字头金牌荣誉，那可是最好的广告，每一个荣誉的背后都是政府的支持……”现在冶家村农家乐达135户，启动经营110户，从业人数320人，床位2420张，户年均净利润超10万元，最高达70.5万元。旅游带动了养殖、苗木、劳务等产业快速发展，冶家村成了泾源县镇数一数二的富裕村，红瓦红砖白墙绿树在连绵不绝的青山绿水间显得尤为整洁鲜艳，新型能源沼气灶、太阳灶、太阳能热水器，以及摩托车、小轿车、农用车等现代化元素昭示着人们生活的巨大变化。

从冶家村出来，我们上了宁夏首条红色旅游风景道。蓝天白云下，青、红二色铺就的机动车主道和自行车慢道依偎蜿蜒，翻山越谷。杨凤军说这是全国25条规划旅游风景道之一，以固原市区南郊为起点，六盘山红军长征纪念馆为终点，沿途穿起隋唐墓群、中庄水库观光区、开城安西王府遗址、青石嘴战役纪念碑、杨岭村、王洛宾文化园等自然、人文旅游资源，完善了固原市旅游环线公路网络布局。风景道覆盖原州区、泾源县3个乡镇17个行政村，受益农户6399户，受益人口2.7万多人，其中，建档立卡贫困户1991户6847人。

上了一道山梁，过了嘤崄口，是一道长下坡，小管熄了火，凭车的惯性滑行，引擎的轰鸣声没了，车窗大开，花香扑来，花儿就迎面扑来。

白脖子水鸭鸭落河滩，沙燕儿落到了碱滩；

拔草的尕妹们一塄坎，阿个是心里的扯牵。

白牡丹白者耀人哩，红牡丹红了时破哩；

尕妹有没有连手哩，没有了我给你做哩。

粗壮，柔婉，尾音有些嘶哑沧桑。

杨凤军说：“花儿要在寥天地里漫哩，停车，咱们看看人在哪里。”

小管停下车，我们上了一个峁顶，看到两个人。小管走过去问：“刚谁唱花儿哩？”

戴白帽的老汉一笑说：“咋了，把你的车惊了？”

我噗地笑了，西海固人就是这么幽默，而且是时时刻刻的幽默。

小管一人散了一根烟，说：“谁会唱，来两曲儿。”

杨凤军说：“花儿不是唱，是漫。”

戴白帽的老汉说：“老了，上气不接下气的，漫啥。”

又吃了一根烟，戴草帽的老汉说：“都吃掉了你两根烟了，不漫咋行呢？”

老汉把草帽一抹，我们才发现他也戴着白帽，我说：“您也是回族人？”

老汉说：“咋了，只有回族人会漫？回汉一个村里住久，耳音灌满了。”

又说：“这也不是回族的白帽帽，是为遮土尘，这天燥得，土尘都蒸起来了。”

老汉漫起来：

大背篼背得着脊背疼，荒草滩走得着脚疼；

清眼泪淌得着眼睛疼，穷光阴思谋着心疼。

老汉漫毕对另一个老汉说："老骚胡，你能装住，人家的好烟白吃了？"

那个老汉把手搭在耳门上，漫起来：

> 早起的日头胭脂红，晚夕的月亮水儿红；
> 一天价想你着肝子痛，一晚夕想你着心痛。

那老汉说："你把那漫个提精神的，老是这些个，骚了一辈子还没骚够。"

杨凤军说："别光漫老花儿，来个新的。"

> 老了者老了实老了，日子倒给过好了。
> 昨儿者才发了低保，今儿又发敬老了。

老汉说："气短得没事了，要听花儿去王洛宾文化园吧，有专门漫花儿的，声嗓好得很，沿着这条青红路走就到了。"

告别两个老汉，小管感慨地说："民间的东西还是要到民间感受啊，我听过花儿演唱会，没这味儿，那声光电搞得眼花耳乱的，成了一门很现代的艺术。"

"花儿就该是原声的，在寥天地里听的，让它在山野沟谷间游走，不需要音响伴奏。花儿叫干花儿，啥叫干花儿，就是干唱，就像吃饭不就菜干吃，一道菜要放多少调料，还能吃出米面味儿？"杨凤军说，"年轻人觉得花儿土，喜欢流行歌曲，可政府不保护就失传了。总书记说记住乡愁，传承好像花儿这样的民间谣曲就是最好的记住乡愁，我们组织花儿采风、普查，走访民间花儿歌手300多名，采集花儿5000多首，开展花儿进课堂、以花儿为主的‘每周一歌’传承活动……现在这全域旅游，花儿派上了大用场，游客爱听得很。”

杨凤军抬手在我肩膀狠拍一掌说：“随着旅游扶贫开发试验区开发建设，西海固有了自己的朝阳产业。”

我扭扭肩膀，这家伙一激动就会来这么一掌。

转过一道山弯，花儿传来：

走咧走咧走远咧，
心里像刀子者搅乱了，
哎嗨哟的哟，
眼泪的花儿把心淹（哈）了。

走咧走咧走远咧，
褡裢里的锅盔就轻（哈）了，
哎嗨哟的哟，
心上的惆怅就重（哈）了。

就是这首花儿把西部歌王王洛宾留下来的。

“40多年前，我来西北的途中，遇到连天阴雨，在六盘山下一个车马店里住了三天，欣赏到车马店女主人的‘花儿’”；“多么迷人醉心的歌，这是最古老的开拓者之歌，那逶迤动听的旋律，口头文学的朴实，句句渗入了人心。原来车马店女主人是六盘山下有名的‘花儿’歌手——‘五朵梅’……这段因缘，使得我逐渐放弃了对西洋音乐的向往，投入了民歌的海洋……从此，我在民歌中吸取了生命的营养，那首浓郁芬芳的‘花儿’，的确是我一生事业的转折点”。1986年，王洛宾写了《万朵“花儿”永世飘香》一文，回忆这段往事。

进入王洛宾文化园，游客还不是太多，音响播放着花儿，游人争相在王洛宾及“五朵梅”主题雕塑前留影。杨凤军说：“按游客行程，到这里基本上是接近中午，这里参观结束，就该到附近的农家乐吃饭了，唱花儿要人多才有气势。”有花儿光碟，一人买了一套。

萧关古道红色风

我们踏上了一条古道——秦汉时期由陕入陇的重要通道——回中道。这是条修筑于汉武帝元封四年（前107）的中央级大道，南端起今陕西省陇县北，进入西海固经彭阳县白阳镇、古城镇，逾萧关至固原。汉武帝4次沿回中道巡查陇东民情，“（武帝）行幸雍，祠五畤。通回中道，遂北出萧关”（《汉书·武帝纪》）。在回中道基础上，形成了“萧关古道”“丝绸之路”，清末民初，修筑了“西兰公路”。

这条路穿起了太多的古村落。

青砖、青瓦、蓝色琉璃瓦屋脊，墙壁上一幅幅书画不乏大家手笔，家家户户门楼上镶嵌泥塑和砖雕，走进屋内，书画、篆刻、泥塑、刺绣、剪纸等布置在恰切的位置，给人“上档次”的感觉。著名作家、中国民间文艺家协会主席冯骥才来到杨家店感慨地说：“走过许多地方，没想到六盘山成为自己的必经之地，它虽然偏僻贫穷，不为人知，却比大江南北的名胜更自然原始更有文化，不露痕迹地沟通着中国。”他提笔为杨家店民俗村写下“六盘人家”4个字。

“峰高华岳三千丈，险据秦关百二重”，西部之行，必过萧关，翻六盘山。六盘山路道崎岖，有“鸟道”之称，雨雪无常，自西翻越六盘山，需在杨家店住一宿，次日拂晓登山，方能日内翻过六盘山。坐落在六盘山西麓有一店——杨家店，古称贺贵铺或货贵铺，遭遇雨雪连绵天气，一耽搁长达数日。历史上秦皇汉武、唐王宋将、成吉思汗、徐达、马文升、林则徐、左宗棠、谭嗣同、于右任、茅盾等众多声名显赫的人物都曾由此翻越六盘山。

林则徐流放新疆，就是从这里翻越六盘山，他在《荷戈记程》里写道:“……下山十里杨家店，又十五里隆德县城。”谭嗣同翻越六盘山，写了著名的《六盘山转饷谣》:“马足蹩，车轴折，人蹉跌，山岌嶪，朔雁一声天雨雪。舆夫舆夫尔勿嗔！官仅用尔力，尔胡不肯竭！尔不思车中累累物，东南万户之膏血，呜呼，车中累累物，东南万户之膏血!”

杨家店以前挣的是路不好走的钱，现在挣的是路好走的钱，312国道六盘隧道打通，六盘山天堑变通途，游客来了，依托自然风光、民间民俗、历史传统、红色革命等文化元素，当地整合新农村建设示范村、危房改造模范村、整村推进先进村和旅游开发专业村等各种扶持资金，对108家农户的540间老旧房屋进行改造……有了政策、资金，人们的智慧是无限的，墙上的书画都是邀请县内外书画家大手笔题写的。杨家店六盘人家民俗文化村还是宁夏首批10个“三星级农家乐”

旅游景点之一，赢得“宁夏最美乡村”之誉。

又一批游客来了。来六盘山的游客踏访完红军长征纪念馆后，都要到山下杨家店民俗村农家乐体验山乡生活。我们也该吃饭了，走进餐馆，一30多岁妇人笑盈盈地迎上来说：“快坐哈，坐哈。”

小祁说：“有冷凉蔬菜吗？”

我笑喷了，路上看到“冷凉蔬菜·现代农业”的擎天柱广告牌，小祁就说今天中午一定要吃冷凉蔬菜。几日西海固行，小祁羊肉吃得上火了，牙龈红肿，嘴唇干裂，起了一圈燎泡，说得泻泻火。我笑了，他也笑了，说再不能吃羊肉了。

菜谱有“鱼儿钻沙”，小祁说：“一看这名字就食欲大增。”

我说：“这能败火。”

小祁去上洗手间，妇人拿菜单过来，我点了“鱼儿钻沙”，说：“不要放肉。”

妇人说：“居士？”

我说：“不是。”

妇人说：“忌口？”

我说：“不是。”

妇人嘻嘻一笑说：“那咋了？肉都不爱吃了，噢，吃满腹了，啧啧啧。”

又说：“看你们也是来吃稀罕的，荞面比白面馋，得有肉臊子，不放肉吃不出味道。”

小祁进来，我说：“是他吃不下去肉了。”

妇人看看小祁说：“看你这一嘴的燎泡，大泡套小泡的，吃着了，这天大（天热）的，咱这里又燥干得很，我给你舀两碗浆水败败火，浆水败火比药来得利，就是不知你们喝惯喝不惯？”

我说：“喝得惯。”

妇人端出两碗浆水，小祁闻闻，喝了一碗，说：“美得很，再来一碗，你该到城里开店卖这。”

我说：“再来两碗浆水鱼鱼。”

端上来，小祁说：“我还当鱼做的哩。”

浆水鱼鱼又叫凉粉鱼鱼，许多地方用的是豆粉，西海固多数用的是土豆粉或荞麦粉，这些东西性凉，因此有降火功效。做鱼鱼先像做凉粉一样，用凉水加白矾将粉搓成硬团，这样粉就有了筋道，再兑上凉水搅成粉糊。锅里水滚了后，像蝌蚪一样。锅水开沸，将粉糊糊缓缓地边倒边搅，粉糊熟后，将锅从火上提离，拿来圆孔的漏勺，用马勺舀粉糊从漏勺漏下，落入凉水盆内，粉糊就像一尾尾小鱼游于盆中。又滑又软，入口来不及咀嚼，就顺喉滑下。吃起来容易饱胀，但很快就又饿了。

碗不大，小祁几口就吃完了，说：“凉，爽，再来两碗。”

妇人又端来一碗，小祁又几口喝光了，妇人笑着说：“有这两碗浆水，吃一只羊羔子都没麻达。”

吃过两碗，小祁打个嗝说：“老板，再少来点‘鱼儿钻沙’。”

妇人说：“没事，没事，这是软饭，不扛饿，两泡尿就没了。”

“没事”是没关系的意思。

“鱼儿钻沙”端上来，小祁说：“名不副实，我当是跟鱼有关。”

“鱼儿钻沙”也叫“麻食子”“猫耳朵”，南方人见了说，噢，空心面嘛。现在人们讲美食了,“鱼儿钻沙”很美,富于诗意,就越叫越响了。别的地方有用白面做的,西海固则是用荞面,也用莜面做。荞面和好,搓成条,掐成蚕豆大的面剂子,用大拇指搓,一搓就成了面卷儿,很像猫的小耳朵。讲究的女人会在草帽上搓,搓出来就有了花纹。一般都是炒羊肉臊子汤,羊肉、红萝卜、洋芋、豆腐、黄花、木耳、栗子等,都切得极碎,面煮熟后舀入大碗,汆入臊子汤,羊肉等就钻入面中,整碗面被臊子汤淹着,因此叫“鱼儿钻沙”。

小祁说:“虽说名不副实,但吃起来美得很,再来一碗。”

我问妇人收入,她说刚开业的时候加上卖剪纸、特产,每月毛收入有个六七千块,“活了多大,见都没见过这么多钱。”我问现在能收入多少,她笑着说好着呢,好着呢,不好能干到现在,都干了几年了。

一位老汉拉着一头小青驴,小青驴嘴头子、两个眼圈、四个蹄腕儿都是白色,脑顶还有一绺白色,脖子戴一个茶杯似的铜铃铛,吊着红穗子,笼头上也绾有红绸子,备鞍子,上面垫裁绒垫子。

我问:“您这是要走亲戚?”我小时候,村里人走亲戚都骑驴马,都会把驴马这样装扮。

老汉嘿嘿一笑说:“都啥世道了,还这样走亲戚,现在走亲戚都是小车,最不行也是摩托。”

我说:“那您这是去提亲、娶亲?”

老汉说:“现在你拉个毛驴娶谁,你还翻老皇历,拖拉机都不兴了,小车不好都嫌哩,你们咋还这样看我们这个地方?”

我笑了说:“现在有些地方就是恢复老早以前的那一套哩,坐轿子的都多得是。”

老汉说:“这话倒对，这是景区开发的新项目，游客爱骑个骆驼呀、马呀、驴呀的照相。”

我说:“一天收入咋样?”

他说:“比种地强多了，老了，是来凑个热闹。”

“红军小道”虽全长仅2.5公里，却微缩了整个长征历程，瑞金出发、血战湘江、突破乌江、遵义会议、攻占娄山关、四渡赤水、巧夺金沙江、飞夺泸定桥、翻越大雪山、懋功会师、艰难过草地、夺占腊子口、决策哈达铺、会师将台堡等历史场景，每走一段就有一个故事，雕塑群像形象逼真，按照时间顺序从山脚到山顶，最后到达六盘山红军长征纪念馆。

红军小道两侧是典型的六盘山落叶阔叶林，有一种叫面粒子的野果子非常繁盛，籽可做救命的粮食，1935年红军经过这里就吃这野果子，叫“红军粮”。

途中遇到一支队伍，队员从十几岁到70多岁不止，个个重装，防护眼镜、口罩、魔术围巾、热水壶水杯，跟他们一聊，原来是一个自发组织的户外徒步群，学红军“重走长征路”，有走一遍两万五千里长征路的宏大计划。

金秋十月，六盘山层林尽染，天高云淡，碧空如洗，一行大雁正南飞。红军长征纪念馆，三面红旗漫卷西风，猎猎有声。六盘山是红军长征翻越的最后一座山，是打开了通往陕北革命根据地最后通道的“胜利之山”，红军长征纪念馆就坐落在红军翻越的主峰米缸山峰。广场上，几十号人身着红军装，重温入党誓言，唱着《长征组歌》。纪念广场旁边卖纪念品的小贩告诉我们，游客到了这里几乎都会唱红歌、宣誓、朗诵毛主席诗词。

吟诗台上有几人模仿伟人扬臂挥手，朗诵壮丽辞章。据说毛泽东主席当年就是在这里吟诵出了《清平乐·六盘山》。这首词无疑为六盘山做了最响亮的广告。

一位导游正在等她的游客。我与导游聊起来，导游说："西海固作为革命老区，红色是最富饶最闪光的基因资源，三条红色战史线，四个红色文化片区，六大红色经典景区，现在红色旅游热得很，重走长征路成了一种时尚，景区围绕革命传统与爱国主义主题设置教育体验项目，推出了走一次长征路、读一次长征史、温一次入党（团、队）誓词、听一堂特色党课、唱一首长征歌、吃一顿红军餐、讲一个红色故事、敬献花篮、参观职能馆厅、观看纪录片、游览旧址公园等项目……"

走过乏牛坡

一道一公里多长的大沙梁横亘在路上。车冲浪似的上了大沙坡顶，小朱停了，我们下车。郁郁葱葱，柠条、杨柴、沙棒、沙枣树、新疆杨、小叶杨、樟子松、沙柳随风摆动，墨绿的沙蒿足有笸篮大，密密麻麻长在沙包上，蜂飞蝶舞，上到坡顶，鸟群鸣唱着飞起。

"以前是有名的乏牛坡，牛翻这道坡都汗流如注，牛都知道，赶着牛往这里走，叼着往别的方向跑哩，不是胡喧。"王天鹏笑笑说，"这个大沙坡曾经是横亘盐池县的三大沙带之一，就横在我们刘记窑头村外出的路道上，去乡上办事、赶集，必得爬这乏牛坡，想绕开是绕不开的。别看跟山坡相比，这坡不高，平缓，可要爬越过去，难哩，这是沙坡，赶着牛车翻坡费劲得很，人得帮牛推拉，牛是牲口中最有力的，爬过这道坡全身都出水了，得休息好一会儿才能缓过劲来，乏牛坡由此得名，路常常被沙子埋了。别看咱们这车四驱，翻越这道沙梁你想坐车上梁，没门儿，得下来推车……退耕还林，封山禁牧，刘记窑头村被纳入荒漠化综合治理示范项目，退耕还林还草，退出绿水青山，封山禁牧，封出金山银山。经过治理，现在已经和周边的哈巴湖、沙泉湾、南海子等治沙基地连为一体，成了一道重要的生态屏障。修了直通县城的水泥路，乏牛坡不再是障碍了，反而成了风景了。近几年，盐池县结合沙泉湾旅游线路，鼓励扶持周围农民乡村旅游种植经果林，养鱼，养滩羊、滩鸡，打造集采摘、休闲、垂钓于一体的旅游线路，现在这线路热了，可以欣赏沙漠，品尝烤全羊……”

水泥路两边，沙柳、花棒高大，放眼远处，正是柠条开花结籽时节，铃铛般金黄色花朵密集，整株柠条都成了金黄，草原一片金黄，飒飒有声。

“这里也有油菜花，好漂亮。”

同来的北京小刘感慨。

我笑了说：“那不是油菜花，而是柠条花。”

乔灌木和珍稀草种错落有致，翠绿如茵，红粉拂摇，樟子松恰如沙漠卫士，田里蔬菜瓜果丰硕迎人。山、沙、丘、路、水、花、草、树，井井有条。

“乏牛坡一带已成为盐池县生态最好的区域之一。”

黄记场治沙示范区，10万亩的草场犹如一片绿海望不到边，沙柳、花棒、杨柴、柠条等沙生植物随风摇摆。走近细看，原本肆意流动的沙丘被一个个草方格牢牢固定在原地，格里点播的草籽、扦插的树种，早已把根扎进沙土，长成一片，好是茂盛。沙泉湾“桃花岛”的别号名不虚传。

老刘扒拉开沙土说：“你看这沙地已经发生根本变化了，不再像以前是纯粹的沙子，现在已经有了生命的根筋蘖须。”

树林中有几个人在忙活，王天鹏招招手说：“老刘，过来。”

一个老汉过来，我以为是盐池县载入史册的治沙“十八勇士”之一、时任刘记窑头村村主任刘占有，王天鹏说：“不是，也是当时亲历治沙的汉子。”

互相点了根烟，老刘说：“1993年以前这阵要到这达，哪能这样悠闲地吃烟，得加速往外走，来一场风会给埋在这里，哪像现在可以烤全羊，还有凉可乘。

“1995年3月，全村100多劳力背着干粮、咸菜，赶着牲口驮拉着树种树苗，开始在乏牛坡治沙，那时候这里风大得，常常是八九级的烈风，狂沙打得人睁不开眼，呛得人出不来气，走一步路深一脚浅一脚的艰难死咧，到了沙漠中，把树苗拴在裤腰带，不然风会把树苗叼走。挖开树坑，一场风沙，坑填满了，树栽上了，一夜大风，第二日看不到一棵站着的树，只能重新再来，披星戴月地干了将近一个月，脸上的皮脱了一层又一层的……树种上了，第二年又都死得差不多了，重新再栽，一年活几棵，一个树坑里活一棵树不经三番五次活不了，连续干了9年，沙柳、柠条……这一片3万多亩沙地终于绿了。”

在刘占有的带领下，男女老少披星戴月，9年植树不辍，3万多亩沙地披绿。2012年，造林达到20多万亩的刘记窑头村，捧回了“全国小流域精品治理工程”的荣誉。

一阵小风吹来，红柳摇曳，泥土芬芳，瓜果飘香。

2018年的刘记窑头村，已经是名副其实的“世外桃源”了，天地之间澄明清澈，清风习习，“就这习习清风，要在以前，就刮起罩人的沙子了。”

成片的柠条、杨柴、沙棒、沙枣树、新疆杨、小叶杨、樟子松、沙柳、沙蒿密密麻麻，罩在起伏的沙包上，在风的摇曳中飒飒有声。

碧蓝的天空上，一只金雕在空中像一架无人机盘旋着。金雕翼展超过2米，体长可达1米，腿爪上全部都有羽毛覆盖着。大家举起手机拍着金雕，忽然金雕长啸一声，向大沙包俯冲下来。

“唉，一只兔子命尽了。”

“一路上见到几只兔子，看来兔子不少哩。”

“兔子多得都成灾了，想着整治的法子哩，现在荒漠猫、野兔、狐狸、獾、刺猬、老鹰、花鸨、隼、野鸡……多了……”

“天鹏，你们都是文人，给咱们这乏牛坡好好编个传说故事？”老刘说。

“编传说故事？”

“来旅游的人多了，编个传说故事到时候好讲解。你不知道，游客来了都想找传说故事，写东西好写，只怕故事他们说太单薄了，几十个字就写完了。”我笑笑。

几辆越野车放肆地在沙漠戈壁奔驰，有些像好莱坞大片里的镜头，“来客了！”老刘说。

王天鹏感慨地说："那些年风沙大得，来过的人都用兔子不拉屎的地方形容咱盐池，现在旅游热起来了。2015年，依托盐池通用机场举办一场航空嘉年华盛宴，3天时间游客有10多万人，县里大小宾馆一床难求。这两年盐池承办了全国跳伞锦标赛、全国自行车邀请赛等一系列区域性、全国性重大赛事节会，'滩羊之乡·多彩盐池'的特色旅游品牌知名度和影响力显著提升，生态、文化、旅游、红色多种资源，这周围花马寺生态旅游区、哈巴湖景区、白春兰防沙治沙业绩园、长城旅游观光带、红柳长廊等一线生态旅游景点，周末、小长假、黄金周，游客如织，日以万计。咱们的绿色价值不一样，它的背景是沙漠，人人都对沙漠之绿感兴趣，你说沙漠里的一棵树还是树吗？多大反差。生态旅游已成为县域经济发展新的增长点。"

天鹏从车后备厢取出甘草草本饮料，一人递来一听，老刘不接，说喝不了甜的。天鹏说无糖。老刘笑着接过说喝，喝了把我死了去，总比馋死好！天鹏说对糖尿病有利的。

甘草是盐池县的另一块金字招牌。盐池县是全国乌拉尔甘草的重要产区和"西正甘草"主产区，是国家中药现代化科技产业宁夏中药材基地，1995年被国务院命名为"中国甘草之乡"，盐池甘草色红皮细、骨重粉足，所含甘草酸、甘草黄酮、甘草苷等成分都高于其他产区，药用价值极高。而甘草叶茎秆是羊的上好饲草。

曾经的盐池县遍地是野生甘草，挖甘草成为当地农民的一个谋生手段。所产的甘草片、甘草浸膏占全国市场60%的份额。一段时期盐池县成了滥采滥挖野生甘草的主战场，过度采挖甘草，导致草场退化、沙化加剧，生态环境遭受严重破坏，野生甘草资源濒临灭绝。2000年，国家下令制止滥挖甘草，盐池县加大对野生甘草资源的保护力度，开展封育补植、草原飞播等，同时鼓励农户人工种植甘草。

2006年，盐池将甘草确定为五大优势特色产业之一，建成一批人工抚育基地，采取项目带动、财政贴息、信贷支持推广人工甘草种植，并开展人工中药材栽培技术研究与推广，培育龙头企业，加大甘草产品研发攻关力度，研发生产的甘草凉茶、甘草饮片、甘草膏、甘草浸膏、甘草酸、甘草总黄酮、甘草多糖等深加工产品享誉市场。“盐池甘草”获评中国驰名商标和“国家农产品地理标志认证”，成为盐池的一张“金色名片”。

“人与自然没有矛盾，比如以前挖甘草，现在种甘草，自然高兴，人有收入。人工种植甘草，不论是育苗、移栽，还是采挖、甘草切片加工，都需要大量的工人，能有效带动当地农民就地务工。”甘草种植大户李老板说：“我种了600亩甘草，甘草移栽种植期，每天用工300多人，支付劳务工资1.5万元，人员紧缺时还要到别处雇人，许多人现在不出门在家门口打工赚钱。”现在盐池县种植甘草达到84.9万亩，成为全国最大的甘草种苗培育基地、野生甘草资源保护区以及西北地区最具影响力的甘草产品集散地，盐池甘草产业直接经济效益近5亿元，从事中药材的经纪人上百人，吸纳农村富余劳动力2万余人次，为农民人均年增收5000余元。盐池甘草产业正步入健康发展期。

如今乏牛坡上郁郁葱葱，和周边的哈巴湖、沙泉湾、南海子等治沙基地连为一体，形成了一道重要的生态屏障。

“现在，沙泉湾100亩以上的明沙丘基本绝迹，20万亩的流动、半流动沙丘变成了小绿洲，人称‘桃花岛’，谁能想到这里还是人人都爱来的旅游地，春、夏、秋、冬，山、沙、水、雪，花、草、鸟、兽，啥都有，总书记说绿水青山就是金山银山，旅游前景无限哩。”老刘眯着眼睛看着远方说。

这才像个村子

走进新和村，度假村一所所仿古小院的外墙给一幅幅二十四孝图连缀起来，成为“孝文化”长廊，几个大人带着小孩在一幅图画一幅图画地讲解着。

“冬月温衾暖，炎天扇枕凉。儿童知子职，千古一黄香。”一小孩子在背诵着。

“文化是最吸引人的。”火仲舫主席说，“游客带着孩子过来，边玩边给孩子讲解中国传统文化，行千里路，读万卷书。”

大喇叭高喊了起来：“抓紧打脸、披马！”

火主席解释说这是催促演员准备哩，“打脸”就是化装，“披马”就是给参加演出的马戴笼头、备马鞍、拴大红花。这我也懂，我们村子上也有社火队，从小看着长大的。

“高台马社火就要开耍咧。”火主席说。

许多人叫舞社火，“舞”哪有“耍”恰切呢？

我说：“好好好。”

马社火顾名思义就是装扮在马身上表演的社火，这是六盘山区老百姓受居住条件所限，借助畜力创造的一种流动的艺术形式，被誉为六盘山区民间艺术的“活化石”，2008年被列入国家级非物质文化遗产保护名录。

山河镇新和村、王庄村是高台马社火国家级传承基地。马社火衍生于秦腔，但只演不唱，表演内容为秦腔古装折子戏和历史典故、神话传说，表演者除了要懂得演出内容和人物装扮，还要有骑马技术——双脚踩镫，在马（或骡、驴）上踩高跷，摆舞刀、矛、剑、戟等各种道具完成表演，既有杂技之险，又有舞蹈之美。马队最少也有十几匹，最多有几十匹，浩浩荡荡，非常壮观。

火仲舫曾是固原市文联主席兼《六盘山》杂志主编，现在是六盘山民俗文化发展促进会主席，对西海固民俗颇有研究，说起民俗来滔滔不绝。

“新和村马社火民国时期就颇有名气了，时任山河镇镇长、隆德县城南片保安团长宋铭基曾多次组织民团扮演马社火进城表演，解放后一直没断过。新一辈马社火继承人赵世荣、翟士刚等人，继承了马社火的装扮技能，又把马装扮的戏剧人物引入社火活动中。每逢春节，他们便组织社火爱好者装扮马社火，走村串户给乡亲拜年送祝福。新和村建成了马社火非物质文化遗产传习基地。”

火主席嘿嘿一笑说：“大门楼子高院墙，凤凰落在房脊上。前院骡子后院马，我带社火来玩耍。”

过来一个汉子，火主席招招手说：“来一段。”

汉子一拱手挥动羽扇说：

走了一户又一户，一户更比一户富。
马队踩出致富路，明年修起三层楼！

火主席说:“再来一段。”

汉子说:“火老师，快开演了，我得去装扮哩。”

“耍啥?”

“《八蛮献宝》。”

“是该表演《八蛮献宝》,”火主席介绍说,“这是根据隋文帝招降西突厥、东突厥等8位藩王的历史典故改编而成的社火形式。每年正月初九，社火演员装扮成古代8位藩王的模样，骑上马、骡，再由两位后生牵引，走街串巷向当地坊神和先祖进献各类宝物，在仪程官的带领下，随着锣鼓点子行走，挨家挨户拜年祈福，祈祷来年风调雨顺、五谷丰登。”

一个干爽的汉子笑着走过来，火主席一挥手说道:

新和村里有能人，名字叫个赵小龙。
搞旅游来耍社火，能谋会干还会说。

火主席出口成章，他也是个社火头，是社火队伍中的春官。他的作品中有许多春官词，被广泛运用。

赵小龙双手握住火主席的手说:“火主席大驾光临，蓬荜生辉。”

这时又跑过来一小伙，说县上来的人直接去了岳家峡。赵小龙抱抱拳走了。

火主席给我介绍说这赵小龙高中毕业就到北京去了，闯出了属于自己的一片天地。2013年乡上动员能人回村，赵小龙回村了。隆德盛产沙棘，赵小龙创办了沙棘饮料加工厂，发展成为年创收300万元，带动60多人就业的龙头企业。西海固推行“两个带头人”工程，村党支部换届，赵小龙当选书记。

这新和村海拔2650米。海拔高，无霜期短，自然灾害频发，到2013年还是远近闻名的贫困村，全村741人建档立卡的就有306人，占41.2%。村里该如何发展？赵小龙回村后就在思考，已经有了成熟的思路，巩固提升传统养殖业，发展文化旅游产业。新和村离县城只有8.5公里，地处六盘山麓，村里有1800亩退耕还林的山地，植被良好，一条小河穿过村庄，村内有岳家峡等旅游资源，尤其是红军长征曾经过的村庄，又是高台马社火非物质文化遗产传承基地，剪纸、刺绣等民俗文化积淀深厚，六盘山地区是全国旅游扶贫区，现在宁夏又是全域旅游，县上出台各种政策大力发展旅游业，发展旅游得天独厚。搞旅游，村内水、电、路、停车场、旅游公厕等基础设施规划建设牵扯到占地、拆迁，还是遇到了阻碍，会开了一场又一场，村民意见和建议纷纷，疑虑重重，得要让大家长见识，于是村里组织村民参观考察浙江安吉、陕西马嵬驿等全国特色美丽乡村建设的成功范例，对大家的触动挺大，问题也解决了。借助危房改造（每户补贴2.2万元，从山上搬来的补贴4万元）和生态移民搬迁、结合旅游乡村建设政策，新和村对170户住房进行改造，几次会开过，居民全部主动拆掉老房子，建民俗街，形成了农家乐、生态养殖、民俗文化的旅游产业……村医翟士刚带头拆旧房起新屋，新盖的农家乐白墙灰瓦，古朴大气，又转手租给党支部请来的经营户，年收入6000元租金。

火主席说：“现在农业机械化了，骡马的饲养量逐渐减少，没办法，拖拉机、汽车、三轮车就加入社火队伍当中，渐次代替了牲畜，马社火这马背艺术变得不伦不类了。为了传承马社火这一非物质文化遗产，赵小龙建了专门的马场，买回20多匹马来饲养，专门用于马社火表演……赵小龙对马社火情有独钟，来自童年的记忆，他的父亲就是个社火头儿，母亲杨丽萍是化妆师，从小他就跟着父亲在社火队伍里奔波。现在他的女儿赵阳丹也是马社火演员。可谓马社火世家了。人活一辈子，不能光为钱，总得守住点什么。”

马社火开演了，几十头骡马出场，穿过古色古香的明清风情街，游客的手机、相机，聚焦着、围追着，那些骡马神态安然，甚至有些表演，一点不受惊，显然这样的世面它们见多了。

几个老汉在抽烟，谝闲：

“这才像个村子，以前啊，这只有过年时才能看上。”

“要着把钱挣了，你说日子过得好不好？天天都像过年哩。”

“前些年，人都疯了一样进城打工，过年都没得看了，孤得风都不吼了。”

我拿着手机拍照录像，一个老汉竟时尚地揸起两个指头，我“噗”地笑了。

午饭吃暖锅。暖锅是隆德人的看家菜，尽管是夏日，人们依然选择吃暖锅。

20多家农家乐，我们走进了翟调过家。

翟调过是村里建档立卡的贫困户。他们家里4口人，之前在银川的饭店里打工，供孩子上大学。村子上红火起来，今年5月翟调过回来开起了自己的农家乐。旅游旺季吃饭的游客多，一天上百十人，平时村里人也来吃饭。“周末吃饭的人多，人们有钱了，周末都自驾游。”翟调过说，“以前靠打工一年挣不到2万块钱，开了农家乐，还不到一年，就挣了3万多块，越干越有心劲了！而且是在自己家里开，家也照顾了，这在以前做梦都想不到啊。”

味道真好，价格还便宜，7个人不到200块钱。告辞时，火主席又说道：

吃好了，喝好了，嘴抹了，烟叼了，
亲戚收拾我走了，我把亲戚打搅了。

又迎来了一车游客，一个老汉迎上去，另一个老汉感叹地说：“你说现在这人就是富了，以前孤荒得猫儿连个脸都不洗，现在天天都有来浪的人。”

第十五章　遍地产业

采菊东篱下

杨凤军说："今天咱们来个唐诗宋词体验之旅。"

有朋自远方来，不亦乐乎。同行的有几位朋友——如今的西海固隔三岔五就会有朋友来。

翻过黄峁山，沿蜿蜒起伏的山峦伸向山中，进入彭阳县白岔村，数千亩万寿菊正值盛花期，花丛中人头攒动，正在采摘，几辆卡车忙着装花。

万寿菊花大、花期长，是最具观赏价值的常见园林绿化花卉之一，可用来点缀花坛、花径、广场，布置花丛、花境和培植花篱，也可作盆栽、切花。其花、叶、根均具极高的药用价值，更是生产植物色素的主要原料。彭阳县试种成功，引进企业，采取"公司+农户"订单模式，分层签订育苗种植及鲜花收购合同。

"万寿菊亩产3000公斤左右，1公斤能卖1块钱，比种玉米、土豆收入高出几倍。"装车的汉子吴银祥说，"我种了110多亩万寿菊，早上采花，下午就拉走了，不隔夜，不愁销路，公司承包了。”

“吴银祥是白岔村最大的万寿菊种植户。”白岔村村支书王志权说，“以前的主要农作物是地膜玉米和土豆，引进万寿菊种植，村民心中没底，一下子还接受不了，县财政支持力度大，农户种万寿菊，每亩补贴200元，建档立卡贫困户每亩补贴500元，村里也流转土地种万寿菊，头一年5个村种植了3800亩万寿菊，收益很不错的。”吴银祥嘿嘿一笑说：“家底薄嘛，谁都怕个闪失。”

“好得很，真是好得很。”赵桂芳满面笑意说。赵桂芳家在家的只她一人，想种万寿菊缺劳力，村委会流转了她家的10亩地，她在万寿菊园打工，“啥心都不用操哩。”

“采菊东篱下，悠然见南山。作家，陶渊明先生的诗就是这里写的，抬头看见的那座山就叫南山。”正在田里忙活的扶贫干部指着南山说。

翻山就进入原州区河川乡，在寨洼、康沟两村交界地带，万亩油用牡丹花团锦簇，摇曳生姿。

双双对对的牡丹花，层层落落的菊花；
亲亲热热说下的话，实实落落地记下。

杨凤军漫起花儿来：

热头花开下是碟子大，牡丹花开成个碗大；
尕妹阿哥啦中缘法，家穷者没有个办法。

“传唱了多少年的老花儿，却唱出了当今西海固的光景。”杨风军说，“牡丹是西海固人精神世界里的东西，盛开在‘信天游’中，绽放在‘花儿’中，寄托着人们对美好生活的向往，种也只是在家中种几盆，现在大面积地种。牡丹、芍药、菊花，已经不是花儿，而是风景，是产业。”

油用牡丹花蕊可制牡丹茶，皮、根可入药，其籽榨油，在食用油中与花生、油橄榄、大豆、油菜籽、油茶籽相比，产油量仅次于花生，而其营养价值多项指标超过了以高档油著称的橄榄油，所含不饱和脂肪酸高达92.26%，特别是α－亚麻酸含量达42%，远高于其他食用油，有“血液营养素”和“植物脑黄金”之称。2011年，卫生部发布了批准牡丹籽油作为新资源食品公告，油用牡丹作为我国特有的油用植物资源，已被国家林业局列入重点扶持的木本油料树种和退耕还林种植示范项目，将成为事关国家粮油安全的食用油战略新资源。更为重要的是，油用牡丹是一种多年生小灌木，耐干旱、耐瘠薄、耐高寒，西海固气候和土壤条件非常适宜种植，一年种五六年收，是一种上好的生态树种，发达的根系很好地保持着水土，带来良好的生态效益，是发展林产业的主导品种，房前屋后、田间地头、荒坡林下皆可种植，而且省工、省时、节约成本，收入是常规农作物的4~6倍，是名副其实的“铁杆庄稼”。

牡丹园员工老马冲我们嘿嘿一笑，开口就是两句：

“给尕妹子许下的愿有望哩，阿哥啊的日子兴旺哩。”

他哈哈一笑说：“比不上老花儿张口就来的好哩。”

我说：“那漫一首。”

他把手往耳门上一搭漫开了：

孔雀爱的是牡丹花，蜜蜂们采的是百花；
维下的尕妹丢不下，尕马上驮上了走吧！

他轻声漫罢说："游客来了都爱听个这，唱了游客听得高兴，咱们也高兴哩。"

一汉子鼓掌走过来说："老马，再漫一首。"

老马嘿嘿一笑，又漫：

山里美不过凤凰山，凤凰山站在白云端；
花儿里为王的是牡丹，少年是人间的春天。

牡丹树长在崖上，叶叶落在了地上；
左摘右摘摘不上，碰死在牡丹树上。

我们鼓掌，汉子说："交给你个任务，给咱们招花儿歌手来，牡丹园里得发展这项服务，让游客吃到最美的花儿。"

老马说："真的吗？"

汉子说："我说过假话？"

老马嘿嘿笑着说："谁敢说林老板说假话，我不答应哩。"

汉子说："种牡丹，唱牡丹，那这事你领头。"

老马说："我唱得不行，咳嗖气喘的，有唱得好的哩。"

汉子说:“那你去找，带来见我，从咱们这里经过，听到了粗犷的花儿，谁不会停下脚步。”

老马说:“那是，来的客人中就喊着要听花儿哩。”

汉子虽然是说普通话，但带着福建口音。这汉子正是来自福建长乐的商人林锦云。

介绍握手后，林锦云说:“这片地处黄土丘陵区，有许多农户生态移民搬迁，撂下大片荒山，我来到西海固后，在福建农业专家指导下，投资1.2亿元种起牡丹。油用牡丹种植成功后，又试种成功宝枫、文冠果，经济效益非常不错，生态效益更好。”

老马说:“以前咱们这达光秃秃的，干旱少雨，坡高风大，漫天黄沙，牡丹、宝枫、文冠果这些东西种植后，起风不起尘。”

文冠果林地里有些妇女正在松土锄草，和她们交谈，一位妇女说他们一家把土地流转给了老板，全都在公司打工，人均一天能挣八九十块。“公司扶持种植，免费培训技术，包了收购，只要肯种植，只要肯下苦，就会早日脱贫。”

“1万多亩油用牡丹和几千亩宝枫、文冠果已经产生经济效益，公司已解决300多人就业，建档立卡户人均年收入2万多元。”林锦云说，“‘万亩油用牡丹园’是宁夏重点旅游景点和全国精品牡丹的科研生产示范基地，形成农户、基地、龙头企业良性产业发展模式，公司近期目标，到2022年在固原市种植木本油料10万亩，实现生产、加工、销售一条龙产业链，推进一、二、三产业融合发展，所有项目全部达产后，实现年销售收入180亿元，可以带动当地3000多人就业。”

“唯有牡丹真国色，花开时节动京城。”几千亩的油用牡丹盛开时，大片山野成了“牡丹园”，与周围山峦构成风景，游客络绎不绝，造成交通堵塞，激发了林锦云发展旅游的兴奋点，建成集休闲观光、民俗体验、户外运动、养生度假、美食品鉴、农业种植等于一体的文化旅游休闲农业示范园——“黄土塬牡丹山庄”，他将退休窑洞装修一新，建成土气而又时尚的窑洞宾馆，自福建空运而来的海鲜让固原人尝了鲜，牡丹山庄就这么火了，游客纷至，最多时一天达2000人。

寨洼村村支书古兆金联合5户村民入股10万元，也创办了农家乐，村里种植的200亩红梅杏明年就能挂果，届时可以打造一方采摘体验乐园；谷子、荞麦等小秋杂粮已种植多年，生态绿色无污染就是招牌，主推上农家乐饭桌，同时提供现场外销，城里人定能喜欢。今年赶不上旅游的最佳时间了，明年开门营业，古兆金在忙碌中充满着期待。

进入距离寨洼村不远的骆驼河村，车窗飘进的轻轻浅浅的幽香，从一个崾岘口闪出，上万亩芍药争奇斗艳。花影绰绰，游人如织。“太震撼了。”同行文友高呼。

“‘庭前芍药妖无格，池上芙蕖净少情。唯有牡丹真国色，花开时节动京城。’刘禹锡这首诗就是在咱们河川乡写的吧。”诗人王怀凌说，“传说中牡丹、芍药都不是凡花种，是某年人间瘟疫，花神为救世人盗了王母仙丹撒下人间，结果一些变成木本的牡丹，另一些变成草本的芍药，以前治瘟疫的神药，现在可是治穷的神药。”

芍药被称为“五月花神”，有“花仙”和“花相”之誉，现被尊为七夕节代表花卉，象征爱情。一对新人拍婚纱照，拍摄《红楼梦》中经典情景“憨湘云醉眠芍药裀”，连芍药田里干活者都举着手机拍。

游客真是不少，都忙于拍照。我们也都举起手机拍，一老汉咂着烟眯着眼睛看着说："这日子过得，好日子让他们过上了。"

我问来拍婚纱照的多不，老汉说："多哩，周末多，一来就是几对。"

"浩态狂香昔未逢，红灯烁烁绿盘龙。觉来独对情惊恐，身在仙宫第九重。"走在芍药园中，文友感慨地吟诵韩愈的诗句。

一个小伙子送来"骆驼河村芍药园基地"简介。2011年，徽商陈允明在骆驼河投资2300万元种植了芍药、板蓝根等中药材，花儿盛开时，吸引了大批游客前来赏花，结果交通堵塞，游客吃喝住玩不便，河川乡措手不及，干脆因势利导打造"生态观光型河川"。原本发展中药材产业的陈允明更是看到了新的商机，随即投资建设"骆驼河万亩芍药园欢乐农家"，窑洞宾馆、停车场、观光台、中药材展览销售厅……

正在剪枝的老农说："老板能得很，林下套种芍药、白芷、黄芪、板蓝根这些中药材，花开了各种各样的，也是风景嘛，6月5号到6号，咱们河川乡办芍药节，赏花观光的游客超过10万人哩，吃吃喝喝的……只要一开花，就有收获，你看来了多少人赏花，啊呀，以前死盯着种粮吃不饱穿不暖的，现在种看的、建耍的、搞浪的，倒弄出好光阴来了。"

我问他家种什么，他说："土地都流转了，我在这里打工挣一份钱，土地挣一份钱，挣双份钱，还啥心不操，只把活干好就行……"

"现在只要与生态经济扯上关系，很快就会掀起热潮，风景林、生态林、经济林结合，乔、灌、草结合，集生态恢复、旅游观光、产业发展于一体，这更是种景哩，"王怀凌笑着说，"把山川河谷变成大公园，省得去你们城里浪公园，现在请你们城里人来浪哩。"

王怀凌是原州区一个局长，更是全国有名的诗人。

2017年，骆驼河村被固原市列为乡村旅游建设示范村，固原市旅游环线贯村而过。

围绕着芍药园有卖酿皮、凉粉、茶蛋等吃货的，每天能赚五六百元，卖土鸡蛋的兴奋地说："旅游是个好东西，鸡蛋以前只能卖给贩子，一个几毛钱，现在1块多了。"卖苦苦菜、沙葱的妇人告诉我她每天能卖100多元，有时候能卖200多元，"咱卖的不是种的，是野生的，城里人爱吃野生的。"

"蜜蜂是为人类酿蜜，我为旅客养蜂。"说话的汉子是创办了原州区蜜之源养蜂合作社的王世发，他发展了近百名养蜂户，自己也从最初的5箱蜜蜂发展到120箱，每年来自蜂产业的收入超过10万元。

王世发满面春风地说："山野花、桃花、野杏花、牧草花、庄稼花，现在有这上万亩中草药花、牡丹、菊花……花期不断档，蜜源时时有，蜜蜂都旺生生的，啊呀，这才是山蛋蛋花开。"看我们一眼说，"不是山丹丹花开，是山蛋蛋花开。"说着在地上写。

是啊，西海固的山蛋蛋都在开花哩。

我们都买了蜂蜜。

林　下

山上有字，"家家造林，户户养鸡"。经过一片山林，林间、草坡、果园都是鸡，鸽草芽，啄虫豸，追逐嬉闹，有的鸡落在树上，在树枝上荡秋千，让人想到"暧暧远人村，依依墟里烟。狗吠深巷中，鸡鸣桑树颠”。

我们一眼就认出这是五黑生态月子鸡。这种鸡黑得一塌糊涂，黑毛、黑皮、黑肉、黑骨、黑内脏，蛋是绿色的，所以有个名叫“五黑一绿鸡”。黑色素具有药用价值，并含有大量的卵磷脂、维生素、蛋白质和微量元素，容易被人体吸收利用，不仅含量高，且味道鲜美，是妇女坐月子时的最佳补品，有助于产妇调理身体，补气益血，安胎养神，因此俗称月子鸡，而且蛋还是一种药引子。《本草纲目》中详细介绍过，是鸡中珍品，价钱当然不菲，西海固养殖者很多。

一道梁一道沟，只有一户人家掩映于林木间，真是宽绰。

进了院里，房前屋后、墙头草摞也是鸡。一只公鸡引颈高鸣，像是迎接客人。

一老汉正蹴在院里吃饭，小郑看看说：“老潘，小鸡炖蘑菇，你天天这样吃可是踢江山哩。”

老潘嘿嘿一笑说：“而个（现在）吃小鸡炖蘑菇不是个啥稀罕了，家常便饭，天天吃倒也吃得起，就是吃了就成负担了，还得运动消化哩，以前不知道吃还能把人吃坏的。”

老潘看看我说：“以前吃个鸡，得来个贵重的亲戚、远路上的亲戚，蘑菇是想都不想的，不说是没钱，就是有个钱也没处买去，哪像现在就在门跟前，去示范园几步路。”

老潘说的示范园就是彭阳县长城塬闽宁现代循环农业科技示范园，抬头就看得见现代化的建筑。

“益斌园（益斌园农畜综合开发有限公司）来人找我，介绍我散养五黑月子鸡，我当时是有些犹豫。”老潘说，“因为以前家里养的是普通鸡，养五黑鸡没有经验，这种鸡养起来花销大，容易得瘟，遇上鸡瘟，一个都活不下来，家寒得担不起闪失嘛。他们说鸡娃子公司统一孵育，60天后，按每斤12元发放给农户，统一接种疫苗、发放饲料，有专门技术服务人员，有事就找人家，不收钱，产蛋期过后，公司又按每斤12元回收。这不是借鸡下蛋嘛，鸡蛋卖下的钱全是自己的，养殖技术和市场销售公司全包了，闪失还给你担着，只要自己好好操心，市场无论如何，自己都不会卡亏。这就像做梦一样的好事啊。”老潘嘿嘿一笑说，“先要500只鸡苗试试，一季过后，收入好嘛，秋上用利钱又进了500只，年底一算，第二年翻了几番。”

2017年，老潘养五黑鸡收入6万元。小岔乡养五黑鸡的有150多户。

老潘说：“这些年封山禁牧，树、草长起来了，林下养鸡好养得很，虫虫草草的不用操啥心，消闲省事哩。”

我说：“那就多养一点……”

“天上老鹰、花鸨多了，地上狐狸也有了，过不了几年，狼怕就有了……以前这些东西都没了。”他说着在树上挂的一个破瓷脸盆上敲了一下，鸡咕咕地叫着扇着膀子乱跑。

我说：“招呼鸡的？”

他说：“惊老鹰、花鸨的。”

他把手伸进墙上的土窝里一掏，掏出两个鸡蛋，我说：“这又回到小时候的日子了。”

他说：“可不是，来的人都喜欢用沙子烧鸡蛋吃哩，反倒不爱吃煮的炒的煎的。”

我接过鸡蛋看看，绿皮儿，我说：“这是正儿八经的好蛋。”

他笑笑说："比一般鸡蛋贵多了，平时一块五一个，旺季两块钱一个，连吃带带的，供不上哩。咱们这儿天时地利都占上了，光旅游的人来都不够卖了。"

我们买了两只鸡一箱蛋。老潘还给我们优惠了。

他接了个电话，咧着大嘴笑，小郑说："来买卖了吧？"

"要10只鸡，5箱蛋。"潘文平说，"咱们这里过过红军，旅游热得很。"

1935年10月8日晚，毛泽东、周恩来、王稼祥率领红军沿战国秦长城进入彭阳县长城塬村，当晚就住在长城塬村。长城塬村的长城非常珍贵，是战国秦长城，保存比较完好。如今，乔家渠自然村15孔"红军窑洞"、峁堡地下交通站旧址、红河地下党支部旧址、鹦哥嘴战斗遗址、解放宁夏的第一仗在任山河打响……长城塬一线串起了太多的红色人文景点，成了旅游景区。

告别老潘，一声炮响，我们四顾，老潘指指一道山坡说："那家惊老鹰哩。"

看看天空，盘旋着几只老鹰。

我们盯着那户人家去。

这家养的鸡个头不大，线条流畅，公鸡昂头挺胸，尾羽高耸；母鸡头小清秀，背宽腹圆，这就是彭阳特产朝那鸡。

走进院中，一老汉嘴里咬着一根三四尺长的烟杆，他在摆弄窗台上的炮仗，有鞭炮、二踢脚、魔术棒。一只鸡扇着翅膀往窗台上跳，老汉用烟锅敲鸡说："小心把你个鹰叼的炸飞了。"

小郑拍着那些鸡，又拍那些老鹰、花鸨。

老汉说：“炮受潮了，晒晒，炸起来灵（响）。”

我说：“过年还有半年时间哩，这时间晒了收起来又受潮了。”

老汉说：“现在你当光是过年了放炮哩，晒晒炸老鹰、花鸨哩，人走得稀里瓜达的没几家了，这些东西盯着一家子祸害哩。”指指天上说，“地上野兔子、蛇、黄鼠这些东西多了，天上的鹰、鸨、隼也多了。”

老汉翻着炮说：“过年娃回来买下的，忘了她妈去世还没过三周年，不过3周年不能放炮贴对子，就放下了，那天看到炮，我就想正好用来炸老鹰、花鸨、隼，来了放个炮炸炸，不然还想不出这么个好主意哩。以前有土枪，现在不让用，也不敢真打，这些东西都是保护动物，打死犯法哩。”

小郑说：“鹰、鸨、隼不成群，单独行动，你一方天空，我一方天空，互不干扰，最多两只相伴。山梁上、树上还蹲着，就像谝闲的人。”说完举着相机拍着。

“生态鸡，真正的绿色食品，都是吃虫子草籽长大的。”

公鸡啄到一只虫子，咕咕咕地叫着，小母鸡们就围了过去咯咯咯，就像是争宠，公鸡就得意扬扬，把虫子叼到一个小母鸡跟前。

老汉笑着说：“个鹰叼的，三宫六院，过的皇上一样的日子。”

风婆婆阳公公

2012年秋，我去同心县马高庄乡，我从小生活在那里。从下马关一下海池山，看到马原山村周围的山头上栽满了风力发电机的擎天柱。一个擎天柱下，蹴着一个人，就像一只老谋深算的老鹰。细细一看，是小学同学。

我上了山头，捣他一拳说：“你个懒㞞，不下地干活，就知道蹴在山头上吸风屙屁？”

“我就吸风屙屁呀！”他捣我一拳，哈哈哈地笑着说，“你个哈㞞。”

他唱起来：

刮大风，刮大风，
今天刮得好大的风，
刮得拦羊的钻窜洞，
刮得碾骨碌转流星，
刮得磨盘翻烙饼，
大嫂赶紧把门顶，
门里钻进一股风，
三岁的娃娃窑顶转，
七岁的娃娃满炕滚。
…………

坐在山头上，望着风力发电机的擎天柱，他又捣我一拳说，“风儿刮得冷飕飕，什么人留下个人想人，你说小时候我们是恨死风了，刮走了要下雨的云，打得苗死花落的……”

是啊，“玉关西路出临洮，风卷边沙入马毛。”（朱庆馀）“凉秋八月萧关道，北风吹断天山草。”（岑参）不管是八百年，还是一万年，风从历史深处刮来，人们唱着信天游日出而作，日落而息。曾几何时风是多么让人恼怒的东西。一年一场风，从春刮到冬，这说法虽有些夸张，但风时常光顾，呼呼悠悠刮着，到了黄昏，连绵起伏的黄土高坡上，太阳光顺着上坡铺下，弱了的光线中，你能看见风裹挟的土尘在山野里摔跤打滚，遍地尘扬土飞。沙尘暴是常见的，像一堵老城墙推过来，裹挟着土沙、石子、杂草，如同洪水猛兽呼啸着咆哮着从山坡上崾岘口扑来。顷刻间，白昼如夜。

“我家住在黄土高坡，大风从坡上刮过，不管是西北风，还是东南风，都是我的歌，我的歌……”风靡一时的《黄土高坡》唱的就是我们的生活实际。当年，大人娃娃都能吼，一遍一遍地哼，声嘶力竭地吼，带着仇恨地吼，人们甚至说风越来越大，就是这歌唱的了。

我们村庄倚山而凿，所倚山脉就叫风过岭，风是常客，不，是半个主人，尤其是入夜，风“呼哧呼哧”翻山越岭不绝于耳，发出咆牛爬坡的喘息声。草摞是羊牲口的口粮。风刮得草都摞不住，因此，草摞得搓草绳五花大绑，上面抹一层厚厚的泥巴压着，就这草摞时常被风揭了，刮走了草。人们大吼着骂风，连老天爷也捎带上了。

同学又捣我一拳说：“你想没想到恨得牙根痒痒的风，忽然一天值钱了?！现在怕不刮风了，发不了电，可咋办哩，你说这事变得?”

是啊，现在风成为扶贫的优势资源。宁夏是全国风能最为丰富的地区之一，风场等效利用小时数可达到2002小时，尤其是西海固山区是宁夏风速最大的地区，年平均风速5.8 ~ 7.0米/秒，年平均风功率密度为200瓦/平方米以上，具备大力发展风力发电产业的潜能。

“啊呀，你说国家咋早不弄嚒，多少风白白地刮过去了，糟蹋了嘛，还把我们欺负得。”他笑着说，“啧啧啧，你看现在，大风从门上刮过，坐在家里就能挣钱，我就顶着山头上的风力发电机，希望像风车那样转。”

我说：“转得太快了还不行哩。”

2009年以来，同心县已与21家风光电企业签订了风能、太阳能合作开发协议，新增年产值70亿元以上。同心县成为宁夏继宁东、固原风电基地之后又一大型风电基地。

“这下把咱们这地方的脉号准了，把门道摸着了，咱们这地方啥都缺，就是不缺风，你摸摸你的尾巴，让风早吹折不见了吧。”他哈哈笑着指着项目介绍牌说，“你看不光挣钱，还能为国家做贡献哩，该项目年减排量为92304吨二氧化碳当量。”

我嘿嘿一笑说：“当量，你懂啥叫当量吗？”

他说：“你个哈尿，我当年不就是差了几十分嘛。”

我们都大笑了。

这个家伙很幽默的，动不动丢个冷笑话，比如说一个坐墩子，沟蛋子摔成了两半，说把祸闯下了，一摸，嘿嘿，旧茬嘛，连个血都不流。

他眯着眼睛看着巨无霸风力发电机，“啧啧啧，你说造这一个个大家伙不知道得多少钱，国家还是富了呀，这钱花的，风啊风啊你大大地刮，精沟子老汉不害怕，啊，好日子来了，就是人老了。”他为风力发电工作。

宁夏风、光等新能源资源禀赋突出，是中国三峡集团在古丝绸之路上打造“风光三峡”的重要区域。从银川出发走西海固，一路上山峁峁梁尖尖上遍布高高的风力发电塔，像一个个巨无霸的机器人，巨翅迎风旋转，大山也不寂寞。

同样值钱的还有阳光。

越过麻黄山，进入盐池县高沙窝镇，一片蓝色的海洋在阳光下波光熠熠——46000亩的庞大光伏基地，光伏板覆盖了大地。

正是盛夏，太阳炽烈。看到高沙窝的路牌，记者小刘说："高沙窝，名字明明白白，叫出口就风沙扑面。"

陪同采访的盐池县扶贫开发办小王说："是啊，哪个人没吃过几升沙子。"

下了车，阳光白花花扑来，汗水就渗出来，"大天白日头，晒得满头油，洗了三桶水，满头还是油。盐池的日头可不是一般的晒，以前盐池人没少抱怨过日头，连老天爷都捎带上了。"小王嘿嘿一笑说，"现在可没人埋怨日头了，太阳公公是财神爷哩。"

2014年，国家推出十大产业精准扶贫方式之一的光伏扶贫，西海固属于我国太阳辐射高能区，年均太阳总辐射量4950~5864兆焦/平方米，年日照时数2250小时以上，日照百分率50%~69%，光伏发电产业优势明显。西海固实施光伏扶贫，首批项目惠及西海固深度贫困地区310个贫困村2.36万户贫困户。

2015年，高沙窝镇诞生了一项世界之最——全球最大的单体光伏电站。

盐池光能资源富集，小王说："咱们盐池一直被说成资源匮乏，现在有了太阳、沙漠、国企三大资源利用，前景光明着哩。"

国企是一大资源，我还是第一次听说。

小王口中的国企是指中民投，即中国民生投资股份有限公司，是由全国工商联发起、经国务院批准设立的大型国字号民营投资集团。

2015年，中民投获批在盐池建设中民投宁夏（盐池）新能源综合示范区，秉承“负责任投资”的原则，在戈壁深处投资150亿元建设世界单体最大光伏电站。作为回报，中民投按1∶1的比例投资配套产业，实施“光伏+”扶贫开发模式，养殖、电站、金融、美丽乡村等多元化配套。高沙窝镇党委书记王生彦介绍说，自从中民投全面进入盐池帮扶解困工程，在高沙窝镇投入最多，我们的建档立卡户受益最大，投资1.4亿元，通过4.6万亩荒漠化草原流转，4个行政村856家农户其中含245个建档立卡户受益，人均得到流转资金29.6万元。

“2018年6月全部建设完成并网发电，示范区内电站运维、数据采集、光伏板清洗、环保绿化养护、蔬菜种植、养殖基地、安保清洁等提供近1000个就业岗位。经过培训，掌握了技能，每人每月收入3000元，村民在家门口就地变工人，每年人均仅光伏电站维护费就收入1万多元。”小王指着道路两旁覆盖着光伏板的屋顶说，“家家户户屋顶免费安装光伏发电板，通过屋顶发电可获取3000多元的收益，使用期限25年，2016年已开始向农户兑现，农民称为屋顶银行。村上也有收入，74个贫困村每村建设一个规模为3兆瓦的光伏电站，每年每村增收22万元电费收益，持续20年，2017年提前向每个行政村兑现电费收益，这些村以前都是‘空壳村’。”

支书说：“每年有22万元的固定收入，作用大着哩，可撬动上千万元的银行贷款。”

走进高沙窝镇南梁村，红瓦白墙的房屋，规整划一的圈舍，光彩熠熠的光伏板，洋溢着新农村的气息。

“再啥不说，以前住的土房子几十年了，起风了钻风沙，早晨起来被子让沙盖了，下雨到处漏雨，住得担惊受怕的。到了冬天冰窟一样，我和老伴害了风湿病，年纪大了，越发厉害了，天气一冷受罪得很，关节里像蚂蚁咬。这房子好得很，配备了地暖和太阳能光伏板，热乎乎的，真是好嘛。面积也大，八九口人，以前家里房子小，住得憋屈，现在这房子住得松宽。”郭秀珍领着我们边看边说，“哎呀，就像做梦一样，我都眼望70岁了，没想到这辈子还能住上这么好的房子……公司里想得周到得很，你看后院，有草料库、羊圈……”她嘻嘻一笑说，“都说羊住小康房哩。”

我说：“你家羊养得不少。”

她说：“靠公司给贷款，不然哪有钱噻，公司帮忙得很。”

“盐池的最大优势在于得天独厚的滩羊产业，可是养殖业投入大，风险大，资金是瓶颈，2015年公司出资6亿元与盐池县政府共同创建扶贫担保基金和产业基金，为中小企业、养殖户尤其是贫困户提供养殖资金和担保支持，3年间撬动30亿元银行资金……”说话的是中民投盐池中民融盐扶贫担保有限公司总经理白学鑫。

走进老孙家，老孙非常激动，我们还没问，他就笑着说起来，“128平方米房子，加上光伏发电、养殖圈舍，我一共掏了3.8万元，其余钱都是企业掏的，感谢得很啊。”

老孙80多岁了，同行的记者小周拍照，老孙说：“把房子、院子照全了。”

“好，保证让您满意。”小周说着举起相机就拍。老孙说：“等等，我换身新衣裳。”

小周说：“这样就好，这样就好。”

老孙说：“这好啥，有新衣裳哩，照了你得给我寄几张，我想装个镜框子留个纪念。现在都拿手机乱照，照得不好，又不往出洗。”

老孙进去换衣服，高沙窝镇党委书记王生彦介绍说，“光伏+美丽乡村”是中民投的又一扶贫项目，在高沙窝镇投入1.38亿元，对5个村共计868户的住宅以及5千瓦的光伏发电设施、牲圈、院落统一规划建设，水、电、暖、光伏板等基础设施俱全，每年每户有3000元电费收益。每个村都建了活动室、广场，彻底改变了当地的人居环境。

老孙出来一身新，新中山装、新帽子，布鞋换成了皮鞋，小周给拍了好多张，留了地址，答应寄照片过来。

上了一道黄土丘陵，好一片银白世界，上百亩光伏板与阳光互动，形成了一片水银世界，波光熠熠。

南梁村依附着一个村落，茶褐色屋顶，橘红色墙面，绿色院落绿廊，黑色柏油路面，时尚元素构建长流墩行政村的黄记台。黄记台村是按光伏旅游村规划的，建设起步档次就高。

风不扶我，雨不扶我，产业扶我；

地下没有，地上没有，蓝天上有。

这是盐池县长流墩光伏扶贫电站入口处拱门上的对联。虽然对仗平仄上不工整，却道出了百姓对于光伏扶贫的感恩。

“中民投为民而投，帮助宁夏摘掉首个贫困县的帽子，功不可没，已载入全国工商联、国务院扶贫办联合发布的‘万企帮万村’精准扶贫典型案例白皮书，编入《中国扶贫开发年鉴》《中国扶贫》杂志。”小王说。

白学鑫说：“按照中民新能高层的顶层设计，示范区将打造成为清洁能源综合示范基地、绿色工业旅游基地、现代农牧业基地、荒漠化治理示范基地和扶贫产业示范基地，可提供3000个左右的就业岗位，将当地农民改造成为产业工人。在盐池立体扶贫模式基础上推出一个新平台，我们将启动建设2万个‘户用分布式’光伏电站，屋顶光伏我们来建，户均投资3.5万元，通过与银行合作实现C端融资，使用主体是农户，资产占有权属于农户，使用年限仍为25年，我们提供运维服务。17万村民受益什么？一是25年的发电收入；二是拓宽了融资渠道；三是他们想不到家里农、特、优产品有了新的出口，且能卖出最好的价钱。中民新能在全国拥有17个区域电站，‘分户光伏电站’平台下将形成从千家万户增至千万户庞大的农产品产出网络，随着这种模式拓展，‘新能源+农户+农产品+拼多多’型的销售平台无疑将给企业带来巨量的利润空间。”

顾家的扶贫车间

冬闲闲冬，淘气离婚；
爹后娘后，看谁都够。

入冬，西海固人家就会发愁，因为冬天总是与“赌博”“离婚”联系在一起。

每年一入冬，坐落在六盘山北莲灵湫边的隆德县前庄村，2530米高海拔的冬日，往往会大雪封门，严寒可想而知，整座村庄雪封冰固般沉静，人们进入真正的猫冬状态。2016年，前庄隆冬却与往年不一样了，人造花制作车间里热火朝天，女工将零散的塑料枝叶拼接成盛开的鲜花，组装定型，高仿真PE花和布花像在春天绽放，将销往欧美、中东等市场。女工们来自邻近的村庄，既能照顾家庭，又能挣工资，一举两得。

2012年，福建闽侯县与隆德县建立对口协作关系。闽侯县发挥区位、资金、技术及人才优势，深化产业帮扶，两县全力建设隆德闽宁扶贫产业园，入驻企业超过40家，实现年产值4亿多元，提供就业岗位2000多个。

闽商潘文贤的人造花工艺公司以研发、生产时尚家居、婚庆及圣诞人造花饰品远销欧美及东南亚等国家和地区，“沿海转型升级，企业一年比一年难做，大西北却有很大空间，而且西海固劳动力成本只有南方一半，在这里投资绝对双赢”。潘文贤考察隆德县市场后，投资1亿元在闽宁扶贫产业园建设人造花工艺公司，年出口创汇2500万美元，成为隆德县第一家出口创汇企业，也是固原市最大的出口创汇企业。人造花项目带动了下游产业，做瓶子的、做标签的、搞印刷的跟着都来了，2014年，潘文贤又在隆德县六盘山工业园区斥资1.3亿元创办宁夏隆德浩德纸业包装有限公司，填补了固原市纸业包装的空白，还为周边甘肃静宁的苹果、敦煌的哈密瓜、中卫的硒砂瓜等果蔬产品提供包装纸箱。

人造花工艺和纸业包装公司都是劳动密集型出口创汇企业，吸纳1000多人就业，其中安置了近百名残疾人，每月工资2000元左右，成为西北最大的残疾人就业基地。采访中，几个残疾人潸然落泪，说：“我们从来没有工作过，就是家庭的累赘，现在终于可以养活自己了，也减轻了家里的负担，做梦都想不到啊，潘董事长给了我们活下去的信心与意义。”

2016年11月，闽侯县选派副县长樊学双挂职到隆德县任县委常委、副县长。

樊学双去人造花车间调研，产生了“送岗上门”的想法，“农村妇女因为家庭拖累无法离开家庭出来打工，而现在的土地都流转出去，在家里有充足的闲余时间，为什么不把车间建在村上？车间办在村上，帮助群众足不出村在家门口稳定就业，充分利用了农闲时间实现增收，而且实现了照料孩子、操心家活、打工挣钱三不误，又能减少‘空巢’老人、留守儿童所产生的社会问题，对企业来讲，也能有效解决用工荒。”樊学双跟潘文贤一谈，两人一拍即合，说干就干，生产车间延伸至乡村，公司组织入村培训，在家门口就业。除设置固定就业岗位外，将原材料分发到户，使留守老人、妇女、残疾人在枕边炕头也能“栽”出“扶贫花”。

潘文贤在11个村上建起扶贫车间，继而又在13个村新建13个外发点，上千人参与人造花组装，年人均增收超过2万元。

王玉娟的工作是把人造花打包入盒，“活按件计，机动灵活，干得得心应手，一年咋也能挣一万五六，把头皮抓破都想不到家门口还有班上了，都50多岁了，这年龄还能到哪里挣钱去，就是在城里想打工都找不上活，一天也就是做个饭，伺候个孙子，地里务劳务劳，一辈子就这么完了，现在扶贫车间建在村上，到车间干活，做饭、操心家务，照顾娃娃、老人，一点不影响，家也顾了，孝也敬了，钱也挣了，班也上了，啥都不耽误，心里畅快哩……啊呀，扶贫车间谁想出来的，真是高招，世上有高人哩……”

“可不是高招，这人懂我们的心思和难处哩，”旁边一汉子说，“从14岁出门打了几十年工，就盼望着能在家门前打个工，老婆娃娃热炕头，老早以前就这么说哩，可跟着活走，跟着钱走，越走越远，一走一年、两年，那年在广州干活，三年没回家，哎呀，儿女们都撂得跟我生分了，就像你是个客，见了面没话，甚至都有些躲你，也不听话，回来几年了，才把关系理顺溜了……”

“扶贫车间美得很，真正扶到点子上了，这是从根上解决了出门打工带来的‘空巢’老人、留守妇女儿童等社会问题，谁不想享受天伦之乐？不说别的，过年都热闹多了，人多了嘛，耍社火、唱大戏招呼也有人噻。”隆德县扶贫和移民中心张主任兴奋地说，“我们的目标是贫困村村村有车间！”

城关镇红崖社区利用闽宁对口扶贫资金创建起扶贫车间，解决了120多名灵活务工人员的就业问题。魏巧宁有残疾，丈夫盖房时摔伤，儿子又出车祸，真是祸不单行，一下子家里失去了两个劳动力，日子眼看难以为继，扶贫车间办到了家门口，“这活儿我和丈夫都能干，现在一个月也能挣两三千元，日子开始有了起色”。

2018年，福建省第十批援宁工作队把这当主要工程，积极引导闽籍企业将车间建到贫困村，投入资金1600多万元，充分利用废旧村室、学校等闲置资源，设立村级扶贫车间，扶贫车间遍地开花。

“解决几千余人稳定就业，人均月工资收入达到1600元以上，在家门口就业，不但留住了年长的人，也留住了年轻人，村子上以前搞过庭院经济，一度沉沦了，现在又活了起来，有扶贫车间支撑，庭院经济能解决人们日常生活用度的，这不要说对于脱贫，更是乡村振兴一条实实在在的路子。”

走进海原县西安镇园河村闽宁纺织扶贫车间，几十号工人一片繁忙，真像是大集体那些年的生产场景。

春花正在做服装出厂的最后一道检验，拿个章在盖，她盖章后就统一打包发给各地订户，这是订单式生产。春花说：“这批羽绒服是发往德国的，听说在德国一件要2000元人民币哩，还卖得快得很。”

“采访的吧？”她为一摞服装最后一件盖上章说。

我说：“你咋知道？”

话出口了我觉得可笑，一块来的两个记者，一个背着照相机，一个扛着摄像机。

她果然说：“你们长枪短炮的，谁看不出来？”

我说：“来采访的多不？”

她说：“多，前些日子全国各地的都来了。”

“扶贫车间……”同来的李记者刚一开口，春花就打断了说：“扶贫车间当然好了，活又简单，一人干一样活，不是干一件，比方说锁纽洞的专门锁纽洞，扎袖边的专门扎袖边，针线嘛谁不会做，计件工资，一个月能拿1000多元，有的能拿2000多元哩，能挣以前在城里打工挣到手的钱哩，又不耽误回家做饭、伺候娃娃、照顾老人……这都不说了，还增进邻里和睦哩，以前农闲了没事可干，串亲戚浪门子，还影响团结哩。”春花说着看看我们。

我说：“串亲戚浪门子咋就还影响团结？”

“戳闲话捣是非嘛，”她哈哈一笑说，“也不是故意的，腿长揽露水，嘴长惹是非嘛，有些话这达能说，那达不能说，有些话这阵子能说，过一段时日不能说，不管地方、时间说了就成了闲话了，惹出是非。可是闲得没事做嘛，说话说得嘴麻了，收不住了……唉，我这人是张口达子，直筒子，心里存不住话，说话就想说个痛快，不管地方，不分前后，惹得猪嫌狗不爱的……现在有活了，想听个闲话你有工夫听，我还没时间说哩。”

“说得好，”我给她竖了个大拇指，“你读了几年书？”

春花说：“咋了，没你文化高，就扫盲夜校识了几个字，不过我没放过，见字就想认得它。”

我笑着说：“你好快乐。”

“家门口挣上钱了，能不快乐，我这人心肠大，以前我也没多愁，日子难了你愁了就不难了？”她又哈哈哈笑了。

李记者穿的衣衫是361° 的，春花拉过来看看，说：“不是我们这达做的，以后你们穿安踏、361°，就是我们做的了，我们这企业大着哩，好多个品牌哩。”

闽宁纺织公司负责人说：“海原女工不但勤劳，而且聪明得很，只经过短期培训，上手很快。”

“海原县闽宁纺织制品有限公司是一家集服装设计、生产、销售于一体的劳动密集型企业，与安踏、361° 等企业都有合作，产品销往20

多个国家和地区。公司扶贫车间用工五六百人，其中建档立卡户300多人。”海原扶贫办的干部说，“两年间闽宁纺织园、闽宁菌菇产业园建起二十几个扶贫车间。”

离开西安镇时，经过薛套村，海原扶贫办的干部指着窗外说：“那钢架结构扶贫车间1000多平方米，已经建成，正在往里安装设备，几十名建档立卡贫困户到闽宁纺织园进行前期技术培训哩，马上就要运营了。”

一花引来百花开，西海固建设扶贫车间170多个，近万名贫困劳动力实现就近就地就业，他们给了车间个称号——“顾家的扶贫车间”。

社员都是向阳花

进入野狼沟，梯田塄坎上遍植景观树木，山桃、毛桃、榛子、树梅、刺槐……枝叶茂盛，郁郁葱葱，油菜花、鲁冰花、芍药、玫瑰花、薰衣草、万寿菊、帝王百合、百年牡丹……山野间金黄、紫红、靛蓝、粉白，田园综合体景观色彩缤纷，如诗如画。

我们走进了藜麦地，白、红、黑3个色系，乳白、淡灰、淡黄、黑、红、褐、棕红等10多种色彩绚烂。藜麦原产于南美洲安第斯山区，是印加土著居民的主要食物，据说有5000~7000年的种植历史，印加人称之为“粮食之母”，具有独特的营养价值，如今成为炙手可热的养生保健食物。

宋洼水库就像一面镜子，映照着天空、山岭、树木、花朵。库区服务设施现代化，景观玻璃温室餐厅、乡村KTV、集装箱酒吧、水上公园、小船、摩托艇、水上步行球……游客吃、住、行、游、购、娱一体化，已经很成熟。

我还是第一次见集装箱酒店，实用、时尚。正逢周末，游客不少，野钓的、登山拍照的、采摘的……20栋集装箱酒店式自驾游露营基地更是爆满。

“宋洼村曾经是张易镇最穷的村，能有今天的变化得益于新型农村组织——合作社。”张易镇李干部握着李儒学的手说，“这，老领导一本账。”

在安徽省凤阳小岗村18位农民签下“生死状”之际，在原州区（原固原县）张易镇中山生产队，5位农民也签下了同样的一份东西，新华社记者在《告别饥饿 1978》记录了这件事，李儒学是参与者之一。

“张易公社是固原地区远近闻名的‘乞讨公社’，每年到了青黄不接的三、四月，社员出门乞讨成了必由之路，要饭队伍达400多人。1975年到1977年，连续3年，旱灾、雹灾，张易镇遭遇了毁灭性的打击，粮食几乎颗粒无收，锅里无米，炕上无席，灶内无柴……叫了个张易，啥都不易呀，就在街上、院里、窗根，讨吃队伍拉毛绳哩，公社院子里扎堆，干部愁得都睡不着觉……”

李儒学是张易镇贺套村人，20世纪80年代初是张易公社党委秘书，后来工作调动到了银川，远离了家乡，但每年都回来几趟，对故乡一直是牵挂的，2018年他撰写编辑出版村史，我们相识。

“1978年元旦过后第一天，我们开始逐队调研，当时公社书记是郭兴海，我是秘书。来到中山生产队，我们和生产队队长赵天禄等人连夜商量对策，解决老百姓的饿肚子问题是头等大事。赵天禄是个老生产队长，有经验，点子多，他提出把洋芋地包给农民个人种，秋收给生产队交够产量，剩下的归个人，能这样我保证明年不向公社要一斤供应粮。这是一个惊天动地的想法。赵天禄提出这个大胆设想，有一个大家心知肚明的原因，头一声，不作声，二一声，头一伸，三一声，才动身，路上还要纳几针。集体地里养精神，自留地里抖威风，有些社员不好好干活，队长批评时，就回敬说我在自留地干活也是这个样子，还说干活要省劲，出的力气大饿得快……赵天禄说天灾有老天爷脱不了的责任，但是社员也有责任，大锅饭嘛，谁种庄稼把心用上？应付差事，磨洋工，敷衍了事……

“郭兴海外号郭胆大，敢想敢干，可是听到这个建议也着实一惊，说这可是一件涉及政策的大事情，得慎重考虑，弄不好‘杀头’‘坐牢’都有可能！征求大家意见，参加会的8个人，有赞成的，有担忧的，争个不休。一直到凌晨4点，也没有个结果。郭兴海拍了板：不要供应粮还能解决群众吃饭问题，中山生产队深藏在大山里，跟其他生产队几乎没什么接触，人口少，可以搞一下，但保密工作要做好，不能扩散，让其他生产队知道。

“第二天，赵天禄紧急召开生产队干部会议，以给群众承包产量的名义秘密开展，将生产队35亩洋芋地承包给5户农民，承包标准是秋后每亩上交600公斤洋芋，并签下保密协定。当年天公给力，洋芋大获丰收，亩产达到1600公斤，每亩上交600公斤后还剩余1000公斤，挣扎在饥饿线上的社员一下子解决了饿肚子问题，还能接济亲戚……”

在《告别饥饿 1978》序言中，杨克现还披露了这样一个事实：“傅上伦来电话说，他们3人赶到宁夏回族自治区固原县，小麦正黄熟待割，不意却有一个公社农民集体罢工拒绝开镰收麦。农民说，今天哪怕干部请吃羊肉泡馍也不顶用，除非他们答应包产到户。此事公社报告县委，县委再向上报，地委和自治区党委都坚决不准，干部和农民间形成僵局。我立即感觉到此事的严重程度和超重的分量。因为我自己知道，包产到户，1978年安徽省凤阳小岗村农民还只是瞒上不瞒下，集体发誓，秘密实行的。现在事隔一年，宁夏固原的农民竟采用罢工的方式公开‘要挟’领导，可见地下的流火已上升到了地面，如火山爆发。可见包产到户，不管是动用行政权力还是政策说教，都已是万万地压不下去了。

“正因为如此，‘内参’送到中南海，邓小平和胡耀邦等都极为重视，三天后胡耀邦便带了有关此事的‘内参’风尘仆仆亲临宁夏六盘山区核查。他要迎着风浪，力排众议，解开这多少年来解不开的死疙瘩……

“集体罢工拒绝开镰收麦就是受了中山生产队包产到户的影响。说是生死保密，其实呢哪有不透风的墙，亲戚连着亲戚，互相接济……”李儒学说，“1979年，张易公社在73个生产队中推行‘定产到田，责任到户’的生产责任制，到1980年春节前，全公社13个生产大队、139个生产队，全面实行生产责任制，在宁夏是最早的。”

《固原县志》记载：张易公社实行承包制一年，社员口粮由上年人均81公斤增至162公斤，人均收入由22元增至48元……2017年底，40年间，张易镇农民人均可支配收入达8941元，贫困人口降至13%。全镇15个村除马场村外，全部脱贫摘帽。

“张易镇的脱贫，得益于合作社。”张易镇副镇长说，“开始并不顺利……”

一个汉子笑着快步走来说：“快进客栈里坐。”

我说：“吹吹自然风。”

副镇长介绍说：“宋洼村土地股份合作社负责人郭利平，进城打工创业，开了一家园艺公司，从事绿化美化，年纯收入达40余万元。2014年，把园艺公司交给老婆打理，回村创业成立了合作社。郭社长，说说你吧。”

郭利平笑着说：“从哪里说起呢？”

固原荣甲牛羊养殖专业合作社，投资200万元建起了占地30亩的养殖园区，干起养殖业。在他的带动下，周边村庄家家养羊、户户喂牛。

“现在都说乡愁，其实真正的乡愁在农民身上。劳力都进城打工了，就是有人想种地，种那点地还不够喂‘巧儿’（麻雀）的，你想想就种那么几块地，鸟儿们都集中在地里，也只能长年在外打工。以前土地可是命根子，为了二指宽的地埂骂架打捶的，现在都撂荒了，每次回到村里来，看着撂荒的土地实在心疼，不是滋味，要说我们宋洼的土地，不是最瘠薄的，尤其是种土豆、小杂粮，苦下上是有收成的，就想着把村里的土地整合起来，村班子三番五次叫回来发展，我就回来了。农村要振兴，你得在土地上做文章，谋产业，把土地盘活了，让土地值钱。我挑头成立土地合作社，动员大家入社，一听合作社，人们很敏感，让地荒着也不参与……”郭利平说，“合作社并不是个新词，人们有深刻的记忆，合作社，大集体，勤快人养懒汉嘛，干部批评社员干活不卖力不认真时，往往说你给咱拿出在自留地里干活的一半劲儿来就行咧……因此，当销声匿迹几十年的合作社再次浮现出来，人们一片哗然。又要成立合作社，是不是要把土地收回大集体，回到人民公社大队生产队？又走老路了？村干部讲，扶贫干部讲，广播报纸电视上讲，人们还是疑惑，不但不积极，反而抵触，一个农民，对土地的感情是复杂的。毕竟土地荒着也是自家的土地，那是立足之地，是命根子，这么交出去出了问题可真就成了无立锥之地了。

“先进行流转土地，给大家地钱，等想明白了再入股。撂荒了的土地自己不用下苦花钱去种，就能得到一笔钱，土地依然在自己手里，大家挺积极。到了年终，看到入股的人家除了土地流转费，分红又拿了一笔收入，都争先恐后地入股了。散作满天星，聚是一把火。土地变股权，农民当股东，租金保底，盈余分红，2016年，全村撂荒地整理后，入股土地2600多亩。第一年土地都是生荒地，加之干旱，种植的荞麦和青储玉米产量很低，亏了本，可洋芋长得好，价格不错，盈利31万余元，合作社将十几万元盈利全部分红。快过年了，账还没有算清，为了稳定情绪，先以每股10元的利润兑现分红。过完年，账务清算后，进行第二次分红……2016年至2018年，共发放劳务费、保底租金、盈余分红106万元……土地就这么盘活了。”

一位汉子过来，郭利民招招手说：“老张，来来来，跟作家谝谝。”

老张过来，掏烟给人发烟，说：“合作社好得很嘛，第一年土地流转费1300多元，分红500多元，打工挣了8000多元，守着家门还能挣1万多，大半辈子了我第一次在家门口挣了这么多，种啥，咋卖，都不用你操心，活干好了就有收成，自己在自家地里干活还能挣钱，土地还是自己的……我过50岁了，在城里打工，这年龄活就不好找了，遭人嫌弃，怕身体里藏着啥病到时把人家讹上了，可回来咋过活？好得很啊，好得很啊，心里不慌了，干活跟你们上班一样，打死都想不到啊。老了老了，在家门口还有班上了。”

“2017年，争取项目支持，合作社引水上山，发展以滴灌、喷灌为主的高效节水现代农业，建设旱涝保收的高标准基本农田，创建了一个千亩无公害小杂粮生产基地、一个千亩马铃薯种薯繁育基地、一个千亩青储玉米基地，打造最美景观梯田公园综合体……才发展旅游，现在游客还不是太多，就等往大打名气了。”

“公社是棵常青藤，社员都是向阳花，歌里老早就唱过。”仇建平正在红树莓田里忙活。仇建平从村民手里流转土地512亩，创建耘硕种植合作社，与福建闽商进行股份制合作，种上了红树莓和万寿菊，发展旅游。

第十六章　唯有读书高

得先把嘴顾住

2000年，我陪朋友去体验西海固，在海原一个村，碰见一个小媳妇抱着孩子，她听到车声，往路边躲去，拉起衣襟苫着孩子。

朋友早早放慢了车速，这样到了小媳妇身边，土尘就小多了。

朋友停下车问小媳妇去哪里，小媳妇说："大山。"

朋友说："上来我送你去。"

小媳妇说："你们也去大山，你们是谁家的亲戚？"

我说："没有亲戚。"

小媳妇说："不麻烦你们咧，走着能去，也不远，你们快走你们的路。"

朋友说："这么热的天，上来吧。"

我拉开车门，小媳妇上了车，朋友说："抱的弟弟？"

小媳妇一笑说："是儿子。"

朋友说："你都有儿子了，多大了？"

小媳妇说：“六个月。”

朋友说：“你多大了？”

小媳妇说：“十七了。”

朋友说：“这么大就结婚了？”

小媳妇说：“我们这里十六七嫁人的多哩，领着娃娃去领结婚证，嘻嘻。”

朋友说：“你没念书？”

小媳妇说：“念了小学。”

朋友开玩笑说：“你一定调皮捣蛋不好好念？”

小媳妇一笑说：“我学习可好着哩，唉，家里日子难怅，猫儿吃糨子，总在嘴上抓挖，先得把嘴顾住，在咱们这里过日子，没有一双手是多余的，还能有啥想法，五年级那年，天气大旱，就不念书了，有我弟弟念书就行了。”

朋友长嘘一口气说：“那你咋没进城打工？”

小媳妇说：“回来生娃咧，我进城打工两年咧。”

孩子哭起来，小媳妇只是摇拍，孩子哭得越厉害，我想小媳妇怕是当着我们的面给孩子喂奶害羞，就让朋友停车。我说：“娃是饿了，你给喂点奶。”

小媳妇说：“不给喂了。”

朋友说：“没奶了？”

小媳妇说：“奶旺呢，隔奶哩。”

朋友说：“你有奶，就多奶上些天，才六个月。”

小媳妇说：“那误光阴哩，人家都在城里揽钱哩，把娃带到城里呢，娃碎着呢嘛，就把我缠住成了吃闲饭的了。送到我娘家让我娘带着，我就进城哩。”

又说：“吃上饭了，没事（没关系）。”

又说：“我男人在城里打工，油漆工，给我找了个好活，搞粉刷的，找个好活不容易哩。”

到了小媳妇家，一看里程表，32里。

我们告辞，婆婆说：“你看你们，长面一头子都下到锅里了，有多大的事，吃了再走噻，天下再大的事也催工不催食嘛，到饭口上了嘛。”

小媳妇说：“你这车再利索，这山里没有个把小时看不到镇子。一顿饭怕把我们吃穷了，别说你们送我来了，就是到门上了，赶到饭口上了咋能不吃饭。”

她眼睛明亮，说话时总带着笑意。

我们留下来吃饭，她很高兴，婆婆把面擀开，拿刀劏，朋友去拍，婆婆嘻嘻笑着说：“没事了，那时候劏得像线一样，现在劏得比鞋带还宽。”

告辞出来，朋友心情沉重，说：“在城里这么大的小媳妇还正读书，回家还撒娇。”

西海固的女子世世代代就这样过，十五六处对象，定亲，出嫁，就担上光阴了，养育儿女，养家糊口，终其一生。

看着站在场沿上望着我们的小媳妇，我说：“姑娘（按说她已是个媳妇子了，可我还是把她叫姑娘），要不我们带你到县城，你坐班车方便。”

小媳妇说：“不了，庄子上有蹦蹦车，我明天一早坐到县上，晚上我再陪一晚上娃，一进城还不知道啥时候才能见上面哩。”

20世纪80年代初的统计数据表明，西海固人均社会消费：食品占68%，衣着占6.2%，教育占5.5%，医疗占4.6%，居住占10.4%，家庭设施占4.1%，其他占1.2%。这组数据让人想起西海固那句俗话：猫儿吃糨子，总在嘴上抓挖。

媒体还有这样一组数据：综合各类研估，全国每年约1/3的农村孩子从中等教育流失，人数在300万左右。学者对中西部农村通过大样本研估：63%的孩子没能完成中等教育，其中约一半在初中时便已辍学，辗转多地打工，提前步入社会。在西海固，这个比例更高。1981年，西海固地区大专以上文化程度者占总人口不足1%，文盲占到57.4%。

女孩入学率就更低了，回族女孩尤其低。据统计，1958年宁夏回族自治区成立时，回族女童入学率仅为20%。1981年，全国12岁以上的女性文盲、半文盲占同龄妇女人口的24.57%，宁夏同年为57.59%，西海固则高达80.26%，生育4胎以上的妇女中，大学文化程度的为0，高中文化程度的为0.05%，初中文化程度的为1.04%，小学文化程度的为8%，文盲和半文盲则为90.91%。到1991年，回族女童入学率也不过63%，是我国女童入学率最低的5个省区之一。回族女童教育成为制约宁夏教育发展的重要因素。

“睁开个眼睛，识得个洋码号就行。”这是西海固人对女孩读书的态度。

洋码号就是阿拉伯数字。

当记者时，教育是年复一年采访的主要话题，采访辍学问题时，一位老人的话语我至今还记得：“总得先把嘴顾住啊！”

1994年，宁夏开始基本普及九年义务教育、基本扫除青壮年文盲“两基”攻坚工作，在全国率先提出三个“一个都不能少”：义务教育阶段保证适龄儿童入学“一个都不能少”；未能继续升学的初、高中生接受职业技能教育“一个都不能少”；新考入高校的学生不因家庭经济困难而辍学“一个都不能少”。宁夏先后多渠道筹措资金27亿元，翻建、改建、新建中小学近千所，让“黑窑土台子，墙开大缝子，院里打格子，堵窗纸箱子”的农村中小学成为历史。对女童成立女童教育促进会，设立女童助学金，采取灵活的办学方式，在西海固投资增设300多个教学点，方便因路远、年龄偏大、照顾弟妹等原因失学的女童入学。在改善硬件设施的同时，还大量配置图书、实验仪器等教学设备，实现农村中小学现代远程教育全覆盖，老师们可以通过它下载全国最优秀的课件，学生也可以通过它与外面世界实现“无缝对接”，让山区基础教育质量大大提升。从2006年秋季开学起，宁夏在全国西部地区率先将“两免一补”政策扩大到全区义务教育阶段所有城乡学校，同时安排财政专项资金为学生免费提供一套教辅材料，“两免一补”扩大为“三免一补”，近百万义务教育阶段中小学生全部免除了学杂费。2008年7月，“两基”目标通过国家验收。实现“两基”后，宁夏紧接着推进义务教育均衡，10年后，国家督导检查组在银川宣布，宁夏成为我国西部地区首个全域通过国家义务教育发展基本均衡县督导评估的省区。2010年，宁夏在全区启动学生营养早餐工程，第二年紧接着在西海固地区农村开展免费午餐试点。年底，营养早餐工程和免费午餐工程合而为一。对于进城务工人员随迁子女就学，出台“两为主”“两纳入”政策，不设门槛，应入尽入，保证了进城务工人员子女

99%在公办中小学校就读。而且要求对随迁子女实行混合编班和统一管理，与当地学生享受同等待遇。近年，推进“全面改薄”项目，这项中央聚焦贫困地区义务教育发展、保障教育公平而做出的重大决策，被称为全面改善贫困地区义务教育办学条件的“一号工程”，伴随着这一项目的推进，宁夏各级各类学校全部接入网络，实现了农村教学点、规模较小农村学校数字教育资源全覆盖和农村学校宽带互联网全覆盖，80%的中小学教学班实现了“班班通”“一校带多点、一校带多校”的网络课堂建设和“名校网络课堂”，使更多偏远山区的学生享受到优质教育资源，逐步实现城市学校与农村学校网络课堂实时双向互动，城乡学校的差距在逐步缩小……

陈晓东喝口水说：“介绍是简约的，三言两语就总结了，可过程是漫长艰辛的，你也知道宁夏财政困难，可教育是根本，义务教育有保障作为一项硬任务，紧盯控辍保学核心指标，精准资助，对学前教育建档立卡贫困儿童按每年2400元的标准免除保教费、补助伙食费；对在区内高职学院就读的建档立卡贫困学生按每年4200元标准减免学费，为缓解多子女贫困家庭就学压力，实施教育精准扶贫，投入公共财政资金、争取社会资金捐资助学，应助尽助，累计资助学生162.3万人次，确保不让一个学生因家庭经济困难而失学……”

铺就同一起跑线

上了一道山冈，山坳里一面五星红旗高高飘扬，琅琅的读书声在寂静的山野清晰悦耳。

小冯说："走了几天，我发现西海固乡村最漂亮的建筑是学校。"

校门外卧着好几条狗，我们走向校园，狗纷纷起身，并不扑向我们，夹着尾巴向远处散去，到远处丢下几声轻描淡写的吠叫。我知道它们都是随着学生而来，学生放学它们将跟随学生回家，就像是接送学生的家属。远离了自己的村庄，它们就失势了，因此才这样的低调。倘若在它们自己的村庄，这么多狗聚在一起，那可不是好惹的，非把你赶下沟坡，或撵到车上不敢下来。

学生在打篮球，篮球从校园飞出去了，顺着坡蹦蹦跳跳飞奔下去，几个孩子并不急于去追，而是看着篮球滚落定了，才开始打石头剪刀布，一个孩子输了，顺着山坡跟头流星地撵下去了，蹬起一阵一阵的土尘。小冯一直拍着这个过程，"这孩子有苦受得了，捡回球怕得几十分钟。""你慢点，小心摔倒！"小冯大声喊。

"匪得上树捉猫哩，能摔着他。"说话的是学校院墙根蹲着的一个老汉，胡子白刷刷的，身边卧着一条大黄狗。

小冯给老汉拍照，老汉捋捋胡子，整整衣衫，脸上布满笑容。

给老汉点根烟，老汉告诉我们，他一天的主要任务就是接送孙子上学。

看着老汉，我想起父亲，的确很像，从肤色到举动。我曾写过一篇《生命的节日》，写的是我读书的事。后来进入华东中学语文课本，更出现在许多学校的各种考卷中。

又递给老汉一根烟说："老人家，这一天挺辛苦的。"

老汉嘿嘿一笑说："6个孙子，3个已经上了六盘山中学，两个在县上上初中，这个是最小的。"

又说：“有啥辛苦的，城里人不照样接送吗。”

2003年，宁夏创新教育扶贫模式，在银川建起六盘山中学，专门招收西海固学生，可容纳3000名学生求学，回族学生降20分录取。学生免费入学，农村户口每生每年还有1000元生活补助金。通过爱心企业、爱心人士捐资助学创建资助班，受助学生达80%以上，特别优秀、特别贫困学生每年最高可获5000多元奖助学金。2004年9月，第一届604名贫困学子步入首府高中。三年后，创造了本科上线率全区第一达68.5%、重点上线率41%的优异成绩，几个山里娃走进了北大、清华校门……十几年过去，六盘山中学近万名学生走进重点大学，考入北大、清华的学生超过40人。六盘山中学成为宁夏十所示范性高中之一，被国家民委命名为第五批全国民族团结进步创建示范区。

2005年，宁夏再建一所扶贫学校——宁夏育才学校，容纳学生1万名，完全复制六盘山中学模式。两校一年招收13000名学子，70%的学生来自贫困家庭，社会企业和爱心人士为保证这些学生完成学业，捐助每年就有几百万元。相当于为西海固每个县区建设了1所优质高中，在西海固农民心目中，孩子只要考上这两所学校，就等于是考入了大学。这一教育扶贫模式被全国教育界推崇与借鉴。

两所学校的服务越来越好了。以寒暑假及节假日学生回家返校为例，寒暑假正值客运高峰，考虑到学生多为未成年人，随身携带财物行李，乘车换车很不方便，也不安全。交通运输部门开通固原至银川六盘山中学和育才中学校园直达客车，学生一站到达学校、固原，省去换乘麻烦，每天各两个班次，根据学生客源情况随时增加车次，沿途宁夏大学等其他学校学生也可乘坐，后来延伸发展到其他节假日也开通校园直通车。

我说："孙子学习都不错呀，上了六盘山中学就等于上了大学了。"

"都这么说哩。"老汉抿嘴一笑说，"要是有办法，谁愿意当个睁眼瞎？万般皆下品，唯有读书高，这话曾遭受过批评，可不管咋说，唯有读书高，我就认这话，想改变命运就得靠读书。"

我点点头。读书寄托着西海固人改变命运甚至光宗耀祖的理想。

下课铃声传来，一个学生走过来，看得出是老汉的孙子，老汉说："给叔叔背一篇。"

孙子说："背啊篇（哪篇）？"

老汉说："长点的。"

孙子高声背诵起来："《凿壁偷光》：匡衡，字稚圭，勤学而无烛，邻居有烛而不逮，衡乃穿壁引其光，以书映光而读之。邑人大姓，文不识，家富多书，衡乃与其佣作而不求偿。主人怪，问衡，衡曰：'愿得主人书遍读之。'主人感叹，资给以书，遂成大学。"

这孩子背诵起来一点不结巴，而且是纯正的普通话，让我惊喜。

小冯围绕着照相，老汉眯着眼睛，脸露得意之色，说："再背一篇。"

孙子又背诵起来，背完老汉掏出两块钱，给孙子说："去买去，想吃啥买啥。"

孙子像个跳跳球一蹦一跳去了。

"现在这娃都享福得很，念书不掏一分钱，啥都政府管着哩。"老汉说。

老汉跟我握握手说："你们不是念书念出来的出息？"

我笑笑，老汉又说：“考上大学，那就是生命的节日，拿到录取通知书，就跟小孩的满月、老人的七十大寿，那是要摆宴席的。”

走进校园，一位老师迎上来笑着说：“你们是记者？”

我知道小冯的长枪短炮让他产生了误解，摇摇头说：“不是。”

他说：“那你们是来踩点的？”

小冯说：“踩点？”

他说：“拍电视剧、电影、纪录片？”

我说：“有来拍的？”

他说：“有，咱们这里现在受人关注得很，尤其是教育，去年兴师动众地弄了一周，回去又没响动了。”

我说：“有多少学生？”

他说：“49个。”

小冯说：“从学校规模上看，以前学生不少吧。”

“学生最多的时候有200多人哩，现在不是吊庄移民，就是进城，大部分学生都跟着走了。”他笑笑说，“提到教育，人们是颇有微词的，说西海固人不重视孩子读书，现在不说了，温饱问题解决后，念书成了人们改变命运的‘铁杆庄稼’，西海固人带着孩子进城打工供养孩子上学，许多人家为了孩子上学，在县上、市上买了房子，西海固乡村学校学生大为减少，后来不得不撤点并校。”他看看我们说，“你们老家要在山里，一定一年不少麻烦为乡亲的孩子办入学的事。”

这我深有同感，前些年这是我最头疼的事了，这两年轻松多了。

“不过没有一个辍学的。”他说，“以前有辍学的，后来抓得紧，开展控辍保学专项行动，像‘销号清零’‘千名教师走万家’等，控辍保学实行‘三包三保’和‘双线控辍’，一天不到校，电话家访；两天不到校，亲自家访；三天不到校，学校领导、班主任联合家访……每个辍学学生背后都有原因，家庭的、老师的、学校的、同学的……不管什么样的原因，没有理由可讲，用情劝、跟踪找、依法罚等手段，家里有困难解决困难，一生一策，只有一个目标，一个都不能少……”

宁夏辍学学生一度高达1.1万多名，经过狠抓辍学，全部劝返复学，现在宁夏全区小学6年、初中3年巩固率分别达到99.86%和97.72%，超过全国平均水平。

“你们是来资助学生的?”他看看我们说，“学生都让人资助了。”

我说：“你是校长吧。”

“负个责，三个年级，四个老师。”他一笑说，“我是来支教的。”

小冯从教室到校园里里外外地拍摄，学生下课了，都围着我们。小管给他们每个人都拍照，他们做鬼脸，比画剪刀手。上课铃响了，学生回了教室，校长说：“走走走，进屋里喝口水。”

我说：“车上带着水。”

离开学校，看到那个捡球的学生抱着球从沟坡上来。经过那学生边上时，我给了他一瓶水，他给我敬了礼。

汪家塬的高度

去汪家塬，我们是从预旺镇穿过。正是预旺大集，标有“甘L”“蒙D”“陕C”的汽车在镇区街道来来往往，满满当当，各地口音混杂，商品货物沿街铺开，可见这座旱码头不是虚名。当年塞上通往长安的唐汉古道穿越而过，预旺就是重镇。城南门外的沙盖梁有汉代遗址，有2200多年历史。

地处宁夏中部干旱带核心区域的汪家塬，让干旱主宰着，庄稼长得艰难。然而有一种“庄稼”却生长茂盛，那就是大学生。每年高考进入录取时段，汪家塬就成了网红地，这个635户1949人的小村庄，是大学录取的沃野，已走出993名大学生，包括2名中科院“百人计划”人才——中国科学院院士张锦、中国探月工程工程师任鑫，14名博士研究生、28名硕士研究生。村支书张树森说：“每户至少有1名大学生，有的人家甚至有三四个大学生。”

如今，张锦的老宅被保护起来，以后将建成青少年励志教育基地。而走近任鑫家，“光荣之家”的牌匾高高悬挂在大门正上方。走在街巷，文化气息很是浓郁。随便走进一户人家，都能感受到耕读人家的家风传承。

汪家塬小学的校史馆有两间教室大，琳琅满目的是墙壁上的荣誉证书、奖杯和光荣榜，汪家塬村在社会各阶层的优秀人物，这些小山村走出的寒门学子，成为全村人的荣耀和榜样，诠释着汪家塬人的追求与精神。小学里只有几名学生了，更多的学生都随着父母在各个城市读书，“家里都有大学生，读书就成为最大的目标，再穷不能穷教育，子女的教育支出几乎是每户家庭的最大支出，因此我们这里辍学的压力小得多。”祁学勤是宁夏最美乡村教师，在汪家塬小学教书30多年，“1875年光绪年间，村里人在村东面壕沟挖崖窑创办初等小学堂，至今人们称这条沟为‘学坊沟’。1925年，匠人张占荣、马占图箍土坯窑洞四孔，聘请先生专门给村里20多个娃娃教书上课，至今已历23任中心学校校长、138名教师，全都写进了《汪家塬村志》，让后代永世不忘。村上曾办‘3+1’初中，教室不够，全村家家户户有力出力、有钱出钱，建起了4间教室……”

汪家塬的村史馆很是气派，老支书张树森介绍说：“年近七旬的村民马道元家里出了3个大学生，全家轻松脱贫，现在事业干得很大，他们帮助村子设计建设村史馆，捐助了十几吨钢材。”“文化大院”是村部重要的组成部分，剧场、图书室、活动室、农耕民俗文化展室、光荣历史陈列室、文化宣传长廊，凝聚了汪家塬人的“乡愁”。展室“教育”和“乡贤”两个板块中，陈列了自第一座私塾开办以来历届校长的照片和简介，张树森说：“有人说汪家塬是什么风水宝地，干山枯岭的，也算风水宝地？ 20世纪五六十年代，汪家塬只有一个高中生，国家兴，百姓兴，两基攻坚、三免一补、营养早餐、免费午餐、均衡教育、教育扶贫、全面改薄……国家心思全在教育上，助学体系越来越完善。我当支书18年，教育上的事最多，阻断贫困代际传递，这句话用来说教育，再正确不过的了，汪家塬摘掉贫困帽子，得益最大的是教育扶贫，是耕读传家光宗耀祖的文化传承，如今不比收成比念书，津津乐道的是谁家又多了个大学生，从重点高中到考上大学，都是喜讯，都要庆祝的。在汪家塬人的意识中，一个家庭真正地摆脱贫困，上上策是培养出一个大学生，汪家塬人把读书看成改变命运的最重要出路。读书是阳关大道，苦供一名学生，造就一位大学生，孩子走出了大山，不再靠天吃饭，就能带动家庭整体脱贫，过上想都不敢想的生活，彻底改变全家命运，‘扶贫先扶智’不再是写在墙上的口号，而是一种风气……”

这时一旁的老陈插话说："就我家来说，我种地一年收入1万来元，孙子读大学一年奖学金、助学金就拿1万多元，我儿子打工一年3万来元，等我孙子考上了研究生，不说娃将来有多大成就，就收入上来说，我和他爸肯定合起来都拿不过他，这账谁都算得清楚。"

又说："人活一辈子，总不能老在嘴上抓挖，耕读传家，光宗耀祖，从小老人就这么讲哩，人得活个意思，一辈比一辈有出息，走得远，站得高，才活得有意义。你说读书娃，我孙子给我讲过一句话，说人一辈子要是不读书，就跟住在一个没有窗户的黑屋子里似的，读书就是在墙壁上开了一扇窗户，哎呀，你说这话说得，住在一间没有窗户的黑屋子里，外面啥都看不见，那不把人捂死？"

我给他竖了个大拇指。

2019年，汪家塬村人均可支配收入已达到9510元。张树森说："别的地方或许会有返贫的可能，我们汪家塬不会。"

值得一提的是，张树森的儿子张明昶小时候因疾病造成完全聋哑，全家不放弃，供孩子上聋哑学校，孩子最后考上长春大学。大学毕业，在银川一家残疾人服务机构工作，连续两年被评为先进工作者。

临别，张树森送我一本厚重的《汪家塬村志》，他笑笑说："你看看村志，汪家塬一点都不神秘。"

冯艾之爱

扶贫先扶智，知识改变命运，教育扶贫是扶贫战略中提升扶贫脱贫质量和实现可持续性扶贫的有效路径。西海固扶贫教育先行。1998

年，团中央、教育部启动中国青年志愿者扶贫接力计划研究生支教团项目，从全国高校公开招募研究生支教团成员，赴中西部省（自治区、直辖市）百个贫困县中小学支教。复旦大学、南京大学、厦门大学等9所大学的1000多名研究生从1999年开始，赴西海固支教。

“有一种生活，你没有经历过，就不知道其中的艰辛；有一种艰辛，你没有体会过，就不知道其中的快乐；有一种快乐，你没有拥有过，就不知道其中的纯粹。”这段被广泛运用的话语来自复旦大学研究生志愿者冯艾。

冯艾做过骨髓捐献志愿者，是复旦大学“爱心基金”的发起者之一。2000年8月，她从复旦大学到西吉县白崖乡中学做支教志愿者一年。

冯艾出身于知识分子家庭，母亲一直在中央人民广播电台农村部工作。得知女儿将去西海固支教时，母亲对她说：“你要去的那个地方现在能吃饱饭了。”从宣传资料上她知道西海固几乎是中国贫困地区的代名词。然而，母亲的这句话还是让冯艾非常震撼。到了西吉县白崖乡中学，她才知道白崖乡居民大多数是回民。尽管来之前，她做了足够的思想准备，却没想到要适应当地的气候、风俗和生活条件是那样的不容易。

白崖中学条件相当简陋，两名支教老师一间不足10平方米的土坯房，既是宿舍、厨房，也是办公室，床是铺板搭成，办公桌是从教室搬来的课桌。老师得自己生火做饭，得烧煤炉，没有暖气，得烧炕，在大都市女孩看来，整个一个“脏乱差”，冯艾不嫌，向老师学、学生学。这里人生活以面食为主，她专门去大娘家学做手工面条、面片，连扁担都没见过的她，得走几里山路去挑水……课余，她深入老乡家中，了解风俗礼仪，掌握方言土语，很快她生活就能“自理”了。

冯艾对中学讲台很陌生，心里忐忑不安。第一次走上讲台时，她做足了准备，笑容可掬走进教室，深鞠一躬。出生北京，求学上海，复旦大学，研究生，这些迷人的光环让白崖中学的学生对冯艾既期待又紧张，想她一定既傲又歪（凶）。没想到她给大家鞠躬，一下拉近了师生的距离。学生基础差，上《背影》这一课时学生竟不懂“站台”，更有学生天真地以为翻过家门口的大山就是北京……她时不时被震惊着。为了能让学生喜欢她的课，她虚心向当地老师学习，借助网络备课，扩大知识面，增加课堂信息量，利用一切课余时间补课，大大提升了学生的学习兴趣，生怕旷了她的课。每周近30节课，加上月工作量28天，备课、上课、家访、补课，每天要到凌晨一两点才能休息。初到学校，她一度忙得40多天没洗澡。工作虽然琐碎繁忙，但很充实。接近2000米的海拔，走路稍快就会高原反应，气喘吁吁，睡觉时脑袋总是沉沉的，半夜没法入睡，索性爬起来写日记……

作为复旦大学社会学系研究生，课余时间冯艾全部用在家访上，对全班40多个孩子逐个进行了家访，足迹遍及4个乡几十个村及小学、教学点，翻大山越深沟，一个家访就是几十里路。有的村因为偏远，冯艾成了第一个走进村里的“高级知识分子”。有一次，她去窑儿湾的学生马秀兰家家访，天忽然下起大雪，气温骤降十几摄氏度。一进学生家门，家长连忙让上炕。她脱鞋的时候，家长对闺女说，娃，你要好好读书，将来就能像冯老师一样穿上皮鞋了！这句话让她的心针扎锥刺一般。一双县城39块钱买的皮鞋，城里孩子是不屑的，却寄托了西海固孩子一生的心愿。有些孩子因为交不起学费而辍学，有些孩子因为父母的传统观念而不上学……支教在她心里由一种形式转变为沉甸甸的责任。冯艾挨家挨户了解学生及家庭情况，和队员向母校、社会各界、亲朋好友寻求资助，一年筹措6万多元，资助340名学生完成中学学业。马如秀说："自从冯老师家访后，双亲不用再为我的学费而担忧，我也不必再提心吊胆地上学了。"一个地道的大都市女孩，没有一点架子，很快就获得了学生与家长的喜爱。马良柱给冯老师写了这样的信：因为从你身上看到了知识的力量，我9岁的小妹终于上了小学。

学校的教学条件也让人寒心，图书室里只有几册破旧被淘汰的教学参考书，英语课没有录音机和磁带，地理课缺少地球仪和挂图，理化课没有实验器具，体育课也只能是全班40多人抢一个篮球……冯艾一年间为学校争取到8000多元现金及大量物资，争取到20多台电脑和无线上网设备，使白崖中学成了全县第一个"上网学校"。

"……面对质朴的百姓、可爱的学生，我获得了从未有过的被尊重的感觉，从未有过的被需要的感觉，我的心底总荡漾着作为一名乡村教师所赋予我的崇高感……我得到了这个世界上最宝贵的东西，那就是孩子们纯真的爱！"演讲中，冯艾不止一次潸然泪下。因此，2003年6月，正在读研究生的冯艾得知大学生志愿服务西部计划开始招募志愿者时，再次报了名。这一计划的主要招募对象是应届大学毕业生，她再三请求后才获得批准，9月来到海拔3200米的战河中学。而在这些年，志愿者成为她最为重要的身份。

冯艾以一种感恩的心来做志愿者，"志愿服务不只是奉献和牺牲，更多的是收获，我们应该感恩，感恩我们支教的对象给了我们服务的机会，让我们变得平和、乐观和坚强。时间沉淀后，10多年过去了，回过头来再看这段经历，我可以自信地断言：我们的收获大于付出。”

在2019年5月15日举行的“二十年，支教再出发”座谈会上，我见到了冯艾，她已经蜕去了家境优越的大都市女孩面容，脸颊被阳光晒成了“高原红”，显得健康而阳光。谈起支教的选择，冯艾心中涌起一种纯净的幸福感。“城市中我能获得成功感却难有崇高感，想到孩子们也许因为我们的参与而改变整个生命轨迹，那种满足感和幸福感无可比拟。”

“用一年的时间，做一件终生难忘的事。”复旦大学20年224位支教队员奔赴西吉9所乡镇中学，践行着支教团这一口号，共同筑起“复旦大学第七教学楼”——复旦大学本部六座教学楼之外的“知识殿堂”，撑起了“知识改变命运”的杠杆。复旦大学支教团还开启了“西吉学子励志游学计划”，每年从支教学校中遴选优秀的学生到上海参观学习，至今已有上百名西吉学生被带出大山，见识外面世界的精彩。

“支教有两大作用，一是先进的教学方法与学习理念，二是支教者本身优势对学生的影响。外面的世界很精彩，这些大地方来的支教者，带来了一个精彩的外部世界，往讲台一站，就是一种号召，就是一种理想……”周彦虎是西吉一中的老师，他与支教者非常熟悉。

马秀兰考入宁夏师范学院，她写信告诉冯老师，“我把您和母亲的照片摆在床头，每晚看着它，都会给我无穷的动力和勇气！我将来准备像您一样，回到大山，播种希望！”在复旦大学支教白崖中学之前，白崖中学一年能考上大专的学生也就一两名，那年的高考，全校第一次有6名学生考上大学。

穿过村到西吉县城，周彦虎与两个青年打招呼。他们细皮嫩肉的，一看就是南方人。我说：“福建支宁干部够年轻的。”周彦虎说：“不是福建支宁干部，是王民兄弟，他们来城里采购生活用品的。”

进入王民中学的第一批两个支教队员，自称“王民兄弟”。在王民中学有一张记录着复旦支教团队员名字的课桌，成为该校的“镇校之宝”。支教队员一批批告别，每到暑假，总有家长向学校打听：下学期这些支教老师还来吗？教哪个班？20年传递接力，薪火相传，“王民兄弟”已经成了品牌，成了一个典范。这个诞生在西吉县王民中学的名词，无疑可以载入中国扶贫史。

周彦虎长嘘一声说：“一年后，他们就跟我们这里的孩子一样，至少成国光了。”

“国光”，苹果的一种，有两个极红的红脸蛋。

“不过对于他们的人生来讲，将比别人多一层经历与意义。”周彦虎说。

支教是西海固教育的一支重要力量，有团委组织的，有协会组织的，有企业组织的，还有自己来的，尤其是闽宁协作，支教更是主要抓手。2000年，福建宁夏两省区正式建立教育共建帮扶协作关系，20多年，一批批优秀教师从八闽大地来到西海固中小学支教，福建帮助宁夏南部山区新（扩）建学校236所，资助贫困学生9万多名；闽宁双方各4所本科高校还签订了对口合作协议，宁夏每年选派校长、骨干教师到福建中小学挂职实践；福建每年选派由人工智能专家、特级教师、教学名师、学科教学带头人组成的名师讲学团赴宁夏讲学，为宁夏培训中小学教师近万人次，高校、高职、中职学校建立“一对一”对口帮扶合作，共建特色优势专业，通过远程同步课堂、专递课堂、微课堂等多种形式开展协同教学……

海原绣娘

“这种荷包叫‘对子荷包’，呈‘鸡心’形状，是女子精心绣织的表达慕恋、相思之情的信物，是我们这一带男女间最为流行的传情之物。”有几个人在欣赏产品，从长相和口音判断出是南方客商，一位女子正给讲荷包，“‘对子荷包’两只荷包一样，一面平面，一面凸出，绣有喜鹊登梅、龙凤呈祥、点点生春等图案，然后成双配对，合在一起，用彩绳相缀相连，即为一个荷包。男女相爱后，姑娘将平面的留给自己，凸的一面送给男方，双方就算定情了。”

走进海原县非物质文化遗产孵化基地刺绣剪纸非遗文化展示厅，剪纸、刺绣作品琳琅满目，小到香囊、钱夹、荷包，大到巨幅壁毯、装饰画，应有尽有，刺绣版的《富春山居图》《清明上河图》真是气派。海原县自春秋时起，多民族多元文化在这里交汇融合，在世代沿袭传承中，形成了独具特色的艺术风格，图案花色多样，工艺精湛，被命名为“中国民间文化艺术之乡”。

我正拍摄，一个老汉看着我这样说：“没想到针线活还能做出这么大名堂来，现在想不到的事多哩，剪剪绣绣的也能挣钱，以前就是针线活嘛。”

剪纸、刺绣在西海固统称为针线，有着深厚的民间基础。女子尤其是回族女子四五岁就开始学习，十四五岁就能出活了。女子出嫁前更要做不少的陪嫁针线，小到荷包、鞋垫、枕顶、头饰、枕套，大到服装、被苫、被套、门帘、窗帘、电视机套、缝纫机套……婚礼典礼中有一道程序——“摆针线”，把所有的针线摆出来展览，其实就是一个展示自己针线才艺的过程。

当摆针线仪式准备好时，男方家选请一位“巧姐儿”，俗称“女唱家”“女说家”的表针线：金银丝绳子空中挂，各样摆设好齐茬。大红手巾牡丹花，丝线围巾廊绳搭。扎花的枕头绣描花，毡条被褥摆不下。涤纶涤卡的确良，四季服装都齐全。毛衣毛料春秋穿，风雪大衣能挡寒……新娘特意要多准备荷包、鞋垫一类的小件儿，供前来参加婚礼的宾客争抢，为自己的婚礼营造出一种吉庆热闹的气氛。而在窗户、墙围上，则贴满剪纸，十分喜庆。走进西海固人家，剪纸、刺绣作品触目皆是。

老汉说：“你们来参观还是订货？”

小管说：“看看。”

我递给他一根烟说：“你咋不去剪纸绣花？”

老汉说：“有男人学的哩，我也想学哩，可眼睛不行，手脚也笨。”

我说：“来学的人多不？”

老汉说：“多，一伙（批）一伙（批）的，能挣钱得很，绣绣剪剪的一年挣几万，听说还有挣十来万的，万绣庄的老板，现在怕几百万上千万了，就靠这。”

教室里40名学员飞针走线，“卢老师”“卢老师”的叫声此起彼伏，“卢老师”轮流指点刺绣作品。“卢老师”就是卢惠琴。卢惠琴出身于海原县西安镇一个刺绣世家，是宁夏非物质文化遗产项目刺绣代表性传承人。2010年，她创立了海原县万绣庄刺绣剪纸专业合作社，培训学员近3000人次，先后有700多名农村妇女获得人社部门颁发的刺绣专项职业证书，已形成培训、设计、加工三位一体的多项经营模式，年产值近百万元。

“刺绣是非物质文化遗产项目，怎么传承，更有效的是要发挥它的功能效用让传承者受益……咱们海原妇女本来就有基础，来参加培训规范提高一下就能出产品，就能挣钱。”卢惠琴抓起一幅说，“像这样一小幅剪纸作品能卖5块钱左右，对妇女是一个解放，农村妇女无法离家，又没有来钱路，生活得憋气，现在一个月轻轻松松就能挣两三千元，这些活不出家门也能做，也不影响她们干农活、操心家务、照料孩子、行孝。”

依托职业院校，以技能型培训为主，以精准识别的建档立卡贫困家庭中具有初中以上文化程度、年龄在45岁以下、有劳动能力、有转移就业意愿的贫困户和初中毕业未被高中录取、高中毕业未被大学录取的“两后生”全部纳入职业技能培训和实用技术培训，通过“雨露计划”扶贫助学、建档立卡家庭劳动力机动车驾驶技能培训、劳动力转移技能培训与电商培训等方式帮助他们掌握实用技术，提升劳动技能素质，加强就业技能锻炼，对贫困户学生实行“订单式”全程培养，优先安排就业，使每个家庭至少有一人取得职业资格证书，掌握一两门就业技能，实现培训一人，就业一人，脱贫一户，直至获得稳定收入，增强贫困家庭的就业创业能力，实现精准脱贫。农民“点菜”、专家“下厨”，“理论授课+观摩交流+实训模拟”等模式遍地开花，很多学员掌握了种养技能，有的产业致富带头人已经成为种养的“土专家”“田秀才”。强化培训后续跟踪服务，搭建微信平台，学员互动，师生互动，交流学习，答疑释惑。企业在岗职工技能提升培训参照国家职业技能标准组织培训，取得初级职业资格证书的，一次性补助500元；取得中级以上资格证书的，一次性补助2000元；鼓励建档立卡劳动力参加机动车驾驶员培训，对B照提升为A照的，补助参照B照执行；考取C照的，每人补助1500元。

“然而，剪纸、刺绣只是人们的日常生活用物，并没有成为投向市场的商品，产生经济价值……”海原就业局干部小刘说，“随着刺绣剪纸被列为国家非遗传承艺术品，身价大涨，县上将刺绣剪纸作为农村贫困妇女就近创业就业、增加收入的脱贫产业进行扶持、培育，整合现有合作社，成立文化产业公司，不断推进刺绣剪纸技能培训、生产加工，覆盖全县17个乡镇……海原的刺绣剪纸艺术产品形式单一，没有形成品牌，知名度不高，缺乏专业的设计研发人才，为了尽快形成自己的品牌，走向市场，积极与江浙交流合作，采取‘前店后厂’模式，海原与江浙虽然远隔数千里，但现在物流解决这一问题，江浙等地产业转型升级，劳动力成本不断升高，刺绣等产业有向外转移的需求，海原刚好有刺绣的传统，利用本地的刺绣剪纸人数优势，承接江浙产业转移，两地对接以后江浙等地的企业负责设计、销售，海原负责生产，实现了双赢。同时选送了一大批刺绣骨干前往苏州学习，与苏州刺绣研究所开展了交流合作，请他们帮助设计刺绣作品主题、样式、风格，统一打造‘海原刺绣’‘海原剪纸’文化产业品牌，大力培育合作社，打造刺绣剪纸专业村，分层次多渠道培训农村妇女，目前，我们这里正在积极研发刺绣相关产品，向服装方面发展……”小刘说，“刺绣、剪纸以前就是炕头活，现在也能挣钱，这让农村妇女惊喜，不再死守几亩旱地，而是积极走出家门，通过技能培训投入刺绣剪纸产业中来，非物质文化遗产孵化创业基地2015年建设营运，入驻企业3年免租金、水电费，进驻刺绣、剪纸、电商等企业19家，从业人员300多人，其中有100多个脱贫村的建档立卡妇女。海原全县现有1万多名绣娘，年人均收入突破万元，已使620户建档立卡户脱贫致富。”

吴丽20多岁，学习绣工5年，和丈夫一起开办了回绣阁，组织8名绣娘一起创业，既当老师也当老板。绣品通过绣品公司销往北京、广东、上海，出口到马来西亚、沙特阿拉伯等国家，一年下来，回绣阁收入五六十万元。吴丽说：“没想到啊，想着能挣个打工钱就不错了。”

田志花45岁了，利用农闲时间在剪纸职业技能培训学校担任初级培训教师和剪纸工人，“希望能挣点钱补贴家用，这以前就是炕头消遣的针线活，现在竟成了致富的活。”在剪纸基地当培训老师，两个月挣了六七千元，剪纸计件工资也不少，“这活最适合女人干了，既不影响做饭带娃娃照顾家，还能挣上钱。”

让我惊奇的是有几个男学员，刺绣、剪纸在西海固男人是从不上手的，跟他们聊起来，才知道他们是大学毕业生，学的是艺术，喜欢刺绣、剪纸艺术，“这门艺术前景无限，前不久一幅刺绣《清明上河图》卖过好几万元。”卢惠琴说，“传统刺绣产品一直围绕着生活用品，刺绣艺术一直处于生活状态，要突破这一壁垒，要出大气的艺术品，男同志进入这行，从构图、风格、针法上肯定会有新的变化。”

第十七章　遍地英雄下夕烟

有这样一支队伍

远看像个煤客子，
近看是个干部子，
黑得像个赶山卖炭的，
精得是个能说会干的。

这是西海固近几年流行的顺口溜。

西海固人这样说驻村干部：“刚下来的时候脸白得像个蛋皮皮，现在也黑红黑红的了。”

山上叫得好，山下还得应得好。打赢脱贫攻坚战，村级组织作为最基层、最前线阵地，解决“三农”问题，直接关乎打赢脱贫攻坚战的大局。

党的十八大以来，西海固实施“两个带头人”，即农村党组织带头人和致富带头人工程，向1100个贫困村每个村选派两名到三名干部组成驻村工作队，驻村帮扶干部2300多名，调整能力低下、工作不称职的村党支部书记，从产业能人、致富能手、回乡创业人员和大学生村官中，选优配强村党组织带头人、培育壮大农村致富带头人队伍，1016名致富带头人充实到村干部队伍，贫困村班子基本上由村组党员干部、第一书记、驻村工作队员、扶贫干部、大学生村官、农村乡土人才、回乡创业青年和致富能手组成，扶贫干部扎根两年，“不脱贫，不脱钩”。

“跟着扶贫干部下乡的是责任、政策、资金。第一书记都是从上级部门和单位下派的干部，都是各派出单位的精英，能充分利用政策、单位优势和自身的社会关系，发挥基层党组织力量、村民群众力量、能人市场主体力量，有效解决村里发展中存在的问题，创新推动结构性变革，干出一番事业。‘两个带头人’财权很大的，5亿元‘两个带头人’产业担保基金，按照1∶10的比例放款，根据村组规模、评星等级给予资金扶持补助，设立产业发展专项资金，发展壮大村集体经济，解决‘空壳村’问题，致富带头人带动的贫困户越多，获得的资金支持力度越大，穷人跟着带头人走，带头人跟着产业走，产业跟着市场走……

“能人也就是率先致富的人进入村集体领导班子，人们一度持反对态度，怕他们为个人的利益损害集体、群众利益，这类事也发生过，其实许多有钱人还是有着为村里做点事的想法，好汉护三村，好狗护三邻。现在的政策是双赢政策，制度严谨，随着发展人们的观念变化了。而能人决策村里发展诸事，知村里实际，知村民想法，因为他们曾经有过同样的日子，村民信任，能人效应很快就显现出来。村党支部书记中致富带头人占到52.6%……

“干部也不敢轻易说那些散话、闲话、大话，你说了就得为说的话做主，你得说实实在在的话，一是一，二是二，三是三，四是四，唾口唾沫都是钉，说出来的话能把地砸个坑，话说得实了，干部的威信高了，村民认干部的话，上面的考核督查也严格，村民评价你，给你打分，你不敢不当回事……现在脱贫攻坚进入攻城拔寨的阶段，驻村干部从个人到单位都不敢掉以轻心了，派出来的是精兵强将，而且担子更重，担任驻村的第一书记，你要服人，喊破嗓子不如干出样子，干不出样子你走不了，干部威信高了，责任就更重了。老百姓啥都听干部的，连家长里短的事都来找干部，干部就像个家长……干部都开着私家车，哪个后备厢里不拉着三双鞋，雨鞋、运动鞋、皮鞋。进村入户到田间地头穿运动鞋；参加会议、招商洽谈穿皮鞋；阴雨天穿雨鞋。‘衙斋卧听萧萧竹，疑是民间疾苦声。些小吾曹州县吏，一枝一叶总关情。’就是一首古诗，如今成了真正的现实，因为村民的一切都跟你挂着钩，百姓家出了事，就等于你家出了事，一枝一叶能不总关情？”组织部周部长边走边说。

穿过村巷，一位老汉端着碗说：“请到家里吃口饭。”

我们说：“不了，谢谢。”

老汉说：“怕把我吃穷了，现在饭吃不穷人了，添双碗筷的事，到饭口上了。”

我们说：“我们的饭也好了，一吃那边就剩下了。”

老汉说：“现在是吃不穷，喝不穷，谋算不到一世穷。电视里有句广告词：你不理财，财不理你。对一个家，也是这样，脑子懒的人不行，想不到点子上也不行，现在啥都干部想哩。”

我说：“说得真好。”

“干部见得多了，受的影响嘛，有些话不说，憋得嘛。”老汉笑着说。

“村看村、户看户，群众看干部、干部看支书。这些话已经不是标语，不是口号了，而是现实风景，在外的‘能人’动员回村担任村上的领导，作用大得很，选一个好村支书，就能改变一个村，这些人都有故乡情结，好汉护三庄！过去的扶贫，瞄准对象不够精准，针对性不够强，一定程度上存在‘大水漫灌’。现在通过看贫困对象住房条件及其生活环境、耕地拥有及收成情况和生产生活条件、劳动力的强弱和掌握生产技能情况等，估算贫困程度，确保帮，帮到最需要的人；扶，扶到最关键的点。”周部长说。

“说不到高尚不高尚，好汉护三庄，你说你富了，看到庄子上全是吃了上顿没下顿的穷人，你心里能舒坦？你要是村里人，也会这么做的。伸手拉帮拉帮，就能富起来，为啥不做呢。”小陈是村主任，也是能人，他一笑说，“我帮扶贫困户，乡政府也在帮扶我。为合作社解决资金难题，还积极为我们争取市、县各种产业扶持资金。”

“有为才有位，转化提升机制，通过培训、农业产业财政补贴、项目补贴、政府担保增信和银行利率优惠帮助贷款等方式，把农村党员培育成致富带头人，或注意在致富带头人中择优培养入党积极分子、发展党员、培养村后备干部，注重培养‘二合一’的带头人，从村干部中招录公务员，从优秀支部书记中选拔副乡镇长，一批政治素养好、带富能力强、工作水平高的优秀党员脱颖而出……”

采访中，一个个扶贫干部的事迹感动着我，这是一支能打硬仗的队伍，他们是奇迹的创造者，让我想起了那两句诗：

喜看稻菽千重浪，遍地英雄下夕烟。

烂泥滩村话涵江

见到秦振邦时，他正站在山头上：“在办公室能谈啥，山头上多敞亮，眼界多开阔，整个村庄都收入眼底。”我笑笑说：“山高人为峰。”他笑了：“你站山头上好好看看，涵江村要多美有多美。”

涵江村原名“烂泥滩村”，被三条沟夹着，有一条时断时续的河，叫烂泥河，河谷村庄遍布红胶泥，坑坑洼洼，一下雨雪，遍地泥泞，村路就成了泥滩。抬脚跌三跤，跟头流星地，人畜被摔坏者不少，不要说是出村做事，就连老人生病都难送医院，娃娃连学校都没法上。村子也就叫了烂泥滩村。

“怎一个烂字了得，村名叫得没错。”谈及烂泥滩村，秦振邦是这样开头的，“烂房烂路烂思想，开口还没说话，先是一声长叹，男女老少都长叹，哎呀，人的精神倒了。到村部看看，就更没精神了，连村部都长满荒草，一张办公桌腿子瘸着，垫桌腿的砖头扔在一边，桌上灰一层……”

2017年3月，在中国人民银行西吉县支行工作的秦振邦被派到烂泥滩村，担任驻村第一书记。“人没精神，用当地人的话来形容，‘看人连个眼皮皮都懒得抬’，搞得我也没精神。我已经57岁，一个快退休的人了，村民也对我不抱希望，说一个快要退休的人能办啥事……烂泥滩村，全县闻名的贫困村，贫困得超出人的想象，好劳力长年在外谋生，留下来的大多数是无法离开或对生活失去激情与希望的。不要说是产业，连个像样的说法都没有，看着破破烂烂的村庄和低沉悲观的百姓，我想着下来也就是走个过场、走走形式罢了。”秦振邦也长叹一声，继而笑笑说，“长出气能减轻内心的压力，可是叫我真的糊弄鼓捣走个过场，又不甘心。单位派我下来，也是把咱当个人物看哩。”

这期间开了几次会，领导又来看了几次。村民有了说法：

“我看怕也是个谝嘴货。”

“我看也是，有走心没守心。”

“我给激起来了，在会上承诺：烂泥滩村不脱贫，我不走！我看看自己到底有多大的能耐，能否站好退休前的最后一班岗。”我们从山头上下来，沿着水泥路走着，秦振邦说，“一户一户走，走过了100多户，当时，全村家家都养了点羊，牛只有80多头，但这给了我思路：可以发展肉牛养殖作为脱贫主导产业。烂泥滩人有养牛经验，只不过以前养的是耕牛，肉牛养殖需要资金支持。”

秦振邦争取到了小额贴息贷款，银行按照一般养殖户5万元、养殖示范户10万元的贷款额度，给村里所有有劳动能力、有发展意愿的村民发放贷款。然而，朴实的村民顾虑重重。贷款到手万一有个闪失还不上咋办？日子烂得经不起任何闪失。

秦振邦决定，在村里选示范户。

快到庄梢子，5间大瓦房十分气派，院落旁边是牛棚、饲草堆，十几头牛倚槽而立，仿佛向我们行注目礼。一个汉子满脸笑容迎出来，秦振邦说："苏孝平，我选的第一个养牛示范户。"

秦振邦进驻烂泥滩村的时候，苏孝平正要搬出烂泥滩村，他要搬到新疆去。"那里至少比这儿平坦，走路你想咋走就咋走，吃水方便，下苦就有收成……"秦振邦一连多日做他的思想工作。"老秦这人也不嫌弃，在我家的土炕上住过两晚，口才好，能说，把人心气说起来了。再说好出门不如待在家，离乡的日子心里总不是个滋味，我娘年龄大了，她当然不愿意离开，我家祖辈都生活在这里。我听书记的话，可心里还没有彻底打消走的念头，要是一两年没起色，我肯定还是走……"

苏孝平下决心养牛，"2017年是我翻身的一年，贷款5万元购进3头母牛，种植青贮玉米，年底养殖规模扩大到了10头，年收入五六万元，当年就脱了贫。"

马志才家住半山腰，一道深沟天堑般，行路难，吃水难，贫困程度可想而知。被确定为建档立卡贫困户，马志才觉得脸面都丢尽了。他被选中为典型示范户后，拿到5万元扶贫小额信贷，买了5头基础母牛，全家精心喂养，"就差睡在一起了，怕有个闪失啊。"马志才憨憨一笑，"秦书记比我们更操心，更怕有个闪失。第二年母牛顺利生下牛犊，卖了牛犊及时还完贷款，我的贷款额度提至10万元，哎呀，这事美不美，现在啥都不愁了……"

离开马志才家，秦振邦说："万事开头难，只要开了头，人们看到了希望，就容易了。建青贮池，购粉碎机，比着干比着富哩……"

2017年，烂泥滩村迎来了更雄厚的扶持。烂泥滩村被列为闽宁协作示范村，由莆田市涵江区对口帮扶。水泥路、自来水、太阳能热水器、互联网……进村的进村，入户的入户，村里有了综合服务中心、村集体养殖合作社、农机合作社等。闽商纷纷来考察立项，扶贫车间、菊芋种植扶贫基地……一个个项目、一件件实事为村民改善生活打下了坚实基础。2018年，村人均收入达到8250元，经村民民主决议，烂泥滩村更名为具有感谢纪念意义的“涵江村”。

2019年，秦振邦获得全国脱贫攻坚奖贡献奖，也到了退休年龄，应该说，他为自己一生的工作画上了一个圆满的句号。然而，他又被返聘了——说到缘由，除了涵江村人的百般挽留，他也觉得还有些未竟事业：“回去也是待不住，还得往来跑，4年了，家家户户跑了多少遍，没一个人不熟，家务大事小情的都找你讨主意，就像老家的人一样……”

能人有多能

村部闹嚷嚷的，一位村民嘿嘿一笑说：“你是能人嘛。”

看看我，他说：“你知道这能人有多能，会耍魔术，手里能变出钱来哩。”

“这两年回来的人多了，养羊前途大着哩，都是来贷款的。”朱玉国说。

曾记畔村是毛乌素沙漠南缘一个僻远的小山村，干旱缺水，靠天吃饭，全村2000多人，穷得叮当作响，是盐池县过去最贫困的村子之一，开放搞活以来，许多村民背井离乡，异地谋生。

就是这样一个村，却是全国推广模式的发端之地。

2006年，全国开展贫困村村级互助资金试点，曾记畔村被国务院确定为首批试点村，拨付20万元扶贫互助启动资金。互助社成立时，没人愿担责任，朱玉国站出来做了互助社主任。“当时，曾记畔村产业单一，群众思想守旧，自我发展能力弱，钱该怎么用呢，弄不好就打水漂了。以前扶贫资金都是输血式的，钱拿到手谁也没负担，不当回事，产业不产业的，发展不发展的，钱到手花就花了，随意得很，甚至是打麻将喝酒，没了。没了就没了，你年年给钱，五年十年，还是贫困户，扶贫资金以前还不上，也就挂在那里了，还把人惯坏了，就像吃药，有了依赖性。”朱玉国说，“要是按照以前的那种模式，政府给多少钱，最终还是个穷，而且还会把人惯坏了，必须增加附加条件，把扶贫款变得有压力，钱到手后就不敢轻易胡花了，会拼命想方设法去赚钱，不然你到时候交代不了，以后再也不会有这样的好事了。”

互助社成立之初，朱玉国和村“两委”班子商议，以4：6的比例配股，老百姓出4，政府配6，1000元一股。要贷款，先入股400元，再贷1000元。贫困户养殖滩羊可以贷5万元……白用惯了扶贫款的一时无法接受，过去给了就不往回要了，这个钱用了还要还，不仅要还，还要入股、收利息，日子穷，都不愿背债，20万元扶贫互助启动资金账上剩余8万元没贷出去。先树榜样，找不满足于现状的，敢折腾的，把款子贷给他们。这些人通过贷款发展起来了，大家的贷款积极性就能调动起来了……

“探索建立五户联保、一帮一（党员、村干部和贫困户）等互助资金运行制度。五户联保，户户都要守信，不然会连累别人，不用组织出面，担保的人就不答应。发挥党员、村干部的作用，和贫困户一帮一，贫困户贷款，党员、村干部担保……大家都联保了，还有三户没有联保，我联保了，带他们到信用社共贷款7万元。当时7万元不是小数目，连信用社主任都替我担心，风险太大。我倒不担心，我说一个村里生活多年，根底都知道的，谁愿意穷一辈子，在人前说不起话，麻雀还有瓜子大的脸哩，有一分办法他们是不会违约失信，会坚守底线的，没人联保他们，他们也知道人无信不立。当年年底，三家人按时还清了贷款没有失信。第二年信用社很干脆给每户贷了4万元的款，日子上道了，现在三户人日子过得轰隆隆的……

“2012年，宁夏扶贫办联合黄河银行推出金融扶贫政策，我们将财政资金、闽宁扶贫协作资金、企业帮扶资金、募捐资金、慈善资金等整合起来放进资金池，利用扶贫小额信贷政策，担保撬动了数倍的发展资金，放大金融扶贫效应，带动更多的社会资金进入扶贫，全村贷款从起初每年400万元增至5300多万元，建档立卡贫困户户均贷款10万多元，成为全国贫困户户均贷款最高的村子。贷款不可怕，就怕没想法，互助资金不仅仅是解决了人们的资金问题，更是改变了贫困户的精神状态，基本是家家贷款，贷款范围也扩展了，除了养羊，搞运输、餐饮等第三产业也可以贷款。信用就是金钱，这已经深深地印在人们脑海里了，都把信用当命根子，现在爱护自己信用就像爱护生命，信用的含金量高得很，借款全用在产业项目上，自律得很，10多年没一人违约失信，不少以前的贫困户脱贫了，也给别人提供信用担保贷款，都明白众人拾柴火焰高。这是为老百姓量身打造的金融扶贫模式，真正实现了民管、民用、民受益……2016年，村民年人均纯收入9249元，贫困户由原来的385户减少到10户。互助资金从20万元增加到850万元，村集体经济发展到38万元，曾记畔村甩掉了贫困村的帽子……”

曾记畔村摸索出了“信用+产业+金融”三位一体的金融扶贫“盐池模式”，养殖滩羊、滩鸡，种植小杂粮，曾记畔村产业“一村一品”初具雏形。

“到吃饭时间了，咱们就在我们老人食堂吃个便饭，不违反规定，我们村老人吃啥咱们吃啥，体验体验，提提意见，刚办起来没多长时间，”朱玉国说，“子女都忙着创业，老人们吃饭难，我们建了日间照料中心……”

一个老人走过来，朱玉国说：“老耿，食堂吃的咋样？”

“好得很，”老人看看我说，“我78岁了，儿女不在身边，我和老伴做一顿饭吃3天，饥一顿饱一顿，有了老人食堂，一天三餐按时按点，饭菜样样多，热乎，吃得又饱又好，只要7元钱，想吃啥说一声就能吃上个啥，哎呀这事办得太好了。”

朱玉国当了村支书，有过三个梦想：为村民买医保，解决养老问题，给考上大学的贫困生奖励。现在三个梦想成为现实。2016年，村党支部荣获“全国先进基层党组织”，朱玉国摘得全国脱贫攻坚奖奋进奖，当选为党的十九大代表。

2018年，曾记畔村滩羊饲养量增加了3000多只。为了降低养殖成本，朱玉国盯上了漫山遍野的柠条，“这是高蛋白，养羊营养价值很高，平茬不但不会造成生态破坏，反而有助于柠条的生长。”柠条加工厂是曾记畔村“实业振兴”规划的第一步，一年可为村里创收15万元。

随着盐池县退出贫困县序列，来考察、参观的人多起来，曾记畔村作为全区脱贫攻坚的“样板村”，又是金融扶贫的“盐池模式”的发迹地，每周有三四个观摩团到访，朱玉国开始动起发展旅游的心思了。

朱玉国唤活了曾记畔，也给了宁夏回族自治区金融扶贫启发。在他的影响下，金融扶贫从曾记畔走到了盐池县，渐渐成为在全区、全国推广的“盐池模式”。2015年以来，全区累计发放扶贫小额信贷265.4亿元，受益贫困户58.7万户次。

诚信信贷鼓了贫困户的口袋，营造了诚信做人的社会风气。“我现在成天在村里的便民金融服务点忙碌，都成了零报酬‘行长’了。”朱玉国笑着说。曾记畔便民金融服务点是农民智慧的缩影，也是金融扶贫的成功探索。

谁都会扯心

去同心县想见见马希丰。同心县近几年的扶贫工作他是一本账，他是同心县扶贫办主任，但在博客、论坛、微信上，他是“我是一棵小草”，网络“扶贫大V”，我与他有过几面之缘，还记着他的手机号码，一打还通着，这个号他用了十几年。他说：“扶贫干部最不能换手机号码，扶贫大多数时间走村串户，留个号码方便群众找我。”走在村里，在许多村的墙上显眼地贴着他的手机号码，与群众无缝对接，零距离沟通。马希丰曾获2015年中国消除贫困感动奖。

他记得我，说：“哎呀，我在乡下呢。”

我表示遗憾，他说：“等我闲下来约你见个面，咱们好好谝谝。”

我说：“你啥时才能闲？”

他嘿嘿一笑，说：“估计退休了吧。”

我说："你怕是退休了也闲不下来。"

他嘿嘿一笑，我说："你忙吧，就是想见个面，你的一切都可以从你的博文中看到，一定要注意身体。"

他的身体很不好，身高172厘米，体重只有62公斤，患有胃病、胆囊壁间结石、甲亢、高血压等疾病，生怕休息以后再也起不来。

"忙了也治病哩，"他笑着说，"你去预旺镇贺家塬村看看。10月17日是国家扶贫日，2018年全国脱贫攻坚奖揭晓，贺家塬村第一书记丁海燕获贡献奖，那是真正贡献出来的奖，她的贡献太大了，整个人全身心都贡献在这里，而且整整3年啊，太不容易，多一分钱都不拿。"

预旺镇距同心县城72公里，驱车翻山越沟需两个小时。贺家塬村离预旺镇六七公里远。上高中时我们会到集上买韭菜，洗拣后用铅笔刀切成寸段，在箱盖上撒盐揉揉，就饭吃。这韭菜便是来自贺家塬。那时候韭菜一斤几分钱，称一斤韭菜，卖韭菜者会抓一把塞到我们手中，说："学生娃嘛，给。"

丁海燕是吴忠市水务局工会主席，2015年被选派往同心县预旺镇贺家塬村任第一书记。贺家塬村在册人口227户862人，稍微有点能力的都出去了，常住人口只剩下300多人，50岁以上的占3/4以上，几乎皆为老弱病残，全村没有一间新房，是同心县最贫困的村之一。

村巷里两个小孩摇晃追逐，想必就是材料上提到的贫困户马彦智的双胞胎孙子了。

马彦智老人70多岁了，3个儿子患有各种残疾，一个家由马彦智和老伴支撑着。2016年，三儿媳生下了双胞胎，马彦智高兴啊，可三儿媳也患有残疾，没有奶水，要靠奶粉喂养下去，那可是一份不小的开销，马彦智一家是建档立卡贫困户，老人愁坏了。丁海燕买来了奶粉，说：“别愁，添丁添福，国家放开二孩政策，这是对国家政策最好的响应，奶粉钱我出。”丁海燕回家，都会从吴忠市带几箱子奶粉。老马心里过意不去，说：“丁书记，两个娃能吃饭了，我们给喂饭吃，不用再吃奶粉了。”丁海燕笑着说：“娃娃还半岁不到，不能断奶粉，我负担得起。”

问丁书记办公室在哪里，一老人回答：“办公室能办个啥公，啥事都在地里边干活边就说了。”

一老人带我们往地里去，到了地里，几个女人在栽种红葱，发出一阵朗朗笑声。

“丁书记就在她们中，你看看是哪一个？”

我看看，辨认不出来。

“猜一下。”

我们三个人都猜了，只有小刘猜准了，小刘笑着说：“冒猜哩，裤子上的泥土和脸上的灰尘、汗水让这个城里来的女干部已经和当地干活的村民没啥区别，根本看不出来哪个是干部。”

丁海燕剪了一头短发，穿着一双运动鞋，戴一顶草帽，她抹了一把脸上的汗水。

“哪像个干部，就是个农民嘛，在农民家里办公，一点架子都没有，跟你耍笑，就跟个村上的人一样。”

“村里每家每户有几口人，圈棚里养的啥，地里种的啥，致贫的原因是啥，都清清楚楚。”

“比农民会种庄稼，所有人家的地里都跑遍了。”

“以前吧村里死气沉沉的，现在一潭死水给搅活了。”

在同心县巷里，问出了这么多的话。

丁书记笑着说：“不是我有多高尚，不愿回去，是来了你就轻易丢不开，只要是个正常人，都是这样的。”

说到初到预旺镇贺家塬村，丁海燕长嘘一口气说：“典型的‘三无’村，无路、无水、无业，没有产业，还是靠传统种植度日。路难走，又干旱少雨，破落、没生气，村子一片死寂。一条折死沟，折死了进出的路，由于道路难走，出了村的几年不回来，留守在村里的有些人长年不出村，连个集都不赶……”

一个老汉打断丁海燕的话说：“书记，也是没钱，赶集你不买东西，遇上个熟人问你咋啥东西都不买，还不把人羞臊死咧，麻雀还有瓜子大的脸呢嘛。”

丁海燕笑笑给我介绍说这是老白，去年仅种柴胡就收入了几千元。

一入村，丁海燕就在一个五保户家吃住办公。“刚来时愁得很，睡不着觉，靠着炕墙想这贫到底该咋扶，从哪里着手，说实话在水务部门工作，虽然经常下乡，也进村入户的，但对农村真正是不了解的，不知道脱贫难度有多大。第一书记你得拿出办法来，大家盯着你哩。”丁海燕说，“……修路是迫在眉睫的事，几十年来，进出只有一条烂泥沟，沟道还常有塌陷的深坑，这条沟有多凶险？沟道常有深不见底的洞，让人心惊。沟名就叫‘折死沟’，要去吴忠市办事或回家，必须坐蹦蹦车上下沟，才能到预旺镇坐公交车，一趟下来少说四五个小时。小儿子来看我，当场就哭了，说什么不让我再来了。路不通，百业衰，沟壑阻截，啥都出不了门，就像个孤岛，路不通，想法再好也无路可走。可修路那不是几个钱的事，钱从哪里来？给群众摊派，那不是雪上加霜?！扶贫资金都是到户资金，买酱油的钱不敢买醋，每一分钱都要打到贫困户的一卡通上。再说，贺家塬村属于移民迁出区，没有修路的项目……跑市上、县上、相关部门，遇到过不少困难，有时也急得流泪，也跟人发脾气，可过了也后悔，贫困面太大了，都去哭穷，都哭自己那里最穷，上面也没办法，用贺家塬人话说，石匠打磨，你得一画一画来。几个月奔波筹措，修路资金总算解决了……”丁海燕拍着关节，她本就患有关节炎，以前保护得好，不常犯，来到贺家塬，持续发作，有时疼痛难忍。

“别看是个女干部，比男人还能下苦，从开始砸路基，到铺沙砾石，她指挥铲车推，带领大家干，天天都在现场，起早贪黑的身上沾满了泥土，忙到顾不上吃午饭晚饭，碰上啥吃啥，一点都不讲究。说实话，村里人想偷懒溜滑都不好意思，人家一个大干部那么干着是给你干哩。”一老汉口齿清楚。

路修通了，就得谋产业。贺家塬村土地相比是较多的，可全是旱地，这一带处于宁夏中部干旱带，辛苦种一年，收益微薄，而且种植观念很传统，好地都种春小麦，就是雨水很充沛的年景，每亩纯收入也不过百元。丁海燕调研考察周边，决定引种高产作物，她知道要改变传统习惯很难，为了增强说服力，她带上村干部和村民代表到盐池、隆德县及甘肃的临夏州参观学习。回来就动员村民拿出好田，种植覆膜玉米、无核葫芦、黄花菜、中药材和小杂粮等抗旱节水的经济作物。“都怕不成功，一年家里许多开销都靠地里的收入哩，挨家挨户说，打包票。”老汉说，全村试种了无核葫芦、红葱、黄花菜、中药材、小杂粮、苜蓿草……撂荒的1000多亩地都种上了。贫困户杨六娃一家不管村里倡议种什么，他们都带头尝试。“去年尝试种覆膜黄花，产量比没覆膜的好很多。”

针对留守在村里的多是老人和妇女，为了让这些人也有活干，丁海燕筹措资金，为村上每一户建档立卡贫困户购进了50只小鸡，并配发鸡笼，举办养鸡培训班。看到活泼可爱的小鸡一天天长大，老人和妇女的积极性也被调动起来了。从小鸡进村的第一天起，丁海燕起得更早了，一有空就跑到各家各户看看小鸡，手把手地教大家养鸡技术。同时扩大了牛、羊养殖规模，打出了绿色“滩养鸡”的牌子。“党的政策再好，得有个会执行的人，有个好带头人，丁书记这个女人了不起，整天追着这家那家干这干那，把家长都给你当上了，不然我们也享不了这么大的福。”老白说，“我年纪大了，喂不动牛了，她出主意让养鸡、种无核葫芦，这比喂牛活轻，嘿，一年下来弄了万数块钱哩。”

老杨说：“海燕心公得很，无论干什么，一切都是公开的，从不藏着捏着，公开保证了公平、公正，权力是群众给你的，你把权力还给群众。让老百姓自己评贫困户，再签名公示。你一碗水端平，没人打了你的水碗，老百姓更信任你了……扶贫政策真正用在贫困户身上。”

经过李文成家时我们进去看了看，李文成老两口48平方米的新家，院子硬化了，客厅、卧室、淋浴间，沙发、电视机、电饭锅齐备。老李搓着双手说：“以前住在快塌的窑里，啥都没有，没钱办，也不想置办，这辈子没想过住房子，人老几辈子没住过房，就是住也就住间土坯房，哪里想到只掏9000元就搬进了公家盖的新家，得好好活下去，好光阴嘛人心劲大着呢！”

踩着水泥村道，穿过黄色新居，途经新建的小学和村部，3年时间脱贫摘帽，从烂泥沟到水泥路，从危窑危房到移民新居，从拉水吃到自来水入户，从土地撂荒到十几种产业，从脏乱差到村街干净笔直、路灯高悬，街道两边装上了健身器材，老人和孩子在上面运动，丁海燕说："晚上吃过饭，路灯一亮，健身器材不够用哩。"

走进杨六娃家，杨六娃问丁海燕明年他们家的地里种啥，丁海燕说："你自己选，咱们村这几年种的那几样特产你喜欢种啥就种啥。"杨六娃说："我听你的，我听你的。"丁海燕说："你自己也可想想。"杨六娃说："我就听你的，这几年哪回听你的都没错，去年种覆膜黄花，产量比没覆膜的好很多。"旁边一位老汉说："听丁书记的就听对了。"丁海燕说："那你今年继续种黄花。"对我说："老杨一家有80多亩地，村里倡议种啥他们都带头试种，村里人就跟上种了，帮忙上哩。"

"我要是生在这里，活得还不如他们哩。"丁海燕穿戴和村民一模一样，"小时候就知道广阔天地大有作为，这话是真理，天地如此广阔不是很好的办公室嘛，比蹲单位的办公室……刚来的时候睡不着，现在睡不醒。"

走进一座城堡，这是一座百年土城堡，拱门依旧，村民都搬迁到了移民新村，堡院民居大多废弃，然而文冠果、苹果、梨、枣树等果树却枝繁叶茂，树下滩鸡悠然自得。丁海燕有了新想法："这座堡子过百年了，周围山梁沟壑也挺有特点，离预旺镇又近，预旺镇历史久远深厚，现在可是热起来，贺家塬发展乡村旅游有条件。"丁海燕还要建新村部，完善党建工作，老年饭桌建设……因此去年驻村两年期满后，丁海燕和两名驻村干部主动申请续期1年，留在村上，"要回去了谁都会扯心，有些话说出来，村民都记着哩……再说活得踏实，真的，这里所干的每一件事都是实实在在的，比坐办公室踏实。现在我跟村上人都成了姊妹了，啥话都说，不光是致富、政策，家常也说。一辈子朋友咧。”

第一书记日记

扶贫办提供的资料中有一份第一书记日记，是罗晓娟写的。罗晓娟2014年至今任原州区统计局副局长。2015年11月被选派到河川乡黄河村任第一书记，她以日记形式记录了自己扶贫的心路历程。摘录如下：

2015年11月27日　星期五　晴

从接到通知担任河川乡黄河村第一书记，到交接单位工作，再到为期一周的驻村入户调查，时间紧凑而忙碌。常年在机关工作，初到乡村走进大自然，似乎有种解脱的感觉。然而一周的走访，我的心情逐渐沉重起来……

这家人，东边两间低矮的彩钢房，外墙已裂了口子，正北面有间“2014年危房改造”标志的房子，整个院子宽不足6米，住着哥儿俩，户主黄全世，在一次打工意外中导致残疾，现跟母亲住在北面房子里。弟弟一家4口住在彩钢房里。60多岁的母亲听说我是来扶贫的，连忙倒茶送水，给我讲她的辛酸人生，20多岁丈夫去世，含辛茹苦拉扯大两个儿子，大儿子又出了意外，全家东凑西拼给二儿子娶了媳妇，可近几年一直都在还债，生活过得很艰难。黄全世，脑子灵活，也很健谈，我想起一个在黑城六窑开木炭场的熟人，正好他们要一个看大门的，月工资1000元，一说就妥。从实际看，这户人适合发展养殖，我提出扶持建1栋牛棚，买2头母牛。这本来是按规定办事，可这老母亲却激动得泪流满面，用颤抖的手拉着我说："政府好！让我们住进新房，又帮我们养牛。真谢谢！"并对两个儿子说要好好谢我。这一刻，我想起了我的母亲……

其实我们只是做了力所能及的事情，而纯朴的村民们却把我们当作"大恩人"，他们那种感恩的眼神，那种发自肺腑的言语，使我真正领会到"血肉联系"。

2015年12月11日　星期五　晴

这一家人有两眼破窑，揭开门帘走进去，光线昏暗，要适应好几秒才能看清楚。陈治军，48岁，由于车祸做了心脏手术，说话声音低微，我们也跟着压低声音。在他身后站着比他小两岁的弟弟，得了脑梗有后遗症，话说不清楚，腿脚不方便。年近80岁的母亲是这家唯一相对健康的人，她颤颤巍巍地迎上来，指着那间"2015年危房改造"标志的房子说："党好啊！给我们盖了新房，我想着快点收拾好住进去，我有肺心病，不能着凉，一着凉就犯病，一犯病我这两个儿子就吃不上饭。"边说边擦眼泪，看着她那花白的头发，我也止不住流下泪，我说："老人家，党有好多的好政策，我们会帮你们的，这不，我们来了吗？"老人连忙点头：

“好！好！”经与村干部商议，根据这家情况，发展养殖是他们唯一的出路，我们决定帮扶建1栋牛棚，补2头牛，得到一家人的赞同。我坚信，困难难不倒有心人。

走访在继续，问题困难在逐个解决，我努力把村民的一日三餐、生产生活、所想所愿看在眼里，记在本上，装在心里，切实想着为他们排忧解难。

2016年1月15日　星期五　晴

这家院落较大但脏乱不堪，我轻轻推开大门，“有人吗？”突然从南房蹿出一个男人，嘴里喊着“妈，来人了，来人了”。我打量了一下这个人，30多岁的样子，嘴里不停地嘀咕着。村干部告诉我，这是这家儿子，脑子不太好使。走进屋内，别说坐的地方，连站的地方也没有。炕上睡着一个五十来岁微胖的女人，看见我们进来，将炕头的衣服推到一边让我们坐下，嘴里念叨着：“这两天感冒了，人不行的，吃了一点感冒药睡着了。”得知我是帮助村民脱贫的，这个看似坚强的女人却号啕大哭。

她叫王文莲，这家原来条件不错，2013年丈夫因出车祸去世，她又得了子宫瘤做了手术，将家里的积蓄花得一干二净，再加上已成年的残疾儿子和读高三的女儿，更是雪上加霜。她说日子再苦再难也要坚持供女儿上大学，她拖着病体苦撑着这个家……“大姐，别哭了，我来跟你商量，我们怎么把日子过好，把你女儿供上大学。我看你养了7只羊，但圈棚不行了，咱翻建一下，再买1头母牛，你觉着行吗？”“行，但我没钱。”我答应会帮她。我看着这个哭一阵说一阵的女人，不由有种敬慕之心，都说女人是半边天，可这个女人却撑起了一片天。我们同样是女人，我在生活中承担了多少？用她的话说：“我不想多说什么，只想坚持着生活下去。”

2016年2月4日　星期四　晴

春节前慰问困难群众，走进一家，院子里堆满玉米秆，房门紧闭，屋内炕上蜷缩着一个四十来岁的女人，我的到来有些吓到她，她慌忙抱起枕头退到炕的角落里，用惊恐的眼神看着我。村干部问：“你女儿回来了吗？”她说：“我女儿回来，给我买新衣服，买好吃的。”我才意识到这个女人精神上有问题。又问：“家里米面油还有吗？过年了，罗书记给你送面油钱来了。”“有、有，我女儿给我买了。”随着我们问话的增多，她也慢慢没那么惊慌生疏了，话也多了起来。嘴里念叨女儿，给我们看她女儿的照片，脸上洋溢着幸福自豪的笑容。蒋忠莲，自从丈夫去世后，精神上出了问题，一直在外流浪，儿子出去打工，是死是活没人知道。现在，女儿在固原一家幼儿园上班，每周回来看一次，多亏这个女儿的照顾。

慰问中看到一家接一家的困难，让我们心酸，我们真的再不能做“接头”干部了，我们要把这些困难群体当自家人，像解决自家困难那样去解决他们的困难，要改变一部分村民的叹息：“国家政策是好的，可感觉离我们太远了。”我们的工作没有捷径可走，就是要靠脚走出来，耐心磨出来，做事做出来。

2016年3月8日　星期二　晴

昨天走访农户结束后，晚上住在组长王维东家，和几位群众坐在炕上七嘴八舌地聊着，重点在说缺水问题。后来因太晚了就直接睡了。今天早上起床，组长媳妇端半盆水进来说："书记，洗脸吧！"我说："你们先洗，不用管我，我收拾好自己端水洗。"她欲言又止"嗯"了一声出去了。刚巧村支书进来说："书记，咱们这儿缺水，你要先洗，你洗完后他们用你洗过的水洗抹布收拾家里呢。""啊！这么缺水。"我顿了一下，只把毛巾洗洗，擦一擦就算洗过脸了，刷牙也是倒了一点水，一滴水都不敢浪费，这是我第一次直观地感觉到水的宝贵。

全村251户863人，只有一组76户有一眼140多米深的老水井，这是他们村唯一的水源，并且年年要维修，其他的5个小组因居住分散，取用井水要到20里外的彭阳石岔拉水吃，他们将拉回来的井水倒到自家打好的水窖里贮存，用于平时的人畜饮水。"一方水土养不了一方人"的状况并没有得到明显改善，这种情况还存在并延续着……

从村上回来我没有回家，直接去了原州区水务局，将黄河村缺水情况向薛局长做了汇报，薛局长当场答应，一组的老井马上派人修，其他组按实际情况逐步解决，保证解决黄河村的人畜饮水困难问题。从水务局出来，太阳快要落山了，望着夕阳普照着大半个天空，很温暖很欣慰。

2016年3月14日　星期一　小雨

从县城到黄河村，沿309国道近1个小时的车程。时值阳春三月，漫山遍野桃杏花香，沁人心脾，天空淅淅沥沥地下着小雨，道路两侧烟雨朦胧，有种仙境的感觉。

走进陈兆俊的院子，东西摆放有条不紊，屋里屋外打扫得干净整洁，一看就知道是条件不错的家庭，可院子里只有一间30多平方米的土木结构房子，西面有两间窑洞。我问："看你家庭条件不错，怎么不盖新房，还住在不安全的窑洞里?"陈兆俊叹息了一声："唉！我也愁啊！上有80多岁的老母亲，我也想让老人家在有生之年住上宽敞的新房子，可我们这儿缺水啊！我不会开车，要雇车拉水费用太大，盖一间房拉水费用就近万元，而且也很耗时。所以就一年拖一年，到现在也没把房子盖起来，看来我老妈这辈子指望不上我给她盖新房住了。"陈兆俊说着笑着看着母亲，母亲也苦笑着。"我家来亲戚，如果浪费水我就会条件反射地心疼，哈哈。"听着他絮叨着家常，我的脑海里出现一幅电影画面：一群驮水的毛驴在蜿蜒山路上。只不过现在改成了蹦蹦车。

吃水难的问题，我必须解决！

2016年4月15日　星期五　晴

进入黄河村，就是黄河人。这些天与村民们同吃同住同劳动，和妇女们拉家常、称姐妹。感受着民风淳朴、山高路远、山水大改变的风情。驻村入户一周，胜似读书10年，这周在村民家中连续住了5个晚上，亲自感受着村民们的生活起居，近距离了解农民的生活现状，收获颇丰，也明白为什么要下派“第一书记”，就是将我们放到脱贫攻坚第一线，让我们带领困难群众找出路，想办法，向贫困发起“最后一战”。

来到黄世奎家，迎接我们的是一位70多岁的老人，房间收拾得很整洁，他边倒茶边给我们讲着他的发展产业计划：“你们今年给我再帮帮我就脱贫了，去年盖房子政府补贴一万二，今年我想建1栋牛棚，买2头牛养。”我说：“行，只要你身体好能苦得动弹，我们帮你。”他叹息着说：“唉！身体还可以，也没办法，自从小儿子出事后，大儿子供着4个学生负担重，能减轻一点就减轻一点吧，再说现在政策这么好，赶紧抓紧机会脱贫。”

一位70多岁的老人，面对白发人送黑发人的痛苦，面对自己体弱多病的身体，还对脱贫致富信心百倍。顿时，我感到肩上担子加重，我们是在打一场脱贫攻坚战役，组织对我们这些“排头兵”寄予厚望。该是怎么干的？老百姓会认同吗？我能带来什么？我沉思着，但我相信自己！

2016年6月15日　星期三　晴

车子颠簸近1个小时，今天要去的这家是搬迁遗留户黄应迁家，路非常难走。绕过一座山，看见二三十只小羊在山坡上吃草，3条狗老远追来跟着车叫。到院门口，从羊圈里出来一个30多岁很壮实的小伙子，笑着跟我们打招呼，手里抓着一把羊毛，说叫人在铰羊毛。这家有两个院子，一个住人，一个圈羊，房子都很破旧，好几年都没整修过，各种农机摆了一院。他说：“队上人都搬走了，剩下我一户，能养多少羊养多少，羊存栏一般在100只左右，出栏一年三四百只，一年能收入10万元以上，可钱花不出去，盖房怕搬迁，我打算今年盖新棚购山羊，和人合伙办‘土山羊养殖基地’。”正说着电话来了，他笑着说：“我忙了，不能陪你们了，有人要羊。”他从羊圈里抓了3只羊拉到蹦蹦车上走了。看着这个壮实憨厚小伙子的背影，我想起了《平凡的世界》里的孙少安，一个勤劳的西北汉子！

多年的扶贫实践给我们一个重要的启示，发展产业是贫困户致富增收的一项根本性和长远性的重要战略举措。没有产业扶贫到户，贫困人口就没有增收的项目，脱贫就缺乏载体，致富就缺少后劲。只有解决了产业扶贫到户这个“最后一公里”问题，精准扶贫才能得以实现。

…………

第十八章　妇女能顶半边天

婆姨一条街

1955年，贵州省民主妇女联合会刊物发表了《在合作社内实行男女同酬》的文章，毛泽东主席看到文章后亲笔写下："建议各乡各社普遍照办。"之后，毛泽东主席提出"妇女能顶半边天"的口号，迅速响彻大江南北。在社会主义建设中男女平等，都能发挥主力军的作用。在现实生活中妇女确实顶着半边甚至更大的天空。尤其是昔日"大门不出，二门不迈"的回族妇女约有15万也抛头露面，经商致富。

从同心去西吉要经过兴隆镇，多数人都会在这里驻足，"兴隆镇婆姨创业一条街"货全价廉，颇有名气。数百米长街，两旁商铺鳞次栉比，服装、鞋帽、百货、日化、五金、家电应有尽有，牛羊市场牛歌羊唱，水果市场水果飘香，商贩、顾客人头攒动，摩肩接踵，汽车、摩托往来穿梭，叫买叫卖，讨价还价，小镇街景构成了一幅现实版的《清明上河图》。

"婆姨创业一条街'创业'是后来加上去的，以前就叫婆姨一条街，别看叫婆姨一条街，可是这方圆一带的超级大市场，咱们进去逛逛。”小马边走边介绍，“兴隆镇是方圆一带交通枢纽，在古丝绸之路上，集市远近闻名，隔天一集。”

经过一个地摊，一个汉子冲我们喊：

“花钱花到点点上，有粉擦到脸脸上。买个东西买好的，娶老婆哪娶小的。”

我说：“你卖的都是啥东西？”

摊主说：

“你买啥，我有啥，我的货种有万八。”

我们笑着往前走，小周说：“婆姨一条街，男人是配角。”

“要说这些年西海固的变化，有一种变化在这条街最为明显。”小马说。

“哪种变化？”小周问。

小马嘿嘿一笑说：“先卖个关子，看完大家就知道了，到时揭晓。”

同行的还有几个是中央媒体的。

“考他们可以，但你考不了我，这地方我不仅专门来过，而且去兰州经过两次。”老李嘿嘿一笑。

“那你说说？”

“以前是地摊，后来是铁皮屋，再后来是砖瓦房，现在二层小楼，这变化……”

“这不是我说的那个变化。”

经过赵萍店铺，赵萍正跟人讨价还价，小马打招呼，赵萍说：“进店里坐。”

“不了，有事哩。”小马说，“这是赵老板，婆姨街最早的创业者，最早带头经商的妇女之一，有故事哩，榜样的力量是无穷的，正是在赵萍这样的榜样影响下，婆姨们胆大了，纷纷走出家门，做起了生意。你们想单独采访以后单独采访，今天时间不够，我们还得去下一个点。”

2000年，我曾采访过赵萍，她荣获了“全国巾帼致富能手”。那时候她已经有几个店铺了。

从单明村嫁到兴隆村，赵萍至今记得结婚时丈夫穿的上衣没有前襟——干活让锨把磨掉了，就这样的衣服还是借来的。日子过得本就捏着鼻子救气，婚后又有了几个孩子，日子更是艰难。1984年，社会渐渐活泛了，摆摊设点不再被当成投机倒把围追堵截了，兴隆镇集市热闹起来。赵萍鼓足了勇气，跟着男人们赶集摆地摊卖衣服。

“这可是破天荒的，说回民擅长做生意，有经商的传统，那是专门指男人。那时候3天一个集，周边3个乡镇按老历日子分别一四七、二五八、三六九为集日，就撵着赶集，这样就天天有集了。越抛头露面胆子就越大，会和顾客讨价还价了，我做的活，有点利润就行……

“那时候人都封建得很，看啥都是老一套、老规矩，我抛头露面做买卖，那就是不守规矩，大逆不道的，坏了风俗习惯。我前脚出门，风凉话后脚就追随上来了，一个女人家，不在家领娃伺候老人务劳庄稼，出头露面乱跑啥呢，啧啧啧……反正开始说啥话的都有，公婆都是老传统，也不理解。可我打定了干下去的主意，做生意虽然被人耻笑，但总比一家人经常吃了上顿没下顿要有脸面吧。好在我家掌柜的（丈夫）一直支持我呢，不支持肯定干不到现在这个程度，哪能开几个铺面。后来，我亲自提货了。那时候摆地摊都是男人进货，可地摊货卖女人的多嘛，尤其是面料、衣物，男人进货眼光不行嘛，也不懂女人娃娃的心思，我自己去进货，面料、衣物要到兰州去提货，人都笑话说一个婆姨家，抛头露面摆摊子也就罢了，还跑到兰州自己进货呢，连开铺子的都笑话，我不理会，亲自提货了，嘿嘿，我提来的货就是好卖，给我一带头，现在都是女人进货呢。鞋袜、布料、服装，人们日子好过了，生活水平提高了，讲究美容了，对化妆品的需求越来越旺盛，我就经营化妆品，啥都经营过，搞批发。当时交通不方便，提货受罪哩，提一回货，来回得3天，为了省钱，搭手扶拖拉机、皮卡、大汽车，能挡住啥车坐啥车，住小旅舍，天热的时候，干脆就把货放在车站马路边，一直守到天亮，脚都站肿了。又没有钱，银行也不给你贷款，提一回货卖不了几个集……

“刚开始摆地摊受罪哩，都在露天地里，风稍大点，卖的东西就跟着风跑了，风能把人吹死，后来置办了一个小铁房，啊呀天冷了冻死，天热了蒸死，就能挡个风，后来政府管了，换成了砖瓦房就好多了，政府又在街名上加上‘创业’两个字，市场分门别类地建起来了，给予的扶持多了……

“干着干着，有了点钱，也有了想法，你说咱们回族的婆姨，哪个没有练下一手刺绣的绝活，你看卖的东西，那刺绣活中有多少能比得上我们的，我就把村子上的姐妹们招呼到一块，大家一商量合计，选好花色集体刺绣，刺绣出来的东西由我负责出售。刺绣是回族妇女的传统手艺，产品一上市就很受欢迎，生意就红火了，我的路就越走越宽了，现在几个媳妇子都在开店铺哩，几个儿子都在外面搞生意着呢，跑车，生意也可以。

“哎呀，以前想着好日子是啥，就是月月有个麦子黄旱涝保收饿不下，这摆摊子到了黄昏集散时，一算账，挣了，不是天天有个麦子黄?！摆摊子有奔头。”

赵萍创业成功感染着周边的人，更多的女人走出家门，做起了生意，从服装、刺绣、化妆品到五金、家电等，平常一年能挣五六万元、七八万元，有的能挣10万元左右，“婆姨一条街”形成了。

小白的丈夫是一个货车司机，她做个家庭主妇不出来大吃二喝的也能过，可看着人都风风火火地创业，不甘心，也出来开了一家服装店，经营得挺不错，连家也照顾了，“我很喜欢现在的生活，真的。”小白说。

“以前婆姨一条街是一个小小的道道，回族妇女摆摊子，卖的是回族妇女自己扎的白帽子、头巾，进些小商品，像手套啊，袜子啊，慢慢地，婆姨一条街声名在外，是周边十几个乡镇群众购物消费的首选场所。这个市场发展得好得很。2009年，这条街被西吉县确定为‘兴隆镇婆姨创业一条街’，成为西吉县十大创业基地之一，政策、资金、硬件配套，支持力度大，无息贷款帮助大得很，贷款2~5万元，开个店铺周转资金就有了，有些有点实力的，资金周转大利润也就大了，你看现在全是二层小楼，贴着瓷砖。婆姨一条街的声名越来越大，外地人也来开店了，人气旺得很。”小马说，“现在人们手里有钱了，消费力提升了，生活档次也提高了，加上像学校给娃娃管营养早餐午餐，午休在学校不回来，女人手脚彻底给放开了，思想活套得很，不是单纯地站铺子了，围绕着婆姨一条街市场，搞特色养殖、种植，开食堂，搞刺绣，做粉条、各种特色吃货，有专门给妇女的贷款、培训、补贴，这费那费全免，现在女人的发展空间好得很，有些男人挣不过女人。这里是西海固妇女生活变化的一个缩影。”

街上走了一个来回，我们都无意间购买了几件东西，“来婆姨一条街没有空手离开的。”小马笑着说。

上车时小马说：“大家先不急着上车，破解了我开始说的那种变化才能上车。”

大家说了许多种变化，小马摇摇头，我笑笑说：“回族女人的变化。”

小马点点头说：“大家没注意到几百家店铺里，商铺经营者大多是女老板，而且是头戴盖头的回族妇女？”

大家都噢噢点点头。“这有点回族或伊斯兰教文化知识的人，会很惊异的。”小马说，“兴隆镇是宁夏西吉县的一个回族乡镇，回族占到了人口的98%。人多地少，男人出去打工的话，女人在家没啥事做，就摆个摊子，慢慢地形成了以女人为主体、男人为配角的一个婆姨创业一条街。闯市场改变命运，婆姨创业一条街已成为回族妇女通过艰苦创业改变自己命运、改变家庭生活的生动写照，一道独特的风景线。”

马玉芳圆梦

“有你下的苦，没你想的事。”马玉芳说了这句话，沉默了一会儿，又说，“对于回族妇女来讲，抛头露面的禁忌要更多一些，迈出一步难哩。要是有办法，谁愿意操心劳神，日子要好过，谁愿意费心思谋，啥都不想多好，可日子苦焦，你不想不行，不想窝囊地活着，做梦都想自己出去闯一闯。”

马玉芳迈出了自己的步子。

20世纪90年代，马玉芳与男人（丈夫）靠贩运玉米、麸皮、油渣等东西讨生活，在西安她了解到人家是将他们送来的这些东西做原料，配成养鸡用的饲料，鸡长得快，出栏得快，效益自然就好。她更了解到，在当时，固原市场上的活鸡全部靠外地调运，不仅价格高，而且质量参差不齐，没有保证。和男人一商量，拿出多年来辛辛苦苦的积蓄，养起了鸡。没有文化，别的不会说，就说以“不哄人”为宗旨。对于出售的鸡和鸡蛋，无论外乡人还是本地人，不以病鸡劣蛋充数，不缺斤短两，而对于购入饲料和药品的款项，钱再紧缺也给别人及时凑上。就凭“不哄人”这一点，赢得十里八乡百姓的信任。1995年，马玉芳养殖的1000只肉鸡出栏赚了5000元，这更坚定了她办养殖公司的信心。1996年，固原市第一家规模化养鸡场——新月养殖有限公司正式挂牌营业。很快，他们的鸡以其价低味美赢得了消费者青睐，占据了固原市场。

贫困不是因为懒惰，而是找不到出路。马玉芳圆了自己的梦，也成了乡亲们的标杆，周边许多人有了养鸡的意愿，马玉芳不自私、不保守，而是想带动更多的妇女自立、自强。她利用自己与西安客商建立起来的关系，从西安拉来饲料、进来雏鸡，一起供应给养殖户。鸡出栏后，从养殖户手里回收，通过自己的渠道销往市场。很快仅三营就发展了十几家养殖户，随后杨郎、头营、黑城等地养殖户纷纷发展了起来，到了新千年，依托马玉芳的新月养殖发展起来的养殖户就有500多户。

多年打拼，公司与兰州华陇种鸡场、河南牧翔药厂等20家企业合作，从单一的养殖向禽蛋养殖、家禽屠宰、饲料供应、兽药服务、器械配套等一体化方向拓展。2012年，公司出产的鸡肉鸡蛋占到固原市鸡肉鸡蛋市场份额的60%以上,“阿敏牌”白条鸡和鸡蛋产品获得国家无公害产品认证。马玉芳信心更足了，筹措资金5000多万元，在固原开发区组建了新月食品有限公司，建成了一座集屠宰、分割、冷藏、熟食加工和研发等于一身的现代化食品生产企业。

跟着马玉芳养鸡的人越来越多，但是普遍存在家禽养殖规模小、缺资金和技术支撑、治病防疫难、销售不畅等问题，而自己的公司产品又供不应求，鸡源相对不足，马玉芳办起了合作社，强化鸡种、饲料、技术、价格、收购的管理，形成了规模优势，使新月食品一跃而为宁夏最大的家禽肉蛋销售企业。随着西海固自然环境变化，利用农户就近山林、草场、溪水的自然条件，她鼓励和规范养殖户将户外散养和圈养结合起来，提高了自然养殖的比例，拉长无公害肉鸡繁育、养殖链条，保证了产品质量，更提高了产品价格，给大家带来了可观的利润。

新月食品有限公司熟食车间、屠宰车间及电子商务服务平台现代、整洁,“阿敏食物”如现蒸米饭、红烧牛肉、鱼香肉丝、宫保鸡丁、休闲鸡爪等已经占有很大的市场份额，销往北京、上海、广东、甘肃、青海、江苏、新疆、安徽等地，显示屏明亮的光点繁星一般闪烁。

公司生产出的现蒸米饭等产品进入宁夏铁路客运站及列车销售网

络，“食品进入火车销售网络，有一套严格的程序，必须是生产规范、产品质量有保障的才能准入，公司经过铁路系统几次现场检查、产品检验后才被确定进火车销售。”马玉芳说，“质量、信用是生命，必须确保所有环节万无一失。”

2013年春，禽流感形势严峻，养鸡户人心惶惶。马玉芳做出决定：亏本风险让公司来担，农户的鸡依然按保护价收购。公司为养殖户贷款担保金额每年不低于50万元，她坚持每年将以不低于公司利润总额的20%返还给会员养殖户，深得会员拥护，贴近了人心，聚敛了人气，形成了合力。

2017年，公司与北京东来顺、统一等知名企业达成合作，并与中东国家一企业在养殖技术培训等方面建立合作关系。如今以新月食品有限公司为龙头的养殖户遍布宁南大地，辐射带动固原市及周边中卫市、甘肃平凉市、陕西宝鸡市等市县区，养殖户达到上千户，实现产值过亿元，农民户均增收超过4万元。公司资助带动养殖户1000多户，其中建档立卡贫困户200多户，为当地群众提供稳定就业岗位160多个。

“2019年，市场行情不太好，但我们帮扶的贫困户、建档立卡户，收入实现了稳定增长。养殖户年收入最少的也能赚5万元。”马玉芳说。这一年，固原新月养殖有限公司先后投入200多万元，在固原市原州区开城镇柯庄村建起了扶贫车间，带动帮扶包括建档立卡贫困户在内的50户发展三黄鸡养殖产业，马玉芳带着技术人员上门，手把手教，并规定保底收购价。在原州区三营镇甘沟村，马玉芳给20户贫困群众每户免费赠送了50只优质下蛋母鸡，“考虑到一些群众没经验，养不活鸡苗，我就给他们送饲养成熟的下蛋母鸡，这样可以确保他们养得活、有收入。”

做慈善、公益事业是马玉芳的另一大亮点，资助孤寡老人、残疾人、受灾群众以及固原福利院，尤其是在教育方面，她在三营镇办了“妇女扫盲班”，资助大、中、小学学生，凡是养殖户、公司职员的近亲子女，考上大学奖励8000元，考上重点中学奖励500~1000元……作为宁夏第十届、十一届、十二届人大代表，马玉芳的议案中，教育占相当大的比例。

“我没读过多少书，看到没读书的孩子，心里很不是滋味，有个女孩，和我女儿同岁，初中毕业就嫁人了，我女儿还在读大学，她却已是两个孩子的妈妈，过早地担上了光阴，见到她，看着她稚嫩的脸庞，我的心让泪淹了……”马玉芳长嘘一口气，眼里闪烁着泪光。

攒劲妈妈

驶出京藏高速大河出口，沿着恩红公路向西行驶，就到了红寺堡龙源村。我要去采访“攒劲妈妈”李耀梅。“攒劲”是西海固方言，含义丰富，这里是形容人利索、能干。

院子挺大，堆满了高粱秆、芨芨秆等扎扫帚、笤帚的原料，几位工人正在将高粱秆整理打捆。

一中年男人上下打量着我问：“是来找我们李总的吧？”

我点点头问：“她在吗？”

男人说：“出去谈土地流转的事了，背那么大相机，是来采访的吧？”

我点点头说：“得好好采访，她攒劲得很哩。”

我们就聊起来，他告诉我他们都是龙源村的建档立卡户，一天能挣100~150元。

下起了毛毛雨，他们没有停工的意思，我说：“下雨了，还干啊?”

他们笑笑说：“这么点雨，不影响干活。”

一阵三轮车声响传来，一辆三轮车开进院子，我认出是李耀梅，人没见过，但见过照片。李耀梅停下三轮车，冲我笑笑说：“刚谈了点土地上的事，赶紧进门别让雨淋着。”

握手时我感觉她的手像干透了的玉米棒子，硬得有些硌人，看看她的手，满是老茧和裂缝，裂缝和指甲中都是黑泥。

李耀梅冲几个人说：“下雨了，停了吧，工资按一天结。”

扶贫车间有1000多平方米吧，堆满了扎成的扫帚、笤帚，有扫马路的，有扫地的，也有扫炕的。李耀梅说平时都是坐在高粱秆、芨芨秆上，这里连坐的地方都没有，走走，到房里去说。我说我们就坐在高粱秆、芨芨秆上，正好给你拍点照片。

拍了些照片后，我们坐在高粱秆上聊起来，刚开了个头，她接了一个视频通话，说：“是女儿从厦门打来的，我女儿叫马向媛，大学毕业实习哩，想留在厦门当老师，我鼓励她留下，厦门多大，多好，她喜欢做什么就做什么，跟着我把苦受了。”她让我看看她女儿，女儿长得清秀文静。

结束了通话，她长嘘一口气，泪水落下来，“女儿就是我的全部，就是我的命，”停顿了一会儿，我递了一张餐巾纸，她擦擦眼泪说，“我的命是女儿救来的，难为我娃了。”

2008年，她离了婚，告别了充满暴力与屈辱的生活，带着年幼的女儿生活，种着8亩靠天吃饭的旱地，学会了扎扫帚、笤帚，靠卖扫帚、笤帚度日。她身体一直不好，长年患病，忽然一天病情恶化了，没有有钱的亲戚可以支援，为了救娘，才十来岁的女儿四处借钱，长年买她笤帚的丁雪峰、杨增云、老顾、小马子和曾在同心集市上一起摆过摊的李燕梅给她凑够了9万元医疗款。“都是好人啊，都很仗义，他们都不富有，到死都忘不了啊。”她擦着眼泪说。

龙源村是宁夏“十二五”期间建设的生态移民村。2014年10月，李耀梅从同心县预旺镇青羊泉村移民到红寺堡龙源村。然而，灾祸又一次降临在她身上。她骑车送女儿上学返回的途中，遭遇车祸，右腿粉碎性骨折，头部、颈部等多处受伤，女儿再次走上了借钱的路，还是这5位好心人凑了16万元的救命钱，让她再次从死神手里挣脱出来。“在手术台上苏醒后，我的第一念头就是不能欠下他们，不能把债带到那世去，他们连欠条都没让打，更别说利息了，老顾和小马子我都不知道他们的全名。更不能把债留给我的女儿，她跟着我没过一天好日子，一直受罪，我不知道自己能活多久，可我要在最短的时间内还清债务。”她抹着泪水说。

近30万元的债务，那么多的钱让她数她都数不过来，可她知道扎一把扫帚卖一把扫帚就等于还掉了一把扫帚的钱。出院两个月，颈椎上还拧着沉重的螺丝，右腿还无法正常动弹，她就开始扎扫帚、笤帚，活做起来简单，可也费力气，她拼命去做，瞌睡了丢个盹，每天睡个四五个小时，“只有一个念头，我要还债，就想着每扎成一把扫帚，账就少一点……”

扎笤帚常用的是高粱秆、芨芨草和醉马草，能收上，可需要钱，芨芨草、醉马草能拔上，她就自己去拔，能省一分是一分，她对女儿说省下的就是挣下的。她去太阳山、六盘山拔芨芨草、醉马草。暑假女儿也跟着。因为扎扫帚，不能砍割，拔下来的耐用。母女俩啃馒头、喝山水、睡山坡，每天背七八十公斤的芨芨草、醉马草回来。

“草拔回来就没明没夜地扎，女儿从小就懂事，学习闲了，也来帮忙，小手粗得像刺刷子，我不让她干，她还是干，我就想着早早把账还完了，先把女儿解放了，有一分还一分，有一毛还一毛，心里难受了，想着女儿跟我受罪，我就偷偷地哭一会儿……”她又落泪了。

我说：“你不能老落泪，对眼睛不好。”

她说：“以前是伤心，现在是感激，唉，忍不住嘛。”

她擦了眼泪说：“每天能扎30多把笤帚，一个月能扎1000把左右，除了几个老客户有订单，我也给集市上的小摊贩做批发，即便这样，销量还是上不去，家里堆得到处都是扫帚、笤帚，卖不掉，就变不成钱，看得心上泼烦发愁……2018年，马书记（第一书记马玉国）和杨组长（扶贫工作组组长杨文广）来家里了，知道我扎那么多扫帚、笤帚卖不掉，他们就给我跑销路，第一批销售就超过了5万元，我差点就跪下了，还债有望了啊，感激的话我不会说，只会淌眼泪。杨组长说，大姐，你只管扎，卖有我们呢，你别愁。我只是拼命地点头。哎呀，杨组长他们把心用上了，人家是大干部，帮这帮那的，一点架子没有，连口水都没喝过，我的事就像他们自己家的事，给我从信用社和宁夏银行贷了10万元的贴息款，还有妇联‘双培双带’‘小额循环’好几个项目，都是他们给办的。要让我去办我两眼摸黑，连门都摸不着。他们又帮我流转承包了60亩地，全部种上了高粱，高粱秆就不用再买了，利用院子又建了简易车间，买回来机器，我就雇了村里的3名建档立卡户，一个月扎扫帚、笤帚翻了一番多……人看到了希望就有干劲，第一年赚了不到8万元，第二年高粱秆钱省下了，除了几个人的工钱，我就还了10多万元的债……”

2019年10月17日，是李耀梅这一生的大日子，她从国务院扶贫办脱贫攻坚颁奖典礼上领回了“全国脱贫攻坚奋进奖”。“活过了55岁了，没想到的事多了，最没想到的事就是这事了，北京人民大会堂在电视上看过，没想着能去，更没想到去那里领奖，那么多的大领导……”

从北京领奖回来后，政府盖了扶贫车间交给她经营管理，“这是看得起我，一点都不敢马虎，不好好操心谁都对不起，大家一起富起来都不可怜了，多好啊。”她联合村里6名贫困户成立了合作社，把建档立卡户聘请到扫帚厂，“我这活了50多年，一路上多少人帮我哩，不帮我我也走不到今天，我说这厂子就是为穷人办的，想来的都来，一起干，一起挣，国家这么帮咱们，有咱们挣的钱哩。”

“社会上好心人多，都知道我的事了，不少单位、企业都在我这里签了扫帚、笤帚的订单，3月我就还清了所有欠款，4月还清了所有贷款……”她说着长长嘘出一口气。

我笑笑说：“无债一身轻……”

她也笑着说：“轻，轻，轻得走路就像踩在云朵上，觉得飘着哩，头上的铁箍摘掉了，压着的石头搬掉了，就想好好睡一觉，把攒下的瞌睡全睡光了，可激动得还睡不着了，就在车间看着扫帚、笤帚，又扎了半晚上扫帚。我就找驻村扶贫工作组要求脱贫摘帽，女儿马上大学毕业了，我也没债了，政府帮得够多了，国家也不容易，我有能力养活自己和女儿，贫困户的名额给别人吧。这些年，我和女儿都没穿过像样的衣服。我带着女儿去银川，给自己买了一身，给她从头到脚买了两身……

“今天我去流转土地，现在流转的土地有100亩了，生产规模也在不断扩大，除了现有的6名贫困户，我还要吸收村里更多农户共同发展扫帚产业。”

李燕梅来了，她是来进货的。她也搬迁到了红寺堡，开了一家五金日杂门市部。李耀梅出车祸，她先拿出3万元货款让救急，又找朋友周围凑够了5万元。她门市部里卖的扫帚、笤帚都是从李耀梅这里进，“耀梅的扫帚、笤帚不偷工减料，牢固又耐用，手艺是最好的，口碑好得很，成品牌咧，回头客多，我一天就能卖出几十把。”

李耀梅捏着李燕梅的手说：“把不好的扫帚、笤帚卖给人家，心里不安哩，那是砸了自己的招牌，大家都是好人，做人要有诚信。”

李燕梅说：“耀梅是个能人哩，自己还动手设计、焊接了扎扫帚、笤帚的机器，速度比以前提高了3倍。”

李耀梅说：“那算啥能人，扎扫帚、笤帚我熟嘛，知道这其中的道道。”

李燕梅说：“现在开化多了，先进得很，都上快手卖扫帚、笤帚。”

李耀梅拿出手机说：“是女儿弄的，本来想让我累的时候刷小视频解解乏，后来我看有卖东西的，跟女儿一说，女儿就注册了‘龙源村·扫帚厂’快手号，教我怎么拍视频，怎么发视频，看有人问价格怎么回复，现在粉丝快两万人了。”

我好奇地问："有买的吗?"

李耀梅说："有，要笤帚的人多呢，山东、甘肃、陕西等地方都有人买，一单卖过3万块哩，还有老板要来谈合作哩。"

我问："最近有大单吗?"

李耀梅说："宁夏康洁为民环卫工程有限公司，预订了2万多元的扫帚，杨组长说不出意外，这家公司每年都会有这么一个大单。"

第十九章　脱胎换骨

广厦千万间

路边的山坡上，走着一个人，一身迷彩衣，提一个小铁铲，背一个芨芨背篼，一拐一拐，背影有些眼熟。我环顾山野、村庄，让小刘放慢车速，打开窗户，叫一声“老顾”，“哎！”他应一声。竟然真是老顾，真是人生何处不相逢。

车停下来，可我们给两只狗围住了，逼在车里不敢下来。狗极凶悍，龇牙咧嘴，猛扑狂咬，那架势像是要把车撕碎把我们揪出来。老顾喝退了狗，来到车前，我拉开车门，老顾“娘呀”大叫一声，“我的老天爷，这是谁噻，谁来了噻，”他拍着手啧啧啧地说，“我说这猫洗了一早晨的脸，寻思着来谁呢，咋还把你给念叨来了。”

老顾已经从壮年变成了一个白发的老者，黄胶鞋上粘着一圈黄泥。他用铁铲刮着说：“现在这气候好了，早晨露水大得。”我说：“你要上山，对了，采药。”六盘山有“中国中药材宝库”之称。

我张开双臂说：“抱一抱？”

他放下背篼说：“抱一抱，不怕我身上的土？”

我们紧紧地抱了，他说：“看我来了？”

我红着脸说：“说实话，是意外碰上了，记着你哩，可把你这庄子给忘记了。”

他嘿嘿一笑说：“十几年了，你把我忘了也正常呢嘛。”

我说：“十几年了？”

他说：“可不十几年了，你这人实诚，不要说十年忘记多少事，山里路不好记，十沟九岔的，这几年路修好了，不走过去的老路咧。”

我租住那几年，和老顾做了几年邻居。第一次见面，我说怎么称呼？他说瘸子。我说名字。他说顾瘸子。我笑了，他也笑了，我说叫瘸子你不生气？他说气是有钱人有权人生的，日子过得有皮没毛的，哪里来那么大的气。我竖起大拇指，他笑着说再说本就是个瘸子，还怕别人叫瘸子，孙子给惹恼了都瘸子瘸子地叫哩，再说叫了多少年了，叫别的还拾不起来是叫我哩。又说有句老话，瘸子不瘸上天哩，我想上天哩。

老顾和两个孙子租一间房，他把两个孙子管得很紧，罚站打骂是经常性的，他有一根戒尺一样的木板条，打孙子的手掌和屁股。背后我批评他不像爷爷倒像爹，太过分了，现在谁这样对孩子。老顾说哎呀，你说这街面上诱惑大得，大人都扛不住嘛，两个碎娃哪能扛得住，不管严点还不翻了天？金棍子，草罐子嘛。我明白这句话的意思是打出来的有出息，惯出来的出祸害。他长嘘一口气说不像人家有钱有权的，前途都给预备好着哩，他们要想有个出息，改天换命，只能自己挣扎。后来两个孙子上了六盘山中学，老顾说你看，要是心软点放松些，哪有今天，一起考的有多少人，考上的连十分之一都不到。

六盘山中学是寄宿制，孙子寄宿学校，老顾就要回家了。我说回去做啥？老顾说不回去待着做啥，这是你们城里人的世界嘛。他深吸一口烟，喷出一个个烟圈，然后一个一个划破说，要说我这条瘸腿，也就是走路瘸点，吃重没问题，跟好腿没啥两样，干活没麻达，可人家雇人干活的就是嫌弃你，跟好人干一样的活，挣人家一半钱，还好像咱们占了人家多大便宜，憋气嘛。人家还怕咱这年龄了身子里藏着啥病，到时候把人家讹上了，我说我给你写保证书，死了都跟你没关系，人家说法院判决书都不顶用，你们这些人要赖可不是一般的耍赖。人家就是死活不信咱嘛，现在让人信你难着哩。我说我给你找个活。他说得找个管住的，省下的就是挣下的嘛。我在百货公司大仓库给他找了个活，管住，还管顿饭，待遇还行。一年后，老顾却要回去了，因为村里危窑危房改造。他笑着说：“以前指标少，人们抢得头破眼瞎的，这回轮上了。危窑危房改造让从窑洞里搬出来，公家补不少钱，好事哩，我家祖祖辈辈住的窑，没住过房嘛，来到这世上活了一辈子人呢嘛，我得盖一回房，山走了的那年（1920年海原大地震），我家一个太爷的后人中死了7个人，都是住在窑洞里死的。”

2005年1月3日，原州区寨科乡白生虎一家居住的土窑突然坍塌，一家5口全部遇难。在西海固历史上，白生虎一家的不幸并不是第一次发生，因为木料奇缺，加之贫困，老百姓多倚山凿窑而居。1920年，海原大地震之所以造成那么大的伤亡，居住窑洞是一个根本的原因。住房也是多年土坯房，经不起三摇两晃的。

宁夏从相关部门及各县市抽调上千名干部展开拉网式摸底排查，

在接着召开的“两会”中，用3年时间把居住在危窑危房里的群众全部搬出来写进了政府工作报告。宁夏危窑危房改造由此拉开了帷幕。秋天，我去西海固采访，因为新建房屋屋脊统一为天蓝色，老百姓称为“民政蓝”。我从新房的墙报上抄下这样一首打油诗：

上圈梁，下圈梁，过梁设在正中间。
松木檩子松木椽，上下高起左右宽。
左红砖，右红砖，屋脊一道民政蓝。
飞檐翘角能挂云，一对鸽儿站两边。

“这可是解决了大问题。”陪我采访的乡干部小王非常激动地说，“你不知道我们这些基层干部有多担心，每逢恶劣天气，坐卧不宁，单怕房倒窑塌啊。说个实话，西海固一年四季都在盼雨，我们基层干部是最矛盾的，盼下雨，又怕下雨，危窑危房实在是太多了，墙壁裂缝指头都撬得进去，刮风下雨，钻风漏雨，进入阴寒天气，缺少保暖御寒衣服，人们都缩在土炕上取暖不出门，哎呀，担心死人了。”

自2006年起，危窑危房改造被列为宁夏每年为民办的30件实事之一。2008年5月，汶川大地震，西海固震感强烈，虽没人员伤亡，也出现房倒窑塌的情况，许多房屋出现裂缝。宁夏提前启动了危窑危房改造二期工程，提高补助标准和抗震标准，执行抗7~8级地震建设标准……我动笔写《海原书》时，去西海固采访，小王还在乡上工作，他激动地说：“哎呀，不敢想，一想脊梁骨冒冷气，太悬了，要不是危窑危房改造，不知道这次地震捅多大乱子。”“捅乱子”是西海固方言，闯祸的意思。

隔年我下乡，到了隆德，想到了老顾，按老顾给我的地址去了顾湾。老顾的院落拾掇得不错，一个宽展阔气的四合院，三大间房屋带着左右两个耳房，房屋背后是五孔大窑洞。房屋门面贴了瓷砖，院子铺了砖，收拾得干净整齐。老顾说："屋脊上那道蓝是统一的，叫民政蓝，屋脊上那对头的鸽子也是统一给造上的。"我说："这多阔气，你都阔得像个老地主，住上多美，你的决策多么英明。"老顾说："老牛爬坡，鼓圆了劲，盖一回房不易，想着盖好些给娃当新房。盖房子我紧咬牙关，自己多掏了好多钱，你看，松柱、松梁、松檩、松椽，连门窗也是松木的，一松到底，一砖到顶，连后墙侧墙都是砖的，砖雕也用了好多块哩，把备下的老房子（棺材）钱都搭上了。"

隆德县曾荣获"中国现代民间绘画画乡""中国书法之乡""中国民间文化艺术之乡"等称号，农民画、剪纸、刺绣、花灯、泥塑、砖雕等地域特色鲜明的民间文化艺术，各类民间民俗文化遗产十几类。砖雕是常用的房屋建材，砖雕构图生动、雕工精细、色彩古雅，图案题材广泛，有苍松翠柏、梅兰竹菊、奇花异草；有松鹤、喜鹊、百鸟、松鼠、柏鹿、鸽子、孔雀、龙及仿木斗拱、雀替、檩椽，饰有祥云、花纹、卷草、人物、牛狗等，蕴含了许多典故和传说。隆德民间建筑中盛行砖雕艺术，在隆德走村串巷，家家户户都能看到砖雕艺术。据《隆德县志》记载，隆德民间建筑砖雕艺术起源于唐代，经宋、明的发展，至清代已经很成熟了，在陇东一带很有影响。

老顾的门楼子两边墙壁上最常见的砖雕图案有两块："耕读人家""书香门第"，辅有卷草、花纹、祥云、人物、耕牛一类的图案，显得古朴。房屋顶头、门面墙、屋里，都有些砖雕，显得古色古香的。我冲他竖起大拇指。老顾一笑说:“要说在以前，盖这么一院子地方，就是一份了不起的家业，我们这方圆一带最大的地主也没住过这么阔绰的院落……我长孙马上结婚哩，这娃命好的，不是国家这政策，他就只能在窑洞里装个新（入洞房），嘿嘿。”

然而，让老顾失落的是，房子盖得这么漂亮，孙子结婚却没回来，在城里办了,“死活不回来结婚，你说城里租下拳头大的房子，人连个转身都打不开，这么好的房子连个新房都没当成。再说新房子得要闹嚷闹嚷，我说你哪怕在家里装个新第二天走都行，还是不回来嘛，咱这是热脸蛋贴人家冷屁股，哎呀，现在分文不值了，都寡妇站到门上了，有走心无守心，五六万是白搭上了。”我说咋能说白搭上了，逢年过节儿孙们回来了，住上多好。老顾说指望他们回来住，几年都不回来一趟，孙子结了婚两口子回来一趟，当天就走了，连夜都没住过……我“呃”了一声，老顾说我也不让回来，拖家带口的一来回没有一两千块搅销不出来，跟着活走呢嘛，天南海北的，几个娃都回来几千上万哩，搅销大得吓人哩，一个个都过得可怜日子，花那钱做啥？我不让回来，说等我们死了，别让狗啃了就行，现在方便，手机电话的，过年到山顶上打个电话，报个平安就算了。回来能咋样，解得了你的心慌？庄子低嘛，手机没信号，一趟一趟往山顶上跑，越看越孤慌。闹嚷上几天，走了更孤慌。我说那你们老两口住嘛，敞亮，洋气，别总是想着儿女，人不能光为儿孙活着。老顾说敞亮是敞亮，也洋气嘛，可你说我们住这么好的房子做啥，给谁看嘛。

2009年，宁夏被确定为全国农村危窑危房改造示范省区，次年，又被列为全国建材（水泥）下乡试点省区。二期危窑危房改造工程，宁夏注入了新鲜血液，整合农牧、水利、林业、交通、扶贫、建设、土地、地震、卫生、残联等多个部门的发展资金和项目，结合村庄的条件、特色，确定产业、项目，谋划发展，新村建设与旧村整治相结合、危房改造与生态移民相结合、新农村建设与产业发展相结合、农宅建设与城乡一体化发展相结合，把不适宜居住地区的群众搬迁到靠城、临水、近路的地区，创造出一批特色产业、特色村，危窑危房改造不仅解决了住的问题，更解决了发展问题。至2019年，宁夏改造49.25万户危窑危房，170多万农村居民住上了安居房，西海固占到80%以上。在西海固乡村行走，你不能不想起“安得广厦千万间，大庇天下寒士俱欢颜”的诗句。

我们蹲在树下，老顾笑笑，两只狗虎视眈眈，不时叫几声，我们坐得还是有些提心吊胆，老顾说：“没事的，进了院子就是客人，狗闻气子哩，它知道哩。”

我说：“这么凶的狗咋还养了两只，还跟着，不在家里守家？”

老顾说：“我现在巡山呢嘛，狗可是比人顶事，我负责的这一片区有个动静，两只狗就先知道了，扑过去了。现在人不敢破坏树木，可偶尔也有偷牧的，还有个问题是兔子成灾了，这家伙繁殖得快，狗捉兔子可是厉害，你看这两个家伙，肉墩子一样，全是自己捉兔子吃，有时候吃不了，叼回来，我都吃过不少哩。有了它们，我这片区兔子就跑到别处去了，不在我这里祸害了。”

老顾递给我们一人一根烟，点了说：“我现在也是公家人，巡山政府发工资，又给买了保险，心安得很，不像以前心老是悬着，不实落。”

老顾说：“走，回家，我喂着几只羊，一只羊羔出月，够刀子了，还有兔肉，你就是有口福，咱们吃暖锅子。”

暖锅子是隆德最有名的美食。

我说：“约好的采访，人在等着哩。”

他说：“推一下不行？”

我说：“现在干部都忙得，约上不容易。”

他说：“就是，来扶贫驻村的，一两个月都回不了一趟家。”

我说：“改天，我专门来吃暖锅。”

他说：“你来时打电话，我给你说路，老地方已经不住家了，都搬到新农村庄点上了，这地方让恢复生态哩，院落都会推倒，还给自然。”

我说：“你那院落有点可惜。”

他说：“是可惜，不过新农村建设美丽村庄，房子更美气，你建得不漂亮都不行，路灯，水泥街道，水都是自来水，电视跟城里电视一样能看好多台，再说在山下，方便，就跟城里的小区一样。”

他抬手指着川道里一片红顶房屋说：“就那里，你看漂亮不？青砖红瓦……”

我说：“我刚从村上经过。”

他说：“儿女都回来了，几个人弄了个合作社，现在土地值钱了，都包的地干哩。”

我说：“你这下把心放到腔子里了吧。”

他说：“安了，安了。”

老顾以前心不安，他怕哪天在城里无常了，就给烧了，他是长子，得回来给老爹暖脚（就是埋到老爹脚底下）。

他说："原汤化原食，农民的问题还是要靠农村解决。"

我说："这话说得好啊。"

他说："骏马儿拉在柳林里，柳林里有什么草呢？一口一声者出门呢，出门者有什么好呢！曲儿里都这么唱哩，人活得个心安，心不安天天吃肉都没意思，现在心安了，踏实得很。"

我说："我就是这么想的，没你说得好。"

那时候老顾经常煮烤洋芋，有一次碰上，吃了几个，他说你爱吃，看你吃得香哩。我说爱吃，可没处吃去了。他说那你以后到我这达来吃，我就爱吃个烤洋芋。我只要在家，他烤了洋芋就会送过来几个。他说："今年新洋芋上来了，挖了几个煮着吃个新，哎呀，人的胃是最实诚的，记忆最牢靠了。"

暧暧远人村

夜里下了一场雨，路就像是洗过，在山梁沟谷间时隐时现，路就是一景啊。

从一个崾岘驶入，豁然开朗，一个村庄出现在眼前，正是"从口入。初极狭，才通人。复行数十步，豁然开朗。土地平旷，屋舍俨然，有良田美池桑竹之属。阡陌交通，鸡犬相闻。其中往来种作，男女衣着，悉如外人。黄发垂髫，并怡然自乐"。不错，这是陶渊明的《桃花源记》。事实上，西海固多山，山与山之间形成"V"形崾岘，进入村庄大都从嵝崄入。

“凹凸村中道，车如跳兔跳。牛驴粪味浓，烟熏又火燎。污水靠蒸发，垃圾靠风飘。”这是许多人对农村的印象，却也是实际。农村普遍存在院子大而脏乱，房前屋后荒草丛生，道路沟渠蓄积污水黑泥，粪尿遍地，厕所没处下脚，坑内蛆虫成堆，甚至有露天支锅做饭，浓烟滚滚……随着新农村建设，美丽乡村红顶白墙、青砖蓝脊屋舍在青山彩野显得尤为醒目。然而，走进乡村，往往还是会被脏乱差的状况倒了胃口。尤其是现在，养殖产业成为西海固人的主要致富产业，几乎所有的村庄都搞养殖，大户多了，空气就很难闻。

“一个村给人的印象，整体的整洁甚至比屋舍新美更能给人美感、幸福感。”于彩红说。

2018年10月，泾源县新旗村推出了乡村治理积分卡制度，围绕乡村振兴5个方面，结合乡村实际细化内容、量化指标，每周一评比、每月一公示，1个积分可在“家门口”服务站爱心公益超市兑换价值1元的商品。

主动清理河道垃圾一次积3分；参加普法学习一次积2分；参与调处矛盾纠纷一次积3分；配合开展扫黑除恶专项斗争或举报违法行为有功一次积5分；大学生回村创业积30分；收取高额彩礼一次扣10分；参与打架斗殴一次扣5分；赌博被公安机关处罚一次扣2分；在公共场合说脏话一次扣2分……保护自然生态、举报偷牧、保持家居庭院整洁、主动清理河道及公共区域卫生、开展垃圾兑换、主动参与并抵制高额彩礼等均列入其中。

每月25日，由积分评议小组议定。在村部广场，宣传栏上贴着标有姓名、积分、扣分等情况的“乡村治理积分表”，一切都张榜公示。

于彩红说：“积分表就是民情表，通过爱心公益积分形式，激励群众争当爱心标兵、党员争当五面红旗手、各村争创五面红旗，积分卡促进群众和睦相处、邻里守望，使群众形成了爱生产、爱劳动、爱卫生、爱清洁、爱新风的良好习惯。自2018年10月超市开门营业以来，全村243户村民已有211户参与到积分兑换中来。一年下来，平均每户可以兑换到约200元的商品，同时，这张积分卡也已经实现与新世纪购物中心的联网，村民也可以拿着卡进县城消费。重要的是，村民爱护环境的意识提高了，家庭矛盾纠纷减少了，不孝敬老人、婚嫁彩礼高等问题减少了……”于彩红是新旗村的村文书，也是村民选出来的爱心公益超市负责人。

一个看公示榜的汉子说：“这一招厉害，不是一袋米、一袋洗衣粉的事，现在家家户户不缺一袋米、一袋洗衣粉，主要的是带给人的精神上的变化。人活脸，树活皮，谁都要个脸面，不要说这被扣了分公示让人臊得很，就是分低了都不好意思，这是大家的事，你分低了就证明你没在这方面操心出力嘛，谁还待见你，被扣了分，你哪达没做到，下回都会注意的。这搞得好，说实话，不要说粪便，就是手里捏个纸蛋蛋，以前随手就扔了，现在捏在手里，就是习惯性地扔了也会捡起来。”

兴盛乡干部小苏说：“‘暧暧远人村，依依墟里烟。’现在有人用陶渊明这两句诗形容新农村，不准确的，我们正逐步取消‘冒烟’，人们烧锅填炕都不用秸秆，提倡清洁能源，用电、气……”

作家王治平说：“这个‘暧暧’传统的有三个解释。一、昏暗不明貌；二、迷蒙隐约貌；三、繁茂貌。《楚辞·离骚》：时暧暧其将罢兮，结幽兰而延伫。孟郊《献襄阳于大夫》诗：物色增暖暖，寒芳更萋萋。我觉得第三个解释能解释现在的新农村，你看看现在的农村，绿化、美化、繁荣都是主要元素，还可以说成是温馨。你看到一个村庄，走进一个村庄，首先感到的是温馨，温馨才能让人依恋，暖暖的乡愁。”

新旗村在西海固树起了一面旗帜，2019年6月，固原市在全市推行积分卡制度试点，霍进财介绍积分卡制度在项目设计上非常注重道德建设，设立了公德美德、遵纪守法、移风易俗、公益事业以及维护国家利益、安全等方面的22项指标，占总指标的43%，其中许多指标还实行反向扣分，从源头上强化个人文明素养的培育和社会公德水平的提升。积分卡制度所彰显出的这种“有耻且格”的思想境界和“积善成德”的道义思维，能够不断增强社会主义核心价值观的凝聚力，引领社会发展新风尚。

到2019年底，固原市设立试点村215个，覆盖面达到26.5%，202个村建起爱心超市，2.54万农户累计积分43万分。固原市委宣传部副部长霍进财说：“这些积分是群众用双手捧出来的、用铁锹铲出来的、用肩膀挑出来的、用身体扛出来的，是一分一分持之以恒积累起来的，花大半天一天辛苦劳作才积1~2分积累起来的，效果很明显，从试点村环境卫生状况和群众精神状态看得出来。”

离开新旗村，我们去泾源县兴盛乡红星村，路穿过七彩田野，构成美丽风景。小苏说：“红星村距泾源县城20多公里，原来村里只有一条土路，下雨天道路泥泞难行，马铃薯、玉米、苗木等运不出去，村组道路更难行，运输全靠肩挑背扛。国家精准脱贫政策落实后，交通建设作为精准脱贫的先导工程，通过道路升级改造，红星村村组之间、村镇之间、户户之间的路全部硬化，尤其是‘四好农村路’建设同脱贫攻坚、生态旅游开发、美丽乡村建设等工作相结合，高质量实施‘村村通、组组通、户户通’通畅工程，老百姓出了家门就是水泥路、柏油路，商贩驾车上门收购农产品、买卖牛羊，村民通过养牛实现人均可支配收入过万元。”

为充分发挥村规民约作用，红星村制定了村规民约积分制，村规民约积分分为：支持政府工作，参加集体公益活动，开展精神文明建设、平安建设、美丽乡村建设和一个特殊加分项。以辖区内常住户为单位，每户一张积分卡，按照一个积分对应1元钱的兑换标准，积分群众既可随时兑换积分，也可积累积分，每张积分卡年度最高积分500分。积分采取公示制，实行随时公示和每月集中公示。为了让这一制度得到有效实施，制度管理由村委会组织实施，成立村规民约积分制管理领导小组和村规民约积分制管理评议组。积分结果作为村民奖惩的主要依据，并与低保、民政救助、危房改造、劳务移民、牛棚验收及其他补助政策直接挂钩，对于积分排名前十的农户，由村委会给予相应奖励，并在一些优惠政策上优先考虑。排名靠后的农户则按照实际情况，取消其当时享受的优惠政策。红星村负责人表示，通过对村规民约的严格执行，让村民在日常生活中自觉约束行为，村规民约的作用得到有效发挥。

在此基础上，红星村向纵深推进，推行幸福农家“123”工程建设，即结合实际改水、改厕、改厨、改棚、改院，建设1个幸福大院；种好2个增收园子，即一个菜园子，一个果园子；结合“四个一”工程，栽好房前屋后、村组道路、河道沟渠的“3棵树”，打造院落洁、果蔬丰、厕棚净的美丽幸福家园。

走进李银翘家，院里整洁光鲜，果树茁壮，硕果盈枝，花朵点缀，养着5头牛的大棚，不闻臭味。李银翘说她用废木材粉碎成木屑，当作牛床垫料铺在牛圈里，干燥而无异味。她说："以前味道大得，自己的家自己都不愿意回来。"她还把旱厕改成水厕，改建了厨房，不再在院里做饭，把院子整理出园子，种上了政府送的黑果花楸，家院整洁了，还多了一份收入。

"以前家家都那样，习惯了，现在谁家要还像以前那样，不习惯了，浪门子都不爱去咧。"一位跟着我们的汉子说，"新农村建设就是好，现在让人感觉日子一下上了几个档次。"

小苏说："幸福农家'123'工程在全县推开了，村民积极得很，示范户3549户、改造菜园果园4242个，现在固原全市也推广哩。"

新时代农民

走进小饭馆，有几个人在吃面，我们点了荞面饸饹。几个人进来，携着一股热浪。

带头大哥说："5老碗饸饹。"

一汉子冲厨房喊："老板娘剁上几斤肉。"

"剁上几斤肉，我这达有一疙瘩肉，吃吗？"带头大哥说。

"跟你干活，寒碜死人了，几天吃不上一顿肉，你学学人家王老大噻。"

"有本事跟王老大干去嘛。"

"条条大道通北京哩，别当离了你地球就不转了。"

"离了谁地球都转哩，把你们能得，你以为你们是西山上的蘑菇，稀欠的，贵州的、四川的，人多着哩，都比你们苦性好。"带头大哥看看我们又说，"顿顿不离肉，一个个都是狼转世的，一顿饭没肉就像是把亏吃上了。"

他们看样子像是要上工地，可每人手里却提一个文件袋。

他们看看我们，一个说："北京来的？"

还不等我们说话，另一个说："瞎了，牌子是京牌，不是北京来的？"

一个说："你知道个锤子，现在挂京牌的车少了？张大嘴买了个QQ，还挂京牌哩。"

"QQ就不能挂京牌了？这世界到处都一样，北京再是天子脚下，也有穷人哩。"

"看把你口气大得，北京也有穷人哩，说这话有意思吗，说了这话你就不穷了？"

老板娘出来，带头大哥说："老板娘，剁上2斤肉，要肋条，别把那腋窝子的油串串日鬼上来！"

汉子咯咯地笑着压低声音说："你看，不要他能给点？"

带头大哥走过来，坐在我们对面说："你们是干啥的？来投资的？"

我说："看看。"

我递给包工头一根烟，说："老板生意不错。"

他摇摇手哈哈大笑，说："啥老板，就是个包工头，跟福建老板包工干哩，咱们这达要建个厂子哩。"

我说："这是好事。"

“你们想投资，流转土地?”带头大哥说，“咱们这里土地值钱了，都让老板流转去了，在外面把根扎下的，都回来务劳土地了，外省来咱们这里打工的人也不少哩，贵州的、四川的、河南的、甘肃的、陕西的、安徽的，现在咱西海固热了，咱们这个物流中心前景好着哩，你要投资没麻达。”

一个说：“国家让哪个地方值钱，哪个地方就值钱哩。”

面上来了，一人说：“拿几嘟噜蒜来，要新蒜的。”

老板娘拿了几嘟噜蒜，那人说：“要新蒜，老蒜吃上辣心。”

老板娘说：“你想吃龙肉，我还要求玉皇大帝去哩。”

一人说：“你就是个抠门，一嘟噜蒜都在眼睛里看着哩。”

接着便是呼噜呼噜吃面声。

他们边吃边谈：

“今儿这张教授讲得好，举的例子都是跟咱们贴着的，不是那些云里雾里的。”

“当然了，他就是从咱们这里出去的。”

带头大哥看了我们一眼说：“我们刚听完讲习所。”

我“呃”了一声，他说：“现在这课要听哩，里面信息大得很，漏过了会耽误事的。”

我说：“今儿讲的啥内容?”

他说：“开始讲的是最近中央开的五号会议，要大力推进乡村振兴，这就是信息，肯定会在这方面投入大，现在咱们国力强了嘛。后来讲的土豆套种玉米，这个我以后要好好听哩，这两样庄稼都高产，你说套种到一起，了得，说不定我明年种地，就不带这帮㞞到工地上干活了。”

2018年，固原市以开展“农民培训教育年”活动为契机，按照有场所、有牌子、有设备、有制度、有机构、有计划、有教材、有资料的“八有”标准，创建新时代农民讲习所，由驻村第一书记或乡镇包村领导负责讲习所的日常管理和讲习活动组织等工作，整合各级党政领导干部、专业技术人才、农村实用人才，按照分级负责原则，建立了市、县、乡、村4级，政策、技术、文化3类讲习员队伍，共聘请讲习员2404名，全市共建成农民讲习所820个，实现了所有行政村全覆盖，在带动群众参与、激发内生动力方面取得了良好效果，新时代农民讲习所成为“富民大课堂”，入选了中宣部2018年度基层宣传工作典型案例。

吃过饭，上路，看到了原州区张易镇红庄村的牌子，想到了一篇看过的材料。河川乡上黄村第一书记杜军和红庄村第一书记施小红是扶贫战场上的“夫妻档”，夫妻俩为了更好地挑起第一书记这副重担，回到家，话题多是扶贫举措、村集体经济、乡亲们的家长里短。两人经常交流、讨论，互出主意，常常入戏，意见不一，争得面红耳赤，家务事倒很少提及。施小红是原州区妇联干部，曾在基层乡镇工作10年，2018年3月，被派驻红庄村担任第一书记。第一书记是一副沉甸甸的担子，脱贫攻坚到了决战决胜的紧要关头，压力不小，不过她是有信心的，因为丈夫杜军已在上黄村担任第一书记两年多，积累了经验，近水楼台先得月，她到村上不久，就带领村“两委”班子到上黄村“取经”。

张易镇红庄村和河川乡上黄村分处原州区南北，相距50多公里，每天一大早，杜军和施小红两人便各奔岗位，一忙就是扎扎实实的一整天，回来已是精疲力竭，或在外面吃点，或随便做点，甚至煮方便面吃。不过他们都觉得比坐办公室要充实得多，第一书记要做的事烦琐而具体，许多事不是模糊马虎就可以过去的，你得说出一二三，干出一二三。每做成一件事，处理好一件事，都有成就感。夫妻俩在第一书记的位置上干得风生水起。施小红从规范各项制度入手，组织学理论学政策，以开展主题党日活动为抓手，提升村党支部的核心作用，使红庄村党支部由2017年的0星级“晋升”为三星级。

到了红庄村，通过打招呼握手，就能感觉出施小红的干练。

村上农民讲习所正开班，我往教室里看看，听课的人还真不少，这有些出乎我意料。

我说：“以前下来调研，基层召集个会难，年轻力壮的都去打工了，剩下的老弱病残不愿意参加会，为了吸引他们开会真是费尽脑筋了。”

施小红一笑说：“那都是老皇历了，现在的农民与以前是大不同了，对国家政策方针关心得很，新时代农民讲习所为农民宣讲党的方针政策、精准扶贫政策，尤其是这几年扶贫攻坚，惠民政策多，危窑危房改造、土地补助、医疗救助、扶贫保险、示范村建设、贷款贴息、产业保险、新型经营主体、转移就业、农村电商、农村改革等政策方面具体补贴对象、补贴标准、补贴额度、验收程序等各种政策信息量大，实用性强，村民很重视的，隔一段时间不听听课，心里就不踏实了，觉得差了点什么，单怕把什么逛过去了，如果我们工作忙没安排，都还问咋不讲了。而且，新时代农民讲习所现在已经是富民大课堂，乡村振兴举措、调整农村产业结构、推广农村实用技术、职业技能培训等，群众需要什么，就讲什么，讲习内容‘菜单化’，由群众‘点单’，除了在讲堂上讲，专家、学者还走进田间地头，将技能、知识讲给农民听，手把手教会农民……开展道德讲堂、典型事迹宣讲，理想信念、家风家训、传统美德、移风易俗……身边人讲身边事，身边人讲自己事，身边事教身边人，带动村风民风向善向好，树德增力……效果好得很，你愿意讲，农民愿意听，欢迎得很，说要明明白白地活着哩。”

“要富口袋，先富脑袋，新时代农民讲习所讲师都是专家、教授、党校老师，还有先进、典型、乡贤、有威望的群众、有基层工作经验的干部，这是农村振兴的大智库，”她说，“乡村振兴，首先必须培训新时代农民，这是基础，我做第一书记两年多来，在激发群众发展的内生动力方面，主要依靠的就是新时代农民讲习所。”

龙王坝的底气

道路在河谷里穿行，宽阔的河谷两岸坍塌出悬崖的河沙积层，很久很久以前，这应该是一条泱泱大河。河谷像一朵朵绽放的花瓣，时开时闭，给人“山重水复疑无路”之惑，然而，道路通畅。

上了309国道，两边是一片建设工地，推土机正在推地，“实施乡村振兴战略，建设美丽幸福家园”，标语十分醒目。国道将散落的山村串联，上了一道山梁。龙王坝龙泉湾山庄形成了传统三合院、多种风格特色民居并存的乡村风貌，粮仓、马车、围山而凿的窑洞，一道道梯田就像飘扬的彩带缠向山顶，树林、灌木中万羽林下生态鸡基地、林下梅花鹿养殖中心与自然融为一体，千亩林下油用牡丹（万寿菊）基地正值盛花期，一片锦绣。

走进魏淑琴家，院内树木葱郁，水泥浇筑的地面擦洗得一尘不染。魏淑琴正在为五六位游客安排住宿。室内装潢陈设朴素雅致，被褥干净整洁，陈设、电器齐全。魏淑琴借贷30多万元，把自家住房改造成民宿，接待游客，“家里一间房4张床，每张床30元，光住宿一间房一天就收入120元，要是再吃吃喝喝的，收入还高哩，比外出打工挣得多，用不了5年，我就能还清贷款。”魏淑琴准备扩大民宿规模，“三大节，四小节，二十四个渣渣节，现在假期多，阴历的、公历的，从过春节开始，连过年都有游客来这，咱们宁夏还多两个假，古尔邦节、开斋节，加上双休日，一年节假日一大半哩。还新建了赛马场，增加了射箭、马术等娱乐项目，一年四季都有采摘，冬季有大棚采摘，采摘的什么东西都比外面便宜，这儿交通方便，走哪达都近，一两天不会坏的。”

“春节一定很热闹吧。”

“热闹，不像城里，就过3天年，咱们这里不出正月都是年，从腊月初八开始一直到正月二十三的燎疳，龙王坝每天都要社火，还有秦腔大赛、元宵节灯会，今年还搞广场舞大赛啥的，节目天天有，连电视上都说到龙王坝过文化大年！来过年的人越来越多了，也有玩的呢，滑雪场总共3万多平方米，配有完善的造雪系统。有初、中级滑雪道，雪上娱乐项目有雪盘、雪片、雪圈、雪橇、雪地摩托、马拉雪橇、悠波球等。感受乡村韵味，是久居都市的人们放松身心的好去处……”有客人在叫老板，魏淑琴笑笑去了。

第15号民宿是2017年杨慧琴依靠政府补贴和5万元小额扶贫贷款整修的房屋，她说：“从春到冬都有人住，我最近在推浆水面、臊子面等特色餐饮，还打算再扩建几间房，我们龙王坝龙泉湾山庄是宁夏五星级农家乐，名气大哩。”

陈贵荣正在修一截管道，他是龙王坝硬件设施维修师。他告诉我说自己每月固定工资3500元，“以前，一家人靠种地和打工，一年收入不足2万元，现在我一个人就挣4万多元。以前一直在外打工，过得个没根日子，在空里飘着哩，没有安全感，干活倒也罢了，累得倒头就睡，啥也成不上想，逢天阴下雨停工，人缓下了，心里难受，想家嘛，现在在家门口打工，月月有个麦子黄，守着土地，踏实，家也是个家嘛，老人娃娃一起吃饭、说话，别人家置办个啥，咱也不落后，置办嘛，这样的日子才越过越来劲嘛。”

龙王坝村像陈贵荣一样在家门口打上工的有300多人，加上配套行业，解决了800多人就业。

把农村当景区来打造，20多户村民对窑洞进行改造，变成特色民宿，窑洞宾馆铺着木地板，酒店式的卫生间。通铺大炕铺叠着干净整洁的被褥，炕中间摆放着四方炕桌，桌上摆放着养生八宝茶、大红枣、葡萄干、瓜子等。窑洞里面有电视机、沙发、茶几、烧水壶，上档次的还有厨房，非常适合周末到这里休闲娱乐。

骑白马，跑沙滩
你没有婆姨我没有汉
咱俩捆成一嘟噜蒜
呼儿嗨哟，土里生来土里烂

骑白马，挎洋枪

三哥哥吃了八路军的粮

有心回家看姑娘

呼儿嗨哟，打日本就顾不上

…………

龙王坝文化广场大舞台上，一位游客正在高歌一曲。

据说《东方红》就是依照这首歌谱填的词。

华夏大戏场，山庄大舞台，演绎农家乐节目的地方，游客真是不少。在这个舞台上，村上组建农民秧歌队、广场舞队、秦腔自乐班，经常演出节目，举办文化大讲堂、广场舞比赛等，老百姓自娱自乐，游客也能参与其中，上台一展才艺。2017年，龙王坝从全国众多候选地中脱颖而出，被央视7套“农民新春联欢会”定为节目北部主现场，成为“农民新春联欢会”的5个主现场之一。

焦建鹏回到龙王坝，到了办公室，我说：“我们抓紧时间聊聊，你是个大忙人。”

他给我泡了杯茶，说：“从哪里说起？”

我说：“回故乡创业。”

焦建鹏是位“80后”，2001年大学毕业后，他和朋友开了家软件公司，几年间公司规模不断扩大，一年做到上千万，然而，2010年，他却做了一个大胆的决定：回乡发展，搞新型农业。

“一是看到了农村的希望，国家每年的一号文件都是关于‘三农’的。一是农民情结吧，在城里打拼十来年，有了点积累，还是想回村做点事，童年的记忆时时泛起来，每次回村，看到经过多年封山育林，春花烂漫，绿意葱茏，梯田如画，村子就像是世外桃源。而龙王坝村坐落于革命圣地六盘山脚下，位于火石寨国家地质公园和党家岔震湖两大景点之间，距离县城10公里，309国道、西兰公路从村边穿过，旅游资源得天独厚……”焦建鹏说，“望得见山，看得见水，记得住乡愁，总书记这洋溢着诗意的表达，谁不会产生深深的共鸣。乡愁是人类最基本、最朴素、最普遍的情感，是一种个人记忆，也是一种家国情怀。尤其是十八大召开，会议精神我是研读了，中央坚持把国家基础设施建设和社会事业发展重点放在农村，深入推进新农村建设和扶贫开发，全面改善农村生产生活条件，着力促进农民增收，保持农民收入持续较快增长。看到农村机遇重重，我就回来了。”

这时进来一个人，说：“焦总……”

焦建鹏说：“你等会再来。”

“好的。”来人退出去。

焦建鹏说：“搞推销的，现在做生意的多，能把门槛踢断，走，我们到山头上去。”

我说：“别把事耽误了。”

他说：“公司、村上的事都理顺了，各负其责，需要拍板的，开会决断，只要有章程，讲规矩，事情就简单了。”

穿过民宿一条街，沿着梯田间道路行走，经过百高山观光温室果蔬园、千亩林下油用牡丹基地、万羽林下生态鸡基地、山毛桃生态观光园，登上龙王坝村山顶，四周山峦起伏，树木、乔灌高低相配，林下有许多鸡。“这可是真正的虫草鸡。”焦建鹏说。

梯田宛如等高线一道道盘旋，层层花世界，几十家为游客提供食宿的农家乐错错落落，路如飘带，龙王庙寺庙群及古城堡，昭示着龙王坝村的历史。天空飞翔着老鹰、鸽子、隼、喜鹊、乌鸦、布谷。山洼沟坡不时有野兔、黄鼠闪跃，“野猪多了，拱田、偷吃苞米，人赶它，它还扑人哩，很吓人的，狼和狐狸都有了，不过远离着人群！”

焦建鹏蹲下来，从地上拾起几块地软（地皮菜）说：“小时候这四周的山光秃秃的，地皮都在外面裸露，稍刮个风，便尘飞土扬的，现在你看，山皮被苔藓、地衣包裹，已泛黑褐，你眯上眼睛看，是不是青山隐隐，苦苦菜、黄花菜、灰条、蕨菜多茂盛，小时就吃这些东西。那时候就想着离开，离开，再不会回来。以前都没人愿意嫁过来。”

焦建鹏流转1200亩土地，成立了心雨林下产业专业合作社，这是全国唯一以合作社命名的国家级林下经济示范基地。利用窑洞和梯田的原生态自然景观和周围的人文景观，村民将土地入股合作社，窑洞、房舍变客房，“把村庄当一个景区来打造，以前讲‘走出去’，现在讲‘走进来’，我们有这么好的土地、景观、风光，美丽乡村，振兴乡村，每个词语背后都是国家在发力推进，发展林下经济、休闲农业，梯田高山观光温室果蔬园、油用牡丹基地、生态鸡基地，把马铃薯、小秋杂粮、芹菜汁、红军粉等特产变成旅游商品，农民获得产业化收入，培育和发展了集观光、旅游、餐饮、民俗体验等于一身的乡村特色旅游项目，农民变身为了产业工人……”

集中国最美休闲乡村、全国生态文化村、国家林下经济示范基地、全国科普惠农兴村先进单位、中国乡村旅游创客示范基地、中国第四批美丽宜居村庄、宁夏十大特色产业示范村、全国乡村旅游示范村、中国美丽乡村百佳范例诸多荣誉于一身，2015年，龙王坝从西吉县238个贫困村中脱贫摘帽；2017年，成为全国农村两个带头人工程现场会观摩点；2019年，接待游客24万人次，营业额达到1800多万元，龙王坝村人均纯收入由10年前的2300元增长到11200元。

“最近召开的党的十九届五中全会提出，优先发展农业农村，全面推进乡村振兴。农村风头正劲!”焦建鹏说着腾跳起来，双手抹一把天空，他身高一米八几，却很机敏。他说:“我要把龙王坝打造成一个乡村振兴的标杆!”